KB045412

자유로운 삶

2

A FREE LIFE by Ha Jin

Korean Translation Copyright © 2014 by Sigongsa Co., Ltd.
This Korean edition is published by arrangement with Pantheon Books, an imprint of
The Knopf Doubleday Group, a division of Random House, Inc. through KCC(Korea
Copyright Center Inc.), Seoul.

이 책의 한국어판 저작권은 (주)한국저작권센터(KCC)를 통해 Pantheon Books와 독점 계약한
(주)시공사에 있습니다. 저작권법에 의해 한국 내에서 보호를 받는 저작물이므로 무단전재와
무단복제를 금합니다.

A FREE LIFE

자유로운 삶
2

HA JIN

하 진 장편소설 | 왕은철 옮김

시공사

contents

5부

1

1994년 봄, 미첼 부부는 그들의 딸 하일리를 데려오려고 난 징으로 떠날 준비를 하고 있었다. 하일리는 그들이 붙여준 이름이었다. 그들은 원래 이름인 판을 중간 이름으로 놔뒀다. 하일리의 성은 장이었는데, 그것도 고아원에서 붙여준 것이었다. 데이브는 열흘간 휴가를 냈다. 재닛의 장신구 가게는 그녀가 없을 때도 열어놓기로 했다. 그녀는 점원인 수지에게 혼자 해결할 수 없는 일이 생기면 우 부부에게 연락하라고 했다.

미첼 부부는 처음에는 홍콩에서 하루나 이틀 머물 생각이었다. 전에 홍콩에 가본 적 있는 데이브가 그곳을 무척 마음에 들어 했기 때문이다. 그러나 그들은 중국 아이를 입양하려고 하는 애틀랜타의 다른 두 부부와 함께 중국으로 바로 가기로 했다. 재닛은 그들을 '우리 무리'라고 했다. 실제로 그들은 자주 만나 서로의 메모를 비교하고 걱정과 고충, 행복을 같이 나눴다. 그들 모두는 아이의 비자를 신청하러 베이징 미국 대사관에 가야 하는 상황이었다. 그래서 미첼 부부도 홍콩이 아니라 베이징을 자신들의 기지로 삼기로 했다. 재닛은 표준 중국어 교본을 사서 데이브와 함께 간단한 문장이나 말을 배워 온 터였다. 그녀는 종종 핑핑에게 중국어로 인사하는 방법과 물건을 주문하는 방법을 묻곤 했었다. 그녀는 기억력이 좋았지만, 네 가지 성조에 애를 먹었고, 어떤 단어는 코가 막힌 사람처럼 발음했다.

미첼 부부는 최근 자기네 집 2층에 있는 하일리의 방에 60센티미터 너비의 벽지를 아이의 손이 닿을 만한 높이에 발랐다. 벽지에는 춤을 추는 황소, 바이올린을 켜는 곰, 뒤뚱거리는 펭귄, 뒷발로 선 코끼리, 색소폰을 부는 개가 그려져 있었다. 천장에는 빛이 있을 때는 거의 보이지 않다가 어두워지면 빛나는 형광 별들을 잔뜩 붙여놓았다. 뒤뜰이 내려다보이는 창문 옆에는 흰 울타리가 있는 침대를 새로 들여놓았다. 마루에는 아이의 옷이 수북이 쌓여 있었다. 미첼 부부는 그중 일부를 난징으로 가져가 고아원에 기증할 생각이었다. 그들은 딸을 위해 유아용 유동식과 기저귀도 가져가기로 했다. 핑핑은 그들이 준비한 물건을 보고, 너무 많아서 그걸 다 가져갈 수 있을지 걱정되었다. 그들은 가방을 끄는 손수레와 열 개가 넘는 폴라로이드 필름은 말할 것도 없고, 야구공들, 브레이브스 로고가 있는 모자들, 그래놀라* 바, 워터 크래커,** 후르츠 캔디, 빨랫비누, 빨랫줄과 빨래집게, 패니 팩,*** 반지갑, 배터리, 두통약, 선크림과 벌레 차단 연고, 단파 라디오 등을 무릎

담요 두 장에 싸서 준비해놓고 있었다. 그들은 하일리의 고향을 사진으로 많이 담아둘 계획이었다. 핑핑은 고마움을 표시하고 싶은 사람들에게는 즉석사진을 찍어서 주면 대부분의 중국인이 좋아할 것이라고 말해줬다.

우 부부는 미첼 부부가 준비하는 모습을 지켜보며 얘기를 나눴다. 데이브는 과거에는 인색하다 싶을 정도로 심하게 설약하는 사람이었다. 그는 금귀에서 식사를 하고 음식이 조금이라도 남으면 봉지를 달라고 해서 늘 갖고 가곤 했다. 만난지 얼마 안 됐을 무렵, 데이브는 난이 맥주나 음료수를 주면 좋아하면서도 그 값을 자기가 내겠다는 말은 결코 하지 않았다. 난과 핑핑은 데이브가 작은 것에 기뻐하는 걸 보고 만족하며, 그의 인색한 태도에 개의치 않았다. 하지만 그와 재닛은 여행 준비에 수천 달러를 쓴 게 틀림없었고 하일리가 있던 고아원에 5천 달러까지 기부하려 했다.

미첼 부부가 출발하기 나흘 전이었다. 난데없이 중국 측에서 두 달 동안 여행을 미뤄달라고 요청해 왔다. 갑자기 그렇게 지연시키는 이유를 알 수 없었다. 그들은 이리저리 전화를 해봤지만 명쾌한 답을 들을 수 없었다. 에이전트는 중국 측에서 아이가 진짜 고아인지 확인하고 싶어 한다고 말했다. 그러자 미첼 부부는 제정신이 아니었다. 더욱 그들을 화나게

*볶은 곡물, 견과류 등이 들어간 아침 식사용 시리얼의 일종.
**밀가루와 물로 만든 얇고 파삭파삭한 비스킷.
***지퍼 달린 소형 주머니.

한 건 다른 두 부부는 예정대로 중국으로 떠난다는 것이었다. 재닛과 데이브는 금귀에 와서 그런 사정을 하소연했다. 그러나 영문을 모르기는 우 부부도 마찬가지였다. 재닛이 말했다. "우리는 하일리와 이미 유대감이 생겼어요. 지금 우리는 누군가한테 아이를 빼앗긴 심정이에요. 정말로 참기 힘들어요."

"너무해요!" 데이브가 고개를 저으며 큰 코에 화장지를 대고 코를 풀었다. 그의 눈은 촉촉해져 있었다.

핑핑이 말했다. "중국 관리들은 당신들의 마음이 어떤가는 신경 안 써요. 그러니 당신들 스스로가 마음을 편히 먹어야 해요. 이런 시간을 이용해 중국어를 공부하거나 부모가 되는 법을 익히는 게 좋을 것 같아요."

"그거 괜찮은 생각이네요." 재닛이 말했다. "저녁에 부모 교실에 참석할 수 있을 것 같아요. 다만 하일리가 고아가 아니라면 못 데려오게 될 텐데 우리는 그게 걱정이 돼요."

"너무 걱정하지 마요." 핑핑이 말했다. "관리들이 그냥 핑계를 대고 지연시키는 걸 거예요. 그 아이가 고아가 아니라면 어떻게 고아원에 있을 수 있겠어요? 관리들한테는 아이의 출신이 뭐든 상관없어요. 그저 당신들을 성가시게 하려고 문제를 복잡하게 만드는 거예요. 그들의 수작에 놀아나지 마요. 중국에서는 관리들이 사람들을 괴롭히려고 드니까요."

"우리 에이전트도 이것이 아이의 신원과는 아무 상관이 없다고 말하더군요. 관료 제도의 문제일 뿐이라고요."

난이 끼어들었다. "부모가 돼도 가슴 아파할 것들이 많을 테니 너무 일찍부터 괴로워하지 마요."

"그럼 이 사태는 시작에 불과한 거로군요." 데이브가 말했다.

그 말에 모두가 미소를 지었다. 데이브는 앞에 있는 찻주전자를 들어 자기 잔에 다시 차를 따랐다. 흑인 여자가 아장아장 걷는 아이를 데리고 들어와 국수 요리를 두 가지 주문했다. 그래서 난은 당근 토막을 움켜쥐는 아이에게 막대사탕을 주고 부엌으로 들어갔다.

며칠 후, 재닛은 부모 교실에 등록을 하고 한 주에 두 번씩 저녁에 수업을 들으러 갔다. 그녀는 하일리에 관한 소식이 있을 때마다 핑핑한테 얘기를 했다.

2

"뒤꿈치가 내 쪽으로 향하게 해봐." 핑핑이 난에게 말했다. 그녀는 고무장갑을 끼고 커다란 가위를 들고 있었다. 그의 발바닥 껍질을 벗겨주던 참이었다. 두 사람은 스테인리스 그릇을 사이에 놓고 낮은 의자에 앉아 있었다. 난의 왼발은 따뜻한 물에 담겨 있고, 오른발은 카키색 앞치마로 덮인 핑핑의 무릎에 올려져 있었다. 이른 아침, 아들이 등교한 직후였다. 뻐꾸기 한 마리가 호수 건너의 숲 속에서 울며 대기를 흔들었다. 뻐꾸기 울음 사이로 새들이 지저귀는 소리가 들렸다. 청둥오리 한 떼가 뒤뜰에서 꽥꽥거리며 뒤뚱뒤뚱 걸어 다녔다. 어떤 오리들은 희미하게 쌩쌩거리는 소리가 날 정도로 격렬하게 날개를 흔들었다. 오리 두 마리가 호숫가에 있는 실겨우살이 풀 속에 알을 낳고 있었다. 그래서 우 부부는 요즘에는 그 오리들을 방해하게 될까봐 그곳에 가지 않았다. 지붕 가까이에 있는 말채나무에서 다람쥐 두 마리가 서로를 쫓으며, 꽃이 흐드러진 가지에 맺힌 이슬방울을 아래로 떨어뜨리고 있었다.

"무좀이 지난번보다 나아진 것처럼 보이네. 그래도 조심해. 봄이 되면 쉽게 나빠질 수 있으니까." 핑핑이 말했다.

난은 고개를 끄덕였다. 그는 저자의 사진이 앞표지와 책등에 있는 오든의 시집에 여전히 빠져 있었다. 그는 오든을 좋아했다. 중국에 있을 때는 몇 행을 암송하기도 했다. 어제 아침, 그는 일을 하러 가다가 굿윌 스토어에서 이 시집을 우연히 발견하고 25센트를 주고 샀다. 그는 오든이 대부분의 선집에서 제외한 〈1939년 9월 1일〉이라는 시가 수록되어 있는 걸 보고 기뻤다. 난은 시집을 그렇게 싸게 샀다는 게 지금도 기분이 좋았다. 귀넷 카운티의 공공도서관들은 1년 이상 대출되지 않는 책들은 모두 뽑아서 엄청난 헐값에 팔았다. 이제 자기 집을 갖게 되자 난은 다시 책을 수집하기 시작했다. 그는 기회가 있을 때마다 중고 매장이나 도서관의 도서 판매대를 뒤졌다. 핑핑이 이따금 집이 곧 책으로 가득 차겠다고 불평했지만, 그는 멈추지 않았다.

결혼한 후로, 핑핑은 1년에 너덧 차례씩 난의 발바닥 껍질을 벗겨줬다. 그가 혼자서는 그걸 완전히 벗겨낼 수 없기 때문이었다. 처음에 그녀는 그의 발을 보고 깜짝 놀랐다. 뒤꿈치와 발가락 사이에 무좀이 있었다. 그녀는 자신과 아이에게 무좀이 옮지 않도록 그의 발을 낫게 해주고 싶었다. 그녀는 그의 발을 따뜻한 물에 담가 불리고, 가위로 각질을 잘라내고, 숫돌바퀴로 비벼 죽은 살을 벗겨내고, 거기에 무좀약을 발랐다. 점차 그것은 습관이 되었다. 난은 그녀가 그렇게 해 주는 걸 좋아했다. 그의 무좀이 완치되지는 않았지만, 그녀는 그걸 통제하게 되었다. 그래도 난은 늘 양말을 신었다. 잠자리에서도 그랬다. 무좀이 몸의 다른 부분에 번질 것을 우려해서 핑핑은 그러지 말라고 했지만 난은 따뜻한 물로 목욕하는 걸 좋아했다. 목욕을 하면 몸이 편안해지니까 며칠마다 한 번씩 하지 않을 수 없었다. 지금까지는 몸으로 무좀이 번지지는 않았다. 조지아로 온 후, 우 부부는 이곳에 사는 많은 사람들이 피부병에 걸려 있다는 걸 알았다. 습한 기후 탓일 것 같았다. 슈퍼마켓에 가면 계산대에 있는 직원들의 손과 팔뚝에 딱지가 앉고 진물이 난 모습을 종종 볼 수 있었다.

"아야!" 난이 소리쳤다.

"아파?" 핑핑이 가위질을 멈췄다.

"너무 심하게 긁어내지 마."

"알았어. 하지만 올 봄에는 다시 못해줄 것 같아서 그래. 여름까지는 둘 다 몸이 약해져 있을 테니까."

사실이었다. 꽃가루가 벌써 기승을 부리면서 그들을 괴롭히기 시작했다. 지금부터 그들은 에너지를 아끼고 문과 창문을 모두 닫아야 했다. 요즘 그들은 알레르기가 활개 치지 못하도록 코에 뿌리는 스프레이 약을 호주머니에 넣고 다녔다. 알레르기 철이 되면 두 사람 다 힘이 빠졌다. 마음까지 진정되었다. 그래서 그들은 서로한테 더 부드러워졌다. 너무 피곤해서 목소리를 높일 힘도 없는 것 같았다.

그것 말고도, 핑핑은 첫사랑에 대한 난의 집착에 대해 더이상 걱정하지 않았다. 요즘에는 그의 얼굴에 떠돌던 어두운 구름이 보이지 않았다. 그녀의 생각이 맞았다. 난은 실제로 상당히 부드러워졌다. 베이나가 이따금 꿈에 나타났지만, 지난 2년 동안 그녀에 대해 자주 생각하지는 않았다. 먹먹한 고통이 아직도 가슴에 남아 있었지만, 전처럼 심하지는 않았다. 환상에 빠지기에는 하루하루가 너무 바빴다. 그는 밤에 집에 오면, 샤워를 하고 시를 몇 편 읽은 후, 한 시간도 안 되어 잠이 들었다. 그는 육체적으로 이제 강해진 걸 느꼈다. 그러나 마음은 텅 빈 것 같았다. 쓰는 것은 고사하고, 뭘 생각할 힘도 없는 것 같았다.

어떤 점에서 그는 이러한 상태가 좋았다. 고대의 시인 도연명의 시구가 머릿속에 떠올랐다. "인간의 삶은 똑같이 흐르네/ 그것의 목적은 의식주를 해결하는 것." 난은 마음이 평화로웠다. 그는 자신의 땅에 굳건히 서서 헌신적인 가장이 되겠다고 마음먹었다.

3

  슈보 가오는 지난가을, 조지아 대학에서 박사 학위를 받았
다. 그는 여전히 사회학을 강의할 자리를 찾고 있었지만 아직까
지는 별 성과가 없었다. 그는 난하고 종종 직장을 잡는 것에 대
해 얘기하면서 "새로운 장을 열 준비"가 돼 있다고 했다. 그 말
은 전공인 사회학을 버릴 의향이 있다는 말이었다. 지난해, 그
는 샌프란시스코에서 열리는 학회에 가서 여섯 차례나 인터뷰
를 했지만, 면접관들은 그의 영어 억양이 너무 강하다고 생각했
다. 그래서 중국어로 책을 한 권 출판한 것을 포함한 화려한 이
력에도 불구하고, 어느 학교에서도 와보라고 하지 않았다. 그
후, 슈보는 백 통이 넘는 지원서를 우편으로 보냈다. 그는 거절
하는 내용의 편지를 매주 여러 통 받았다. 그는 그것에 별로 신
경 쓰지 않았지만, 니얀은 더 이상 견디지 못해했다. 그녀는 식
욕이 달아날까봐 낮에는 편지를 거들떠보지 않았다.
  형편없는 영어에도 불구하고, 슈보는 상투적인 문구들을 좋

아했다. 그는 온갖 종류의 문구를 사용했다. 어떤 것들은 중국어 표현을 스스로 영어로 옮긴 것들이었다. 가령 "한 언덕에 두 마리의 호랑이가 살 수 없다", "바다에서 바늘을 찾다", "불에 기름을 붓다", "화살 하나로 두 마리 독수리를 잡다" 등과 같은 표현이 그랬다. 그는 천 개 이상의 영어 관용구가 담긴 작은 메모장을 갖고 다녔다. 난은 그를 사회언어학자라고 부르며 골렸다. 그는 슈보에게 이런 말까지 했다. "정말로 영어 관용구를 정복하고 싶다면, 《롱맨》이든 《콜린스》든 좋은 사전을 이용해 진짜를 익혀요." 그는 관용구와 속담을 많이 아는 사람을 존경하는 중국인들과 달리, 영어를 잘하는 사람은 상투적인 문구를 사용하지 않는다고 설명해줬다. 그러나 슈보는 메모장에 진부한 표현을 적어 놨다가 아무 때나 쓰는 버릇을 고치지 않았다.

슈보는 박사 학위를 갖고 있었지만 난을 존경했다. 그는 작은 식당을 운영하며 재능을 낭비하는 건 슬픈 일이라고 난을 놀렸다. 그는 언젠가 난의 손금을 봐주며 이렇게 말했다. "당신은 많은 사람들의 운명을 결정할 관리가 될 팔자예요. 오래전에 그런 자리에 올랐어야 해요. 그러나 지금은 땅으로 떨어져 날개가 뽑혀 닭보다 못하게 된 봉황 신세네요."

난이 대꾸했다. "당신은 쓰촨으로 돌아가는 게 어때요? 조지아 대학 박사 학위가 있으면 중앙당교*나 경찰대학에서 가르칠 수 있을 텐데요."

*중국 공산당의 고급 간부를 양성하는 국립 교육 기관.

"그 밑으로 가고 싶지 않아요." 슈보가 고개를 숙이며 말했다.

사실, 슈보는 중국으로 돌아가지 않겠다는 말을 자주 했다. 좋지 않은 경험 때문이었다. 그가 조지아 대학에서 대학원 공부를 하려고 여권을 신청했을 때, 모든 관리들이 그를 무슨 죄인이라도 되듯 다루며 1년이 지날 때까지 서류를 발급해주지 않았다. 대학에서 재정 원조를 취소한 뒤였다. 그가 그들의 사무실을 찾아갔을 때, 단 한 사람도 그에게 좋은 말을 해준 사람이 없었다고 했다. 베이징 주재 미국 대사관에 근무하는 젊은 인도계 미국 여자만이 그를 향해 환하게 웃으며 "축하합니다!"라고 하며 비자를 건네줬다고 했다. 대부분의 비자 발급 신청을 거부하기로 유명한 여자였는데도 말이다.

슈보는 자신의 상황에 대해 농담을 할 수 있었지만, 그의 부인은 그러지 못하고 불안해했다. 그가 강단에 설 수 없다면 뭘 해야 하나 걱정이 태산이었다. 니얀은 핑핑과 난에게 남편에 관한 얘기를 했다. 최근에 그의 친척인 야팡 가오가 그에게 뉴욕에 오면 딩스 덤플링스에서 일하도록 도와주겠다고 했다. 그러나 그녀의 고용주였던 하워드가 임시직은 채용하지 않겠다고 하니까 적어도 1년은 거기에서 일을 해줘야 한다는 거였다. 야팡은 몇 달 전에 딩스 덤플링스를 그만두고 뉴욕대 경영학과에 들어갔다.

슈보는 뉴욕에서 식당 일을 하는 것에 대해 난한테 물었다. 그는 가야 할지 확신하지 못했다. 아내와 떨어지는 게 못내 싫었던 것이다. 난은 슈보가 계속 학교에 있으려고 하는지 어떤지 알 수 없었다. 슈보는 정식 직장을 잡으면 뒤도 돌아보지 않고 학계를 떠나겠다고 말했다. 그는 가르치는 걸 싫어했다. 30명 이상이 수강하는 사회학 개론 강좌를 맡았던 적이 있는데, 학생들이 제때에 과제를 제출하지도 않고 그의 억양에 인상을 쓰기도 했다고 했다. 몇몇은 그의 말을 알아듣지 못하는 체하기까지 했다. 질려버린 나머지 그는 처음 몇 주 동안 몇 번이나, 자기 집 욕실 바닥에 무릎을 꿇고 변기에 토하기까지 했다. 배가 꼬여, 그의 아내가 고통을 덜어주려고 등을 두드려줬다. 나중에 그는 수업시간에 이따금 농담을 하거나 재미있는 얘기를 하려고 했지만, 그것마저도 잘 안 됐다. 한번은 미국인을 (살찐) 칠면조에, 중국인을 (마른) 두루미에 비교한 적이 있었는데, 몸집이 큰 흑인 여학생 하나만 웃더라고 했다. 가르치는 내내 너무 고통스러웠다. 그러나 직장을 잡기 위해서는 강의 경력이 필요했기 때문에 어쩔 수 없는 노릇이었다. 강의 평가에서 한 학생은 "진부하고 우스꽝스럽다"고 썼다. 지금도 슈보는 그 수업을 잊지 못했고 강단을 미련 없이 떠나겠다고 했다. 난은 그가 정말로 전공을 버려도 괜찮다고 말하는 걸 듣고, 바텐더 학교에 가보면 어떠냐고 제안했다. 술을 혼합하는 요령만 익히면, 언제든 중국 식당에서 일을 할 수 있었다. 니안과 슈보는 괜찮은 생각 같다고 말했다. 그렇게 해서 슈보는 3천 달러를 내고 애틀랜타 시내에 있는 바텐더 학교에 등록했다.

우 부부와 달리, 니안과 슈보는 여전히 신혼부부처럼 틈만 나면 서로를 찾았다. 그들은 생활비가 싸고 날씨가 따뜻한 조지아에 사는 걸 좋아했다. 조지아의 기후는 그들의 고향 기후와 흡사했다. 그들은 다른 곳으로 가는 것은 생각하지 않았다. 하지만 그들은 이곳에 온 후로 사는 데 바쁜 나머지 아이를 가질 엄두를 내지 못했다. 그들의 친구들은 아이를 낳아 중국으로 보내 할머니, 할아버지 손에 크게 했다. 하지만 니얀과 슈보의 부모는 건강이 나빠 아이를 돌봐줄 형편이 아니었다. 그렇다고 이곳으로 와서 그들을 도와줄 형편도 아니었다. 그래서 니얀은 늘 피임링을 안에 넣고 있었다. 그녀가 어느 날 오후, 핑핑에게 말했다. "내 나이 벌써 서른이에요. 핑핑이 보기엔 내가 몇 년을 더 기다릴 수 있을 것 같아요?"

"어떤 기분인지 알아요. 나도 중국에 있을 때는 아이를 낳는 것에 대해 걱정을 하지 않았었죠."

"우리도 미첼 부부처럼 입양을 하게 될지도 모르겠어요." 니얀이 얼굴을 찡그리며 농담을 했다.

"당신들은 그런 생각을 하기에는 너무 젊어요."

자기 아이를 낳는 것이 불가능한 상황이기 때문에 슈보와 니얀은 타오타오를 아주 좋아했다. 그들은 핑핑과 난에게 아들을 둔 그들이 부럽다고 했다. 타오타오의 성적표가 나오면, 그걸 보면서 입에 침이 마르도록 칭찬을 했다. 슈보는 난에게 그가 헌신적인 아내, 영리한 아들, 호숫가의 집, 자기 사업 등 모든 걸 가진 운 좋은 남자라고 몇 번이나 말하곤 했다. 난은 그 말을 듣고 생각에 잠겼다. 그럼에도 자신이 만족감을 느끼지 못하는 이유가 뭔지 궁금했다.

4

늦은 봄이었다. 타오타오는 8학년생인 자크의 도움으로 대용량 컴퓨터를 조립했다. 타오타오의 말에 따르면, 컴퓨터가 워낙 강력해서 작은 스테이션 같았다. 그는 새 컴퓨터를 갖고 많은 시간을 보내며 인터넷도 하고 친구들과 채팅도 했다. 그들은 주로 선생들을 욕하며 울분을 발산했다. 그는 유럽과 아시아의 아이들을 상대로 게임도 했다. 부모는 식당 일로 늘 바빠서 그를 통제할 수 없었다. 그는 인터넷에 접속하면 부모가 모르는 사이트를 찾아다녔다. 부모는 아들이 얘기하는 것을 곧이곧대로 믿었다.

핑핑과 난은 타오타오에게 인터넷에 시간을 너무 낭비하면 안 된다고 거듭 경고하고 아들을 통제하려 했다. 아이는 부모가 집에 없을 때, 컴퓨터를 자주 하지 않겠다고 약속했다. 핑핑은 저녁마다 아들이 잘하고 있는지 보려고 적어도 두 번씩 전화를 했다. 그런데 대부분, 통화 중이었다.* 타오타오가 인터넷에 접속하고 있는 게 분명했다. 그런 일이 생길 때마다, 난과 핑핑은 밤에 돌아와 아들을 호되게 혼냈다.

타오타오는 난과 정말로 가까웠던 적이 결코 없었다. 어쩌면 그가 겨우 두 살일 때, 난이 그와 많은 시간을 보내지 못하고 미국으로 떠났기 때문인지도 몰랐다. 최근 몇 년간, 난은 계속 일만 하고 사업과 책에만 몰두했다. 그 결과, 아버지와 아들은 많은 얘기를 나누지 못했다. 난이 그에게 심한 말을 하면, 타오타오는 아버지를 무시하거나 나직하게 "셧 업(닥쳐요)"이라고 했다. 그 말을 들으면 난은 이성을 잃고 배은망덕한 놈이라며 아들을 나무랐다. 그러나 아이는 어머니의 말은 잘 들었다. 그녀는 아들을 예절 바르게 행동하도록 만드는 법을 알고 있었다. 때로 그녀는 그를 '작은 당나귀'라고 불렀다. 잘만 구슬리면 고분고분해진다는 의미였다.

5월 하순, 어느 날 저녁이었다. 난이 집에 전화를 하자 또 통화 중이었다. 그러자 그는 화가 나서 집에 가서 현장을 잡아야겠다고 아내에게 말했다. 그녀도 화가 났다. 그녀도 속으로 아들을 향해 욕을 퍼부었다. 난이 희미하게 불이 밝혀진 도로를 따라 집으로 갔다. 대기는 아주 축축했다. 걸음을 빨리한 탓에 숨이 약간 가빠왔다. 벌레들이 나무에서 울고 있었다. 그는 벌레들이 짝을 찾아서 우는 것인지, 아니면 더위에 미칠 것 같아서 우는 것인지 궁금했다. 로지 부인의 집을 지나칠 때,

---

*전화선을 이용한 모뎀이 사용되던 시절이라 인터넷에 접속하면 통화 중이 되었다.

현관에 있는 등나무 흔들의자에 앉아 있던 그녀가 그를 향해 손을 흔들었다. 그녀가 핑핑이 한국 식품점에서 사준 부채를 부치며 밝게 물었다. "오늘은 문을 일찍 닫은 거예요?"

난이 소리쳤다. "아뇨, 가져갈 게 있어서요."

"핑핑에게 제라늄을 주려고 준비해 놨다고 전해줘요."

"네, 감사합니다."

그는 집을 향해 계속 걸음을 옮겼다. 그는 모기들이 어째서 로지 부인을 물지 않는지 궁금했다. 노부인은 정정하고 기운이 넘쳐 아흔 살이 벌써 넘었음에도 아직도 자기 손으로 뜰과 정원을 가꿨다. 앨런의 뒤뜰에 있는 거대한 떡갈나무 우듬지 너머로 스모그에 약간 희미해진 북극성이 오렌지색으로 빛나고 있었다. 멀리 떨어진 중심가에서 자동차들이 오가는 소리가 들려왔다. 개똥벌레들이 작은 호를 그리며 여기저기서 날고 있었다. 난이 자기 집 앞뜰에 들어섰을 때, 어린 단풍나무가 그의 접근에 놀란 듯이 바스락거렸다. 그때, 에어컨이 돌아가기 시작했다. 집 옆에서 팬이 돌아가는 소리가 들렸다. 타오타오의 방은 어두웠지만, 반쯤 닫힌 블라인드 살 사이로 컴퓨터 불빛이 보였다. 그는 살며시 문을 따고 들어갔다.

복도의 마룻널에서 소리가 나자, 타오타오는 회전의자에서 비틀거리며 급히 몸을 일으켰다. 아이는 무슨 말을 하려는 것처럼 숨을 들이켰지만 아무 말도 하지 못했다. 난은 불을 켰다. 아들은 눈이 부신 것 같았다. 아이의 입이 벌어졌다. 난은 분노에 사로잡혔다. 그는 달려가서 타오타오의 어깨를 움켜쥐고 침대에 내동댕이쳤다. "너, 대체 또 컴퓨터를 하는 이유가 뭐냐?" 그가 따졌다. "우지랄 놈! 넌 네 엄마와 나한테 우리가 집에 없으면 숙제를 하고 책을 읽겠다고 약속했다. 왜 약속을 지키지 않는 거야?"

"방금 껐어요. 숙제는 이미 끝냈고요."

"거짓말 마! 전화가 두 시간 동안 불통이었다. 이 빌어먹을 걸 부숴버려야겠다." 난이 구석 선반에 있던 큰 자석을 집어 모니터를 향해 던지려고 했다.

"제발, 아빠! 그러지 마세요! 다시는 안 그럴게요!" 타오타오가 두 손으로 난의 팔을 잡고 울면서 빌었다. 그러나 아버지는 자석을 놓지 않으려 했다. 난은 그걸 머리 위로 들고 던지려고 했다. 그들이 실랑이를 하는 사이, 난의 눈이 모니터 화면의 글자에 멎었다. 그는 자석을 의자에 내려놓고 앞으로 몸을 기울여 글씨를 읽었다.

안녕, 타오타오.

보고 싶다. 넌 나의 제일 좋은 남자 친구야. 난 종종 여기에 있는 내 친구들한테 네가 얼마나 멋진 사람인지 얘기하곤 해. 개들은 우리가 연인이라고 믿지 않고 내가 그냥 허풍을 떤다고 생각해. 내가 그 애들한테 보여줄 수 있게 달콤한 말을 써서 보내줘.

입맞춤을 보내며,

리비아

난은 다시 분노에 사로잡혔다. 그는 아들의 가슴을 틀어쥐고 뺨을 때리기 시작했다. "이 짐승 같은 놈! 컴퓨터를 늘 켜놓고 있더라니. 그러면 그렇지. 리비아하고 계속 이런 상태였단 말이구나!"

난이 계속 때리려고 하자, 타오타오가 저항을 멈추고 울부짖었다. "제가 메시지를 보낸 게 아니에요. 때리지 마세요! 아파요, 아빠!"

그러나 아버지의 무자비한 손이 그의 얼굴과 머리를 계속 강타했다. 금세 그의 볼이 부어오르고 손자국이 났다. 난은 화가 좀 가라앉자, 아들의 얼굴을 보고 놀랐다. 그는 아직도 숨을 헐떡거리고 있는 타오타오를 놓아줬다. 잠시, 난은 현기증이 나는 것처럼 미동도 하지 않고 그 자리에 서 있었다. 문득 오래전 핑핑에게 결코 폭력을 사용하지 않겠다고 약속했던 일이 떠올랐다. 그는 자신을 방어할 줄 모르는 아이한테 자신이 폭력을 휘두른 걸 깨닫고 충격을 받았다. 그는 아들을 보기 너무 창피해 고개를 돌렸다.

그리고 부엌으로 달려가서 무선전화기를 갖고 돌아왔다. 그는 헐떡거리며 타오타오에게 전화기를 줬다. "됐다, 그만 울어라. 경찰서에 전화해서 내가 때렸다고 해."

"싫어요." 아이는 두 손을 뒤로 감췄다. 아이의 입술이 비틀려 있었다.

"전화하라니까!" 난이 아들에게 전화기를 떠밀었다. "어서 와서 붙잡아 가라고 해라. 네 아비가 종신형을 받아야 하는 폭력적인 사람이라고 해."

"싫어요."

"젠장, 하란 말이다! 이런 비참한 삶은 나도 지긋지긋하다. 와서 잡아가라고 해. 그러면 모든 걱정과 절망이 사라지겠지. 그래, 네가 밤낮으로 컴퓨터를 하고 원하는 만큼 여자 친구를 사귈 수 있도록 날 감옥에 처넣으라고 하란 말이다." 그가 수화기에 부착된 스티커에 있는 비상번호 중 하나를 가리켰다.

"싫어요."

"왜 싫다는 거냐? 나는 방금 널 때렸다. 어째서 날 잡아가라고 안 하겠다는 거냐? 나는 자식을 학대하는 아비니 감옥에 가야 한다. 자, 전화해!"

"싫어요, 안 할래요."

난은 경찰서 번호를 미친 듯 누르기 시작했다. 타오타오가 앞으로 달려들어 아버지의 손에서 전화기를 빼앗았다. 난은 한 팔로 아이를 붙잡고 다른 손으로 타오타오의 손에 들린 전화기를 빼앗으려고 했다. 아버지와 아들은 그렇게 드잡이를 하다가 침대에 넘어졌다. 그러나 아이는 여전히 두 손으로 전화기를 꼭 잡고 있었다. 난이 아무리 애를 써도, 아들의 손에서 그걸 빼앗을 수 없었다.

"놔!" 난이 고함을 쳤다.

"안 돼요!"

차츰 난은 조금씩 누그러졌다. 그리고는 동작을 멈추고 일어나 앉았다. 그는 아들을 바라보았다. 아이는 일어나서 뒤로 물러났다. 아직도 콧물을 훌쩍이며 숨을 헐떡이던 아이가 아버지가 전화기를 보지 못하도록 두 손을 뒤로 돌렸다. 아이는 벽에 등을 대고 구석에 서 있었다. 난은 타오타오의 눈물과 공포에 질린 얼굴을 보고 할 말을 잃고 얼어붙었다. 순간, 그는 아들이 그를 필사적으로 집에 있게 하려고 한다는 걸 깨달았다. 아이의 얼굴은 너무 섭에 실려 있었다. 아이는 아버지가 머리를 박살냈더라도 전화기를 내주지 않았을 것이다. 난은 후회스러웠다. 그는 일어나서 아무 말 없이 집을 나섰다. 그는 손등으로 눈물을 연신 훔치며 금귀를 향해 돌아가고 있었다. 돌아가는 내내, 그는 울었다.

5

난이 집에서 무슨 일이 있었는지 얘기해주자, 핑핑은 그의 어깨를 주먹으로 치며 말했다. "다시는 타오타오를 때리지마. 그랬다간 당신을 끝없이 물고 늘어질 테니까."

난은 다시는 아이를 때리지 않겠다고 약속했다.

핑핑은 1년에 한두 차례 아이를 때렸지만, 다른 사람은 아무도 아이의 몸에 손을 대지 못하게 했다. 그러나 그녀도 속으로는 타오타오가 맞을 짓을 했다고 생각했다. 한번은 하는 짓이 못마땅하니 두들겨 패줘야겠다고 투덜거리기까지 했다. 니얀이 우연히 그 말을 듣고 말했다. "가만 좀 눠요. 그 애도 좀 놀아야 하잖아요."

"논다고요?" 핑핑이 대꾸했다. "우리가 여기서 죽을 지경으로 일하고 있는데, 그 애는 계집애와 시시덕거렸단 말이에요."

"타오타오도 이제 열한 살이 다 됐어요. 여자한테 관심을 갖는 건 당연하죠."

"대학을 졸업할 때까진 여자 친구를 사귀면 안 돼요. 그건 시간 낭비라고요."

"정말 시대에 뒤처진 사람이로군요. 우리는 중국에 살고 있는 게 아니에요. 이곳 아이들은 사춘기가 빨라요. 어느 모로 보나 타오타오는 잘생긴 아이고요. 그런 아들을 둔 걸 다행으로 생각해야죠. 제 친구 아들은 인터넷으로 포르노를 자주 본대요. 그러다가 전화요금이 9백 달러도 넘게 나왔다지 뭐예요."

"세상에! 그게 언제 있었던 일이죠?"

"2년 전, 아이가 막 열세 살이 됐을 때였어요."

"부모가 아이를 어떻게 했나요?"

"아버지가 가죽 끈으로 때리고 난리였죠. 그러나 아이는 막무가내로 포르노사이트를 계속 봤대요. 사이버섹스에 중독된 거죠. 아동학대죄로 부모를 고발하겠다고까지 했다네요."

"아이를 돌려세울 방법이 전혀 없었나요?"

"부모가 지지난 여름에 아이를 베이징으로 돌려보냈어요. 그랬다가 지난해에 다시 돌아왔어요. 그곳에서 중학교를 다닐 수가 없었던 모양이에요. 중국어를 잘 몰라 수업을 따라갈 수 없었던 거죠. 만약 당신 아들이 그런 경우라면 어떻겠어요?"

핑핑은 더 이상 아무 말도 하지 않았지만, 여전히 속이 부글부글 끓었다. 리비아와 사귀다니! 안 될 일이었다. 그녀는 자신의 인생에서 가장 후회스러운 것이 난을 만나기 전에 남자 친구 때문에 5년을 허비했다는 사실이었다. 그녀는 주말에는 남자 친구의 집에 가서 가족을 위해 빨래도 하고 요리도 했다. 그들을 위해 일을 하느라 학교 공부에 집중할 수가 없었다. 그럼에도 늘 성적이 좋긴 했다. 그러나 남자 친구가 없었다면 대학원에 가서 더 많은 걸 성취할 수도 있었을 것이다. 자신을 버린 남자와 보낸 그 세월이 그녀의 삶에서 가장 비참하고 공허한 시기였다. 무슨 수를 써서라도, 아들만큼은 같은 실수를 반복하지 않게 할 참이었다.

핑핑은 그날 밤, 집에 돌아와 타오타오에게 말했다. "리비아한테 편지 그만 써라."

난이 말을 보탰다. "그 아이한테는 남자 친구가 열 명도 넘을 거다. 너는 그중 하나일 뿐이야. 장난감처럼 말이지."

"그걸 어떻게 알아요?" 타오타오가 물었다.

어머니가 끼어들었다. "난 그 아이를 몇 년 동안 돌봤어. 그래서 그 아이가 어떤 아이인지 잘 알아. 진지한 아이가 아니야. 남자를 좋아해서 너하고 장난을 치는 것뿐이야."

"제 친구예요."

"그런 여자 친구는 사귀면 안 돼."

"왜요?"

"왜냐고? 우리 가족은 그들과 달라. 우리는 가난한 사람들이야. 우리는 집에 벽난로가 여덟 개씩이나 있는 그런 집안이 아니잖니?"

"그렇긴 하지만 그렇다고 그 아이가 나쁘다고 할 수는 없잖아요."

"말대꾸 좀 그만해. 난 오랫동안 메이스필드 가족을 위해 일을 했어. 넌 내가 며느리의 시녀가 되면 좋겠니?"

"엄마, 무슨 말씀이세요?"

난도 펑펑이 이번에는 너무 멀리 나갔다고 생각했지만 아무 말도 하지 않았다. 그도 타오타오가 리비아와 가까워지는 걸 원치 않았다. 메이스필드 가족을 다시 만나면 불편할 것 같았고, 그들이 타오타오에게 잘해줄지도 의문이었다.

"평생 머슴이 되고 싶은 거야?" 펑펑이 아들에게 물었다.

"아뇨."

"그럼 리비아와는 끝내라. 넌 가난한 아이야. 그 아이 같은 부자는 널 쓰레기로 취급할 거다. 너, 필 아저씨 기억하지?"

필은 하이디의 제부였다. 자기 돈이라곤 한 푼도 없던 스페인 사람이었다. 메이스필드 집안사람들은 필과 결혼한 하이디의 여동생 로절린드 앞에서도 그를 향해 얼굴을 찌푸렸다.

"그 아저씨는 좋은 사람이잖아요." 타오타오가 말했다.

"가족들이 그를 존경하던?" 어머니가 물었다.

"꼭 그런 건 아니었죠."

"너 그 사람처럼 되고 싶어?"

"엄마, 말도 안 되는 소리 마세요! 저는 리비아와 결혼하지 않을 거예요. 알겠어요? 엄마는 말도 안 되는 상상을 하고 있어요."

"그럼 대체 왜 그 아이와 사귀는 거니?"

"우리는 그냥 즐거운 시간을 보내는 것뿐이에요."

"미국식 즐거움 어쩌고 하는 것 그만두지 못해! 나는 네가 여자들을 갖고 노는 법을 배우는 걸 바라지 않아. 넌 진지하고 신뢰할 수 있는 남자가 되어야 해."

타오타오는 생각에 잠겼지만 설득당하진 않은 것 같았다. 어머니의 말이 이어졌다. "그렇게 일찍 여자 친구와 사귀는 건 인생 낭비일 뿐이야. 학교 공부에 집중해야 해. 여자 친구를 사귀려면 대학을 졸업할 때까지 기다려라."

아이는 아무 대답도 하지 않고 애원하듯 아버지를 바라보았다. 난은 아들이 안쓰러웠다. 그러나 아이가 그 여자아이와 그렇게 가까워지면 안 될 것 같았다. 그랬다간 상처를 받을 것 같았다. 한편, 타오타오가 커서 심각한 관계를 맺기 전에 여자들에 대해 아는 게 더 좋을 수도 있을 것 같은 생각도 들었다. 삶을 다시 시작할 수 있다면, 그도 한 여자한테 온 마음을 빼앗기기 전에 많은 여자들과 가볍게 데이트를 해볼 것 같았다. 그가 아내와 아들에게 말했다. "됐어. 잘 시간이야."

"리비아와 헤어지겠다는 다짐을 받아야겠어." 핑핑이 말했다.

"보통 친구로 생각할게요, 됐죠?"

핑핑은 타오타오가 그런 약속을 당장 하기에는 너무 고집이 세다는 걸 알고 더 이상 말하지 않았다. 그녀는 방으로 들어가 샤워를 하려고 수건을 집어 들었다. 그녀는 아들의 약해 빠진 꼬락서니가 여전히 불만스러웠다.

*

다음 날, 지리를 가르치는 스필러 선생이 수업 시간에 타오타오에게 물었다. "너, 얼굴이 왜 그래? 누구한테 맞았니?"

"아뇨, 지난밤에 화장실 가다가 벽에 부딪혀서 그래요." 아이는 약간 당황했지만 애써 미소를 지어 보였다.

"보기 흉하구나."

"엿같이 아팠지만 지금은 괜찮아요."

"애야, 말 좀 가려서 해라."

"죄송합니다." 아이는 고개를 숙이고 지도를 그리는 일을 계속했다. 선생은 학생들에게 자기만의 나라를 만들라는 과제를 줬다. 학생들은 서로 다른 시간대, 여러 도시, 숲, 평야, 고속도로, 항구, 바닷길을 포함한 상상의 나라에 관한 지도를 그리게 돼 있었다. 타오타오는 그 과제를 좋아했다.

6

　미첼 부부는 6월 초순, 난징을 향해 떠났다. 그들은 두 달을 기다리고 나서 한 달을 더 기다려야 했고 결국, 그들은 하일리를 위해 옷을 다시 사야 했다. 지금은 아이가 더 자랐을 터였다. 그럼에도 불구하고, 미첼 부부는 중국 측의 최종 허락이 떨어지자 무척 좋아했다. 그들은 마침내 딸을 집으로 데려올 수 있게 되었다며 사람들에게 얘기하고 다녔다. 재닛과 데이브가 중국에 있는 동안, 핑핑은 장신구 가게에 이따금 들러 키가 큰 점원인 수지와 잡담을 했다. 수지는 자기가 주인이라도 되는 것처럼 모든 걸 잘 정돈해놓고 있었다. 지난봄부터 수지는 재닛을 위해 풀타임으로 일하고 있었다. 그녀는 핑핑에게 주인이 구두쇠라며 유급 휴가를 주지 않는다고 불평했다. 그러자 핑핑은 자신의 친구를 두둔했다. "그래도 의료 보험을 들어주잖아요. 안 그래요?"

　"맞아요, 그러나 그것도 그리 좋진 않아요. 의사를 보러 갈

때마다, 20달러씩 내야 하는걸요." 수지는 입을 삐죽거리다
가 윗입술을 핥았다.

"우리는 아들이 하나 있지만 진짜 보험이 없어요. 당신은
운이 좋은 거예요. 재닛은 당신의 의료 보험에 많은 돈을 쓰
고 있어요."

수지는 짜증이 난 것 같았다. 그녀는 헤나로 손톱을 칠한
손가락을 구부리는 동작을 되풀이했다. 입술연지를 너무 두
껍게 발라, 마치 햇볕에 탄 사람 같았다. 그녀가 중얼거렸다.
"두 분이 가깝다는 건 알아요. 재닛한테 내가 험담했다고 이
르진 마세요."

"당연하죠."

수지는 점심을 먹으러 금귀에 자주 왔다. 주된 이유는 가깝
기 때문이었다. 그녀는 차가 없었다. 목수인 남자 친구가 그
녀를 가게까지 태워다주고, 저녁에 문을 닫을 때 태우러 왔
다. 그는 양팔의 알통에 지네 문신을 하고 다녔다.

오늘은 2시가 지나자 식당에 손님이 거의 없었다. 그래서
모두가 한숨 돌릴 수 있었다. 핑핑과 니얀은 탁자에 앉아 차
를 마시며 과일을 깎아 먹으려 하고 있었다. 난은 식당 손님
을 위해 구독하는 《타임》을 읽고 있었다. 보통 그들은 점심을
먹지 않았다. 배고프면 주방에 가서 한 입 먹는 게 전부였다.
그리고 저녁 늦게 문을 닫기 전, 같이 식사를 했다. 난은 생선
머리로 끓인 국, 양갓냉이 튀김, 완두콩과 절인 겨자잎을 얹
은 두부처럼 가볍고 간단한 요리를 했다.

난이 커피 잔을 무심코 입에 가져갔을 때, 전화벨이 울렸다. 평평이 받았다. "재닛, 어디예요?" 그녀가 들떠서 물었다.

"어디겠어요? 난징이죠!" 재닛이 말했다.

"하일리 봤어요?"

"아직 못 봤어요. 하루 더 기다려야 해요."

"거기 아주 덥죠?"

"네, 애틀랜타가 그리워요. 이런 날씨는 처음 봐요. 낮에는 정말 더워요. 그런데 이곳 사람들은 아무렇지도 않은가봐요."

"그래서 난징이 '용광로'라고 불리는 거예요."

"우리는 어제 다른 아이를 보러 갔어요."

"어떤 아이 말이죠?"

"하일리 말고 사진 속의 다른 아이 말이에요."

"아, 어떻게 생겼던가요?"

"너무 예뻐요. 하일리보다 키가 약간 컸어요. 안쓰럽더라고요. 다행히도 필라델피아에서 혼자 사는 여자가 그 애를 입양할 거래요. 그 소릴 듣고, 데이브와 나는 기분이 한결 나아졌어요."

"그럼 더 이상 죄의식을 느낄 필요가 없겠네요? 다른 곳도 가봤나요? 내 말은 돌아다니면서 뭘 좀 사기도 했느냐는 말이에요."

"양쯔 강과 공원에 가봤죠. 난징은 매혹적인 도시 같아요. 맛있는 것도 많고요."

"양쯔 다리에 가봤나요?"

"네, 조금 무섭더라고요."

"왜요?"

"기차가 밑으로 지나갈 때마다 다리가 흔들렸어요. 데이브와 나는 다리가 무너질까봐 무서웠어요. 데이브는 수영을 못하잖아요."

핑핑이 웃었다. "당신은 너무 재미있어요. 모든 것이 아직까지는 괜찮은가보죠?"

"그래요. 내가 전화를 하는 건 그곳 상황이 어떤지 알고 싶어서예요."

"모든 게 좋아요. 당신의 집과 뜰은 깨끗하게 정돈돼 있어요. 어제 아침에 가봤는데, 잔디도 깎아놓고, 다 좋아 보이더군요. 걱정하지 마요. 수지도 가게를 잘 보고 있어요. 하나하세세한 것까지 신경을 쓰며 잘하고 있어요."

"고마워요, 핑핑. 딸을 넘겨받으면, 베이징으로 가서 서류를 준비해야 할 것 같아요. 그런 다음, 비행기로 돌아오기 전에 만리장성을 구경할 생각이에요."

"왜 그러려고 하죠? 아이를 데리고 거길 가려면 힘들지 않을까요?"

"하일리와 살게 되면, 오랫동안 여행을 못 할 것 같아서 그래요. 그리고 지금 찍어 놨다가 훗날 하일리에게 보여주고 싶기도 하고요."

"그렇군요. 안전한 여행이 되기를 바랄게요. 이곳은 걱정하지 마요."

전화를 끊고 나서, 핑핑은 난에게 말했다. "아이를 데리고 만리장성을 보겠다니 정상이 아닌 것 같네."

"하일리는 정말 운 좋은 아이군." 난은 아무 감정도 드러내지 않고 말했다. "내가 아기였을 때 미국인 가정에서 날 입양했다면, 지금쯤 영화배우나 적어도 사장이 되어 있을 텐데."

그 말에 모두가 웃었다.

그날 오후 늦게, 난은 지난주에 발행된 〈해외일보〉에 실린 기사를 읽었다. 만핑 류 선생이 암 치료를 받으러 베이징으로 돌아갔다는 내용의 기사였다. 노인은 낡은 자동차의 소음기를 강력 접착제로 고치다가 갑자기 쓰러져 빈민들을 위한 인근 병원에 실려 갔다고 했다. 진단명은 간암이었다. 의사는 빨리 손을 쓰지 않으면 살날이 얼마 남지 않았다고 했다. 노인이 중국 정치국 고위직 관리한테 귀국하는 걸 허용해달라는 편지를 썼다는 소문이 있었다. "조국에서 죽게 해달라"는 내용의 편지였다고 했다. 당국은 동정심이나 정치적 편의성을 내세워 그가 귀국하는 걸 허용하고 베이징에 있는 병원에서 치료까지 해주겠다고 했다. 그가 민감한 문제에 대해 발언하지 않고 외국인과 만날 경우 사전에 경찰한테 알린다는 조건에서였다. 그는 중국에서 도망치기 이전의 급료까지 다시 받을 수 있을 거라고 했다. 류 선생은 그 조건을 받아들이고 아내와 함께 조용히 귀국했다.

기사를 보면서 난은 착잡한 생각이 들었다. 그는 며칠 동안, 류 선생의 귀국이 의미하는 바가 뭔지 생각해보았다. 노인이 그렇게 쉽게 당국에 굴복한 이유가 뭘까? 그가 향수에 젖어 있었고, 베이징에 가면 더 좋은 치료를 받고 오래 살 수 있을지도 모른다는 건 사실이었다. 그러나 귀국 결정은 자신의 원칙과 타협하고 성실성을 훼손하는 행위가 아니었을까? 난은 그에 대한 답을 분명하게 내릴 수 없었다. 그는 요리를 하면서도 류 선생에 대한 생각에 골몰해 있었다.

차츰 그는 자신과 노학자 사이의 근본적인 차이가 뭔지 알게 되었다. 류 선생은 삶이 과거에 의해 만들어지고 그를 중국에서 추방한 중앙 권력과 관련해서만 존재할 수 있는 망명자였다. 여기에 류 선생의 비극이 있었다. 그는 늘 자신을 통제하고 괴롭힐 수 있는 국가 장치로부터 자신을 분리시킬 수가 없었다. 기존의 틀이 없으면, 그의 삶은 의미도 방향도 잃어버릴 터였다. 바로 이것이 그렇게 많은 망명자들이 향수에 무너져 고통과 애국주의를 찬미하는 이유인 게 틀림없었다. 그들은 몸은 이곳에 있으면서도 무거운 과거의 멍에 때문에 새 삶에 적응할 수가 없었다. 그와는 대조적으로, 난은 부담스럽고 이렇다 할 만한 과거가 없는 이민자였다. 당국한테 그는 존재하지 않는 사람이었다. 중국 관리에게 뭘 애걸할 수도 없었다. 단순한 이민자나 난민에 지나지 않는 그와 같은 사람의 말을 누가 들어주겠는가. 그와 같은 '민초'들은 벌레나 풀처럼 생존하거나 또 그렇게 없어졌다. 그와 같은 사람들은 본토에 사는 사람들에게는 전혀 중요하지 않았다. 중국에 있는 사람들에게, 그들은 이미 없어진 존재였다. 한 고위 관리가 최근에 일단의 해외 중국 동포들에게 "진정한 애국자가 되기 위해서는 자격을 갖춰야만 한다"는 말을 한 것도 놀랄 일은 아니었다. 그 말은 중국은 경제적, 기술적 발전에 실질적인 기여를 할 수 있는 사람들만을 필요로 한다는 의미였다. 난은 이런 문제들에 대해 생각하면 할수록 점점 더 속이 상했다. 반면, 그는 이민자로서의 삶을 자신의 삶의 조건으로 받아들이고 자립하고 싶어 했다. 그는 자기 가족을 받아들이고 자신들에게 새로운 시작을 위한 기회를 준 미국 땅에 고마움을 느꼈다.

7

다음 날 폭풍우가 온다는 일기예보가 있었다. 그래서 많은 사람들이 슈퍼마켓에 가서 보존식품과 생수 등을 샀다. 4시가 지나자 금귀에는 아무 손님도 오지 않았다. 그래서 우 부부도 일찍 문을 닫고 집으로 가서 저녁에 들이닥칠 폭풍우에 대비했다. 그들은 집의 동쪽 끝자락에 있는 거대한 떡갈나무가 걱정이었다. 그것이 무너지면, 차고와 거실의 지붕을 덮칠 터였다. 그 나무는 그들과 제럴드의 공동 소유였다. 나무를 분기점으로 양쪽 집이 나뉘었던 것이다. 난과 핑은 여러 차례에 걸쳐 제럴드에게 나무를 잘라내자고 했다. 쓰러지면 그의 집 지붕도 덮칠 것이기 때문이었다. 그러나 그는 돈이 없다며 그걸 베어내는 데 소요되는 6백 달러의 비용을 나눠서 내려고 하지 않았다. 그런데 앨런에 따르면, 떡갈나무는 뿌리가 깊어서 쉽게 쓰러지지 않는다고 했다. 오히려 소나무가 더 위험했다. 앨런이 2년 전에 자기 집 소나무를 열아홉 그루나 베어내고 마당에 있는 떡갈나무를 그대로 둔 것은 그러한 연유에서였다. 이제 우 부부가 할 수 있는 일은 폭풍의 여파로 차가 뒤집히고 집들이 파괴된 장면을 텔레비전으로 지켜보며 기도하는 일뿐이었다. 기자가 말했다. "폭풍우 외에도 토네이도가 북쪽 교외 지역을 강타했다는 보도가 있습니다. 자세한 사항이 파악되는 대로 더 알려 드리겠습니다."

우 부부는 소파를 식당으로 옮겼다. 떡갈나무가 쓰러질 경우를 대비해서였다. 9시경, 천둥소리가 연거푸 나더니 갑자기 밖이 하얘졌다가 호수 너머의 나무들과 불빛이 사라졌다. 그리고 콤바인에서 나는 것 같은 이상한 소리가 나기 시작했다. 탈곡기 소리보다 훨씬 더 빠른 소리였다. 타오타오는 계속 흔들리는 창밖을 내다보고 싶어 했지만, 폭풍우가 방 안으로 들이닥칠지 몰라 난이 못하게 했다. 곧 전기가 나갔다. 그들은 이것이 토네이도라는 것을 깨달았다. 그들은 구석에 놓인 소파에 소리 없이 몸을 웅크렸다. 아무리 귀를 기울여도, 난의 귀에는 나무들이 쓰러지면서 나는 소리가 들리지 않았다. 어찌 된 일인지 모든 소리가 둔탁해졌다. 그런데 지붕은 삐걱거렸다. 지붕에 뭔가 부딪는 소리가 울렸다. 우박도 내리는 게 아닌가 싶었다.

3분 후, 토네이도가 지나갔다. 그러나 불이 모두 나갔기 때문에 밤은 전보다 더 어두웠다. 그들은 식당의 넓은 창 밖을 내다보았다. 잔디 위에 부러진 가지들이 널려 있는 게 보였다. 다행히도 뒤뜰에 있는 나무들은 여전히 서 있었다. 북쪽에서 소방차인지 구급차인지 몰라도 요란한 소리가 들려왔다. 전기가 곧 들어오지 않을 것 같아, 그들은 일찍 잠자리에 들었다.

타오타오가 다음 날 아침 학교에 간 후, 난은 피해 상황이 어떤지 보려고 부근을 걸어 다녔다. 쓰러진 소나무 때문에 여러 채의 집이 피해를 입고 있었다. 거리의 전깃줄은 여기저기 끊겨 있었다. 다행히도 토네이도는 비버 힐 플라자는 건드리지 않았고, 금귀에는 전기도 들어와 있었다. 난은 냉동고와 냉장고가 전처럼 잘 돌아가는 걸 보자 기뻤다. 그러다가 이 지역에 있는 많은 집들이 단전된 상태라 오늘 식당에 손님들이 몰려들 거라는 데 생각이 미쳤다. 그는 급하게 집으로 돌아가 펑펑에게 앞마당을 쓰는 일은 나중에 하라고 하고, 둘이서 식당으로 출발했다.

사실이었다. 하루종일 손님이 끝없이 들어왔다. 우 부부와 니얀은 정신없이 바빴다. 그러나 장사가 잘되자 다들 좋아했다. 전기가 나간 탓에 타오타오는 학교가 끝난 후에 식당에 머물며 숙제를 했다. 저녁때쯤, 마침내 전기가 들어왔다. 밖에서 바비큐를 하거나 닭고기를 튀기는 냄새가 아직도 진동했다.

그날 밤, 우 부부가 집에 돌아오자마자, 누군가가 문을 두드렸다. 난이 가보니 제럴드였다. 제럴드는 최근에 몸이 아파 일을 쉬고 있었다. 기름이 덕지덕지 묻은 작업복을 입은 그는 창백하고 늙어 보였다. 짧은 턱수염은 희끗희끗했고 눈빛은 미치광이의 그것처럼 강렬하게 번뜩였다. 그는 일주일 전 고비라는 이름의 개를 잃어버렸다. 어느 날 아침, 죽은 개를 발견한 사람은 타오타오였다. 까마귀 두 마리가 미친 듯 소리를 지르며 고비의 배 위에 서 있었다. 그러자 아이는 부모를 불렀다. 그들이 나가 보았지만 개를 살릴 도리가 없었다. 고비는 사상충으로 죽었다. 제럴드에 따르면, 그 개는 강아지였을 때부터 그 병을 앓고 있었다. 어떤 의미에서, 우 부부는 고비가 죽은 것이 좋았다. 이제 한밤중에 개가 짖는 소리에 잠에서 깨지 않아도 되기 때문이었다.

"주스 좀 빌릴 수 있어요?" 제럴드가 난처해하는 빛이 역력한 목소리로 난에게 물었다.

"오렌지 주스요?"

"아니, 전기요."*

"무슨 일이죠? 전기가 아직 안 들어왔나요?"

"네, 전화를 했더니 내일이나 와서 복구해줄 거라고 하네요."

"그런데 전기를 어떻게 빌린다는 거죠?" 제럴드가 요금을 내지 않아 전기가 끊겼다는 걸 알고 있었지만, 난은 그 말에 궁금증이 일었다.

"차고에 코드를 연결해 끌어가면 되죠."

"아." 실제로 집 옆문과 가까운 벽에 콘센트가 있었다. "굳이 빌릴 필요 없어요. 이틀 동안 그냥 사용하게 해드리죠."

"이틀이면 충분해요. 그때쯤이면 전기가 들어올 테니까요."

*Juice는 흔히 '즙', '액'이란 뜻으로 쓰이지만, 그 외에도 구어로 '전기', '전류', '가솔린' 등의 다양한 뜻으로 사용된다.

제럴드는 배가 고픈 것 같았다. 어쩌면 하루 종일 요리를 하지 못했을 것 같았다. 사실, 우 부부는 그를 오랫동안 보지 못했다. 그는 요즘에는 동면을 하는 사람처럼 집 밖에 나오지 않았다. 이웃인 앨런이 그의 집에 가서 잔디를 깎고 나뭇가지를 쳐줘야겠다고 말하면, 제럴드는 이렇게 대꾸했다. "내가 하고 싶으면 할 거요. 나는 누가 하라고 한대서 하는 사람이 아니오." 그러나 그는 집을 손질할 생각을 전혀 하지 않았다. 이따금 한 번씩, 정원용 트랙터로 잔디를 깎는 게 전부였다. 그가 앞뜰에서 트랙터를 몰 때면, 요란한 소리와 함께 먼지구름이 일었다. 그는 난에 대한 감사의 표시로 언젠가 한번은 트랙터로 잔디를 깎아줬는데, 날을 너무 낮게 조정하는 바람에 잔디가 너무 바짝 깎여 오랫동안 보기 흉했다. 그래서 핑핑은 자기네 잔디는 깎지 말라고 사정했다.

천성적으로 제럴드는 친절한 사람이었고 늘 누군가를 도와주려고 하는 일종의 기술자였다. 그는 로지 부인의 집 지붕에 올라가 나뭇잎을 털어주기도 했고, 거리 아래쪽으로 몇 집 건너에 사는 은퇴한 어틀리 부부를 위해서는 배수관을 설치해 빗물이 길가나 뜰로 넘치거나 흘러드는 대신 호수로 바로 흘러가도록 해주기도 했다. 또한 두 집이 바닥에 마루를 까는 걸 도와줬다. 인근에 사는 사람들은 그의 매끈한 솜씨를 보고 감탄했다. 제럴드가 '멋지게' 일을 했다는 데는 아무도 이의가 없었다. 그러나 어찌 된 일인지 제럴드는 자기 집에는 신경을 쓰지 않았다. 집을 가꾸는 데 신경을 쓴다고 누가 돈을 줄 것도 아니기 때문인지도 몰랐다.

"지난번에 제럴드네 집 앞뜰에서 그 사람 전처와 딸을 만난 적이 있어." 제럴드가 가고 나자 펑펑이 난에게 말했다.

"그 여자, 어떻게 생겼어?"

"아주 젊어 보이던데. 파마머리를 하고 있었고. 버크마르 고등학교 근처에 있는 와플 하우스에서 서빙을 한대."

"제럴드가 언젠가 전처가 자기보다 나이가 많다고 했는데."

"그럴지도 몰라. 여하튼 젊고 예뻐 보였어. 제럴드가 늘 그렇게 잡동사니를 갖다 놓는 걸 참을 수 없었대. 그러면서 그가 '산림쥐'*라고 하더라고."

"그런데 그건 이혼 사유가 될 수 없잖아."

"그가 전에는 술을 너무 많이 마셨대."

"하지만 이젠 알코올 중독자도 아니잖아."

"그 사람 없이 사는 게 행복해 보였어. 다른 남자가 생겼는지도 모르지. 딸도 행복해 보였고."

난은 수도로 가서 따뜻한 물을 플라스틱 양동이에 받았다. 발을 씻기 위해서였다. 오늘 밤은 샤워를 하기에는 너무 피곤했다. 샤워는 아침에 해야지 싶었다. 그는 제럴드의 상황에 대해 생각하며, 그 친구 같았으면 자기는 지금쯤 자살했을 것 같았다. 어떤 점에서 제럴드는 강했다. 난은 자신이 가정을 지킬 수 있어서 운이 좋다고 생각했다.

*별로 필요도 없는 것들을 모아 놓는 사람.

8

 미첼 부부가 딸을 데리고 돌아왔다. 우 부부는 이튿날 아침, 그들을 보러 갔다. 데이브와 재닛은 막다른 골목에 있는 외딴 저택에 살았다. 저택 진입로는 나무다리를 건너 앞뜰까지 이어졌다. 뜰에는 가느다란 소나무 한 그루가 대리석으로 된 새 목욕통 옆에 쓰러져 있었다. 며칠 전의 폭풍에 쓰러진 것이었다. 빅토리아 양식의 저택 입구에는 베이지색 주랑 현관이 난간이 있는 발코니를 받치고 있었다. 경사진 작은 탑과 아치형 창문들이 멋져 보이는 저택이었다. 그 저택은 파이브 포크스 로드에 속한 구역인 브리즈우드 파크에서 가장 비싼 집 중 하나였다.

 미첼 부부는 핑핑과 난을 반갑게 맞았다. 재닛과 데이브는 여행에 지쳐 있음에도 기분이 좋아 보였다. 두 사람 다 약간 마른 것 같았다. 난징의 더위에 시달린 탓인지도 몰랐다. 아이의 방에는 동물 인형이 많았다. 그중에는 양탄자에 긴 귀가 닿게 엎어진 강아지 인형도 있었다. 엉덩이를 깔고 앉아 엄니를 위로 치켜든 조그만 코끼리 인형도 있었다. 그 옆에는 덮개 달린 요람이 있었는데, 어쩌면 아이가 이제 너무 커버려 눕지 못할 것 같았다. 하일리는 붉은 담요로 반쯤 싸여 아기 침대에 누워 있었다. 아이가 이따금 재잘거리며 손을 내밀었다. 핑핑은 그 손을 보며 갓 구운 자그만 빵을 떠올렸다. 아이는 자기 위에 몸을 굽히고 있는 어른들과 얘기를 하고 싶은 것 같았다. 행복하고 편안해 보였다. 모든 점에서 아이는 발그레한 볼에 아몬드 모양의 눈을 가진 평범한 중국 아이였다. 눈가에 딱지가 약간 앉아 있었다. 골격이 단단하고 우렁찬 목소리에도 불구하고, 하일리는 건강해 보이지 않았다. 재닛은 아이가 지난봄에 폐렴에 걸렸다고 말했다. 여행이 연기된 건 그래서였다고 했다. 그녀는 다음 주 초에 아이를 병원에 데리고 갈 예정이었다.

데이브의 얼굴은 행복감에 발그레했다. 큰 이마는 전보다 더 반짝였다. 그가 아이를 안는 걸 보며, 핑핑은 그의 큰 손에 아이가 다치진 않을까 걱정했다. 그러나 그는 아이를 조심스럽게 다뤘고 대부분은 재닛에게 아이를 안고 있게 했다. 그는 아내가 아이를 안고 있으면 졸래졸래 따라다녔다. 두 부부는 커피를 마시러 거실로 돌아왔다. 미첼 부부는 중국 여행이 놀라운 경험이었다고 말했다. 중국은 그들이 생각했던 것처럼 후진적이 아니고 대부분의 사람들은 편안하게 잘 사는 것 같았다. 곳곳에서 공사가 진행되고 있었다. 미국인 방문객들 사이에 중국의 국조國鳥는 크레인이라는 농담이 돌았다. 중국은 빠른 속도로 발전해가고 있는 게 분명했다. 재닛은 핑핑과 난에게 난징에 사는 중국인들이 미국의 차이나타운에 있는 중국인들과 다른 이유가 뭐냐고 물었다. 그들은 난징과 상하이에서 잘생긴 남자와 여자를 많이 보았다고 했다. 여자들은 날씬하고 피부가 매끈했으며 종종 완벽하게 옷을 차려 입고 있었고, 젊은 남자들은 몸매가 멋졌다. 어떤 남자들은 운동선수 같았다. 미첼 부부는 이곳에 사는 중국인들은 어째서 다른 인종처럼 보이는지 궁금해했다. 핑핑은 그들에게 시골에 갔더라면 차이나타운에 사는 사람들과 더 흡사한 사람들을 많이 만났을 것이라고 말했다. 사실, 대도시에 사는 요즘 젊은이들은 더 잘 먹기 때문에 부모보다 키가 컸다.

"이곳에 사는 중국인 아이들도 영양가 있는 음식을 먹지 않나요?" 데이브가 물었다. "그런데도 그 아이들 역시 본토박이 중국인들과 너무나 달라 보여요."

"그 아이들의 유전자가 미국화돼서 그런지도 모르죠." 난이 무표정하게 말했다.

"그렇다면 몸이나 키가 더 커야 하잖아요." 데이브가 받아쳤다.

모두가 웃었다. 핑핑은 차이나타운에 사는 사람들은 대부분, 쌀밥을 먹고 더운 기후와 식습관 때문에 키가 작은 남쪽 해안 지방 출신이라고 말했다. 일반적으로 말해, 북쪽 사람들이 남쪽 사람들보다 키가 더 컸다. 그러나 남쪽에 있는 상하이나 난징 사람들은 키가 왜 작은 건지 알 수 없었다. 아무리 노력해도 난이나 핑핑은 설득력 있는 설명을 해줄 수 없었다. 여하튼 그들은 미첼 부부가 본 게 맞다고 생각했다. 그들도 차이나타운의 중국인과 본토 중국인의 생김새가 다르다는 걸 느끼고 있었다.

미첼 부부는 중국에서 찍은 사진들을 보여줬다. 그들은 사찰, 공원, 영어 교습소, 고아원 직원들, 연회, 그들이 포기해야 했던 여자아이 등을 사진으로 찍어 왔다. 재닛은 하일리를 기념할 만한 것들이 들어 있는 다른 앨범도 가져왔다. 그중에는 화려한 깃털 책갈피와 얇은 반투명지에 싸인, 종이를 오려서 만든 동물들 같은 작은 수공예품 외에도 비행기표, 택시 요금 영수증, 난징 지도가 있었다. 핑핑은 몹시 감동을 받았다. 그녀는 하일리가 정말로 행운아라고 생각했다. 한동안 눈시울이 뜨거웠다.

그녀는 반투명지를 벗기고 종이 동물들을 살펴보았다. 돼지, 들소, 차우차우,* 사슴, 까치, 수탉 여섯 가지 동물이 들어 있었다. 재닛이 말했다. "행상한테서 샀어요. 정교하죠?"

"그리 좋은 건 아닌데요." 핑핑이 말했다. "이 돼지를 보세요. 코가 너무 길어요. 코끼리 코를 반쯤 줄여놓은 것 같잖아요."

"핑핑이 그거보다 더 잘 만들 수 있어요." 난이 끼어들었다. "저희 장모님은 종이 오리기 대회에서 상까지 탄 분이에요."

*혀가 검고 털이 많은 중국산 개.

"이건 '예술'이에요." 재닛이 믿을 수 없다는 듯 말했다.

"그럼요. 그래서 내가 손재주가 가장 좋은 여자와 결혼한 거랍니다." 난이 정수리를 긁적이며 웃었다.

"저 사람 말 믿지 마요." 핑핑이 말했다.

재닛이 그녀의 눈을 들여다봤다. "이런 수공예품을 정말로 만들 수 있어요?"

"만들 수 있죠."

"그럼 몇 개 만들어줘요."

"시간이 많이 걸려요." 핑핑이 유쾌한 미소를 지어 보였다.

대화가 계속되면서, 미첼 부부는 하일리의 부모에 관한 얘기를 꺼냈다. 그러나 그들은 이 문제에 대한 생각이 서로 달랐다. 재닛은 고아원 지도자들에게 하일리의 부모에 관한 정보를 보내달라고 했다. 가능하면 사진을 보내주면 좋겠다고 했다. 그들은 그 이상의 것을 해주겠다고 약속하지는 않았지만, 고아원 원장이 그녀를 위해 정보를 수집해보겠다고 했다. 원장은 이 하나가 빠졌지만 잘생긴 젊은 남자였다.

"내 생각에는 연락이 오지 않을 것 같아요." 난이 재닛에게 말했다. 그러고는 작은 유리 탁자에 커피 잔을 놓았다.

"아이의 부모에 대해 알아서 뭐하게요?" 핑핑이 물었다. "당신과 데이브가 이제 아이의 부모예요."

"맞아요." 데이브가 맞장구를 쳤다.

그러나 재닛은 막무가내였다. "나는 우리 딸의 부모가 어떻게 생겼는지 보고 싶고 진료 기록도 알고 싶어요."

"그들에게는 진료 기록이라는 게 없어요." 핑핑이 말했다.

"무슨 말이에요?" 재닛이 눈을 깜빡이며 당황한 표정을 지었다.

"중국 시골 사람들은 병에 대해 기록해놓지 않아요." 핑핑이 설명했다.

"진료 기록이라는 건 없어요." 난이 덧붙였다.

"하지만 가족 중 누가 어떤 병으로 죽었는지는 알 거잖아요." 재닛이 말했다.

난이 대답했다. "부모를 찾으려고 하지 마세요. 설령 그들을 찾는다 해도, 일이 복잡해질 겁니다."

"나도 같은 생각이에요." 데이브가 말했다. "하일리는 우리 딸이에요. 무슨 일이 생기든 우리 딸이고 우리가 보살필 거예요. 나는 친부모 가족의 진료 기록을 알 필요가 없다고 생각해요."

"내 말은 문제가 생기면 아이를 포기하겠다는 말이 아니에요." 재닛이 말했다. "죽어도 아이는 포기 못 해요."

그들은 어버이의 역할에 대해 계속 얘기했다. 그런데 놀랍게도 미첼 부부가 우 부부에게 대부모가 돼달라고 했다. 핑핑이 말했다. "나는 교회에 안 다니는데, 어떻게 대모가 될 수 있죠? 계모는 될 수 있겠지만요."

미첼 부부는 그 말에 깜짝 놀랐다. 난이 웃으며 그들에게 말했다. "계모가 아니라 수양어머니라는 의미에서 한 말이에요. 중국식이죠. 종교와는 아무 상관없는 거죠. 중국에서는 아이에게 '수양부모가 있을 수 있거든요."

재닛이 말했다. "우리도 난징에서 수양부모에 관한 얘기를 들은 적이 있어요."

그래서 핑핑은 수양어머니가 되기로 했다. 그러나 난은 자신이 좋은 수양아버지가 될 수 없을 것 같다며 머뭇거렸다. 재닛과 데이브는 실망한 것 같았다. 그들은 우 부부가 죽을 경우 타오타오의 법적 후견인이 돼주겠다고 했는데, 난은 그들의 부탁을 들어주려 하지 않고 있었다. 핑핑이 설명했다. "난은 자기가 좋은 아버지가 될 수 없다고 생각하고 있어요. 타오타오와 그다지 가깝지 않거든요."

"그건 아이가 어렸을 때, 많은 시간을 같이 보내주지 못해서 그런 거잖아." 난이 말했다.

그의 말을 무시하고, 핑핑이 말을 이었다. "타오타오가 태어난 후로 3개월 동안, 저이는 집에서 자지 않고 매일 밤 자기 아버지 사무실에서 잤어요."

난은 창피해서 가만히 있었다. 핑핑은 그 일을 자주 들췄다. 그럴 때마다 그는 아침에 세미나에 참석해야 해서 그랬던 거라고 반박하곤 했다. 그런데 친구들 앞에서 다시 반박을 할 수는 없는 노릇이었다. 그는 미첼 부부에게 말했다. "수양아버지 문제는 다시 생각해볼게요."

"좋아요, 서둘 건 없어요." 재닛이 말했다. "우리는 하일리에게 중국인 대부모나 수양부모가 있으면 좋을 거라고 생각한 것뿐이에요."

"내가 저 아이를 내 자식처럼 키울 수 있을지 어떤지는 잘 모르겠어요." 난이 혼잣말을 하듯 중얼거렸다.

"데이브와 내가 죽더라도, 당신이 하일리를 위해 할 일은 없을 거예요."

"알겠어요. 곧 내 생각을 알려줄게요."

우 부부가 떠나자, 재닛은 하일리를 방으로 데려갔다. 데이브는 아내의 뒤를 졸졸 따라갔다. 데이브는 난을 좋아했지만, 때로 그와 의사소통하는 것이 어려웠다. 난이 괜찮은 사람이라는 건 의심의 여지가 없었다. 그러나 그는 너무 내성적인데다 몽환에 빠진 사람처럼 때로 세상에 무관심해 보였다. 낚시, 스포츠, 개, 차와 같은 것에 대해 그와 얘기하는 건 불가능했다. 여자들에 관한 얘기는 말할 것도 없었다. 그는 SUV를 '큰 지프차'라고 했고, 대학 축구팀의 하프백*을 했다고 자랑했으면서도 데이브가 미식축구 규칙을 얘기해주면 건성으로 들었다. 기질적으로 난은 책을 좋아하는 사람이었다. 학교에 있으면 잘나갔을 사람이었다. 그러나 식당 일도 맞는 것 같았다. 그는 훌륭한 요리사였고 손님들을 만족시키는 방법을 알았다. 마음에 걸리는 건 그가 이따금 흥을 깨버린다는 사실이었다. 데이브는 언젠가 난이 모든 연속극은 쓰레기라고 재닛과 핑핑과 니안에게 말하는 걸 들은 적이 있었다. 참으로 황당했다.

---

*축구나 하키 따위에서 전위前衛의 뒤쪽 위치에 있는 선수.

"난은 괴짜 같아." 데이브가 아기 침대에 하일리를 막 눕힌 재닛에게 말했다.

"나도 그가 하일리와 관련되고 싶지 않다고 말했을 때 놀랐어."

"아이들을 좋아하지 않는 것 같아."

"그렇다면 왜 결혼해서 가정을 꾸렸을까? 그건 삥삥과 타오타오에게 부당한 일 아닐까?"

데이브가 아이의 붉은 담요 가장자리를 여며주며 말했다. "그런 사람은 생각을 너무 많이 해서 탈이야."

"그래도 하일리에 대해서는 생각이 바뀌었으면 좋겠어."

"상관없어. 대부가 돼줄 사람은 많으니까."

"그래도 나는 삥삥이 대모가 돼주겠다고 해서 좋아."

"나도 그래. 삥삥은 늘 난보다 도와주려고 더 열심이잖아."

9

정말로 난은 자신이 좋은 수양아버지가 될 수 없을 거라고 생각했다. 그는 데이브와 재닛이 죽으면 자신이 부모로서 책임을 다할 수 있을지 확신이 없었다. 중국 관습상, 그런 일이 생기면 하일리를 친자식처럼 길러야 할 터였다. 데이브와 달리, 그는 아이들을 그다지 좋아하지 않았다. 그는 다른 아이를 기르는 데 필요한 희생을 할 각오가 돼 있지 않았다. 그의 친구인 딕 해리슨은 종종 대자代子를 보러 뉴욕에 가서 아이의 생일 파티에도 참석하고 첼로 연주회, 축구 경기, 바르 미츠바*에도 참석했다. 난은 딕처럼 되고 싶지 않았다. 타오타오만으로도 이미 벅찼다.

또 다른 문제가 그를 괴롭혔다. 미첼 부부가 죽을 경우, 그와 핑핑이 하일리를 키워야 할 터였다. 그런데 그들은 재산을

* 유대교에서 소년이 13세가 되면 치르는 성인식.

물려준다는 얘기를 전혀 하지 않았다. 그에 반해, 우 부부는 자기들이 가진 모든 것을 그들에게 위임했다. 데이브는 남부에 가족과 친척이 많아서 하일리를 우 부부의 손에 맡기고 그들에게 재산을 넘겨주고 싶지 않은 모양이었다. 재닛이 "데이브와 내가 죽더라도, 당신이 하일리를 위해 할 일은 없을 거예요"라고 했던 건 그런 이유 때문이었음이 분명했다. 난은 수양부모와 법적 후견인이 거의 같은 것이라고 생각하고는, 데이브와 재닛이 부자라서 재산을 그들에게 전부 넘겨주기보다는 수양부모보다 못한 역할만을 해주기를 바란다고 추측했다. 핑핑은 그 문제를 그렇게 보지 않았지만, 이제 난이 말하는 요점을 이해할 수 있었다. 그녀는 하일리의 수양아버지가 되어주겠다고 바로 그 자리에서 수락하지 않은 그를 비난하지 않았다. 그들은 미첼 부부를 절대적으로 믿고 일을 처리했는데, 미첼 부부가 그러한 절대적 신뢰에 상응하는 방식으로 일을 처리하지 않은 건 공정하지 못한 것 같았다. "자기들은 백인이고 우리는 동양인이기 때문에 그런 걸까?" 핑핑이 난에게 물었다.

"그들의 딸도 동양인이잖아. 어쩌면 외톨이인 우리와 달리, 그들은 가족이 더 많고 부자이기 때문일 가능성이 더 많아."

두 사람은 미첼 부부와 체결한 타오타오의 후견인 계약을 취소할까 말까 고민하다가 결국 취소하지 않기로 했다. 그들이 죽을 경우, 재닛과 데이브보다 누가 타오타오에게 더 잘해줄 수 있을지 확실치 않았다. 그래서 그들은 그냥 두기로 했다. 공평하지도 않고 다소 굴욕적이기도 하지만, 그들에게는 선택의 여지가 없었다. 게다가 그들을 위해 서류 작업을 해줬던 샹 변호사가 차이나타운을 떠나 어디 있는지 아무도 알지 못했다. 그들은 미첼 부부에게 샹 변호사가 사라졌다는 걸 얘기할까 하다가 생각을 바꿔 그 문제를 당분간 유보하기로 했다. 그저 아들이 열여덟 살이 되기 전에 자신들에게 아무 일도 일어나지 않기를 바랄 뿐이었다.

2주 후, 재닛이 식당에 왔을 때, 난은 그녀에게 하일리의 수양아버지는 되지 못할 것 같다고 했다. 그러자 그녀가 이렇게 말했다. "걱정하지 마요. 벌써 대부가 셋이나 있으니까요." 재닛은 요즘 너무 행복해서 눈에 웃음을 달고 다녔다. 그래서 눈이 전보다 더 둥글어 보였다.

세 명의 대부가 있다는 얘기를 듣고 우 부부는 깜짝 놀랐다. 핑핑이 그녀에게 물었다. "대모는 몇 명이나 돼요?"

"당신을 포함해 네 명이네요."

"세상에, 왜 그렇게 많아요?"

"하일리를 친구들과 나누고 싶기 때문이죠."

침묵이 깃들었다. 핑핑과 난은 혼란스러웠다. 아이를 다른 사람들과 나눈다는 생각은 그들에게는 너무 생소한 것이었다. 대부모가 그렇게 많다는 건 미첼 부부가 우 부부한테 대부모가 돼달라고 한 일이 심각한 것이 아니라는 의미였다. 본래, 수양아버지나 수양어머니는 부모나 마찬가지며 아이를 적어도 가족의 일원으로 생각해야 했다. 아이가 한 사람 이상의 수양아버지나 수양어머니를 가져서는 안 되는 이유는 그래서였다. 핑핑은 난이 미첼 부부의 요청을 거절했다는 사실이 기뻤다.

임시 지붕 수리공인 메스티소* 청년이 카운터로 가자, 난은 주문을 받으러 갔다.

"당신에게 보여줄 게 있어요." 핑핑이 재닛에게 말했다.

"뭔데요?"

핑핑이 카운터 뒤로 가서 서랍을 열고 얇은 메모장을 꺼냈다. 그녀는 재닛에게 돌아와 첫 장을 펼치고 종이를 오려서 만든 붉은 오리를 자랑스럽게 보여줬다. "당신을 위해 만들었어요. 우리 어머니가 만들던 것과 비슷한 거예요."

"세상에, 이렇게 예쁠 수가! 정말 나한테 주는 거예요?"

"그럼요."

재닛은 부서질까 염려하는 것처럼 엄지손가락으로 오리를 부드럽게 만졌다. 사실 그 오리는 정교하고 실물 같을 뿐만 아니라 살아 움직이는 것 같았다. 깃털을 산들바람에 날리며 물위를 헤엄치는 오리 같았다. 더 놀라운 것은 날개 밑에 두 마리의 작은 새끼까지 있다는 것이었다. 누가 보더라도 우아하고 멋진 가위질 솜씨였다. 미첼 부부가 갖고 있는 것보다 훨씬 나았다. 재닛은 너무 좋아했다. "이 눈 좀 봐! 귀여운 눈꺼풀까지 있네요. 핑핑, 당신은 진짜 예술가예요."

"더 만들어보고 싶어요. 내 여동생은 어머니한테 자주 배워

---

*스페인계 백인과 인디언의 혼혈.

서 나보다 잘 만들죠. 나는 큰딸이라서 늘 일만 했거든요."

"내가 제안 하나 할게요. 공방을 하나 여는 게 좋겠어요."

"뭐 하려요?"

"종이와 가위로 예술품을 만드는 법을 사람들에게 가르치세요."

"당신도 알다시피 나는 가르치는 건 싫어해요. 중국을 떠나면서 다시는 선생 노릇을 하지 않겠다고 맹세했어요."

난은 식당에서 나와, 돼지고기 볶음밥이 담긴 종이 상자를 비닐봉지에 넣어 카운터에 놓고 냅킨 몇 장과 포크를 집어넣은 다음 손님에게 건넸다. 그는 그 일을 끝내고 나서도 자기 아내가 있는 곳으로 오지 않고, 여자들이 하는 얘기를 들으며 《컨슈머 리포트》를 읽었다. 재닛과 핑핑은 종이를 잘라 만드는 예술품에 대한 얘기를 한동안 했다. 그러다 문득 재닛이 말했다. "나, 에모리 대학교 중국어 수업에 등록했어요. 중국어는 배우기가 정말 어렵더군요. 당신네 중국인들이 그렇게 인내심이 많고 부지런한 건 놀랄 일이 아닌 것 같아요."

"왜 배우려고 하죠?"

"딸에게 가르치고 싶어서요. 그 아이가 모국어를 알아야 할 것 같아서요."

"어째서요? 아이는 자라서 미국 사람처럼 영어를 쓸 텐데."

"하지만 중국어는 하일리가 물려받은 유산이잖아요. 그걸 지킬 수 있도록 해줘야죠."

"가만 있자, 중국인 베이비시터를 고용하는 건 어때요? 그러면 하일리가 중국어를 쉽게 배우지 않을까요?"

"안 돼요. 아이를 입양한 경험이 있는 부모들 말로는 그래서는 안 된대요."

"왜요? 중국어를 배우는 덴 좋은 방법인데."

"아이를 입양하는 건 사실 상호적인 거예요. 하일리도 우리를 택한 거죠. 그러니 데이브와 나도 적응해야 해요. 데이브도 조금이나마 중국어를 알았으면 해요. 이제부터 우리는 중추절과 춘절을 기념할 거예요."

핑핑은 그녀의 말에 어떻게 반응해야 할지 알 수가 없었다. 나중에 그녀는 난과 함께 '서로를 택한' 거라는 재닛의 말을 곰곰이 생각해보았다. 난은 미첼 부부가 옳다고 생각했다. 그러나 그는 그들이 중국어를 제대로 말할 수 있으리라고는 생각하지 않았다. 읽고 쓰는 것은 말할 것도 없었다. 중국어는 원어민이 아니라면 정복하기가 거의 불가능한 언어였다.

10

7월 4일 밤, 금귀는 문을 닫았다. 몇몇 이웃 사람들은 날씨가 흐린데도 불구하고 불꽃놀이를 보러 시내로 갔다. 우 부부는 집에 있었다. 쉬게 되니 좋았다. 난은 침대에 누워 프로스트의 시를 읽었다. 그는 〈준비하라, 준비하라〉라는 시의 마지막 행에 깃든 슬기로움에 감동을 받고, '돈으로 산 우정'이라는 표현이 정말로 맞는 말이라고 생각했다.* 그때 갑자기 펑펑이 들어와서 그의 얼굴을 향해 종이 한 장을 던졌다. 그가 깜짝 놀라며 일어나 앉았다. "왜 그래?"

"당신 자신과 잘난 애인한테 물어봐. 역겨워!" 이런 말을 하는 그녀의 입이 씰룩거렸다. 그녀는 빙 돌더니 문을 쾅 닫고 나갔다.

난은 종이를 들여다보고, 그것이 베이나가 보낸 편지라는

*관련 구절은 다음과 같다. "돈으로 산 우정이라도 곁에 두어 / 위엄을 갖추고 몰락하는 편이 / 아무도 없는 것보다는 나으리니, 준비하라!"

걸 알아봤다. 그는 그걸 《웹스터》 사전에 넣어두고 거의 잊고 있었다. 핑핑을 돌아버리게 만든 건 틀림없이, 그 편지에 연도는 없고 11월 12일이라는 날짜만 있어서일 것 같았다. 그러니 편지는 최근에 쓴 것으로 비쳤을 터였다. 그것은 베이나가 미국 대학원 세 곳에 지원할 예정이니 지원료를 내달라고 부탁한 편지였다. 당시, 그는 140달러를 내줬지만 그녀는 그 후로 아무 연락도 하지 않았다.

그는 거실로 갔다. 아내는 소파에 누워 영어로 '바니와 친구들'의 노래("나는 당신을 사랑해요. 당신도 나를 사랑해요. 우리는 행복한 가족이랍니다!")를 흥얼거리고 있었다. 건조기에서 막 꺼낸 수건으로 얼굴을 덮고 있었지만, 목소리는 앙칼졌다. 난은 그녀에게 다가가서 자신이 늘 만지기 좋아하는 솜털이 난 팔 위쪽을 만졌다. 그러고는 이렇게 말했다. "그러지 마. 당신이 지나치게 생각하고 있는 거야. 이건 옛날 편지야. 그 여자가 나한테 연락을 안 한 지 8년이 다 됐어."

핑핑이 노래를 멈추고 그를 노려봤다. 그가 말을 이었다. "정말로 전혀 연락 안 하고 산다니까 그러네."

"하지만 당신은 그 여자를 미국으로 데려오려 했어!" 핑핑이 수건을 바닥에 던지며 화를 냈다. "내가 당신 말을 어떻게 믿어? 당신은 거짓말쟁이야. 아직도 그 여자한테 빠져 있는지도 모르지. 늘 나 모르게 뭔 일을 하니까."

"솔직히 그 사람과 연락도 닿지 않아. 어디 있는지도 모른다고."

"나 좀 내버려둬! 당신은 우리가 피땀 흘려 모은 돈을 그 여자한테 허비했어. 그래도 그 여자가 당신한테 잘한다면 나도 불평 안 해. 당신은 그 여우한테 홀린 거야."

"말했잖아, 이건 당신이 미국에 오기 전에 있었던 일이야."

"아하, 그러니까 정말로 그 여자를 여기로 데려오려고 하긴 했단 말이군. 내가 오지 않았다면 그 여자와 살았겠네."

"말도 안 되는 소리 하지 마. 그 여자는 나를 이용했을 뿐이야."

"하지만 당신은 그 여자한테 이용당하는 걸 좋아하고 그 여자를 늘 그리워하잖아. 당신은 너무나 싸구려라서, 그 여자가 당신한테 잘못하면 할수록 더 잘해주잖아."

그들의 아들이 거실에 와서 부모가 하는 얘기를 들었다. 난은 타오타오에게 저리 가라고 했지만 아이는 말을 듣지 않았다. 난이 핑핑에게 애원조로 말했다. "그렇게 심통 부리지 마. 미안해. 내가 그 편지를 보관하지 말았어야 했어."

"왜? 그건 당신이 그 여자한테 베푼 호의에 대한 영수증이잖아. 언젠가 그 여자가 대신 뭘 해주겠지. 그렇지만 어째서 그걸 은밀한 곳에 숨겨두지 않았던 거지? 나는 당신이 내가 알게만 하지 않으면 나 몰래 뭘 하든 상관 안 하는데."

"그녀와 계속 사귀고 있는 게 아니야. 정말이야."

"저리 가! 꼴도 보기 싫으니까."

아무 말 없이 난이 문을 향해 걸어갔다. 핑핑이 그의 뒤에서 '바니와 친구들'의 노래를 다시 부르기 시작했다. "나는 당신을 사랑해요. 당신도 나를 사랑해요. 우리는 행복한 가족이

랍니다……."

난은 집을 벗어나 배회했다. 가슴이 먹먹했다. 그는 핑핑과
싸울 때면, 한동안 집을 나와 있었다. 그런데 그가 집에 없으
면 그녀는 더 화를 냈다. 하지만 오늘은 그녀가 그를 쫓아낸
상태였다. 집이 너무 시끄럽고 미칠 것 같을 때, 며칠 동안 가
있을 수 있는 곳이 있으면 싶었다. 마음의 짐을 털어놓을 수
있는 친구라도 있으면 싶었다. 딕 해리슨은 25킬로미터쯤 떨
어진 벅헤드에 살았다. 그러나 찾아가서 위로를 받으려고 하
면 싫증을 내거나 그를 경멸하지 않을까 싶어 그렇게는 하기
싫었다. 그는 핑핑과 싸울 때마다, 시립도서관이나 서점에 가
서 한 시간 정도 시간을 보내거나, 금귀 부엌에서 울화를 풀었
다. 그러나 오늘 저녁은 갈 곳이 없었다. 그래서 호숫가를 따
라 걸었다. 대기에서는 지독한 스컹크 냄새가 났다. 그것은 여
름이 깊어질수록 더 강렬해졌다. 벌레들은 한창 전쟁이라도
하듯 요란하게 울었다. 이따금 물새들이 건너편 기슭의 검은
숲 속에서 졸린 듯한 소리로 울었다. 다행히 공기가 축축하고
모기들이 별로 없었다. 남쪽 하늘에서 헬리콥터가 날아가는
소리가 희미하게 들렸다. 헬리콥터는 구름에 가려 사라지기도
하고, 다시 나타나서 움직이는 등불처럼 깜빡거리기도 했다.

난의 마음은 여러 가지 상념으로 가득했다. 그는 속으로는
자신이 잘못했다는 걸 알았다. 핑핑이 화를 낸 건 그가 베이
나한테 돈을 써서라기보다는 그녀의 편지를 일종의 기념물로
갖고 있었기 때문이었다. 결혼하기 전, 그녀는 전 남자 친구

였던 해군 장교가 보낸 연애편지를 그가 다 읽게 하고, 그가 보는 앞에서 불에 태웠다. 얄궂게도 그는 당시에는 베이나에 게서 온 편지가 한 통도 없었는데, 자신과 여자 친구가 같은 도시에 살았기 때문에 편지를 주고받지 않았다는 걸 신부가 될 여자에게 납득시킬 수가 없었다. 그래서 그는 그녀가 자기 말을 믿게끔 하려고, 베이나의 사진을 보여주고 난로에 넣어버렸다. 이제 아내는 그가 베이나와 계속 연락을 하고 있었으며 처음부터 자기에게 사실대로 털어놓지 않았다고 생각할 게 분명했다. 그녀에게 그는 겉과 속이 다른 남자였다.

호수를 도는 데 거의 한 시간이 걸렸다. 보통 때는 30분 정도 걸리는 거리였다. 집이 가까워지자, 그는 지금 들어가야 할지 말지 망설였다. 불은 모두 꺼져 있었다. 하늘이 조금씩 변하고 있는 북쪽에서 번갯불이 치면서 집의 유리창에 비쳤다. 비가 올 것 같았다. 바람이 거세지면서 떡갈나무 잎들이 흔들렸다. 그는 안으로 들어가기로 했다.

거실에 들어서자, 펑펑이 그를 껴안더니 더운 얼굴을 그의 볼에 대고 속삭였다. "날 용서해줘. 종이 가장자리가 벌써 누레진 걸 보니, 편지가 오래된 것 같아. 내가 좀 심했어. 당신……." 그가 그녀의 입에 키스를 하자 그녀의 목소리가 삼켜졌다. 그녀가 그의 허파로 숨을 쉬고 싶은 것처럼 격렬한 키스로 응수했다. 그는 그녀의 가슴이 먹먹해진 자신의 가슴에 닿아 뛰는 걸 느낄 수 있었다. 그는 뜨겁게 달아올라 부풀어 오른 그녀의 젖가슴을 만졌다. 응어리졌던 감정이 빠르게 풀리고 있었다. 그는 손을 뒤로 돌려 그녀의 원피스 단추를 풀었다.

"안 돼. 타오타오가 들을 거야." 그녀가 말했다.

그는 동작을 멈추고 타오타오의 방으로 들어갔다. 아이는 천장을 향해 누워서 다리를 바닥에 떨어뜨린 채 침대에서 잠들어 있었다. 난은 타오타오의 배를 셔츠로 덮어주고 문을 닫고 핑핑에게 돌아왔다. "자고 있어. 조심할게." 그의 손이 다시 그녀를 애무하기 시작했다.

그녀가 그를 끌어당기며 마루 위로 미끄러졌다. 그들은 서로의 옷을 벗기기 시작했다.

곧 그녀가 숨을 헐떡이며 조금씩 떨기 시작했다. 몇 방울 눈물이 그녀의 눈에서 떨어졌다. 그는 그녀의 젖은 뺨을 부드럽게 핥았다. 그녀의 눈물에서는 약간 싸한 맛이 났다. 이틀 전에 먹은 여주 수프 맛이 났다. 그는 그녀의 안에 오래 머물기 위해 그녀를 편안한 자세로 눕혔다.

"울지 마." 그가 속삭였다. "편안하게 생각해. 신혼여행을 왔다고 생각해."

그 말을 듣자, 핑핑이 소리를 죽여 흐느끼기 시작했다. 그는 깜짝 놀랐다. 그 말을 한 것이 후회스러웠다. 그들은 신혼여행을 간 적이 없었다. 그 말을 듣고 그녀는 그들이 사는 모양새가 서글퍼진 게 틀림없었다. "그런 말 해서 미안해."

"나를 행복하게 해줘."

그는 그녀의 목을 코로 비비고 귀를 살짝 물었다.

11

　화해를 했음에도 불구하고, 그 편지를 보고 핑핑이 보인 격한 반응은 난에게 베이나에 대한 기억을 다시 떠올리게 만들었다. 이틀 동안, 그는 그녀를 생각하지 않을 수 없었다. 딴 곳으로 마음을 돌리려고 했지만, 어찌 된 일인지 마음은 그를 비참하게 만든 그 여자한테로 돌아갔다. 기억나는 것 하나하나 얼굴을 찡그리던 특이한 표정, 느릿한 몸짓, 삐죽이던 입술이 전에는 생각하지 못했던 의미들을 내포하고 있는 것 같았다. 그는 할 일이 없을 때마다, 늘 옆에 있었는데도 자신이 보지 못하고 놓쳐버리기라도 했던 것처럼, 그것들에 숨겨진 메시지를 해독해보려고 했다. 생각할 때마다 아직도 그의 가슴을 얼얼하게 만드는 사건이 있었다. 베이나가 그와 헤어지겠다고 한 지 석 달 후인 어느 날 아침이었다. 그는 공원에서 우연히 그녀와 마주쳤다. 그녀는 새 남자 친구와 팔짱을 끼고 걷고 있었다. 바람이 많이 부는 날이었다. 땅은 얼어 있었고,

나무 숲 너머에 있는 흰 건물로 통하는 길의 자갈들이 얼어서 반들거렸다. 난은 그들을 못 본 것처럼 고개를 돌렸다. 그러다가 갑자기 미끄러져 다리를 휘청거렸다. 그는 넘어지지 않으려고 손을 뻗어 자작나무 묘목을 움켜잡았다. 그 바람에 그가 들고 있던 프리드리히 엥겔스의 《가족, 사유재산, 국가의 기원》이 땅으로 떨어졌다. 표지에 있는 저자의 부성한 턱수염이 바람에 나풀거리는 것 같았다. 뒤에서 그 여자의 웃음소리가 들려왔다. 그의 가슴을 후벼파는 낭랑하고 차가운 웃음소리였다. 그는 책을 집어 들고 후다닥 그곳을 벗어났다. 그 바람에 까마귀와 비둘기들이 놀라서 날아올랐다. 그는 숨을 쉴 수 없고 가슴이 터지려고 할 때까지 달리고 달리고 또 달렸다.

그는 그녀가 그렇게 크게 웃은 것이 그를 자신에게 돌아오게 하려고 그랬는지, 아니면 그에게 상처를 주려고 그랬는지 알 수 없었다. 그것이 그녀의 또 다른 간계였다고 믿고 싶었다.

그보다 몇 주 전, 그는 그녀에게 바치는 시들을 써놓은 공책을 불에 태웠다. 그는 그녀의 얼굴에 대고 그런 어리석은 시들을 모조리 없애버렸다고 말했다. 그러나 그녀에게 보여주지 않고 혼자 간직한 시 한 편이 남아 있었다. 그는 공자가 편찬한 《시경》의 표지 안에 그걸 넣고 미국까지 가져왔다. 그 시는 내내 그 속에 있었다.

어느 날 저녁, 아내와 아들이 잠자리에 든 후, 그는 그 시를 꺼내 다시 읽어보았다.

마지막 교훈

당신은 전화로 내게 말했다,
또다시 연락선이 취소되었다고.
선장은 이번에는 손님을 거칠게 대했다가
얼굴을 얻어맞진 않았다.
배가 정말로 부서지고 있어,
수리를 위해 독에 들어갔다.

해변에 드리운 내 그림자가 두 배로 길어졌다.
내가 방금 산 구명 튜브가
오후의 햇살에 반쯤 쪼그라들어 옆에 놓여 있다.
나는 사과 상자 위에 홀로 앉아
어린아이들이 얕은 물 속에 뛰어들어
누가 숨을 오래 참는지 경쟁하는 모습을
바라보고 있다.

머저리 같으니라고! 당신이 마구
휘저어놓은 소용돌이 위로
목을 내놓지도 못하면서 당신한테
수영하는 법을 가르치겠다고 나서다니!

시를 읽자 웃음이 나왔다. 그 시가 지금도 마음에 드는지 어떤지는 알 수 없었다. 그 시는 어쩌면 감상적이고 아직도 미완성이었다. 그러나 거기에는 한때 그에게 너무나 소중했던 뭔가가 들어 있었다. 그는 그 시를 간직하고 싶었다. 그는 그걸 다시 말아서 표지 속에 밀어 넣고 책상 옆에 있는 책장에 꽂았다.

그는 침대에 누워, 자신이 베이나한테 너무 성급한 게 군 것은 아니었는지 생각해봤다. 예를 들어, 그는 그녀가 해변에 오지 않은 그날 이후로 그녀에게 수영을 가르쳐주겠다는 말을 더 이상 하지 않았다. 그러고 나서 또 헤어졌다. 그는 겉으로는 강한 척했지만, 그녀와의 인연을 끊을 수 없었다. 어느 날, 그는 그저 얼굴만 볼 요량으로, 그녀가 사는 기숙사 근처의 식당에 간 적도 있었다. 줄을 서 있던 그녀는 그를 보고도 못 본 척하며 자기 앞에 있는 남자와 큰 소리로 얘기를 계속했다. 이따금 그녀는 난이 있는 곳에 눈길을 던졌다. 그녀는 점심식사를 사서 들고는 몸을 돌려 난이 있는 방향으로 오면서도 다른 곳을 쳐다보았다. 그녀가 가까이 왔을 때, 그는 몸을 돌려 식당 밖으로 뛰쳐나갔다.

그때 그가 그녀에게 말을 걸었더라면, 이듬해 여름에 그녀에게 수영을 가르쳐줄 수도 있었을 것이다. 그러면 그녀와 신체적으로 접촉할 기회가 생겼을 것이다. 그랬다. 그녀는 많이 변하지 않을 사람이었다. 그러나 그가 그녀의 고집과 변덕을 태연하게 받아들이며 넓은 아량을 보여줄 수도 있었을 것이다. 그러다가 결국 그가 우위를 점하게 됐을지도 몰랐다. 그러나 그러기엔 그는 마음이 쓰렸고 자존심이 너무 강했다. 그들 사이에 가로놓인 장벽을 점차 공고히 한 것은 그의 어리석은 자존심이었다. 그가 더 뻔뻔했더라면 싶었다. 그녀에게 아무렇게나 생각 없이 행동했더라면 싶었다. 그녀가 고통을 당하게 했더라면 싶었다.

"지겹다, 지겨워……." 그는 이 말을 달싹이며 잠에 빠졌다. 형광등은 날이 샐 때까지 켜져 있었다.

12

　하이디 메이스필드가 금귀에 전화를 해 핑핑에게 리비아한
테 최근에 연락이 온 적 있느냐고 물었다. 리비아가 가출을
해서 며칠 동안 행방이 묘연하다는 것이었다. 핑핑은 충격을
받았다. 그녀는 타오타오가 리비아에게 이메일을 쓰지 않겠
다고 약속했음에도 여전히 연락을 하고 지내는 건 아닌지 궁
금했다. 그녀는 하이디에게 타오타오한테 얘기해보고 리비아
의 행방을 아는지 물어보겠다고 했다. "하이디, 내가 오늘 저
녁에 전화할게요."

　"그래 줘요. 도대체 그 애가 나한테 왜 이러는지 모르겠어요."

　"누군가와 같이 있지나 않았으면 좋겠네요."

　"무슨 말이에요?"

　"경찰에 연락했나요?"

　"아직 안 했어요. 사흘 전에 없어져서 할아버지 댁이나 친
구 집에 갔을지 모른다고 생각했어요."

"경찰에 신고하는 게 좋겠어요."

"오늘 저녁에도 연락이 안 오면, 그렇게 하려고요."

핑핑은 리비아가 왜 가출했는지 묻지 않았다. 또한 치한의 손에 걸려들었으면 어쩌나 하는 말도 하지 않았다. 그녀는 하이디와 짧게 얘기하고 나서, 그녀가 나쁜 영향을 미치는 남자 친구 문제로 딸과 싸운 것 같다고 생각했다. 리비아는 겨우 열세 살이었지만, 벌써 여러 명의 남자와 얽혀 있는 것 같았다. 하이디는 리비아가 최근에 '플레이 후키'를 자주 한다고 말했다. 핑핑은 그 말을 듣고 너무 놀라 숨이 막힐 정도였다. 그녀는 그 숙어의 정확한 의미를 알지 못하고, '후커(창녀)'와 관련이 있을 거라고 지레짐작을 한 것이었다. 그녀는 전화로 나눈 얘기를 난에게 해주려고 부엌으로 들어갔다. 난은 선반 위의 라디오를 틀어놓고 〈카 토크〉를 듣고 있었다. 그는 그 프로를 좋아했다. 특히 마글리오지 형제 중 형인 톰의 거친 웃음소리를 좋아했다. 톰의 거친 웃음소리는 전염성이 있어서 난은 요리를 할 때 종종, 그걸 들으며 웃었다. 부엌일은 지루한 일이었다. 그래서 그는 토요일마다 〈카 토크〉를 틀어 놓고 처음부터 끝까지 들었다. 그는 톰과 레이가 전화를 건 청취자들을 가볍게 대하는 걸 좋아했다. 그들은 청취자들을 조금씩 골리면서 웃음보가 터지게 만들었다. 그는 종종 자기도 톰처럼 마음 놓고 배 속에서부터 우렁차게 웃을 수 있으면 좋겠다고 생각했다. 핑핑도 톰이 웃는 걸 좋아했지만 너무 방정맞다고 생각했다. 그녀가 들어와 라디오 볼륨을 낮추며 말했다. "하이디가 방금 전화를 했는데 리비아가 가출을 했대."

난의 얼굴이 굳어졌다. "우리 아들과 관련이 있는 게 아니면 좋겠네."

"리비아는 못된 애야. '플레이 후키'를 했다잖아."

"나도 초등학교 때 '플레이 후키'를 했어."

"뭐라고?" 그녀가 눈을 동그랗게 떴다.

"우리는 놀이를 하며 산에서 빈둥거렸지."

"'후키'란 그런 게 아니잖아."

난이 깔깔 웃었다.

당황한 그녀가 말을 이었다. "이건 우스운 일이 아니야!"

"'플레이 후키'라는 말은 학교를 빼먹는다는 뜻이야. 매춘하고는 상관없는 말이지."

"아, 그렇구나." 그녀가 웃으며 말했다. "그래도 리비아는 못된 애야." 그녀는 고깃국물이 뽀글뽀글 넘치려 하자, 냄비의 뚜껑을 열었다.

그날 오후, 그들은 타오타오에게 리비아에 관해 얘기했다. 아이는 그녀가 사라진 것에 대해 모르고 있었다. 그러나 그녀와 하이디의 관계가 원만하지 않다는 건 알고 있었다. 최근에 리비아는 그에게 조라는 이름의 어머니 남자 친구에 대해 자주 불평을 했다고 했다. 그녀는 그를 '스마티 팬츠'*라며 싫어했다. 그녀는 네이선과 힘을 합해, 어머니가 조를 만나지 못

*잘난 척하는 인간이라는 의미의 비속어.

하게 하려고 했지만 하이디는 그에게 빠져 있었다. 지금까지 데이트를 했던 다른 남자들과 달리, 조는 외출할 때마다 늘 자신이 계산을 했다. 둘이서 파리와 런던까지 다녀왔다. 조는 은행가였다. 그러나 리비아는 타오타오에게 보낸 이메일에서 그를 "형편없는 인간"이라고 했다. 그녀는 이메일에서 "나는 엄마가 그런 콕티즈라고는 상상도 못 했거든"이라고도 썼다.

"콕티즈가 뭐니?" 핑핑이 아들에게 물었다.

난이 설명했다. "남자를 너무 밝히는 여자란 의미야."

"그런 의미예요." 아이가 말했다. "부드러운 표현이지만요."

"네 말 못 믿겠구나. 리비아는 제 어머니에게 부드러웠던 적이 없어." 핑핑이 말했다.

"아빠의 설명이 부드럽다는 말이에요."

"여하튼 자기 어머니에 대해 그런 식으로 얘기하면 안 되지. 못된 데다 제정신까지 아니구나."

그날 밤, 핑핑은 하이디에게 전화를 해서 리비아가 그녀의 남자 친구 문제로 화가 나 있다고 얘기해줬다. 하이디는 사흘 전에 기차역에서 리비아를 본 사람이 있다고 말했다. 그녀는 너무 걱정이 되어 경찰에 신고를 했다고 했다. 그리고 리비아가 안전하게 집으로 돌아오기만 하면, 딸이 자기한테 뭐라고 하든 상관없다고 했다.

13

　놀랍게도 리비아가 이틀 후에 금궈에 나타났다. 소녀는 3년 전보다 30센티미터 정도 키가 자라 있었다. 이제는 핑핑과 거의 같은 키였다. 리비아는 진 스커트를 입고 하이힐을 신고, 입술에는 자주색에 가까운 립스틱을 바르고 있었다. 볼에 난 몇 개의 여드름 자국에도 불구하고, 몸매도 좋고 아름다웠다. 구불거리는 고동색 머리를 뒤로 잡아당겨 묶고 아래로 늘어뜨려 젊은 아가씨처럼 보였다. 핑핑과 난은 자기들이 상상했던 것과 다르게 성장한 소녀를 보고 놀랐다. 리비아가 갑작스럽게 나타나 불안하긴 했지만, 핑핑은 소녀를 껴안으며 말했다. "내가 너한테 키가 클 거라고 했잖니."

　리비아가 환한 미소를 지었다. "아줌마가 저를 알아본 유일한 사람이었어요."

　그 말을 듣자, 핑핑은 불안감이 가셨다. 그녀는 타오타오를 불렀다. 소년이 건너왔고, 두 아이는 어색하게 포옹했다. 어른들 앞이어서 부끄러워하는 것처럼 아무 말 없이 미소만 지었다. 리비아가 온다는 걸 타오타오가 알고 있었던 것 같았다.

리비아는 여분의 옷을 가져오지 않았다. 그녀에게서는 담배 냄새가 났는데, 그레이하운드 버스 역에서 옆에 앉아 있던 남자 때문에 밴 냄새라고 했다. 그녀가 핑핑에게 말했다. "여하튼, 제가 담배를 피운다고는 생각하지 마세요." 그녀가 벽감에 앉아 있는 재신을 보고 타오타오에게 물었다. "저 사팔눈을 한 친구는 누구니? 왜 저렇게 사탕을 앞에 놓는 거야?"

"저건 재신이야. 이 가게의 전 주인에게서 물려받은 거지. 우리 부모님은 건들지 않으려고 하셔."

"저 신이 너네 가족을 부자로 만들어주는 거니?"

"나도 잘 모르겠어."

리비아는 재신의 배를 두드리고 웃는 얼굴을 쓰다듬었다. "너무 땅딸막하고 뚱뚱하게 생겼네. 이 쟁반에 있는 오렌지 먹어도 돼?" 그녀가 그날 아침, 핑핑이 신의 발치에 놓은 과일 중 하나를 집었다.

"지금 먹어도 되는 건지는 모르겠어. 막 갖다 놓은 거라서."

핑핑이 말했다. "집에 오렌지가 있으니 가서 먹으렴." 그녀는 리비아가 샤워를 하고 옷을 갈아입었으면 싶었다. 리비아가 과일을 제자리에 다시 놓았다. 소녀와 핑핑은 밖으로 나가 마시 드라이브를 향해 걸어갔다.

8월 초순이었다. 하늘이 맑았음에도 대기가 너무 후덥지근했다. 핑핑과 리비아는 입을 벌리고 숨을 쉬어야 했다. 교차로 근처의 길가에 냅킨, 땅딸막한 위스키 병, 치킨 너깃과 새우 튀김 몇 개가 흩어져 있었다. 잔디는 트럭 바퀴 자국 때문에 울퉁불퉁하고, 곪은 상처처럼 붉은 흙이 드러나 있었다. 사진 몇 장이 반으로 찢긴 채 흩어져 있었다. "와우, 습기가 대단하네요!" 리비아가 핑핑에게 말했다.

"여기는 보스턴이 아니라 조지아야. 아직 최고로 더운 때도 아니란다."

"이것보다 더 더워져요?"

"물론이지. 37도까지 올라가."

"세상에! 이런 곳에서 사람이 어떻게 살죠?"

핑핑은 대답하지 않았다. 그녀는 아들이 리비아가 가출한 일과 관련이 없는 것 같아 기뻤다. 그러나 리비아가 그들과 같이 있으려고 왔는지, 타오타오를 보러 온 건지 확신할 수 없었다. 어떤 의미에서 그녀는 리비아가 이곳에 온 게 기뻤다. 그것은 리비아가 그들과 다소 정이 들었다는 의미였고, 이제는 그녀의 어머니가 그녀를 애타게 찾지 않아도 된다는 의미였다.

거북 한 마리가 소리를 내며 거리를 건너는 모습이 보였다. 리비아는 거북을 보자 소리를 지르며 뛰어갔다. "와, 귀여워라!" 소녀가 거북의 거무스름한 등을 두드렸다. 그러자 겁을 먹은 거북이 걸음을 멈추고 목을 안으로 쏙 집어넣었다. 리비아가 발로 거북을 뒤집었다. 거북의 배는 갈색이고 말랑말랑하고 반투명했다. 핑핑이 몸을 숙이고 거북의 한쪽을 잡아 원래 자세로 되돌려 놓았다. 그래도 거북은 죽은 시늉을 하며 움직이지 않았다. 그들 주변에 푸른 실잠자리 두 마리가 햇볕에 날개를 반짝이며 날고 있었다.

"근처에 호수가 있어." 핑핑이 리비아에게 말했다. "그래서 새도 많고 동물도 많지."

리비아가 거북을 들어 올리려고 하자 핑핑이 조심하지 않으면 물릴지 모르니 그러지 말라고 했다. 그러나 아이는 거북이 길 한가운데 있으면 지나가는 차에 치이지나 않을까 걱정이었다. 그래서 핑핑은 발을 뻗어 부드럽게 거북을 밀어 도로를 가로질러 길가의 풀 속으로 들어가게 했다. 거북이 다시 목을 내밀고 기어가기 시작했다. 거북의 눈이 새의 눈처럼 맑았다.

집에 들어서자마자, 리비아는 샤워를 하러 욕실로 들어갔다. 리비아가 젖빛 유리문을 닫고 샤워를 하는 동안, 핑핑은 욕조 옆에 있는 변기 뚜껑 위에 갈아입을 옷을 갖다 놓으며 말했다. "내 옷을 입으려무나."

"정말 감사해요. 따뜻한 물로 다시 샤워를 하니 너무 좋네요. 저한테서 스컹크처럼 지독한 냄새가 났을 텐데."

"며칠이나 안 씻은 거니?"

"나흘간요."

"천천히 잘 씻으렴. 냉장고에 오렌지 있으니 양껏 먹고."

"네, 알았어요."

핑핑은 젖빛 유리 너머로 리비아를 바라보았다. 사춘기에 접어든 몸의 윤곽만이 보였다. 변덕이 심하고 나약해 보이긴 하지만 아름답고 건강한 여자로 자란 게 분명했다. 핑핑은 리비아를 어떻게 할 것인지 난과 상의하려고 전화기가 있는 곳으로 걸음을 옮겼다.

*

타오타오는 금귀의 칸막이 좌석에 앉아 포크번*을 먹고 있었다. 아버지가 물었다. "리비아가 네 여자 친구냐?"

"아뇨, 그냥 친구예요. 왜요? 왜 그렇게 웃으세요?" 아이가 소리를 질렀다.

"그냥 물어본 거다. 여자 친구와 친구의 차이가 뭐지?"

"데이트를 하면 여자 친구죠. 저는 리비아와 데이트를 하진 않아요. 그러니 그냥 친구인 거죠."

"잘됐네. 그 애는 너한테 안 맞는 사람이야."

"아빠가 상관할 일이 아니에요! 저한테 맞고 안 맞고를 어떻게 아세요?"

"그 애는 너무 커. 어른이 다 됐단 말이야. 너 자신을 봐. 넌 아직 콧수염도 안 났다."

전화벨이 울리자 난이 받았다. 핑핑은 그에게 리비아를 어떻게 해야 하는지 물었다. 그들은 아들과 리비아 사이에 무슨 일이 생기지 않을까 걱정이었다. 그래서 둘만 따로 있는 걸

*찐빵 질감의 피에 돼지고기를 넣은 광둥식 딤섬.

막을 방법을 찾아내야 했다. 잠시 얘기를 한 다음, 그들은 타오타오와 리비아에게 식당 일을 시키기로 결정했다. 한 시간에 5달러씩 주고 일을 시킬 참이었다. 현재로서는 식당이 잘 되는 상황이 아니었지만, 이것이 리비아를 바르게 행동하게 하는 유일한 방법이었다.

펑펑이 전화를 끊자, 난은 하이디에게 전화를 했다. 하이디는 그 소식을 듣고 흐느꼈다. 그녀는 자기가 바로 데리러 갈 테니 리비아를 자극하지 말라고 부탁했다. "하이디, 걱정하지 마요." 난이 말했다. "우리가 잘 돌볼게요. 식당 일을 좀 시키려고 해요."

"하려고 할까요?" 하이디가 걱정스러운 목소리로 말했다. 잡음이 심해 소리가 끊겨서 들려왔다.

"여기는 보스턴처럼 돌아다닐 곳이 많지 않아요. 갈 데도 없고요. 타오타오도 같이 일할 거예요. 우리가 그 애들을 지켜볼 수 있도록 같이 일을 시키려고요."

"좋은 생각이에요, 당신과 펑펑에게 고마운 마음을 어떻게 표현해야 할지 모르겠네요."

난은 하이디에게 집에 와서 묵고 가라고 하고 싶었지만, 그녀에게는 집이 너무 누추할 것 같아 아무 말도 하지 않았다. 어디에 묵을지는 알아서 하겠지 싶었다. 그의 마음 한구석에 일말의 불안감이 어른거렸다. 지금처럼 장사가 잘 안 되는 상황에 두 아이에게 급료를 주면 이익의 상당 부분이 잠식될 터였다. 니안에게 돈을 주고 나면 이번 주는 손해를 볼 수도 있었다. 하이디가 이삼 일 내로 와주었으면 싶었다.

14

리비아와 타오타오는 금귀에서 일하는 걸 마다하지 않았다. 한 시간에 5달러씩 받고 일해본 적이 없는 두 아이는 핑핑이 지시한 걸 민첩하게 이행했다. 아이들은 식탁을 치우고, 접시와 그릇을 식기세척기에서 꺼내고, 과일 껍질을 벗기고, 견과류 껍데기를 까고, 채소를 가져오는 일을 열심히 했다. 리비아는 난에게 애틀랜타에서 가볼 만한 곳이 있는지 물었다. 그는 마틴 루터 킹 기념관과 '소다 사파리'를 하고 각종 음료를 공짜로 맛볼 수 있는 코카콜라 월드가 있다고 했다. 리비아는 두 곳 중 어디에도 흥미가 없는 모양이었다. "코카콜라를 마시면 살이 쪄요. 저는 오래전부터 안 마셨어요." 난은 타오타오가 스톤 마운틴 공원의 호수에 가서 배를 타면 재미있을 거라고 말하자 마음이 편치 않았다. 그러나 다행히도 리비아가 야외에 나가 구경을 하기에는 너무 더운 날씨라고 해서 안도의 한숨을 쉬었다.

리비아와 비교하면, 타오타오는 훨씬 어려 보였다. 동생 같았다. 그래서 그의 부모는 아들이 리비아와 같이 있는 것을 크게 걱정하지 않았다. 그러나 난은 리비아가 근처에 있으면 타오타오가 더 활발해지고 말이 많아진다는 걸 알았다. 아이는 리비아의 환심을 사려고 했다. 리비아가 자기를 보러 민길을 왔다고 생각하는 것 같았다. 난은 타오타오가 나이가 몇 살만 더 먹고 운전을 할 수 있다면 식당에서 일하려고 하지 않고, 리비아를 영화관이나 스톤 마운틴 공원이나 레이니어 호수에 데려갔을 것이라고 생각했다. 어쩌면 아이에게 여자친구가 있는 게 좋을지도 몰랐다. 그러면 적어도 여자들과 지내는 법을 터득하게 될 것이고 나중에 여자와 데이트할 때도 편하게 할 수 있을 것이다. 난은 젊었을 때, 여자들을 너무 심각하게 생각했던 걸 늘 후회했다.

리비아는 식당에서 공짜로 주는 음식을 맛있게 먹었다. 소녀는 우 부부에게 자신과 네이선이 핑핑의 요리를 얼마나 먹고 싶어 했는지 모른다고 말했다. 이곳에는 음식이 더 많고 더 잘 만들었다. 더 이상 핑핑이 집에서 만들던 수수한 음식이 아니었다. 리비아가 핑핑과 난에게 졸랐다. "여름 내내 여기에서 일하면 안 돼요? 저는 케이프 코트에서 나는 비린내가 싫어요."

"너한테 오래 일을 시킬 수는 없구나." 난이 말했다. "네가 미성년자니까 말이다. 어린이를 고용했다고 문제가 될지 몰라."

"아무도 모를 거예요. 부탁이에요."

핑핑이 말했다. "그러려면 네 엄마한테 물어봐야 해."

리비아는 자신이 풀타임 직원이라도 되는 것처럼, 니얀의 태도를 흉내 내며 그녀에게 얼마나 버냐고 물어보기까지 했다. 니얀은 리비아의 태평스러운 태도를 재미있어라 하며 아무 말 없이 미소만 지었다. 사실, 아이들이 해야 할 만큼 일이 많은 게 아니었다. 두 사람은 할 일이 없을 때면, 칸막이 좌석에 앉아 양념이 된 호박씨나 땅콩을 까먹으면서 학교나 친구들에 관한 얘기를 했다. 이따금 아이들은 다른 사람들의 이목을 끌 정도로 크게 웃었다.

리비아가 앞으로 몸을 기울이며 타오타오에게 속삭였다. "너희 부모님은 잘 지내시니?"

"그럼. 아주 열심히 일하셔. 우리 아빠는 이제 진짜 요리사가 되셨어. 사람들이 아빠 요리를 좋아해."

"내 말은 그게 아니라 이제 안 싸우고 사시냐는 말이야."

"싸우는 일은 아주 드물어."

"그러니까 너네 아빠가 너네 엄마를 두고 나가지 않을 거란 말이지?"

"너, 무슨 이유로 아직도 그런 생각을 하는 거야?" 아이가 인상을 쓰며 리비아를 쳐다봤다.

"신경 쓰지 마."

"이유를 말해봐."

"너네 아빠가 다른 여자를 안 만난다고 확신해?"

"너, 병적이구나. 우리 아빠는 우리를 안 버려."

"그렇다면 어째서 너네 엄마, 아빠가 각방을 쓰는 거지?"

"늘 그러셨어."

"나는 이해가 안 가."

"아빠는 밤늦게까지 책을 읽고 글을 쓰셔. 엄마를 방해하고 싶지 않으신 거지."

"그게 이상하다고. 더 이상 잠자리를 같이하지 않는다는 말이니?"

"부부가 같은 침대에서 자지 않으면 결혼생활에 문제가 있다고 생각하는 건 어리석은 생각이야."

"우리 이모는 이혼하기 전에 이모부와 같이 안 잤어."

"그건 우리 부모님에게는 해당되지 않아!" 아이가 이글거리는 눈으로 리비아를 노려봤다.

"알았어, 알았어, 그냥 해본 소리니까 그렇게 보지 마."

난과 핑핑이 마시 드라이브로 이사한 후로 각방을 쓰는 건 사실이었다. 하지만 리비아가 넘겨짚은 것과 달리 그들은 이따금 사랑을 나눴다. 대부분, 난이 새벽에 핑핑의 침대로 살짝 들어가서 그렇게 했다. 리비아가 오래전에 생각했던 결혼생활의 위기는 상당히 완화되어 있었다. 부부는 자신들의 사업과 자식에게 오롯이 몰두하며 안정된 삶을 살고 있었다. 리비아가 왔을 때, 그들은 그녀에게 타오타오의 방을 쓰게 해줬다. 타오타오는 아버지가 쓰는 방에서 잤다. 아이는 남쪽으로 난 창문 옆에 있는 이부자리 위에서 잤다. 아이는 불평하지 않고 자기 방을 내줬다. 그런데 리비아는 난이 부인하고 자지 않고 아들하고 같은 방을 쓴다는 게 이상하다고 생각했다. 핑핑은 타오타오에게 큰 침대에서 같이 자자고 했지만, 아이는 그러기 싫다고 했다. 집에 리비아가 와 있어서 그런지, 아이는 완강하게 아버지와 자겠다고 말했다. 난은 아들하고 같은 방을 쓰는 게 좋았다.

그러나 타오타오와 리비아는 밤에 거실에서 텔레비전을 같이 보며 한밤중까지 자러 들어가지 않았다. 난과 핑핑은 집에 오자마자 잠자리에 들었다. 어느 날 밤, 난은 두 아이가 소파에 앉아 존 웨인이 나오는 영화를 보고 있는 모습을 보았다. 리비아는 연신 하품을 했지만, 타오타오는 무슨 꿈을 꾸는 사람처럼 보였다. 눈빛이 멍하고 약간 흐릿해져 있었다. 아이는 아버지가 갑자기 나타났어도 졸고 있는 사람처럼 아무 반응이 없었다. 가느다란 손가락에 작은 담배 같은 게 들려 있었다. 자세히 보니, 담배가 아니라 마리화나였다. 그가 소리를 질렀다. "맙소사, 이 녀석 마리화나를 피우다니."

"조금만 피워보는 거예요."

"그건 마약이야!"

"담배와 별 차이 없어요."

타오타오가 멍청한 미소를 지어 보였다. 코가 약간 떨리고 있었다. 아이는 너무 멍한지 더 이상 아무 말도 하지 못했다. 난은 아들에게서 마리화나를 확 빼앗아 엄지와 검지로 쥐고는 꺼버렸다. 그리고 리비아를 향해 말했다. "네가 이걸 준 거지? 빌어먹을!"

"달라고 해서 준 거예요. 집 안에서는 피우지 말라고 했는데, 애가 말을 듣지 않았어요."

"그래도 마약을 주는 짓거리를 한 건 너야. 경찰에 알려야 겠다."

"제발 그러지 마세요. 우연히 조금 갖고 있었을 뿐이에요."

"이리 내라." 그가 손을 내밀며 말했다.

리비아가 호주머니에서 흰 봉투를 꺼냈다. 가로 15센티미터, 세로 10센티미터쯤 되는 봉투였다. 내용물이 3분의 1쯤 들어 있었다. 리비아가 그걸 난에게 건넸다. 이때, 잠옷을 입은 핑핑이 들어와 특별히 누구에게랄 것 없이 큰 소리로 말했다. "여기에서 담배 피우면 안 돼." 그녀가 멍해 보이는 타오타오를 물끄러미 쳐다보았다. "애가 왜 이래요?"

난이 그녀에게 마리화나 꽁초를 보여주며 무슨 상황인지 설명했다. 그녀가 리비아를 향해 소리를 질렀다. "감히 어떻게 저 애한테 마약을 하게 해! 네 엄마한테 지금 당장 전화해 야겠다."

"그렇게 화내지 마세요! 우리 엄마도 알아요."

"네가 마약을 한다는 걸 안단 말이야?"

"전 마약 중독자가 아니에요. 제 남자 친구인 네일한테 마리화나를 조금 얻었을 뿐이에요. 엄마가 그걸 보고 네일을 우리 집에서 쫓아냈어요."

난이 끼어들었다. "너, 사실대로 얘기하는 거냐?"

"맹세코 사실대로 말씀드리는 거예요."

핑핑이 텔레비전을 껐다. "타오타오, 너 저걸 몇 번이나 피웠니?"

"딱 한 번요."

"이번이 처음이에요." 리비아가 끼어들었다.

"네가 못된 짓을 시켰구나." 난이 말했다.

리비아가 아무 말도 하지 못하고 고개를 숙였다. 그들은 리비아와 타오타오에게 다시는 피우지 않겠다는 약속을 받아내고 자러 보냈다. 그리고 앉아서 얘기를 했다. 난은 하이디한테 리비아가 마약을 한다는 사실을 알려야 하는 게 아니냐고 말했지만, 핑핑은 하이디가 이미 다 알고 있을 거라고 생각했다. 좋든 싫든, 리비아는 거짓말을 하지 않았다. 어쩌면 리비아가 집을 나온 건 이 문제로 자기 어머니와 다퉜기 때문인지도 몰랐다. 난과 핑핑은 하이디가 올 때까지 두 아이를 더 세심하게 지켜보기로 했다.

15

이틀 후, 하이디가 도착했다. 그녀는 3년 전보다 훨씬 더 늙어 보였다. 목에는 주름이 더 많아지고 반백의 앞머리는 이제 거의 하얬다. 아직도 허리는 굵었지만 몸무게가 빠진 것 같았다. 그녀는 핑핑과 난을 껴안고 입맞춤을 한 다음, 리비아를 데리고 있어줘서 고맙다고 했다. 리비아는 어머니를 보자 좋아하는 것 같았다.

난은 하이디와 핑핑이 탁자에 앉아 얘기를 하는 동안, 요리를 해야 했다. 타오타오가 카운터를 보고, 리비아는 니얀을 도와 탁자를 청소하고 있었다.

하이디는 애틀랜타 시내에 있는 힐턴 호텔에 숙소를 정해놓았다고 했다. 리비아가 잘 침대도 있었지만 같이 자려고 할지 몰라 아직 말하지는 않은 상태였다. 하이디는 아침 겸 점심을 먹었기 때문에 난이 갖다준 애피타이저에서 소고기 라비올리만 골라서 먹었다. 이따금 그녀는 자기를 무시하고 창가에 앉은 적갈색 셔츠를 입은 젊은 남자에게 추파를 던지고 있는 딸을 슬며시 살폈다. 젊은 남자는 인도 여자와 같이 앉아 있었는데, 여자는 화장을 너무 짙게 해서 나이를 알아보기 힘들었다. 그래도 서른 살 아래일 것 같았다.

"리비아는 가망이 없어요." 하이디가 핑핑에게 나직이 말했다. "지난여름부터 남자 문제로 학교 공부를 잘 못했어요."

"리비아는 마음이 고운 아이예요." 핑핑이 위로했다.

"정신을 차리게 할 방법이 있었으면 좋겠어요."

리비아는 그들이 나누는 말을 엿듣고 있는 것처럼 보였다. 그래서 핑핑은 자신들의 대화가 리비아의 심기를 건드릴까봐 하이디에게 집 구경을 시켜주겠다고 제안했다. 그들은 밴이 있는 곳으로 걸어갔다. 보통 난은 차의 뒷좌석을 아래로 접어 놓고 짐을 싣는 데 이용했는데, 리비아가 온 후로는 핑핑이 그곳을 진공청소기로 청소하고 좌석을 모두 세워놓았다.

하이디는 집이 벽돌집일 뿐만 아니라 호수와 거대한 나무들이 뒤뜰에 있는 걸 보고 놀랐다. 그녀가 핑핑에게 물었다. "자, 다시 말해봐요, 미국에 몇 년 살았죠?"

"난은 9년 살았고 나는 7년 반 살았어요."

"10년도 안 됐는데 벌써 자기 사업도 있고 집도 있고 차도 두 대나 있네요. 당신들이 이렇게 잘사는 걸 보니 너무 좋아요."

"그럭저럭 꾸려갈 뿐이에요. 아직도 갚아야 할 빚이 남아 있고요."

"많아요?"

"아뇨, 4만 달러쯤 돼요."

"놀랍네요. 미국에서만 있을 수 있는 일이에요. 당신과 난 이 아메리칸 드림을 이렇게 빨리 실현했다는 게 감동적이네요. 나는 이 나라가 자랑스러워요."

핑핑은 하이디가 그런 식으로 감정을 토로하자 다소 당황했지만 미소를 지었다. 하이디는 맞은편 물가에 앉아 낚싯대를 드리우고 있는 루마니아 출신의 노인을 향해 손을 흔들었다. 혈색이 좋은 노인은 영어를 할 줄 모르는 사람이었는데 종종 그곳에서 혼자 낚시를 했다. 작은 양동이가 그의 옆에 있었다. 언젠가 핑핑은 그가 큰 고기를 여섯 마리나 잡는 걸 본 적이 있었다. 배스 두 마리에 메기 네 마리였다. 그때, 그녀는 호수가 공공재산이 아니라 자신의 사유재산이라도 되는 것처럼, 자기 것을 빼앗기는 기분이었다. 그런 느낌을 받은 건 매일 아침, 희미하게 반짝이는 수면 위로 고기가 뛰는 걸 창문으로 보며 살기 때문인지도 몰랐다.

얕은 물 속에 회색 해오라기가 한 발로 서 있는 모습이 보였다. 핑핑이 말했다. "리비아가 당신에게 남자 친구가 있다고 하더군요."

하이디가 고개를 끄덕였다. "조라는 사람이에요. 좋은 사람이죠. 그런데 리비아와 네이선이 그 사람을 좋아하지 않네요."

"아이들은 크면 집을 떠날 거예요. 당신 혼자서 그 큰 집에 살 수는 없잖아요."

"맞아요. 나한테도 내 인생이 있어요."

그들은 귀넷 카운티의 공립학교에 관한 얘기도 했다. 핑핑은 이곳 학교가 일반적으로 학생들에게 많은 걸 읽히고 쓰게 해서 언어 영역은 상당히 수준이 높은 편이지만, 과학 영역은 다소 약한 것 같다고 말했다. 그녀는 고등학교에서 과학 프로젝트를 내주지 않으며, 학교 미식축구팀이 주 챔피언십에서 여러 차례 우승했기 때문에 지나치게 스포츠에 투자를 많이 한다는 불평을 여러 명의 이웃한테서 들었다. 지난겨울, 타오타오의 영어 선생은 학생들에게 소설을 한 편 써오라는 숙제를 내준 적이 있었다. 타오타오는 그 숙제를 시작했지만 자신이 뭘 쓰고 있는지 부모에게 보여주려 하지 않았다. 처음에 핑핑은 그런 숙제를 내준 걸 보고 재미있어라 했다. 그러나 그녀는 곧, 선생이 일을 줄이려고 그랬는지도 모른다고 의심했다. 그 숙제를 제대로 해서 제출할 학생이 거의 없을 거라고 생각하고 일부러 그런 숙제를 내줬는지도 모를 일이었다.

그들은 난에 관해서도 얘기를 나눴다. 핑핑은 하이디에게 난이 이제는 더 가족적인 사람이 됐으며 금귀를 유지하기 위해 열심히 일하고 있다고 말했다. 하이디가 물었다. "여기에서 행복해요?" 맑은 개암색 눈이 핑핑의 부드러운 얼굴을 응시했다.

"그래요, 우리 가족이 같이 있는 한, 나는 행복해요." 핑핑은 모기가 문 자리를 긁으며 말했다.

해오라기가 호숫가에서 날아올라 연처럼 날아갔다. 하이디는 거위 똥을 밟은 구두를 잔디에 계속 문질렀다. 그녀가 전보다 더 무질서해 보이는 제럴드의 뜰을 바라보았다. 트램펄린이 임시변통의 벽처럼 옆으로 놓여 있었다. 개집은 알아보기 힘들 정도로 부서져 있었다. 쪼개진 장작 더미가 폐차에 기대어져 있었다. 쌓아 놓아야 할 것들이 지난겨울부터 그렇게 놓여 있었다. 그중 최악은 집 뒤의 베란다에 반절만 유리를 끼워 놓아, 그 일부가 집 안에 있는 것을 빼내는 무슨 구멍처럼 보인다는 것이었다. 제럴드는 1년 이상 간헐적으로 거기에 손을 댔지만 마무리를 할 수가 없는 모양이었다.

"누가 저 집에 살아요?" 하이디가 붕괴하고 있는 집을 가리키며 핑핑에게 물었다.

"제럴드 브라운이라는 전기기사가 사는데 좋은 사람이에요. 그런데 부인이 그를 버리고 나갔어요."

"집을 저렇게 방치하다니 창피한 노릇이군요. 이웃들이 나서야 해요. 집을 제대로 가꾸지 않으면 이 지역에서 몰아내야 해요. 이렇게 좋은 주거지 한가운데에 이런 꼴불견이 있다니요!"

핑핑은 아무 말도 하지 않았다. 입맛이 썼다. 그녀는 한숨을 쉬며 고개를 저었다. 제럴드의 행실을 고치는 건 불가능하다는 의미였다.

16

설득하지 않았음에도 리비아는 어머니와 같이 떠났다. 핑핑과 난은 안심이 되었다. 며칠 동안, 우 부부는 최근에 집에서 나오지 않고 있는 제럴드에 관한 얘기를 했다. 그는 6월부터 아파서 일을 하지 않고 있었다. 그의 앞뜰은 전보다 더 엉망이었다. 때로는 밤이 되면 사람들이 그의 집 잔디에 픽업트럭을 주차하고 데이트 장소로 삼았다. 그들은 맥주병, 종이봉지, 스티로폼 상자, 심지어 사용한 콘돔까지 잔디 위에 버리고 갔다. 잔디는 3개월 동안 깎지 않은 상태였다. 난과 핑핑은 자기 집 잔디를 깎을 때마다, 그들의 앞뜰에 인접한 제럴드의 잔디 일부를 깎아줬다. 그러나 그렇게 하고 나면 그 집의 잔디가 손질 안 된 게 더 두드러져 보였다.

그러던 어느 날 아침, 우 부부가 일을 하러 가려고 할 때, 경찰차 석 대가 제럴드의 집 진입로와 잔디 위에 들어섰다. 그가 쫓겨나는 걸 보려고 몇십 명의 이웃이 잔디에 모였다.

감자처럼 생긴 로지 부인도 그 사이에 있었다. 그녀는 희끗희끗한 머리를 계속 흔들며 말했다. "불쌍한 사람. 이런 창피한 노릇이 어디 있담."

앨런도 근처에 서 있었다. 그는 난과 핑핑에게 가만히 다가가, 눈가에 주름이 잡힐 정도로 크게 웃으며 말했다. "이제 그 작자가 나갈 때가 된 거지. 마침내 저 사람들이 조치를 취하는군."

아직도 얼떨떨한 난이 물었다. "제럴드는 어디 있나요?"

"모르겠네. 못 찾았대."

"저 사람들이 왜 저러는 거죠?" 핑핑이 물었다.

"제럴드가 오랫동안 돈을 못 냈나봐. 은행도 이제 지쳐서 그의 재산을 압수하려고 하는 거지."

우 부부는 놀라서 말도 못 하고 그 소동을 바라보았다. 그들은 자기 집에서 쫓겨나는 사람을 본 적이 없었다. 멕시코 노동자들이 그의 집과 지하실에서 물건을 꺼내 잔디 위에 놓고 있었다. 별의별 것들이 다 있었다. 대부분은 공사장에서 가져온 것들이었다. 그중에는 양탄자 조각, 부서진 의자와 탁자, 찌그러진 플로어램프, 기름이 묻은 기구, 겹겹이 쌓인 플라스틱 양동이, 바퀴가 빠진 손수레 두 대, 잡지 수백 권, 전깃줄 상자, 다양한 재목, 여러 개의 녹슨 실톱 몇 개, 참나무 뚜껑이 달린 새 변기, 중고 에어컨 두 대 등이 있었다. 엉덩이에 수갑을 찬 뚱뚱한 경찰관이 못 쓰게 생긴 유모차를 발로 차며 구경꾼들에게 말했다. "제럴드 브라운은 24시간 내에 자기 물건을 치워야 합니다. 그 시간이 지나면 여러분은 아무것이나 가져가실 수 있습니다."

뒤뜰에서 견인 트럭 소리가 났다. 구석에 놓여 있던 제럴드의 폐차 중 한 대가 견인되고 있었다. 난은 사람들의 눈이 잔디 위에 흩어진 제럴드의 물건을 훑는 걸 보았다. 어두워지기 선에 사람들이 와서 물건들을 뒤질 게 분명했다. 그는 사람들이 자기 집 잔디를 망가뜨릴까봐 걱정되었다. 물건들이 너무 많아서 그의 집 뜰까지 넘어와 있었기 때문이다. 난과 핑핑은 더 이상 꾸물거릴 수가 없어 식당을 향해 출발했다. 그들은 제럴드가 쫓겨나는 것에 대해 얘기하면서 갔다.

두 사람은 그 장면을 보고 두려웠다. 그들은 그걸 보면서 아직 갚아야 할 빚이 있다는 걸 떠올렸다. 그들은 아직도 울프 씨에게 3만 8천 달러를 빚지고 있었다. 사업이 망하거나 아프기라도 한다면 그들도 집을 빼앗길지 몰랐다. 무슨 수를 써서라도 최대한 빨리 빚을 갚아야 했다.

슈보가 정오경에 니얀에게서 자기네 은행금고 열쇠를 받아갔다. 요즘 그는 낙불 식당의 바텐더로 일해서 돈을 괜찮게 벌었다. 그와 난은 사이가 좋았다. 그래서 잡담을 하거나 흥미 있는 것이 실린 잡지나 신문을 주려고 식당에 자주 들렀다. 난은 고학력자 티가 조금도 나지 않는 슈보의 태도가 놀랍게 생각되었다. 누가 그를 사회학 박사 학위를 받은 사람이라고 생각할까 싶었다. 쭈글쭈글한 얼굴과 그늘이 진 눈은 어느 모로 봐도 말단 노동자의 모습이었다. 우 부부가 그에게 이웃이 쫓겨난 일에 대해 얘기해주자, 슈보가 말했다. "미국인들은 강해요. 그들은 더 자연스럽게, 동물에 가깝게 살죠."

난이 웃으며 물었다. "'동물에 가깝다'는 말은 무슨 뜻이죠? 동물들은 돈을 벌고 대출금과 자동차 할부금을 갚으려고 일할 필요가 없잖아요."

"내 말은 이곳에서는 강하면 살아남고 약하면 죽는다는 말이에요."

"그건 어디나 마찬가지잖아요."

"하지만 많은 미국인들은 불행이 닥쳐도 불평하지 않아요. 그들은 자신들에게 닥친 일을 그저 받아들이죠."

난은 슈보의 관찰이 정확하다고 확신하지 못했지만, 전반적으로 미국인들이 불평을 많이 하지 않고 불행과 좌절을 더잘 견디는 것 같다는 생각은 들었다.

그날 오후 일찍, 바쁜 시간이 지나자, 난은 집으로 갔다. 퇴거 현장을 살펴보고 집이 온전한지 보기 위해서였다. 그는 짐을 가져가는 사람들이 제럴드의 집 뒤뜰과 자기 집 뒤뜰을 가르는 철조망을 망가뜨릴까봐 염려하고 있었다. 집 가까이 가자, 수백 마리의 까마귀가 갑자기 제럴드의 앞뜰에서 날아올라 날개를 파닥였다. 까마귀들은 땅 위에 그림자를 드리우며 날아갔다. 제럴드의 집에는 아무도 없었다. 그의 물건들이 집주변에 흩어져 있었다. 집은 완전히 봉해져 있었다. 문손잡이에 잠금장치가 부착되어 있었다. 바퀴가 없는 손수레 두 대외에는 모든 것이 그대로 있었다. 난은 걸어 다니며 자기 집 뒤뜰 울타리가 멀쩡한지 확인했다. 그는 제럴드의 현관으로 들어갔다. 창문턱에 잡지가 펼쳐져 있었다. 젊은 남녀가 개처럼 섹스를 하는 장면이었다. 난은 그걸 바닥으로 밀쳤다. 오래된《허슬러》잡지였다. 대부분은 빗물에 젖어 오그라져 있었다. 제럴드가 어딘가에서, 어쩌면 쓰레기통에서 주워 온 게 틀림없었다. 난은 그걸 하루나 이틀 갖고 있을까 하다가 생각을 바꿔 신문과 광고지가 쌓여 있는 곳으로 차버렸다.

그가 현관에서 나오자, 놀랍게도 제럴드가 뜰 가장자리에 서 있었다. 그는 청색 자전거를 잡고 자기 물건들이 쌓여 있는 모습을 커다랗고 멍한 눈으로 바라보고 있었다. 그는 오른손으로 자전거 핸들을 잡고, 잔디 위로 발을 들여놓는 게 두려운 듯 포장도로에 발을 딛고 서 있었다. 그러더니 고개를 들어 난을 바라보았다. 난은 그렇게 작고 허약한 제럴드의 모습을 처음 봤다. 눈에는 광채가 없었고 턱은 부스스한 반백의 수염으로 덮여 있었다. 난은 손을 흔들고 무슨 말로 위로해야 할지 생각하며 그를 향해 다가갔다. 하지만 제럴드는 빙글 돌아서더니 자전거에 올라타고 가버렸다. 체인이 체인보호대와 뒷바퀴 커버에 닿는 소리가 났다. 한 줄기 돌풍에 그의 머리와 회색 셔츠 뒷자락이 들렸다. 그 모습이 커다란 한 마리의 새 같았다. 난은 크게 한숨을 쉬었다.

17

하일리는 9월 16일이면 한 살이었다. 재닛은 생일 파티를
준비하느라 바빴다. 우 부부도 초대를 받았다. 핑핑은 수양어
머니여서 가기로 했지만, 난은 머뭇거렸다. 6주 전, 그는 아내
와 함께 미첼 부부의 집에서 열리는 파티에 참석한 적이 있었
다. 그들과 같이 있으면서 뭔가 어색한 느낌이 들었다. 그래
서 이번에는 그런 느낌을 또 받기 싫어 금궤에 그냥 남아 있
기로 했다. 게다가 식당에 할 일이 너무 많아 그나 핑핑 중 하
나가 있어야 했다. 그래서 핑핑 혼자서 미첼 부부의 집에 갔
다. 그녀는 중국어로 된 동화책을 선물로 갖고 갔다. 그녀가
도착했을 때, 대부분의 사람들은 아직 오지 않은 상태였다.
재닛은 핑핑에게 하일리의 대부, 대모들도 오기로 돼 있다고
말했다.

데이브는 딸을 무릎에 앉히고 야구 경기를 보고 있었고, 재
닛은 부엌에서 치즈의 포장지를 벗기고 살사 소스를 수프 그

릇에 따르느라 바빴다. 탄산수 잔을 든 몸집 큰 여자가 핑핑에게 다가오더니 크리스틴이라고 자기를 소개했다. 두 사람은 얘기를 하기 시작했다. 놀랍게도 크리스틴은 타이완의 의과대학에서 1년 동안 간호학을 가르친 적이 있다고 했다. 좋은 추억인 모양이었다. 그녀는 타이페이 거리에 있는 간이식당에서 팔던 야식이 그립다고 말했다. 핑핑은 그녀의 왼쪽 눈이 충혈되고 약간 부어 있는 걸 보고 물었다. "눈에 무슨 문제가 있나요?"

"아, 얼마 전에 라식 수술을 했거든요." 그녀가 손가락 끝으로 불룩한 콧등을 만지며 말했다. 순간적으로 아직도 안경을 쓰고 있는 것으로 착각한 것 같았다. 그녀의 볼에는 주근깨가 많았다.

"지금은 더 잘 보이겠네요."

"그럼요. 내 인생에서 처음으로 나무 우듬지에 있는 잎들 하나하나가 보여요. 일곱 살 때부터 안경을 쓰기 시작했거든요. 그 전에는 시력이 너무 나빠 나무 우듬지가 잎이 아니라 무슨 녹색 덩이로 보였거든요. 이렇게 하고 나니 놀라워요. 이제는 안경 없이도 운전할 수 있게 됐어요."

초인종이 울리고 두 부부가 들어왔다. 크리스틴은 그들을 아는지 달려가서 맞았다. 훈제 연어가 담긴 접시를 든 재닛이 식당으로 가다가 멈칫하더니 핑핑에게 오븐에서 시금치 파이를 좀 꺼내달라고 했다. 손님을 맞아야 하기 때문이었다. 핑핑은 기쁜 마음으로 부엌에 들어가서 장갑을 끼고 전채 요리를 꺼내기 시작했다. 그리고 재닛이 하다가 만, 아보카도를 으깨는 일을 했다. 옥수수 칩을 찍어 먹도록 하기 위한 것이었다. 재닛은 저녁을 뷔페로 차려놓고 있었다. 큰 접시 여러 개에는 고기들이 담겨 있었고, 큰 그릇 두 개에는 샐러드와 다양한 유기농 채소가 담겨 있었다. 곧 재닛이 돌아왔다. 두 사람은 식당에 있는 타원형 테이블로 음식을 나르기 시작했다.

집 안은 이제 얘기하는 소리와 웃는 소리로 떠들썩했다. 만반의 준비가 끝나자, 핑핑은 손님들이 있는 곳으로 갔다. 살찐 짱구머리 남자가 2인용 소파에 혼자 앉아 있었다. 그는 창백한 얼굴과 활기 없는 눈 탓인지 졸린 것 같은 모습이었다. 통통한 입술과 깨끗한 피부에도 불구하고, 그를 보자 핑핑은 어쩐지 블라디미르 레닌이 생각났다. 그녀가 그에게 다가가 상냥한 목소리로 인사를 했다. "안녕하세요?"

남자가 눈을 들었다. 그런데 갑자기 얼굴이 굳어지며 동공이 흔들렸다. 그는 당황한 나머지 어떻게 응수해야 할지 모르는 것 같았다. 핑핑이 무슨 말을 해야 할지 생각하는데, 얼굴이 너구리처럼 생긴 여자가 레드 와인 두 잔을 들고 다가왔다. 그녀는 남자를 쏘아보다가 핑핑에게 날카롭게 물었다. "무슨 일이세요?" 드레스의 움푹 들어간 목선 때문에 햇볕에 탄 그녀의 젖가슴 골이 드러나 보였다.

당황한 핑핑이 더듬거렸다. "아, 제, 제 이름은 핑핑이에요. 재닛과 데이브가 우리 아들의 대리 부모죠." 그녀는 몹시 당황한 나머지 '법적 후견인'이라는 영어 단어를 잊어먹고 있었다.

"대부모란 말인가요?" 여자가 남자에게 잔을 건네며 말했다.

"네, 비슷해요."

"아…… 미안합니다. 내 이름은 킴이에요. 이 사람은 내 남자 친구 찰리고요. 그러니까 당신도 아이를 입양했나 보군요."

"아뇨. 내 아들은 벌써 중학교에 다닌답니다."

"그렇군요. 찰리는 하일리의 대부고 나는 대모예요."

핑핑은 자기도 아이한테 일종의 대모라는 말을 할까 하다가 그만뒀다. 그녀는 미첼 부부가 결혼도 하지 않은 사람들을 딸의 대부모로 삼았다는 사실에 놀라고 있었다. 그녀는 이유를 정확히 알 수 없었지만 킴과 찰리와 얘기하는 게 불편했다. 그녀는 킴이 조금 전에 자신에게 무례했다는 걸 확신했다. 그래서 몇 마디 더 하고는 하일리를 보러 갔다.

재닛이 요리한 음식은 별로 맛이 없었다. 그래서 핑핑은 좋아하는 닭 가슴살 하나와 방울토마토 몇 개만 먹었다. 그녀는 자그만 고무 물고기를 깨물고 있는 아이와 있는 게 즐거웠다. 그녀는 하일리의 입에서 장난감을 빼내고 중국어로 '엄마'와 '아빠'라는 말을 어떻게 발음하는지 가르쳐주려고 했다. 그러나 아이는 한 번에 한 음절밖에 발음할 줄 몰랐다. 하일리는 잘 웃었다. 아이의 입에서 침이 흘렀다. 아이는 핑핑의 엄지손가락을 붙잡고 양탄자 위를 기어 다녔다. 아무도 핑핑한테 말을 건네지 않았다. 그녀를 유모라고 생각하는지도 몰랐다. 사실, 그녀는 이십 대 후반처럼 젊어 보였다.

큼직한 생일케이크가 나오자, 집이 다시 떠들썩해졌다. 사람들이 생일 축하 노래를 부르기 시작하자, 핑핑은 하일리를 데리고 거실로 갔다. 몇몇 여자들이 케이크 앞에서 뒷걸음질을 하며 박수를 치고 노래를 했다. 수지도 그중 하나였다. 하일리는 어찌할 바를 몰랐고 달랑 하나인 촛불을 끄지도 못했다. 재닛이 딸 대신 촛불을 껐다.

9시가 지나자, 난이 식당을 니안한테 맡기고 핑핑을 데리러 왔다. 그는 이번에는 미첼 부부의 손님들과 잘 어울렸다. 특히 염소수염을 만지작거리는 마른 남자와 잘 어울렸다. 그는 디케이터에서 사서를 하는 사람이었는데 중국의 고대 철학자인 장자를 좋아했다. 그 사람은 딕 해리슨과도 친분이 있어서 시 낭독을 해달라고 도서관에 청하기도 했었다. 난과 그는 한동안 와인에 관한 얘기를 했다. 그리고 난은 특별 연구생 장학금을 신청했다는 크리스틴에게 가볼 만한 중국 도시가 어디 어디 있는지 얘기해줬다. 장학금을 받게 되면, 그녀는 중국에 가서 가르치고 싶다고 했다.

데이브가 환한 얼굴로 다가오더니 난의 어깨에 손을 얹었다. "내가 만든 파마산 치킨 먹어봤어요?"

난은 먹어보지 않았지만 적당히 얼버무렸다. "당신이 요리를 잘한다는 건 몰랐네요."

"몇 가지를 막 배우기 시작했어요."

크리스틴이 말했다. "이제 아버지가 됐으니 다방면으로 가정적인 남자가 되어야죠." 그녀가 웃자, 난과 데이브도 웃었다. 사실, 닭고기는 설익은 상태였다. 두 개의 접시에 담긴 닭고기는 아직도 반쯤 남아 있었다.

돌아오는 길에 핑핑은 기분이 나쁜지 아무 말도 하지 않았다. 그녀는 난이 파티에 참석할 때마다 자기를 혼자 내버려 둔다고 종종 불평하곤 했다. 이번에도 마찬가지였다. 그는 단 1분도 그녀와 같이 있어주지 않았다. 그녀는 오늘 미첼 부부의 집에 간 게 후회스러웠다. 그녀는 하일리의 몇몇 대부모들이 마음에 안 들었던 모양이었다. 난은 아내가 화를 내는 이유를 알기 때문에 가만히 있었다.

다음 날 아침, 핑핑은 식당에 가는 길에 재닛의 장신구 가게에 들렀다. 재닛이 그녀에게 파티가 재미있었냐고 묻자, 핑핑이 말했다. "꼭 그런 건 아니에요. 크리스틴은 좋았지만, 솔직히 말해 킴과 찰리는 마음에 안 들었어요. 뭐가 두렵기나 한 것처럼 무례하게 굴더군요."

재닛이 알 수 없는 미소를 지었다. 핑핑이 다그쳤다. "왜 그래요? 나는 그들에게 못되게 군 적이 없는데."

"킴이 약점이 있어서 그래요. 찰리와 거의 2년 동안 사귀고 있는데도 그를 잃지나 않을까 노심초사거든요."

"미쳤군요. 어떻게 내가 뚱뚱한 자기 남자 친구를 좋아할 거라고 생각하죠? 나한테는 난이 있어요. 나는 그 사람만으로도 이미 벅차요. 남자가 하나 더 있으면 나는 죽을 거예요."

재닛이 다양한 구슬이 든 상자를 선반에 올려놓고 돌아왔다. "몇 년 전에 킴이 남자 친구를 일본 여자한테 빼앗긴 적이 있어요. 그래서 당신한테도 빼앗기지 않을까 겁을 먹은 거죠."

"제정신이 아니군요."

"이봐요, 핑핑, 당신은 자기가 얼마나 아름다운지 몰라요. 당신은 많은 남자를 홀릴 수 있어요. 어제 당신이 가고 나니까, 킴과 찰리가 이구동성으로 당신과 난이 멋진 부부라고 했어요. 킴은 당신이 결혼했다는 걸 알고 마음이 놓이는 모양이더군요." 재닛이 깔깔거리며 손등으로 코를 문질렀다. "핑핑, 혹시 '옐로 피버'라는 말 들어봤어요?"

"네. 병 이름이잖아요?"

"맞아요. 그런데 거기엔 많은 남자들이 동양 여자들한테 정신을 못 차린다는 의미도 있어요. 장담하는데, 당신이 결혼하지 않았다면, 데이트 신청이 쏟아졌을 거예요."

"나는 남자와 데이트하고 싶지 않아요. 내가 원한 건 결혼이었어요. 난 외에는 아무도 나하고 결혼하려고 하지 않았고요."

*

핑핑이 간 후, 재닛은 방금 했던 얘기를 떠올렸다. 그녀는 핑핑의 순진한 구석이 재미있었다. 그녀와 데이브는 종종 핑핑과 난에 관한 얘기를 했다. 그들은 두 사람의 결혼생활에 문제가 있다는 걸 내내 알고 있었다. 데이브는 난이 자신의 행운에 어떻게 감사해야 할지 모르는 남자라고 생각했다. 미첼 부부에게 놀라웠던 건 순탄치 못한 결혼생활에도 불구하고 난과 핑핑이 거의 싸우지도 않고 바람도 안 피운다는 사실이었다. 두 사람은 현 상황에 만족해하면서 그걸 개선할 노력을 하지 않는 것처럼 보였다. 재닛은 언젠가 핑핑에게 난을 데리고 결혼 상담소에 가보라는 말까지 했다. 그때, 핑핑은 이렇게 말했다. "우리한테는 정신과 의사 필요 없어요." 어쩌면 식당 일이 너무 힘들어, 핑핑이나 난은 다른 애인을 찾을 시간이나 정열이 없는 건지도 몰랐다. 그리고 아들도 그들을 바쁘게 하고 두 사람을 한데 묶어주는 요인이었다.

더 놀라운 건 우 부부가 모든 걸 늘 공유한다는 것이었다. 그들은 같은 은행 계좌를 이용했으며 공과금도 같이 냈다. 그들이 가진 모든 것이 두 사람의 공동 소유였다. 사실, 난은 금귀로 들어오는 모든 돈을 핑핑이 관리하게 했다. 그와는 대조적으로, 재닛과 데이브는 각자 은행 계좌를 갖고 있었으며 매달 공동 계좌에 3천 달러씩 내서 그 돈으로 할부금과 외식비를 포함한 비용을 충당했다. 공휴일이나 생일이 되면, 그들은 각자의 통장에서 돈을 빼 선물을 사줬다. 재닛은 핑핑이 가족을 위한 옷이나 신발을 살 때, 난과 타오타오에게 같은 걸 사주는 걸 보았다. 마치 난이 또 다른 자식이라도 되는 것 같았다. 게다가 우 부부는 서로에게 선물을 사주는 법이 없었다. 언젠가 핑핑의 생일 때, 재닛이 그 이유를 묻자 이런 답변이 돌아왔다. "나는 난이 주는 선물은 필요 없어요. 그이가 뭘 사면 결국 내 돈을 쓰는 거잖아요. 내가 그이에게 뭔가를 사주면 그이의 돈을 쓰는 거고요."

재닛은 그 말 뒤에 있는 논리를 이해할 수 있었고 전보다 훨씬 더 그들의 결혼생활에 흥미가 일었다. 펑펑은 난이 자기를 사랑하지 않는다고 생각했지만, 그들의 결혼생활은 그래도 안정적이었다. 정열과 성이 결혼생활의 필수적인 요소가 아닌 걸까? 결혼이 그러한 기본적인 요소 없이 계속될 수 있을까? 때때로 재닛은 그런 질문을 스스로에게 해봤지만 대답할 수 없었다. 그녀는 데이브에 대한 소유욕과 깊은 사랑 없이 사는 걸 상상할 수 없었다. 그녀는 데이브가 자신을 사랑하지 않는다면 다른 여자를 사귈 것이고 그렇게 되면 결혼생활도 끝난다고 확신했다. 하지만 펑펑과 난은 달랐다. 그들은 조화롭게 사는 것 같았다. 둘 중 누구도 그들의 결혼에 열정이 부족하다는 사실에 크게 구애받지 않는 것 같았다. 한편, 펑펑은 재닛에게 자신과 난이 이따금 사랑을 하고, 오래 살면 살수록 침대에 같이 있는 게 더 편해진다고 고백한 적이 있었다. 이상한 일이었다. 어쩌면 그들은 자기네 나름의 독특한 방식으로 서로를 사랑하는지도 몰랐다.

18

난은 CNN을 보며 생강 껍질을 벗기고 있었다. 카운터 뒤의 구석에 걸린 텔레비전 화면에 작은 반점들이 묻어 반들거렸다. 카메라가 동양인들로 가득한 거리를 비추자, 마스카라를 짙게 칠한 여자 앵커가 말했다. "어제 오후 베이징에서 반체제 인사인 바오 유안 씨가 체포되었습니다. 뉴욕에서 망명생활을 하고 있는 반체제 예술가 바오 유안 씨는 중국에서 문예지를 발간할 의도로 지난주에 귀국을 감행했습니다. 어떤 혐의인지는 아직 확실하지 않지만, CNN이 입수한 정보에 의하면 사보타주 혐의로 체포되었다고 합니다……."

난은 소스라쳐 놀라며 껍질을 벗기는 걸 멈추고 화면에 눈을 고정했다. 그는 바오의 얼굴을 보고 싶었지만 화면에 나오지는 않았다. 대신, 직접적인 관계가 없는 장면이 나타났다. 경찰들이 수갑을 찬 죄수 네 명을 바퀴가 여섯 개인 트럭을 향해 끌고 가는 장면이었다. 처형장으로 끌고 가려는 것처럼 트럭 뒤 칸은 천으로 가려져 있었다.

즉시, 바오에 관한 얘기가 식당에서 화제가 되었다. 핑핑이나 니얀은 그를 만난 적이 없기 때문에, 난이 그들에게 바오에 관한 얘기를 해줬다. 그가 어떻게 웬디한테 얹혀살았으며 나중에 어떻게 웬디가 남동생을 불러 그를 쫓아냈는지도 얘기해줬다. 그들은 바오가 자기선전을 위해 일부러 체포당할 계획을 세웠는지도 모르겠다고 생각했다. 그렇지 않다면, 어떤 바보가 경찰이 기다리고 있는 중국으로 슬그머니 들어가려 했을까 싶었다. 슈보가 출근하는 길에 들러 난에게 〈세계일보〉을 주면서 바오가 제정신이 아닌 게 분명하다고 말했다. 그는 낙불 식당으로 바로 출근해야 해서 더 이상 얘기를 할 수 없었다. 난은 면도를 하지 않은 슈보를 보고 오늘은 코알라 같다고 골려주려고 했지만, 그는 벌써 밖으로 나가 차가 있는 곳으로 휘적휘적 걸어가고 있었다. 슈보의 벗어진 머리가 뒤에서 보니까 더 두드러져 보였다.

난은 신문을 펼쳤다. 바오가 체포됐다는 기사가 1면에 톱 기사로 실려 있었다. 세 번째 페이지에 '중국의 새로운 인권 침해'라는 제목으로 장문의 기사가 실려 있었다. 기사에는 바오의 사진도 실려 있었다. 그는 웃지 않으려고 애를 쓰는 것처럼 냉소적인 미소를 띠고 있었다. 그 기사에는 그가 《신시행》 백 부를 갖고 가서 중국에 배포하려고 했다고 돼 있었다. 그는 중국에서 잡지를 발간할 가능성을 타진해보려고 했지만 동업자를 구하기도 전에 경찰한테 잡혀 잡지를 모두 압수당했다고 했다. 소문에 따르면, 당국이 그를 재판에 회부할 거라고 했지만, 난은 그런 일이 일어날 것이라고는 믿지 않았다. 그렇게 되면 국제적으로 원성을 사게 될 것이기 때문이었다. 그는 바오가 이미 영주권을 땄을 것이라고 확신했다. 중국 정부가 일반적인 중국 시민처럼 그를 감옥에 가둬놓기는 어려울 터였다. 중국 정부에게 더 골치 아픈 건 미국의 주요 도시에 있는 반체제 인사들이 벌써 행동을 개시하여 항의를 하고 시위를 벌이고 있다는 것이었다. 기사에는 뉴욕과 워싱턴 D. C.에 있는 자유 활동가들이 서명을 받기 시작했고 하원의원들에게 바오를 위해 나서줄 것을 호소하고 있다고 했다.

난은 딕에게 전화를 걸어 바오에 관해 얘기를 나눴다. 딕이 껄껄 웃으며 말했다. "나도 들었어요. 이제 그 친구는 유명해졌어요. 동양학과의 내 동료들도 그 친구의 용기에 대해 얘기하고 있어요."

"뭐라고요? 그가 용감하다고 생각하는 거예요?" 난이 물었다.

"그럼요, 그들이 달리 어떻게 생각할 수 있겠어요?"

"그는 그저 관심을 끌려고 그랬는지도 몰라요."

"어쩌면 그럴지도 모르죠. 그래도 잡지를 중국으로 몰래 들여가기 위해서는 많은 용기가 필요하지 않았을까요?"

"갖고 간 잡지는 오래된 거였을 거예요. 그 잡지는 오래전에 폐간됐으니까요. 당신도 알잖아요."

"그걸 중국에서 복간하려고 했는지도 모르죠."

"글쎄, 과연 그럴까요."

"난, 당신은 너무 냉소적이에요. 생각해봐요. 언론과 표현의 자유를 주장하다가 몇 년 동안 감옥에 갇힐 수도 있는 일이잖아요."

"그렇게 단순한 문제가 아니에요. 그가 양심수가 될 것 같지는 않아요."

"왜 그렇게 생각하죠?"

난은 전화로 자세하게 그 이유를 설명할 수 없었다. 그래서 그는 만나서 얘기하자고 했다. 딕은 시집 원고 교정 때문에 바쁘다고 했다. 주말까지 편집자한테 보내야 되는 모양이었다. 그래서 다음 주 수요일에나 볼 수 있다고 했다.

19

수요일 오후, 딕이 금귀에 왔을 때, 바오는 막 석방되어 중국에서 추방당했다. 미국 의원들이 중국 정부에 그를 석방하라고 압력을 가했다고 했다. 난은 자기 말이 맞았다는 걸 확인하고 친구에게 말했다. "거봐요, 내가 감옥에 오래 안 있을 거라고 했잖아요."

"이해가 안 가는군요. 왜 재판을 해서 감옥에 가두지 않는 거죠?" 딕이 땀이 송골송골 맺힌 턱을 흔들며 말했다.

"그러면 그가 더 유명해질 테니까요."

"이제 책에다 써먹을 거리가 꽤 되겠네요."

"내가 뉴욕에 있었을 때, 그는 회고록을 쓰고 있었어요."

"나도 알아요. 나도 일부를 번역으로 읽었어요. 너무 형편없었어요. 그래서 그에게 다 없애고 다시 쓰라고 했어요."

"아마 그걸 끝냈는지도 모르죠." 난은 바오가 이제 출판사를 쉽게 찾을 수 있을 거라고 말하려다가 그만뒀다.

닥이 뒷주머니에서 출판 예정인 새 시집의 표지 견본을 꺼냈다. 가로 25센티미터, 세로 35센티미터의 반들반들한 종이였는데, 오른쪽 반은 붉은색이었고 왼쪽 반은 흰색이었다. 오른쪽 중앙에 '예기치 않은 선물'이라고 손으로 쓴 글씨가 보였다. 그 위로 '닥 해리슨'이라는 이름이 있었고, 그 밑으로 사과, 배, 토마토, 포도가 담긴 과일 바구니가 있었다. 표지의 다른 반에는 닥의 다른 책에 대한 찬사의 말과 '확실한 귀'라며 닥을 칭찬하는 샘 피셔의 추천사가 있었다. 난은 전체적으로 표지가 마음에 들지 않았지만, 선물을 나타내는 과일 바구니는 마음에 들었다.

"이 표지 어때요?" 닥이 물었다.

"솔직히 말해 붉은색이 마음에 안 드네요. 혁명서 표지처럼 너무 요란해요."

"색깔은 좋잖아요. 눈에도 번쩍 띄고 판매에 도움이 될 것 같아요."

난은 닥의 답변을 듣고 놀랐다. 그는 시인이 책의 판매에 대해 그렇게 신경을 쓸 것이라고는 생각하지 못했던 것이다. 난은 스스로 돈을 벌려고 열심히 노력하면서도, 시를 상품이라고 생각할 수는 없었다. 그는 친구에게 어떻게 그 생각을 얘기해야 할지 몰랐다. 그래서 표지에 있는 과일 바구니를 가리키며 말했다. "이 과일들은 보기 좋네요."

"나는 싫어요." 닥이 말했다.

"왜요?"

"너무 진부해서요. 호박이나 솔방울, 송어나 꿩처럼 색다른 것을 넣어주면 왜 안 된다는 건지 모르겠어요. 오늘 아침 강의를 하기 전에 출판업자와 이 문제로 한바탕 싸웠어요. 젠장, 말이 안 먹히더라고요."

"그들이 바꿔줄까요?"

"모르죠. 그 친구는 너무 늦었다고 하더군요. 그래서 딩신이 이 시집에 대한 작업을 막 시작한 참인데 너무 늦었다니, 무슨 소리냐고 했죠. 우리는 전화로 소리를 지르고 난리였어요. 그 친구, 얼간이더라고요. 그래도 내 출판업자인데 어쩌겠어요. 그 사람과 싸움을 하지 말았어야 했는지도 모르죠."

"표지가 평범하다고 큰 문제는 안 될 거예요. 독자들은 내용으로 책을 판단하니까요."

"나는 모든 것이 완벽하기를 바라요."

난은 더 이상 말하지 않았다. 그는 표지가 아무리 진부해 보여도 딕이 과민하게 반응했다고 생각했다. 딕은 난에게 초판을 천 부 찍을 것이고, 그게 다 팔리면 성공적이라고 말했다. 난은 초판 부수가 적은 데 놀랐다. 정가의 5퍼센트가 인세라면, 그걸로 많은 돈을 벌 수도 없는데, 왜 그렇게 책의 판매에 집착하는지 알 수 없었다. 딕은 일부 잡지에 《예기치 않은 선물》에 대한 서평이 실릴지도 모른다고 말했다. 서평이 긍정적이면, 책이 잘 팔릴 것이라고 했다.

"그래요, 좋은 평가를 받는 게 더 중요하죠." 난이 말했다.

"맞는 말이에요." 딕이 맞장구쳤다. "사실, 판매보다는 서평에 더 관심이 가죠."

"그게 옳은 태도예요. 여하튼 시로 돈을 벌 수는 없잖아요."
그렇게 말했음에도 불구하고, 난은 딕이 왜 그러는지 완전히
이해할 수는 없었다. 그는 책에 대한 반응이 좋으면, 딕이 간
접적으로 돈을 벌 수 있다는 사실도 이해하지 못했다. 책에
대한 반응이 좋으면 결국, 학교에서는 급료를 올려줄 것이고,
낭독회에 초대받는 횟수도 늘어날 것이고 대학이나 작가들
모임에 나가서 창작 세미나를 할 기회도 많아져 수입이 늘어
날 터였다.

두 친구가 얘기하는 동안, 핑핑과 니얀은 구석에서 완탕 피
를 싸고 있었다. 딕이 유일한 손님이었다. 그래서 난은 다른
손님이 들기 전에 한동안 그와 앉아서 얘기를 할 수 있었다.

20

 딕은 주말이면 에모리 대학 북쪽에 있는 사원에서 다른 불교 신자들과 함께 명상을 했다. 그는 난에게 스트레스도 완화되고 마음도 평화로워지니 같이 가자고 했다. 난은 딕이 시를 쓰는 데 마음의 평화가 왜 필요한지 알 수 없었다. 시인은 강력한 창조적 충동을 필요로 하지 않을까? 감정이 격렬할수록 시도 더 강렬해지지 않을까? 그러나 난은 어느 일요일 아침, 호기심에서 불교 신자들을 만나러 갔다.

 사원이라고 해야, 나무가 많이 심긴 커다란 뜰에 있는 두 채의 길쭉한 단층집에 불과했다. 최근에 지어진 것 같았다. 단층집은 각각, 베란다가 있고 문이 열 개도 넘게 달려 있었다. 앞쪽으로 포장이 된 큰 주차장이 있고, 클레마티스와 재스민과 국화가 자라는 몇 개의 화단이 있는 모습을 보면, 모텔 같은 인상을 주었다. 처마 밑에 대롱거리는 작은 종이등들을 제외하면 가족이 운영하는 모텔과 별 차이가 없는 것 같았다. 딕은 난을 데리고 두 번째 집으로 가다가, 그들이 만나려고 했던 신자들과 만났다. 수련생들은 두 집 사이에 있는 넓은 잔디 위에 연화좌를 틀고 앉아 있었다. 그중 반은 지역 주민들이었지만, 티베트 남자도 넷 섞여 있었다. 모두, 쭈글쭈글하지만 열정적인 얼굴을 하고 있었다. 날씨는 화창했다. 파리나 모기가 한 마리도 없는 따뜻하고 건조한 날씨였다. 황토색 옷을 입은 건장한 네팔인 승려가 딕과 난을 향해 손을 흔들고 반갑게 고개를 끄덕이며 미소를 지었다. 늘어진 턱에 통방울눈을 한 승려였다. 그가 미소를 짓자, 눈이 조금 더 커 보였다. 그는 옥수수 껍질로 만든 둥근 방석에 앉아 있었다. 그 옆의 잔디 위에 카세트 플레이어가 놓여 있었다. 그 앞에는 모래가 담긴 작은 놋쇠 향로가 있었다. 연기가 꼬불꼬불 위로 올라가는 향불이 피워져 있었다.

딕과 난은 스웨터 조끼와 흰 바지를 입은 젊은 여자 옆에 앉았다. 몇 사람이 더 도착했다. 모든 사람이 사원에서 제공한 삼베 방석에 앉자, 승려가 그날의 수련에 대해 얘기하기 시작했다. 그가 구사하는 영어가 콧소리가 많고 억양이 심해서 낱낱이 알아듣기는 힘들었지만, 대충 무슨 말인지 감을 잡을 수 있었다. 그는 마음을 정화하는 방편으로서의 명상에 대해 얘기하고 있었다. "사실, 우리의 마음은 그걸 개선시키려는 노력을 하기 전에는 혼란 상태에 있습니다. 개선되지 않은 마음에는 자비와 파괴욕, 저열함과 고귀함, 선과 악 같은 것들이 많이 섞여 있습니다. 우리 모두는 개인이 생물학적인 유전자를 갖고 있다는 건 알고 있습니다. 그러나 사실, 개인은 문화적인 유전자와 정신적인 유전자도 아울러 갖고 있습니다. 이처럼 개인이 물려받은 모든 요소가 내적인 삶에 영향을 미칩니다……"

난은 승려가 유전자의 의미를 확장해 설명하는 데 놀랐다. 그는 승려가 상당한 학식을 갖춘 사람이 분명하다고 생각했다. 난은 옆에 앉아 있는 백인 여자를 바라보았다. 그녀의 얼굴에는 순수함과 기쁨의 미소가 번지고 있었다. 승려의 말이 이어졌다. "오늘, 우리는 수련을 통해 우리의 마음과 가슴을 비워내려고 노력할 것입니다. 모든 걸 잊으세요. 행복이든 슬픔이든, 어떤 감정도 느끼지 않으려고 노력하세요. 특히 자신과 자신이 누구인지 잊으십시오. 이렇게 함으로써 우리는 우리의 근원 속으로 깊이 가라앉아 완전한 무無를 체험하고 진정한 평온에 도달하게 될 것입니다."

심벌즈 소리가 나더니 카세트 플레이어에서 음악이 흘러나오기 시작했다. 대나무 피리에 맞춰 연주되는 느리고 부드럽고 몽롱한 음악이었다. 음악 소리는 종종 사라질 것처럼 잦아들다가 다시 높아졌다. 승려가 아직도 입술을 달싹이고 있었지만, 소리는 들리지 않았다. 모든 수련생들이 손바닥이 위로 향한 손을 무릎에 얹고 눈을 감고 편안하게 숨을 쉬고 있었다. 난도 따라서 했다. 그러나 눈을 반쯤 감았는데 승려가 공중에 뜨는 것 같은 느낌이 들었다.

다른 사람들과 달리, 난은 호흡에 집중할 수 없었다. 그는 눈을 뜨고 주위를 둘러보았다. 모든 사람의 얼굴이 근심을 잊고 평화로워 보였다. 많은 이들의 얼굴에 다소 신비로워 보이는 의미심장한 미소가 어려 있었다. 난은 눈을 감고 음악에 취해보려고 했다. 그러나 여전히 다른 사람들이 받아들이는 것처럼 보이는 해탈에 가까이 갈 수 없었다. 생각이 끝없이 떠돌았다. 그는 자신이 중국어로 계속 글을 써야 하는지 어쩐지 모르겠다 싶었다. 두 달 전, 타이완에서 발행되는 문예지에 시를 세 편 보낸 적이 있었다. 그러나 아직까지 아무 소식도 없었다. 중국 본토의 문예지에는 더 이상 작품을 보내고 싶지 않았다. 언젠가 작품을 보냈더니 편집자가 정치적으로 민감한 여러 행을 빼달라는 편지를 보내왔다. 난은 그 편지에 답장을 하지 않았다. 그래서 그 시는 게재되지 못했다. 어쩌면 몇 편의 시를 영어로 번역해서 미국의 작은 잡지에 보내보는 것도 괜찮을 것 같았다. 그의 마음속에서 자주 고개를 드는 비참한 느낌은 여기에서 시인으로서 이름을 내는 것은 논외로 치더라도, 중국어로 시를 출판할 가능성이 없다는 데 원인이 있는지 모를 일이었다. 그것은 그 앞에 있는 돌담이 그에게 머리를 부딪쳐보라고 청하는 것 같은 느낌이었다. 미국에 10년만 더 일찍 왔더라면 얼마나 좋았을까! 그러면 모국어를 버리고 영어로 족적을 남길 수 있었을 텐데…….

옛 시 두 줄이 마음속에 떠올랐다. "어떤 초원의 불도 풀을 다 태울 수 없네./ 봄이 오면 풀은 다시 돋아나거늘." 그래, 그에게는 잡초의 정신이 있는 게 분명했다. 그는 앞에 있는 벽이 아무리 두껍고 뚫을 수 없는 것이라 해도, 결국에는 바위도 밀어내는 무적의 풀처럼, 그 밑에서, 아니 그 위에서라도 자라야 했다. 이것이 휘트먼이 노래한 미국의 정신이었다. 그래, 맞다. 그는 시를 쓰는 나름의 방법을 찾아야 했다. 그리고……

"좋아요, 이제 깨어나셔도 됩니다." 잔잔한 목소리로 승려가 말했다.

사람들이 눈을 떴다. 그들의 얼굴은 부드러워져 있었고 목소리는 작아져 있었다. 승려가 말했다. "여러분의 마음에 평화가 깃들기를 바랍니다. 다음 주 일요일에 뵙겠습니다."

모두가 일어섰을 때, 딕이 난에게 물었다. "자, 어때요?"

"나 말고는 모두에게 좋은 것 같아요."

딕이 웃으며 그의 등을 쳤다. "이리 와요, 친구들을 몇 소개해줄게요."

난이 손목시계를 들여다보며 말했다. "가야 돼요. 벌써 11시가 넘었어요." 금궈는 일요일에는 12시 반에 열었다. 그래서 서둘러야 했다.

딕은 우기지는 않았지만 다음 주 일요일에 다시 오라고 했다. 난은 노력해보겠다고 했다. 솔직히, 그는 명상에는 흥미가 없었다. 다시 오고 싶은 생각은 없었다.

21

드디어 제럴드의 집이 경매에 붙여졌다. 잔디 위에 경매 공고판이 세워졌다. 몇 주 동안, 사람들이 집을 보러 왔다. 그들은 앞뜰에 있는 우 부부를 보고, 이웃과 전 주인이 어땠느냐고 물었다. 마침내 모든 잡동사니가 치워졌지만, 그 집은 전보다 더 황폐해 보였다. 지하실의 파이프가 터져 바닥의 대부분이 물에 젖었다. 유리를 달다 만 베란다는 반으로 쪼개져 검은 선실을 드러내고 있는 배 같았다. 설상가상으로 창문 유리가 두 장 깨져 있었다. 누군가가 돌을 던진 모양이었다. 이웃들은 이미 한 차례 연기된 바 있는 경매를 고대하고 있었다.

어느 토요일 아침, 앨런이 난에게 말했다. "나 같으면 만 달러 이하가 아니라면 안 사겠네."

"저 집을 고쳐서 다른 사람에게 팔면 많이 남을 거예요." 난이 대꾸했다.

"그렇지만 수리하는 데 엄청난 비용이 들어갈 걸세. 너무 많은 것들을 교체해야 할 테니까." 앨런은 벌레가 바지 속으로 들어가기라도 한 것처럼 한 손으로 허벅지를 찰싹 쳤다. 다른 손에는 작은 삽이 들려 있었다. 그 삽으로 잔디밭에서 민들레를 캔 것이었다.

난이 말을 이었다. "내 친구 슈보가 관심이 있을지도 모르겠어요. 그런데 문제는 그가 집을 고칠 줄 모른다는 거예요."

"자네 친구가 누군데?"

"우리 식당에서 일하는 웨이트리스 알죠?"

"알지, 예쁜 여자잖아." 앨런이 힘줄이 불거진 목에 앉은 모기를 때려잡았다.

"그 여자 남편이 슈보예요. 로런스빌 외곽에 사는데 가까운 곳으로 이사하고 싶어 해요."

"가만 있자, 그 친구를 만난 적이 있는 것 같군. 그런데 그 사람은 별로 환영하고 싶지 않네." 앨런의 어조는 다소 무심하게 들렸지만, 우연을 가장해 고의로 그렇게 말하는 것 같았다.

난이 깜짝 놀랐다. "왜요?"

"솔직히 나는 자네와 핑핑이 좋아. 자네들은 좋은 이웃이야. 하지만 이 근처에는 이미 중국인이 너무 많이 살고 있어. 우리한테 다양성이 필요하지 않을까?"

"중국인은 아마 우리밖에 없을걸요."

"호수 건너에 사는 대가족은 어떻고?"

"아, 그들은 베트남 사람들이에요." 난은 지난번에 벽돌집 뜰에 차가 일고여덟 대 주차되어 있는 걸 본 적도 있고, 부근에서 젊은 동양인 부부 두 쌍을 본 적이 있었다. 그러나 그는 그들이 중국인이 아니라고 확신했다.

앨런이 말을 계속했다. "로지 부인, 프레드, 테리, 네이트, 나, 이렇게 다섯이 모여 저번에 이 문제로 얘기를 나눈 적이 있어, 우리는 이 지역이 차이나타운이 되는 걸 원치 않네."

난은 괘씸한 생각이 들었지만 어떻게 대꾸해야 할지 알지 못했다. "좋아요. 슈보한테 당신이 한 말을 전해주죠. 이 지역에 중국인이 적게 살기를 바란다고 말이죠. 하지만 당신은 우리가 사는 곳이 멜팅 팟이 되어야 한다고 생각하지 않나요?"

"하지만 어떤 사람들은 쉽게 녹아들지 않지."

"팟(그릇)이 충분히 크지 않아서 그런지도 모르죠. 당신을 포함한 모든 사람이 그 속에서 녹아들 수 있도록 그걸 아주 큰 가마솥으로 만들자고요."

두 사람이 웃었다. 앨런이 말했다. "솔직히 최악의 시나리오는 악덕 집주인이 이 집을 사서 고쳐 세를 내놓는 거지. 그렇게 되면 많은 문제가 생길 거야."

"거보세요, 내 친구가 훨씬 더 좋은 선택일 거예요."

"물론 악덕 집주인과 비교하면 그렇겠지."

문득, 이 지역에 사는 몇몇 사람들이 그의 가족을 침입자로 생각하고 있으며, 그들이 귀화를 하든 않든 계속 그렇게 생각할 것이라는 생각이 난의 뇌리를 스쳤다. 그가 앨런이 한 말을 전하자, 슈보는 눈을 치켜뜨고 얼굴이 빨개질 정도로 화를 냈다. 이사 오는 걸 이웃들이 반대한다고 하자, 슈보는 더욱 경매에 참여해야겠다고 마음먹었다. 그런데 그는 집을 어떻게 고쳐야 할지 알지 못했다. 그리고 그와 니얀은 처음에는, 그 집이 우의 집 옆이어서 가치가 떨어지지 않을까 우려했다. 여하튼, 그는 집을 수리하는 사람을 전혀 알지 못했다. 그건 전문업자와 계약해야 한다는 말이었는데, 그렇게 되면 바가지를 쓸 위험이 있었다. 더 안 좋은 건 그가 일주일에 엿새를 낙불 식당의 바에서 일을 해야 하기 때문에 집을 수리하는 현장에 있을 수 없다는 것이었다. 그래도 그는 화가 풀리지 않는 모양이었다. 앨런이 했다는 말을 생각하면 할수록, 그의 결심은 더 굳어졌다. 그는 아내와 같이 그 지역으로 들어가 인종차별주의자들의 살에 박힌 가시처럼 살고 싶었다.

니얀과 친해진 재닛이 자발적으로 부부와 같이, 11월 6일에 있을 경매에 가겠다고 했다. 그들은 경매가 값을 깎아 내려가는 형식이 될 거라고 생각했다. 슈보는 은행에서 발행한 1만 5천 달러짜리 수표를 가져왔다. 현장에서 계약을 마무리하기 위해서는 그 액수가 필요하다고 전단지에 쓰여 있었기 때문이다. 난은 그들에게 그걸 보통의 상거래라고 생각하고 냉정해지라고 충고했다. 서로 의견을 나눠보고, 모두 슈보와 니얀이 4만 달러 이상을 주고 집을 사서는 안 된다는 데 의견이 일치했다. 그 이상이 되면 집을 포기하는 게 맞을 것 같았다.

놀랍게도 경매장이 너무 조용했다. 이웃 사람들은 경매가 열린다는 것조차 알지 못하는 듯했다. 일곱 명의 부동산 중개인만 현장에 나타났다. 입찰자 가운데 슈보가 유일한 비전문

가였다. 앉을 의자도 없고, 사우스트러스트 은행에서 나온 키가 큰 경매인은 입찰자들이 제시한 가격을 큰 소리로 얘기해 주지도 않았다. 아무도 가격이 적힌 판때기를 들고 있지 않았다. 6만 5천 달러의 은행 대출금 외에도, 제럴드는 재산세와 다른 공과금을 몇 년 동안 내지 않은 모양이었다. 무슨 수를 써서라도 은행, 시청, 전기 및 수도 회사, 심지어 중고 도매상까지 체불금을 받아내야 했다. 그래서 시작은 8만 1천 불이었다. 슈보와 니얀과 재닛은 어리벙벙한 모습으로, 사람들이 값을 점점 높게 부르는 모습을 지켜보았다. 목소리를 높여 말하는 이는 아무도 없었고, 회의 중에 휴식 시간을 갖기라도 한 것처럼 모두가 한가롭게 얘기를 나누고 있었다. 얼굴이 마지팬 과자처럼 생긴 남자가 큼지막한 하바나 시가를 내내 피우면서 말없이 경매인한테 손가락을 움직였다. 두 명의 중개인은 9만 달러로 올라가자 포기를 했지만, 모든 것에 싫증이 난 것처럼 아무 감정도 내보이지 않았다.

최종 가격은 9만 3천 달러였다. 결국 그 집은 젊은 남미계 중개인한테 낙찰되었다. 슈보와 니얀은 아직도 믿을 수 없어 하며 금귀로 돌아왔다. 우 부부는 니얀에게서 낙찰가가 얼마였는지 듣고 깜짝 놀랐다. 그런 돈을 내고도 이익을 남긴다는 건 상상하기 힘들었다. 슈보는 둥근 턱을 계속 흔들며 말했다. "돈이 없으면 미국에서는 인종차별과도 싸울 수 없네요."

"나라를 사랑하기 위해서는 부자가 돼야 하는 것처럼 말이죠." 난이 덧붙였다.

이웃들처럼, 우 부부도 그 집을 산 사람이 악덕 집주인이면 어쩌나 하고 걱정했다. 그렇지 않다면 누가 그런 돈을 주고 그 집을 사랴 싶었다. 어쩌면 중개인은 그걸 두 집으로 나눠 세를 놓아 더 많은 이익을 보려고 할지도 몰랐다. 얘기를 하면 할수록 사람들은 더욱 동요했다.

당혹스럽게도, 집을 구입한 사람은 겨우내 십에 손을 내지 않았다. 공사를 하기에는 계절이 적당하진 않았지만, 조지아 사람들은 겨울에도 건물을 짓거나 집을 수리하는 일을 멈추지 않았다. 집을 고쳐 팔려고 한다는 새 주인은 그 집에 대해서 까맣게 잊어버린 것 같았다. 이듬해 봄까지 집을 보러 오지도 않았다.

3월 중순, 보수 작업이 마침내 시작되었다. 멕시코 노동자들이 벽과 지붕을 씻어내고 문과 창문에 페인트를 칠하고 흙이 드러난 뜰에 잔디 씨를 뿌렸다. 그들은 유리로 된 현관을 뜯어내고 바닥에 마루를 새로 깔았다. 진짜 우편함이 앞뜰 끝에 세워졌다. 난은 그 집이 보수를 해서 겉으로는 멀쩡해 보이지만, 파손된 내부를 그냥 덮기만 했다는 걸 알았다. 안에 있는 관만이 아니라 지붕도 교체를 했어야 했다. 2주가 지나자, 집을 판다는 광고판이 뜰에 세워졌다. 광고판에 붙은 비닐 주머니에는 전단지가 들어 있었다. 가격은 12만 3천 달러였다. 어떤 점에서 보면 난과 핑핑은 그 가격이 마음에 들었다. 그들의 집도 감정가가 상당히 올라간 게 분명했기 때문이다. 그래도 그런 집을 그런 값에 누가 살지 궁금하지 않을 수 없었다.

　그러나 그들의 걱정은 기우였음이 드러났다. 한 달 후, 주디스 굿맨이라는 중년 여성이 그 집을 샀다. 그녀는 귀넷 몰에 근무하는 안경사였는데, 조용한 지역과 호수가 마음에 들었던 모양이었다. 그러더니 플로리다 주 세인트피터즈버그에 살던 그녀의 어머니가 이사 와서 같이 살았다. 주변 사람들은 그들이 들어와 사는 걸 보고 안도의 한숨을 쉬었다. 그들이 이사 온 다음 날, 로지 부인은 다시 한 번 꽃병을 현관 매트에 갖다 놓았다. 이번에는 튤립이 꽂혀 있었다.

6부

1

또 한 해 동안, 난은 돈을 버는 데 몰두했다. 그가 만드는 음식이 맛도 좋고 값도 싸서《귀넷 가제트》는 금귀에 관한 기사에서 '가격 대비 최고'라는 찬사를 썼다. 손님들이 단체로 몰려와 니얀 혼자서 감당하지 못할 때도 있었다. 그런 때는 슈보가 도와줄 수 있는 한도 내에서 도와줬다. 우 부부는 다른 웨이트리스를 채용할까 하다가 장사가 다시 시들해질지 몰라 포기했다.

그사이, 핑핑은 최대한 빨리 부채를 청산하기 위해 비용을 줄이려고 노력했다. 그녀는 겨울에도 낮에는 집 전체에 히터를 가동시키지 않고 부엌에 라디에이터를 틀어놓고 타오타오에게 식탁에서 숙제를 하게 했다. 여름에는 에어컨을 조금만 돌려도 되도록 거실과 침실의 통풍구를 닫았다. 그녀는 집에서 요리하는 걸 최대한 자제했다. 타오타오가 저녁을 먹으러 식당에 오지 않으면, 식당에서 뭔가를 가져와 먹었다. 아이는 저녁에는 집에 있어도 괜찮았지만, 컴퓨터를 하루에 한 시간 이상 사용해서는 안 되었다. 펑펑은 절세를 위해서도 노력했다. 그녀는 아이가 부엌에서 허드렛일을 조금씩 했다는 것을 들어 파트타임 직원으로 등록하고 전년도에 아이가 2천 달러를 벌었다고 기입했다. 난은 종종 아내한테 이렇게 농담을 하곤 했다. "내가 포크로 돈을 긁는데 반해, 당신은 상자에 담는 군그래. 포크는 날이 하나 없어져도 별 차이 없지만, 상자에 구멍이 나면 난리가 날 텐데."

그녀는 이렇게 대답했다. "나를 위해서가 아니라 당신을 위해 아끼는 거니까 놀리지 마." 맞는 말이었다. 그녀는 자기를 위해서는 옷 한 벌도 산 적이 없었다.

1995년 12월, 그들은 울프 씨에게 마지막 수표를 보내며 집문서를 달라고 했다. 2주가 지나자, 노인이 보낸 문서가 도착했다. 마침내 그들은 자기 것이라고 할 수 있는 땅에 발을 딛고 설 수 있게 되었다. 난은 드디어 가족을 위해 안정적인 토대를 마련했다는 자신감이 생겼다. 그로부터 한두 달 동안, 그는 우쭐했다. 이제 식당 일이 잘 안 돼도, 가족이 안전하게 있을 곳이 마련된 것이었다. 조금만 일을 하면 쉽게 집으로 먹을 것을 가져올 수 있었다. 그는 누구에게도 단 한 푼 빚진 것이 없고 해고당할 두려움도 없는 이 상태야말로 자유라고 생각했다.

하지만 그 기쁨은 오래가지 않았다. 어찌 된 일인지 그는 자신이 5년 안에는 가능하지 않다고 생각했던 집을 소유하게 되자 어리둥절했다. 그는 《비스와스 씨의 집》이라는 소설을 떠올렸다. 그는 평생 자신의 집을 갖기 위해 몸부림을 쳤던 작달막한 주인공이 어떤 기분이었을지 지금도 생생히 공감할 수 있었다. 그러나 조지아는 땅값이 싸고 부동산을 사는 사람보다 파는 사람이 많은 곳이어서, 그가 집을 갖기 위해 오랫동안 몸부림을 친 건 아니었다. 어떤 면에서, 그는 이러한 기적이 집 한 채를 소유하는 것 자체만으로도 성공이라고 할 수 있는 보스턴이나 샌프란시스코나 뉴욕에서 일어났더라면 싶었다. 이곳에서는 열심히 일하면, 언젠가는 자기 집을 가질 수 있었다. 그런데 또 한편으로 보면, 그의 이웃이었던 제럴드 같은 사람도 있었다. 조지아에도 실패자가 많다는 말이었다. 그러니 감사할 일이었다.

그럼에도 불구하고 시간이 흐르면서 일종의 실망감이 찾아들었다. 몸부림이 너무 빨리 끝나 아메리칸 드림이라는 것이 가짜이자 속임수가 아니었나 하는 생각마저 들었다. 당혹감이 그를 무력화하기 시작했다. 그러면서 전처럼 일을 열심히 하지 않게 되었다. 그는 집과 차와 식당이 진짜로 자기네 것이며, 이뤄낸 꿈이 단순히 헛된 약속이 아니라는 걸 스스로에게 납득시키려 했다. 그의 가족이 미국에 오지 않았다면, 이러한 것들을 소유하는 건 꿈에도 어림없는 일이었을 것이다. 그는 자신이 뭐가 잘못된 것일까 생각해보았다. 어째서 그는 자신의 아내처럼 행복해하지 못하는 것일까? 어째서 그는 노력의 결실을 즐기지 못하는 것일까? 그는 성공했다고 느껴야 했다.

하지만 어찌 된 영문인지 성공은 그에게 별 의미가 없었다.

점차 그는 왜 그런지 이해하게 되었다. 불과 몇 년 사이에 그는 대부분의 이민자에게는 평생 걸릴지 모를 과정을 거친 것이었다. 보통 이민 1세대는 자신과 가족의 의식주 해결을 위해 일을 해서 말년쯤 자기 집이나 아파트를 마련하고, 운이 더 좋으면 자기 사업까지 갖게 되었다. 부모가 만들어놓은 토대에서 자란 그들의 자식들은 다른 종류의 꿈과 야망을 갖고 대학에 가고 전문가가 되고 '진짜 미국인'이 되었다. 대부분은 그들의 부모가 살았던 삶을 되풀이해 살지 않았다. 달리 말해, 이민 1세대는 새로운 씨가 싹이 트고 자랄 수 있도록 토양을 비옥하게 하는 데 사용되는 거름처럼, 자식들을 위해 자신을 버리고 희생했다.

그러나 난은 겨우 마흔 살이었다. 아직도 살날이 많이 남아 있었다. 이제 뭘 해야 하지? 열심히 일해 다른 사업을 가져야 할까? 그럴 수는 없었다. 그건 분명했다. 그는 성공한 사업가로 삶을 마치고 싶지는 않았다.

난은 6년 전, 다닝에게 반복해서 말했던 자신의 신조를 떠올렸다. 그는 돈이 있는 사람들이 할 수 없는 일을 하겠다고 했었다. 그걸 떠올리자, 갑자기 가슴에 통증이 밀려왔다. 자신이 목표를 잃어버리고 돈을 버는 데 정신이 팔려 살아온 것만 같았다. 왜 시를 쓰는 일에 헌신하지 못했던 걸까? 지난 몇 년 동안, 그는 두뇌가 없는 기계처럼 일만 하며 살았다. 그는 의식주가 해결돼야 사유도 하고 예술을 창조하는 데 필요한 여유도 즐길 수 있기 때문에 이러한 '우회'가 필요한 과정이며 더 높은 것을 성취하기 위한 단계일지 모른다고 스스로를 납득시키려 했다. 그러나 실망감은 사그라지지 않고 마음을 무겁게 짓눌렀다.

그는 속으로 자신을 비난하지 않을 수 없었다. '너는 벌레처럼 살며 육체로만 존재한다. 너는 음식이 지나가는 통로이며 걸어 다니는 송장이다.' 그는 요즘 걸핏하면 화를 냈다. 그래서 그의 아내와 아들은 그와 같이 식사를 하는 걸 다시 피하기 시작했다.

2

슈보는 종종 가게에 들러 자신이 읽고 난 〈세계일보〉를 난에게 주고 갔다. 식당이 바쁘지 않으면 두 사람은 길게 얘기를 나눴다. 어느 날 오후, 난이 시를 쓰는 일에 시간을 더 할애했어야 했다고 말하자, 슈보가 숱이 많이 빠진 머리를 긁적이며 말했다. "당신은 너무 비현실적이에요."

"왜 내가 현실적이어야 하죠?" 난이 반박했다. "세상은 비현실적인 사람들에 의해 만들어졌어요."

"내 말은 씹을 수 있는 것 이상의 것을 입에 넣으면 안 된다는 말이에요."

"중국어로 얘기할 때는 영어 관용어를 섞을 필요 없잖아요. 그런 표현은 언제 배웠어요? 어제 배운 건가요?" 난은 짜증이 났다.

"봐요, 정확히 이게 당신의 문제라고요." 슈보가 이렇게 말하고 우롱차를 한 모금 마셨다.

"무슨 말을 하는 거예요?"

"당신은 조급하고 늘 엉덩이에 불이 붙은 사람처럼 말하고 행동한단 말이에요."

난은 그런 식의 표현을 싫어했다. "내가 조급하다니 무슨 뜻이죠?"

"우리는 이곳에 새로 온 사람들이잖아요. 일생 동안 수백만 킬로미터를 갈 수는 없는 노릇이에요. 시를 쓰는 건 당신 손자들에게나 가능한 직업일 수 있어요. 예를 들어보죠. 나는 타오타오가 시를 쓸 거라고는 생각하지 않아요. 당신은 그 애가 밥벌이를 하도록 과학을 공부하기를 바라지 않나요?"

"그럴지도 모르죠. 하지만 그건 내 인생과 아무 상관이 없는 거예요."

"당신 인생에 대해서는 잊어버려요. 당신은 당신 삶의 연장인 자식들을 위해 자신을 희생해야 해요. 아이들도 그들의 자식들을 위해 그렇게 할 거고요. 우리 중국인들은 그렇게 해서 생존해왔고 수가 불어난 거예요. 각 세대는 다음 세대를 위해서 사는 거죠."

"그래서 부모에게 효도하는 거고요?"

"그렇죠."

"나는 그런 헛소리 못 받아들여요. 내가 왜 희생을 해야 하죠? 나는 이미 충분히 희생했어요. 게다가 '희생'이란 우리의 비겁함과 게으름에 대한 변명일 뿐이에요. 내 아들한테는 자기 인생이 있고 나한테는 내 인생이 있어요." 난은 슈보에게 자식이 없으니 부모의 희생 어쩌고 할 자격도 없다고 말하고 싶었지만 참았다.

"난, 당신은 너무 조급해요. 당신은 당신 삶에서 3대에 걸쳐서 할 것을 하고 싶어 해요. 야심을 줄이는 게 좋을 거예요. 정말로 글을 쓰고 싶으면 중국어로 쓰세요. 그게 훨씬 더 사리에 맞아요."

"나는 사리에 맞는 걸 원치 않아요." 난이 이죽거렸다. "우리는 이성과 실용주의에 거세되는 일이 너무 잦아요."

"빙빙 돌면서 이런 식으로 계속 얘기하는 거 그만둡시다. 내 말은 우선 경제적으로 안정되어야 하고 그다음에 예술을 하든지 글을 쓰든지 해야 한다는 거예요. 달리 말해, 이민자들이 물질적인 단계를 벗어나는 데는 몇 세대가 걸린다는 말이에요."

"그건 속물적인 생각이죠." 난이 말했다.

"아뇨, 미국적인 방식이에요. 벤저민 프랭클린의 아버지가 아들에게 시인들은 대개 거지니 시인은 되지 말라고 했다는 걸 유념하세요."

"그렇다면 프랭클린의 아버지는 대표적인 미국 속물이네요." 난이 기다란 눈을 번쩍이며 화가 나서 말했다. "나는 예술가들이 미국에서 굶어 죽는다고는 생각하지 않아요. 가난하고 비참할 수는 있지만 굶어 죽지는 않아요. 예를 들어, 딕 해리슨을 보세요. 그는 시인이지만 잘 살고 있어요."

"난, 당신은 너무 완고해요. 딕의 증조할머니나 할아버지는 지난 세기에 미국에 왔어요. 앞서 얘기한 것처럼, 당신의 손자들은 딕과 같은 삶을 살 수 있겠지만 우리는 아니에요."

"그러니 타협해야 된다는 말인가요?"

"우리에게 다른 선택지가 있나요?"

니얀이 오더니 오늘은 딱히 할 일이 없는 남편 앞에 수표장을 놓았다. 전날 밤 친 번개에 에어컨이 고장 나 기술자가 3시에 와서 봐주기로 한 모양이었다. 슈보가 일어나서 기지개를 켜고 두 손으로 허리를 문질렀다. 그는 최근 허리가 아파 고생하고 있었다. 낙불 식당에서 한 주에 엿새를 열 시간씩 일한 탓이었다. "이 문제는 다음에 더 얘기합시다." 그는 난에게 이렇게 말하고, 수표장을 호주머니에 넣고 떠날 준비를 했다.

난은 얼굴을 찌푸리고 아무 말도 하지 않았다.

3

난은 다시 시를 쓰기로 했다. 중국어로 계속 쓰면 아무 소용이 없을 것 같았다. 그는 이름도 없고 시를 발표한 적도 없어서, 뉴욕에 위치한 중국 작가 사회에서 완전히 고립되어 있었다. 이민을 왔으면서도 여전히 모국어로 글을 쓰고 작품을 본국에 보내 출판하는 소설가들이 토론토에도 있었다. 그런데 그들의 원고는 검열을 받는 경우가 잦았고 소재가 적절하지 않다는 이유로 거절당하기도 했다. 난의 경우에 중국어로 글을 쓰는 건 가망이 없는 일인 게 분명했다. 영어로 글을 쓸 수 있을까? 오래된 질문이 요즘 다시 그를 괴롭혔다. 그는 자신에게 중국어는 과거요 영어는 미래이자 아들과의 공감이라는 걸 알았다. 또한 그는 다른 언어를 받아들임으로써 자신이 중국적인 유산에서 더 멀어지고 더 심한 외로움을 견디고 더 많은 위험을 감수해야 하며, 궁극적으로 모국어로부터 자신을 떼어 놓아야 한다는 것도 이해했다. 그와 같은 처지에 놓인 작가는, 아니 외국에서 문학을 하는 모든 중국 이민자 작가는 모국에서 무시당할 것이었다. 그러나 영어로 시를 쓰는 건 정상이 보이지도 않고 마음속에 그려볼 수도 없는 산을 오르는 것과 같았다. 그가 아무것도 이루지 못하고 인생을 망칠 가능성은 얼마든지 있었다. 그래도 쓰기로 작정하면 다른 길이 있을까?

그다음 주 목요일, 딕이 점심을 먹으러 왔을 때, 난은 그에게 꼭 읽어야 하는 현대 영시를 추천해달라고 했다. 딕은 망설이지 않고 난이 갖다준 메모지에 열한 권의 시집 제목을 적어줬다.

마크 스트랜드,《더 어두운》

샘 피셔,《비명》

데릭 월콧,《운 좋은 여행자》

루이즈 글릭,《내려가는 사람》

프랭크 비다르트,《몸에 관한 책》

로버트 핀스키,《미국에 대한 설명》

셰이머스 히니,《북쪽》

린다 듀잇,《다른 곳에서》

앨런 그로스먼,《에테르 돔과 다른 시들》

유제프 코무냐카,《디 엔 카이 다우》

리처드 해리슨,《오후 약속》

"고마워요. 고마워요." 난이 종이를 뜯어내 조심스럽게 접으며 말했다. "나, 영어로 글을 쓰기로 했어요."

"잘 생각했어요. 당신은 너무 오래 미뤄왔어요."

"내가 쓸 수 있을 것 같아요?"

"쓸 수 있느냐니, 무슨 말이죠?"

"내가 참고 견디면 괜찮은 시인이 될 수 있냐는 말이에요."

"당연하죠. 좋은 시인이 될 거예요."

"내 인생이 엉망이 될지도 몰라요."

"그건 흔한 일이죠. 나는 이미 내 인생의 상당 부분을 망쳤는걸요." 딕이 눈을 깜빡이며 웃었다.

"왜 그런 말을 하죠?"

"부모님은 내가 변호사가 되길 원하셨어요. 그만두긴 했지만, 컬럼비아 법과대학을 1년간 다니기도 했죠. 아버지는 그렇게 많은 돈을 허비했다고 노발대발하셨어요. 부모님 눈에 나는 패배자예요."

"하지만 당신은 지금 성공했잖아요. 좋은 직장도 있고요."

"나는 어느 때라도 직장을 잃을 수 있어요. 에모리 대학에서 나한테 종신 재직권을 보장해주지 않으면 나도 어떻게 될지 몰라요. 봐요, 당신은 아내도 있고 아이도 있고 집도 있어요. 그것만으로 이미 성공이에요. 나는 나 자신 외에는 가진 게 아무것도 없어요. 대부분의 미국 시인들은 나보다 상황이 나쁘죠. 내가 아는 어떤 중년 시인은 폐렴이 걸렸는데 의료보험이 없어서 치료를 못 받고 결국 죽었어요. 솔직히, 어떤 점에서 당신은 운이 좋아요. 당신에게 무슨 일이 생기든, 가족이 당신과 같이 있어줄 것이고 당신을 사랑할 테니까요. 게다가 당신한테는 자기 집과 사업이 있어요. 탄탄한 기반인 거죠."

딕의 말을 들으며 난은 놀랐다. 그는 가족이 자신이 생각하는 작가의 삶에 그렇게 중요한 역할을 할 수 있으리라고는 짐작도 못 했다. 실제로, 그가 자신을 완전히 망친다 하더라도, 아내와 아들은 곁에 있을 터였다. 그가 딕에게 일종의 성공한 사람으로 보이는 건 의심의 여지가 없었다. 적어도 가정적으로는 그랬다. 그걸 깨닫자 약간 자신감이 생겼다. 그는 잃을 게 별로 없다는 걸 알았다. 그가 할 수 있는 건 시도해보는 것뿐이었다.

그는 세 곳에 있는 도서관에 가서 딕이 적어준 열한 권의 시집 중 일곱 권을 찾아냈다. 다른 네 권을 구하기 위해 귀넷 몰에 있는 보더스 서점에 가서 그중 두 권을 샀다. 그리고 린다 듀잇의《다른 곳에서》는 주문을 해놓았다. 그런데 리처드 해리슨의《오후 약속》은 구할 수가 없었다. 젊은 여점원이 컴퓨터로 조회해보고 없다고 했다. 그녀가 난에게 물었다. "이 제목이 확실한가요?" 점원이 입술 가장자리를 이로 물자, 두 개의 가느다란 선이 나타났다. 주름 같기도 하고 흉터 같기도 했다.

"네. 이 작가의 다른 책들은 있나요?"

"없어요. 아무것도 없어요." 그녀가 모니터에 시선을 고정한 채 말했다.

"이 시집이 서점에 비치된 적이 있나요?"

"없어요."

난은 더 이상 찾아보려 하지 않았다. 그의 손에는 벌써 아홉 권의 시집이 들려 있었다. 그러면 두세 달은 족히 걸릴 터였다. 다른 시집은 딕한테 빌리면 될 것 같았다.

딕이 다음번에 금귀에 오자, 때, 난은 리처드 해리슨의 시집을 찾을 수 없었다고 말했다. 딕이 얼굴을 붉히고 눈을 내리깔며 해초 수프를 소리 내어 먹었다. 난이 물었다. "무슨 일이에요? 당신한테 그 시집 없어요?"

"내가 썼는데, 당연히 있죠."

"뭐라고요? 하지만 당신 이름은 리처드가 아니라 딕이잖아요. 당신의 새 시집에는 '딕 해리슨'이라고 되어 있잖아요."

딕이 입술을 약간 오므리며 신경질적으로 웃었다. "딕이 리처드의 별칭이라는 걸 몰랐나요?"

"아, 몰랐어요. 로버트가 밥이고 윌리엄이 빌인 것처럼 말인가요?"

"맞아요. 지금부터 내 이름은 딕으로 나갈 거예요."

"세상에! 나는 당신이 목록에 있을 것이라고는 생각하지 못했어요."

"왜요? 내가 자격이 없다고 생각하나요?"

"아니, 그런 말은 아니고요. 우리 중국인들은 결코 그렇게 하지 않거든요."

"뭘 안 해요?"

"그런 목록에 자기 이름을 쓰는 것 말이죠. 나는 그게 당신

일 거라고는 상상도 못 했어요. 당신의 감정을 상하게 할 생
각은 없어요. 그냥 사실대로 얘기하는 거예요."

"나는 그렇게 약하지 않아요. 하지만 나는 나 스스로를 내
세워야 해요. 내 등을 토닥토닥 두드리면서 말이죠. 많은 시
인들이 쓰레기 같은 시를 쓰지만 명예와 돈과 여자 등 모든
걸 다 갖고 있어요."

"그래서 당신도 그런 것들을 위해 쓴다는 말인가요?" 난이
농담 반 진담 반으로 물었다.

"그러면 안 되나요? 시인은 성자가 아니에요. 우리도 출세
를 해야 해요."

"그러나 시는 내게 무용한 것으로 보여요."

"잘 쓰려면, 그것을 사느냐 죽느냐의 문제로 생각해야 해요." 딕
이 진지한 어조로 말하더니 무의식적으로 숟가락을 내려놓았다.

난은 친구가 한 말을 후에 생각해봤지만, 여전히 확신이 서
지 않았다. 그는 시가 어떻게 작가에게 여자는 고사하고 부와
명예를 가져다줄 수 있다는 건지 알 수 없었다. 전통적으로 중
국에서는 시인들이 종종, 고난과 가난을 통해 세련되고 성숙해
진다고 믿으며 시를 칭송했다. 다른 한편으로, 난은 월리스 스
티븐스*가 언젠가 돈이 시가 될 수 있다고 말했던 걸 떠올렸다.
그러나 그의 말은 시인이 글을 쓰는 데 필요한 시간과 에너지
에 관한 말이었지, 딕이 염두에 두고 있는 부와 명예와는 관련

---

*Wallace Stevens(1879~1955). 퓰리처상, 전미도서상을 수상한 미국의 저명한 시인.

이 없었다. 난은 그의 친구와 견해가 달랐다. 또한 전통적인 중국 시인들의 견해와도 달랐다. 그는 몇 년간에 걸친 심한 노동이 시인으로서의 자신의 성장을 둔화시켰듯이, 지나친 고난은 시인의 감성을 둔하게 하고 재능을 질식시킨다고 생각했다. 이제부터라도 정신을 바짝 차리고 자신의 길을 가야 했다.

4

로지 부인은 3월 어느 날, 여덟 마리의 새끼 오리를 사서 호수에 넣었다. 이미 15센티미터가 넘게 자란 새끼 오리들이었다. 새끼들은 빠르게 자라 두 달이 되자 다 자란 오리처럼 보였다. 오리들은 무거운 엉덩이를 흔들며 물 위를 헤엄쳤다. 초록빛 물에서 노니는 오리들은 유별나게 하얗게 보였다. 오리들은 다른 곳으로 날아가지는 않았지만, 이따금 꽥꽥거리며 호수의 한쪽 끝에서 다른 쪽 끝으로 날아갔다. 오리가 날아가는 걸 보며, 난은 종종 그 오리들이 집오리와 야생오리의 잡종이 아닌지 궁금했다. 여덟 마리는 늘 붙어 다녔다. 물속에서 돌아다닐 때면, 가장 큰 수컷이 앞장을 섰다. 그 모습이 모형 크루즈 함대처럼 보였다. 타오타오는 우두머리 수컷을 골목대장이라고 불렀다. 암컷들이나 거위들까지 쫓아다니기 때문이었다. 만약 그 거위가 자기가 짓밟기에 너무 크고 뚱뚱하면, 골목대장은 거위가 물속에서 돌아다닐 때 올라타고 소리를 질렀다. 두 마리가 지르는 소리는 정말 요란했다.

5월 어느 날 아침이었다. 난과 타오타오는 슈퍼마켓에 갔다가 〈애틀랜타 저널 컨스티튜션〉 일요판을 사갖고 돌아왔다. 타오타오는 차에서 내리다가, 골목대장 오리가 문 옆에 앉아서 아무 소리 없이 떨고 있는 걸 보았다. 가까이 가도 움직이지도 않고 소리도 내지 않았다. 아이가 발로 툭 밀어도 움직이지 않고 계속 떨고만 있었다. 난이 다가가보니, 부리와 머리에 피가 묻어 있었다. "다친 게 틀림없구나." 난이 영어로 크게 말했다.

아이가 펭귄이 날갯짓하듯 손을 파닥거리며 집 안으로 달려 들어갔다. 그러고는 큰 소리로 외쳤다. "엄마, 골목대장이 뜰에서 움직이지를 않아요."

어머니와 아들은 같이 나와 오리가 있는 곳으로 갔다. 난은 오리를 들고 살펴보았다. 오리의 몸에는 낚싯줄이 감기고 낚싯바늘이 박혀 있었다. 혀가 밖으로 나와 있었다. 혀 아래쪽이 큰 낚싯바늘에 찢긴 것이었다. 목에는 낚싯줄 여러 가닥이 감겨 거의 질식할 지경이었다. 오리는 한쪽 날개를 다쳐 움직이지도 못했다. 난은 깃털을 쓰다듬다가 성한 날개에 다른 낚싯바늘이 박혀 있는 걸 보았다. 그는 그 낚싯바늘을 포함해 다른 것들까지 가까스로 뽑아냈다. 그러나 혀에 박힌 건 뺄 수 없었다. 그걸 빼려고 하면 피가 더 나왔다. 가엾은 오리는 너무 심하게 다쳐서 아무 소리도 내지 못했다.

핑핑은 가위로 낚싯줄을 잘랐다. 그러나 혀를 더 이상 다치지 않게 하면서 낚싯바늘을 제거할 방법이 없었다. 그녀는 집 안으로 다시 들어가더니 펜치를 갖고 나왔다. 그녀의 앞치마 주머니에는 소독약과 면봉이 들어 있었다. 난은 오리의 혀가 미늘에 다시 긁히지 않도록 낚싯바늘을 잘랐다. 낚싯바늘은 너무 단단해 펜치의 가장자리가 팰 정도였다. "부리를 벌려 봐." 핑핑이 앞치마에서 아스피린을 꺼내며 난에게 말했다.

아버지와 아들이 오리의 부리를 벌렸다. 중국에서 2년 동 안 양계장에서 일한 적이 있는 핑핑은 병든 닭을 어떻게 치료 해야 하는지 알고 있었다. 그녀는 아스피린을 반으로 잘라 오 리의 입에 넣었다. 오리가 아스피린을 삼켰다. 그녀는 오리의 목을 문질러 아스피린이 모이주머니 속으로 확실히 들어가게 했다. 그리고 두 개의 젓가락으로 상처에 있는 구더기들을 집 어냈다. 그리고 과산화수소를 면봉에 묻혀 상처에 조심스럽 게 발랐다. 상처에서 보글보글 거품이 일었다. 오리의 다리가 발작적으로 움직였다. 치료가 끝나자, 타오타오와 난은 오리 를 호숫가로 데려가서 놓아줬다. 오리가 힘없이 물을 저었다. 물 위로 고개를 들 힘도 없는 모양이었다.

그날, 난과 핑핑은 오리에 대한 생각을 많이 했다. 오리는 밤새 그들의 뜰에 있었던 게 분명했다. 무리 중 가장 힘이 센 오리였다. 그러나 다치게 되자 혼자 죽도록 남겨졌다. 무리 중 어느 오리도 따라다니지 않았다. 다른 오리들은 모두, 다 른 쪽 기슭의 그늘진 숲에서 자고 먹고 짝짓기를 하고 있었 다. 이따금 그들은 물속으로 들어가서 장난을 치거나 고기나 벌레를 잡아먹었다. 그들의 삶은 우두머리가 없어도 전혀 방해를 받지 않았다. 핑핑이 한숨을 쉬며 말했다. "사람들하고 똑같네. 약해지니까 혼자 죽게 내버려두는 게 말이야."

놀랍게도 이틀 후, 골목대장은 고개를 빳빳이 세우고 전처럼 원기 왕성한 소리를 지르며 다시 무리를 이끌고 호수 물을 갈랐다. 그리고 다시 암컷들을 쫓아다녔다. 오리들과 청둥오리들은 우 가족의 뒤뜰을 아주 좋아했다. 그들은 물가에서 햇볕을 쬐고 실겨우살이풀 속에 알을 낳았다. 오리의 수가 너무 많아지면 호수가 감당할 수 없을 터였다. 그래서 핑핑은 열 개의 알만 부화되도록 놔두고 나머지는 집에 갖고 가서 소금 물에 넣어 절였다.

5

타오타오는 장학퀴즈 팀에 속해 있었지만, 부모가 그걸 못하게 했다. 선수권 대회에 참가하느라 자주 여행을 해야 해서 수업을 빼먹는 데다, 모텔에서 잘 경우 두 사람이 침대를 같이 써야 하는 걸 타오타오가 싫어했기 때문이었다. 게다가 질문에 답변하는 과정에서 별로 배우는 게 없었다. 이기기 위해서는 기억력이 좋고 반응만 빠르면 되었다. 그래도 아이는 팀에서 나오게 되니까 기분이 별로 좋지 않은 모양이었다. 그래서 가끔 집에서 아버지한테 소리를 지르며 성깔을 부렸다.

아이는 다친 오리에 관한 에세이를 써서 A를 맞았다. 애시비 선생이 타오타오의 숙제에 "훌륭하다!"고 평해놓자, 아이와 부모는 좋아라 했다. 난도 다친 오리에 관한 시를 썼지만 아직 다 완성하지는 못했다. 아무리 노력해도 결말이 마음에 안 들었다. 우연히 타오타오가 난이 버린 시의 초고를 봤다. 아이는 아버지에게 화를 냈다. "그건 제 이야기예요. 제 걸 훔

치면 안 되죠."

그러자 그의 부모는 당황했다. 난이 말했다. "무, 무슨 말이
냐?"

"제가 오리에 관해서 이미 썼잖아요. 그러니까 아빠가 똑같
은 걸 쓰면 플레이저리즘이죠."

"그게 뭔데?" 어머니가 물었다.

"남의 생각을 베끼는 표절이라는 말이야." 난이 이렇게 설
명해주고 아들을 향해 말했다. "이건 우리의 이야기다. 우리
모두가 오리를 구하려고 했으니까. 나는 네 생각이나 문장을
전혀 가져다 쓰지 않았어. 내 시의 화자는 오리다. 그런데 어
떻게 그걸 표절이라고 할 수 있지?"

"하지만 제가 이미 그것에 대해 썼잖아요. 아빠가 그걸 다
시 사용할 수는 없는 거죠."

"내가 그러면 안 된다고 누가 그러든?" 난은 침착성을 잃고
눈을 휘번득였다.

"법이 그래요."

"무슨 헛소리야! 네가 변호사라도 돼?"

"씨발!" 아이가 시리얼 그릇을 식탁에 내려놓으며 일어섰다.

"다시 한 번 말해봐라!" 난이 벌떡 일어나서 아들을 잡았다.
그러고는 손을 놓고 아들을 노려보기만 했다.

펑펑이 끼어들었다. "타오타오, 아빠한테 잘못했다고 해.
네가 먼저 욕을 했으니 용서를 빌어야지."

아이는 어머니의 말을 무시하고 어깨에 책가방을 들쳐 멘

후 문을 열어젖히고 버스 정류장을 향해 출발했다. 요즘, 아이는 이삼 일에 한 번씩 자기 서랍과 책가방을 몰래 뒤져 그가 마약을 하는지 확인하고, 그가 로그아웃을 하는 걸 잊을 때마다 이메일을 훔쳐보는 아버지한테 자주 화를 냈다. 사생활을 침해하지 말라고 그렇게 입이 닳도록 얘기했건만, 아버지는 자기 방식을 고집하고 그를 가석방된 쇠수처럼 나무랐다. 우둔한 인간 같으니라고!

타오타오가 휘적휘적 걸어가는데, 어머니가 그를 따라잡았다. 그녀가 아들의 팔을 붙잡아 걸음을 멈추게 했다. "아빠한테 잘못했다고 해."

"아빠가 먼저 시작한 거예요. 아, 팔 부러지겠어요."

"누가 시작했는지는 상관없어. 아빠한테 욕을 했으니 사과해야 한다는 말이야." 그녀는 여전히 아들의 팔을 움켜쥐고 있었다.

"싫어요, 안 할 거예요."

"네 아빠야. 이 세상에서 네 아빠보다 좋은 사람을 네가 찾을 수 있다면 사과할 필요 없다. 그런 사람을 찾을 수 없다면 아빠한테 용서를 빌어야 해."

타오타오는 얼굴을 찌푸리며 어머니를 바라보고 다시 집을 향해 걸어갔다. 아이가 안전문을 열어젖히며 소리쳤다. "아빠, 미안해요. 됐죠?"

"됐다."

*

아들과 티격태격한 탓에 난은 다친 오리에 관한 시를 다듬고 싶은 생각이 없어졌다. 그런데 놀라운 것은 언쟁을 하는 동안 그들 중 누구도 중국어를 단 한 마디도 쓰지 않았다는 사실이었다. 그는 베란다에 나가 꽃가루와 먼지를 쓸어내면서, 이번에는 자신이 화를 억제했다는 것이 기뻤다.

타오타오는 여전히 이따금 난을 향해 적개심을 드러냈다. 아이가 그를 향해 자주 던지는 말은 "아빠는 거기에 없었잖아요"라는 말이었다. 난은 그게 무슨 의미인지 알았다. 아이는 아직도 어렸을 때, 그가 곁에 없었던 것에 화가 나 있었다. 그 말을 하면, 난은 이렇게 대답했다. "내가 거기에 없었다고? 나는 네 어머니한테서 네가 나오는 걸 본 첫 번째 사람이야. 반들반들한 머리카락에 싸인 머리가 먼저 나오고······" 이렇게 응수하면, 아들은 더 화를 냈다.

타오타오가 난을 일종의 경쟁자로 생각하는 건 분명했다. 아이는 툭하면, 어머니의 관심과 사랑을 독차지하려고 난과 핑핑이 얘기할 때 끼어들거나, 그들 사이에 앉거나, 뭔가 잘못되면 난한테 뒤집어씌우려고 했다. 난은 아들에게 나이에 맞게 행동하라고 했다. 아이는 열세 살이 다 되고 키도 150센티미터나 되었다. 그럼에도 바뀌지 않으려 했다. 난은 아들에게 이런 말을 자주 했다. "너한테는 오이디푸스 콤플렉스가 있구나. 결국 마마보이가 되겠어." 그러면 일이 더 꼬였다. 화가 난 타오타오는 그에게 '두시백'*이라고 했다. 난은 그 말을 알지 못했다. 사전을 찾아봐도 나오지 않았다. 그는 그 단어가 너무 최근 것이어서 사전 편찬자들이 아직 수록하지 못한 비속한 신조어가 틀림없다고 생각했다. 한번은 아들에게 철자가 어떻게 되냐고 물었지만, 아이는 알려주지 않으려 했다.

때때로 난은 사신한테 아들이 아니라 딸이 있었으면 어땠을까 싶었다. 딸이었더라면 더 좋았을 것 같았다. 딸이라면 그에게 더 사랑스럽게 굴었을 것 같았다. 타오타오와는 달리, 식당 일도 더 잘 도와줬을 것 같았다. 타오타오는 자기가 아는 아이들이 보는 데서 식탁을 치우는 걸 부끄럽게 생각하고 부모에게 불평을 했다. "이만큼 하인 노릇 했으면 된 거 아닌가요?" 난은 펑펑이 아들의 버릇을 버려놓았다고 생각했지만, 그런 말을 들으면 아무 대꾸도 하지 않았다. 딸이 있다면 얼마나 좋으랴 싶었다.

*douche bag: 얼간이라는 의미의 속어.

6

1996년 봄, 핑핑은 자신이 임신했다는 걸 알게 되었다. 아이가 태어날 거라는 사실이 모든 사람의 마음을 휘저어놓았다. 타오타오는 화를 내며 자기 부모가 어처구니없다고 했다. "저는 열세 살이 다 됐어요. 제가 갓난애의 아저씨가 되는 건가요?" 아이가 고래고래 악을 썼다.

난이 그 말을 받아쳤다. "네가 대학에 가면 우리한테는 다른 아이가 필요해."

"저는 형제가 필요 없어요."

핑핑은 아무 말도 하지 않았다. 타오타오는 아이가 가족의 중심이 될 게 두려운 모양이었다.

"이기적인 자식." 아버지가 말했다.

"닥쳐요!"

난은 아들에게 소리를 지르고 싶은 충동을 억눌렀다. 핑핑이 임신한 걸 좋아하는 사람은 가족 중 그 혼자밖에 없었다.

그가 좋아한 건 아이가 그의 삶의 새로운 중심이 될 것 같아서였다. 아이가 딸이라면 남은 인생을 아이를 기르는 데 바쳐도 상관없을 것 같았다.

그와 달리, 핑핑은 두려워했다. 그녀는 벌써 마흔 살이었다. 쉽게 아이를 낳을 수 없을지도 몰랐다. 게다가 이곳은 의사인 양친이 그녀를 도와줄 수 있는 중국도 아니었다. 여기에서 그녀는 혼자였다. 의지할 사람이라곤 다른 사람을 보살피는 일에 서툰 난뿐이었다. 더 걱정인 것은 그들의 의료 보험이 위급 상황만을 보장하는 것이어서 병원비가 엄청나게 나올 것이라는 사실이었다. 아이를 낳다가 죽으면 어쩔 것인가. 그렇게 되면 타오타오는 엄마를 잃게 되고 난도 비참해질 것이었다. 감안해야 할 위험 요인이 너무 많았다. 그래서 불안했다. 그녀가 자신이 두려워하는 것에 대해 얘기하자 난이 말했다. "걱정하지 마. 모든 게 잘될 거야. 여분의 돈도 있으니아이를 키우는 데 문제없을 거야."

노크로스 병원에서 초음파를 해보니 아이는 건강하며, 아직 성별을 구분하기에는 너무 이르다고 했다. 어찌 된 일인지, 난과 핑핑은 딸이라는 걸 의심치 않았다. 간호사는 우 부부가 카메라처럼 생긴 작은 전자 장치로 아이의 심장 박동 소리를 들을 수 있게 해줬다. 심장은 새가 날개를 파닥이는 것처럼 빨리 뛰었다. 난이 환하게 웃으며 말했다. "아주 튼튼하게 뛰네." 그가 웃자 눈 밑에 잔주름이 드러났다.

간호사인 스테이시가 말했다. "사실, 맥박이 좀 약하긴 하지만 자라면서 더 강해질 거예요." 간호사는 임신 2개월째에 불과해 아직 나오지 않은 핑핑의 배를 계속 쓰다듬었다.

검사 비용으로 236달러나 냈어도, 난은 기분이 좋았다. 그와 핑핑은 아이한테 어떤 이름을 지어줄지 생각해보기 시작했다. 그들이 무슨 이름을 생각해내든, 타오타오는 우습다고 했다. 아이가 툴툴거리든 말든, 핑핑과 난은 '미美'와 '매화梅花'라는 한자와 발음이 같은 메이라는 이름으로 결정했다. 사실, 그런 이름은 평범하기 그지없었다. 그러나 평범하면 아이를 키우기가 쉬울 수도 있었다. 중국에서는, 특히 시골에서는 부모가 종종 일부러 눈에 띄지 않는 이름을 지었다. 개나 당나귀나 인형이라는 이름까지 아이에게 지어줬다. 그런 이름을 붙임으로써 귀신들의 주목을 끌지 않아 아이를 데려가지 못하게 하기 위해서였다.

차츰 타오타오는 진정이 되며, 가족의 일원으로 아이를 받아들이려 했다. 그러나 그의 어머니는 아직도 걱정이 많았다. 때때로 핑핑은 잠을 못 자고 침대에서 뒤척이며 예기치 않게 일어날 수 있는 일들을 생각해보았다. 아이가 정신 지체아거나 선천적인 병을 타고 나면 어쩌지? 벌써 마흔 살이니, 그런 일은 얼마든지 일어날 수 있어. 내가 아이를 낳다가 죽으면 어쩌지? 그렇게 되면 타오타오와 난의 삶은 망가질 거야. 우리 가족이 무너져 내리겠지. 난은 나 없이도 살아갈 수 있으니 걱정하지 않아도 될 거야. 내가 죽으면 다른 여자를 만날지도 모르고 중국으로 돌아가 베이나를 찾을지도 모르지. 그이는 누구를 사랑하기에는 너무 피곤하다고 말하지만, 나는 그이가 자신에 대해 아는 것보다 그이를 훨씬 더 잘 알아. 그이는 내가 죽으면 나를 잊고 다른 여자와 결혼할 수 있을 거야. 하지만 나는 그런 그이를 질투하지 않을 거야. 그이는 새 가족을 이뤄 새 삶을 살아갈 자격이 있어. 내가 마음을 못 놓는 건 타오타오에게 엄마가 없어질 거라는 사실이야. 난이 그 아이를 사랑하는 건 분명해. 하지만 그이는 젖을 먹이고 돌봐 줘야 할 갓난애는 말할 것도 없고, 아이를 어떻게 보살펴야 하는지 알지 못해. 난은 좋은 부양자는 될 수 있겠지만, 진정으로 가정적인 남자가 될 수는 없어. 그이는 여기에서는 아무것도 안 되었지만, 작가와 학자가 되었어야 하는 팔자를 갖고 태어난 사람이야. 그이가 늘 화를 내는 건 그런 이유 때문이지. 부모님이 여기에 있다면 얼마나 좋을까! 그렇다면 두 분이 방법을 찾아내 정리를 해줄 텐데. 너무 아쉬워. 두분이 여기에 있다면, 아이를 둘 더 낳는 데도 괜찮을 것 같은데. 나는 아이들을 좋아하고 난도 마찬가지지. 우리는 대가족을 이뤘어야 했어. 그랬다면 난은 행복했을 거야. 그이는 딸한테는 분명히 좋은 아빠였을 거야. 아니, 잘 모르겠다. 그이는 자신과 다른 사람들을 고통스럽게 하지 않고는 살 수 없는 것처럼 보이니까. 그래도 나는 그이를 사랑해. 그이는 그 모든 단점에도 불구하고 좋은 사람이야. 그이는 아이가 태어나기를 학수고대하고 있어. 내게 닥칠지 모르는 위기에 대해서는 걱정이라고는 털끝만큼로 안 하면서 말이야. 그렇게 늘 방심해 있다니까. 산을 움직일 수는 있어도 남자의 천성은 바꿀 수 없는 법이야. 부정적인 생각들은 이제 그만하자. 잠을 좀 자두자. 내일은 월요일이니 뷔페를 준비하려면 바쁠 거야.

아침에 핑핑의 얼굴은 핼쑥하고 부어 있었다. 그녀는 숨을 헐떡거리며 많이 토했다. 그녀는 치즈, 두부, 시금치, 생선, 닭고기 등 여러 가지 것들을 소화시키지 못했다. 하지만 배가 너무 자주 고파 하루에 일고여덟 번씩 먹었다. "이 아이는 괴물이야." 그녀는 이 말을 되풀이했다.

난은 아내를 안정시키려 했다. 그는 아내가 식당에서 힘든 일을 하지 못하게 했다. 갑자기 그의 삶에 목적과 중심이 생긴 것 같았다. 힘이 솟았다. 그는 다시 한 번 기회가 온 것에 감사해했다. 타오타오를 기를 때 아내를 별로 도와주지 못했던 것이 마음에 걸렸는데, 이번에는 더 좋은 아버지가 되기로 단단히 마음을 먹었다.

7

 난은 영어로 네 편의 짧은 시를 썼다. 그는 시가 마음에 들었다. 그러나 딕에게 보여줄지 말지 망설이다가, 당분간은 보여주지 않기로 했다. 대신, 그는 그 시를 샘 피셔와 에드워드 니어리에게 보냈다. 두 시인이 시를 보내달라고 한 적이 있었기 때문이다. 그들이 그의 시에 대해 평을 해주고 그가 한두 편 발표하는 데 도움을 주면 좋겠다 싶었다.

 몇 달 전, 딕은 난에게 회고록을 써보라고 제안한 적이 있었다. 난은 그 말을 듣고 재미있어라 하며 고개를 젓고, 그럴 생각이 없으며 회고록 작가가 된다는 건 상상할 수도 없는 일이라고 말했다. 그에게 회고록은 뭔가 특별한 걸 경험한 사람이 써야 하는 것이었다. 그러나 딕은 이렇게 말했다. "내가 들은 걸 종합하면, 당신의 삶은 아주 흥미로운 주제일 수 있어요." 그래도 난은 그런 걸 시도하고 싶지 않았다. 게다가 산문은 작가에게 많은 것을 요구하는 장르였다. 장시간 집중을 해야 하고 글에 전적으로 매진해야 했다. 요컨대 한두 해 동안 풀타임으로 글을 써야 한다는 말이었고, 그건 그가 감당할 수 없는 일이었다. 짧은 시간에 걸친 에너지의 분출이 필요한 시에 집중하는 게 나을 듯싶었다.

시를 보내고 나서, 그는 두 시인에게서 답장이 오기를 기다렸다. 그러나 3주 동안 아무 소식이 없었다. 그는 그들에게 다시 편지를 써야 할지 망설였다. 그러나 기다리는 게 상책이라고 생각하고 묵묵히 기다렸다.

어느 날 오후, 딕이 시무룩한 표정으로 금귀에 왔다. 눈은 부어 있었다. 지난번에 보았을 때보다 몇 살은 더 늙어 보였다. 난이 붉은색 비닐커버로 싸인 의자를 가져가 맞은편에 앉았다. "당신을 좀먹는 게 뭐죠?" 그가 슈보한테서 막 배운 표현을 사용하며 물었다.

딕이 크게 한숨을 내쉬었다. "출판업자가 날 좀먹고 있어요. 이걸 어쩌죠!" 얼굴을 일그러뜨리며, 그가 갑자기 울먹이기 시작했다. 그는 일어서고 싶지만 그럴 수가 없는 것처럼 손을 뻗어 난의 팔뚝을 잡았다. 놀란 난이 그에게 냅킨을 건네줬다. 딕은 그걸 받고 코를 풀었다.

"그들이 시집을 더 팔라고 하던가요?" 난이 잠시 후 말했다.

"아뇨. 《예기치 않은 선물》을 출판하지 않겠다네요."

"왜요? 나도 그 시집이 어떻게 됐나 궁금했어요. 오래전에 나왔어야 하잖아요."

"처음에는 출판을 연기했다가 이제는 출판하지 않기로 결정했대요."

"왜요?"

"지난번에 나온 내 시집이 일정한 수준으로 팔리지 않아서 그런다고 하지만, 그건 핑계일 뿐이죠. 그들이 출판했던 시집들 중 내 것보다 안 팔린 게 있으니까요. 나를 제거하고 싶은 것뿐이에요. 표지 문제로 그들과 싸웠던 게 이유인 것 같아요."

"계약서가 있잖아요."

"나는 계약서에 서명을 했지만, 그들이 나한테 양자의 서명이 된 계약서를 보내지 않았어요. 그러니까 계약이 유효하지 않다는 거죠."

"말도 안 되요!" 말은 그렇게 했지만, 난은 친구가 그토록 낙담하는 이유를 완전히 이해할 수 없었다. 그가 다시 물었다. "그들이 이미 원고 정리를 하지 않았던가요?"

"맞아요, 그런데 마음을 바꾼 거죠. 난, 나는 끝났어요. 이 타격에서 결코 벗어나지 못할 거예요."

"그렇게 비관하지 마요. 언제라도 다른 출판업자를 찾아볼 수 있잖아요."

"난, 당신은 이해를 못 하는군요. 자기 출판업자를 잃으면 끝장이 나는 거예요."

"어째서요?"

"이제 다른 범주의 시인 무리에 속하게 돼 출판업자들이 내 작품을 진지하게 받아들이지 않을 테니까요. 집이 없어진 거나 마찬가지예요."

"협상의 여지도 없나요?"

"누구하고 말이죠?"

"출판업자하고요."

"없어요. 총서 편집자가 한심한 시인이거든요. 그치가 다른 사람들의 시를 자기 멋대로 갖다 쓰기에 내가 언젠가 그 자식 시집에 대해 부정적인 글을 썼거든요. 그것이 모든 걸 악화시킨 거죠. 언젠가 그놈이 내 등에 비수를 꽂을지 모른다고 생각했지만, 출판업자와 공모해서 나를 파멸시키려고 할 줄은 몰랐어요. 그 자식들이 여기에 비수를 꽂은 거예요." 그가 자신의 가슴을 가리켰다. 이제 그는 더 이상 흐느끼지 않았다. 그러나 눈은 여전히 축축했다.

난은 아직도 당황해 있었다. "이 세상이 끝난 건 아니잖아요. 계속 찾아보면, 출판할 방법이 있을 거예요."

"당신은 시단이 어떻게 돌아가는지 전혀 몰라요. 원고를 검토해줄 다른 출판사를 찾으려면 적어도 반년은 걸릴 거예요. 그것도 운이 좋을 경우에 말이죠. 올 겨울에 종신교수직 예비심사가 있어요. 곧 시집을 출판하지 못하게 되면, 에모리 대학에서는 나를 해고할지 몰라요. 그렇게 되면, 나는 시인으로는 거의 죽은 거나 마찬가지고 경력을 처음부터 다시 쌓아야 할지 몰라요."

마침내 난은 친구가 처한 상황의 심각성을 이해하게 되었다. 그가 물었다. "총서 편집자가 이 일이 당신 경력에 엄청난 타격이 될 거라는 걸 알았을까요?"

"당연히 알았죠. 내가 고통당하는 것을 보고 흡족해할 거예요. 시인들이 정치가들보다 더 사악할 때도 있어요."

"역겹네요."

"곧 챕터 일레븐을 신청해야 할지 몰라요."

"디케이터에 있는 서점 말인가요? 챕터 일레븐이 어떻게 당신을 도와줄 수 있죠?"

딕이 웃음을 터뜨렸다. 그의 눈이 갑자기 반짝이는 눈물로 가득해졌다. 그의 웃음에 난은 당황했다. 딕이 설명했다. "챕터 일레븐을 신청한다는 건 파산 신청을 한다는 말이에요. 난, 당신은 참 재미있는 친구예요."

"그렇군요. 하지만 아직 당신이 실제로 돈을 잃은 건 아니잖아요. 챕터 일레븐을 신청할 필요도 없으니 그냥 노력해보고 기다려요."

"맞아요, 나 아직 안 죽었어요." 딕이 탁자를 치며 말했다. "용기를 내서 싸워야죠. 당장 다른 출판업자를 찾아봐야겠어요."

아직 바쁜 시간이 아니었기 때문에, 난은 핑핑에게 딕과 함께 먹을 국수를 삶아달라고 했다. 그들은 오리구이와 쿵파오 치킨*을 곁들여 늦은 점심을 먹었다. 딕은 식사를 하면서 기분이 좀 풀어졌다. 그는 샘 피셔에게 도와달라고 할 예정이라고 했다. 그는 종신교수직 예비 심사를 통과할 수 있도록 연말까지 원고를 받아줄 출판사를 찾아야 했다. 난은 틀림없이

---

*닭고기, 땅콩, 야채, 고추를 달고 매콤하게 볶은 요리.

출판업자가 나타날 테니 걱정하지 말라고 했다.

딕이 좌절감을 느끼는 걸 보고 난은 당황했다. 그는 시단 내에서 일어나는 투쟁의 단면을 본 것이었다. 딕의 입지가 이렇게 취약하다면, 연줄도 없고 책을 펴낸 적도 없는 자신과 같은 신출내기 시인은 어떨까 싶었다. 그래도 불확실하고 운이 없다는 것이 핑계가 돼서는 안 되었다. 더욱더 열심히 시도해봐야 했다.

마음을 굳게 먹었음에도 그는 짬을 내어 시를 쓰지는 않았다. 아내가 임신한 상태여서 그의 보살핌이 필요했기 때문이다. 몇 주 동안, 그는 핑핑을 위해 안달을 했다. 다른 사람들이 있는 데서 그녀의 배를 쓰다듬기도 했고 몸에 팔을 두르기도 했다. 그러는 그를 그녀가 밀어내기도 했다. 그러나 그가 키스를 하려고 할 때마다, 그녀는 그를 위해 얼굴을 기울여 볼에 살짝 입을 맞추도록 허락했다.

8

핑핑은 난이 갑자기 헌신적인 남편이 되자 좋아했다. 그녀는 배려와 사랑이 묻어나는 그의 작은 몸짓을 즐겼다. 그는 앞으로 딸아이가 태어날 게 너무 좋은지 뭔가 비밀스러운 것을 즐기기라도 하는 듯이, 특별한 이유가 없음에도 종종 미소를 지었다. 그녀는 그가 자신을 사랑하는지 확신하지 못했지만, 아이가 새로 태어나면 그를 몇 년 동안은 붙잡아둘 수 있을 터였다. 그녀는 그가 인정하지는 않지만, 여전히 베이나를 그리워한다는 걸 알았다. 며칠 전, 그가 써놓은 몇 편의 시 초고를 보니, 일부가 그의 첫사랑에 관한 것이었다. 그녀는 오래전에 그를 잊어버렸을지 모르는 무정한 여자에 대한 그의 감정에 아직도 가슴이 아팠다. 이따금 핑핑은 난이 연인을 그리는 건, 자기 마음을 슬픔으로 가득 채워 더 큰 고통을 자초하려고 그러는 게 아닌가 하는 생각을 떨쳐버릴 수 없었다.

요즘 들어 그녀는 기운이 없었다. 힘도 없고 마음도 산란했다. 아무리 물을 마셔도 갈증이 가시지 않았다. 병원에 가서 검사해보니 제2형 당뇨병에 걸려 있다는 진단이 나왔다. 난과 타오타오는 겁에 질렸다. 그 병으로 죽는 사람들도 있다는 말을 듣고, 아이는 어머니를 잃지나 않을까 두려워했다. 아이는 울면서 아이를 갖게 만든 아버지를 비난했다. "미워요! 미워요!" 아이가 난을 향해 소리쳤다.

난도 걱정이 되긴 했지만, 핑핑의 당뇨는 어쩌면 일시적인 것일지 모른다고 생각했다. 영양사에 따르면, 임신한 여자 중 상당수가 이 병에 걸린다고 했다. 특히 전분을 너무 많이 섭취하는 여자들이 그렇다고 했다. 그러나 대부분, 아이를 낳은 후 곧 회복한다고 했다.

영양사가 준 메뉴에 따라, 핑핑은 탄수화물이 적고 단백질이 많은 음식을 하루에 다섯 번씩 먹었다. 그녀는 그런 음식을 좋아하지 않았지만 혈당이 높아질까봐 난이 식당에서 요리한 음식을 먹지 못했다. 음식을 조심하긴 했지만, 그녀는 아직도 아팠다. 낮에는 늘 기진맥진하고 졸렸다. 얼굴이 붓고 눈물이 났다. 그녀는 매일 밤, 몇 번씩 변기에 토했다. 그녀는 너무 고통스러운 나머지 아이가 자기를 고문해 쓰러지게 만들 작정인 것 같다고 말했다.

난은 종종 그녀에게 오후에는 집에 있으라고 했다. 낙불 식당이 문을 닫아 슈보가 그녀를 대신해 일을 했다. 사실, 슈보는 바텐더가 싫다며 요리사가 되고 싶어 했다. 그래서 난에게서 요리하는 법을 배우려고 금궤에 자주 왔다. 그는 빠르게 기술을 익혔다. 그리고 난이 요리를 해보라고 하면 아주 좋아했다. "당신은 타고난 요리사네요!" 난이 어느 날, 그를 놀리며 말했다.

"내가 당신 말을 듣고 바텐더 학교에 가서 돈을 물 쓰듯 쓰지 말았어야 했어요." 슈보가 응수했다.

난이 도와달라고 할 때마다, 그는 기꺼이 식당에 왔다. 핑핑은 두 사람만 있을 때, 슈보가 자기 아내의 팔을 애무하거나 볼에 입을 맞추는 모습을 종종 보았다. 핑핑 대신 일을 해주러 왔다기보다는 니얀을 도우러 왔다고 말하는 편이 더 맞을 것 같았다. 신혼부부라도 되는 것처럼, 그는 틈만 나면 아내 옆에 있으려고 했다. 핑핑과 난은 그들이 늘 붙어 다니는 한 쌍의 원앙새 같다고 말했다.

슈보는 난에게 가라오케 기계를 들여놓으면 어떠냐고 말했다. 그것이 있으면 더 많은 손님들이 찾아와 금궈가 활기를 띨 것이라고 했다. 저녁에 많은 사람들이 몰려올 것이라고 했다. 특히 하루 종일 영어로 말하며 일하는 데 지친 사람들이 중국어로 얘기하며 스트레스를 푸는 데 좋을 것이라고 했다. "이곳을 유명하게 만들기 위해서는 분위기를 쇄신해야 해요." 그가 난에게 말했다.

"나는 이곳을 아수라장으로 만들고 싶지 않아요. 당신도 알다시피, 나는 사람들이 많은 게 무서워요." 난이 미소를 지으며 슈보의 찻잔에 차를 따랐다.

"그렇다면 어떻게 손님을 더 끌어들일 수 있겠어요?"

"손님은 지금으로도 충분해요."

"손님이 더 오면, 돈을 더 벌게 되잖아요."

"당신, 가만 보니 대단한 파티 애니멀이군요." 난이 영어로 말했다. 그 말을 듣고 슈보가 당황하자, 난이 덧붙였다. "그런 표현 들어본 적 없어요? 메모장에 파티 애니멀이라고 적지 그래요?"

"당신은 너무 삐딱해요."

슈보는 이곳에 사는 중국인을 많이 알았다. 대부분, 그들은 외로운 사람들이었다. 가라오케 기계를 설치하면, 그들이 어렸을 때 배우며 자랐던 옛날 노래들과 경극에 나오는 노래들을 부를 것이었다. 그러나 난은 가라오케 기계를 사지 않으려 했다. 고객의 대부분을 차지하는 미국인들이 시끄러운 금귀를 싫어하게 될지도 몰라서였다. 언젠가 타이완 사람이 하는 식당에 들어가 밥을 먹은 적이 있었는데, 옷을 잘 입은 대학생들이 너무 크게 노래를 하는 바람에 다음 날 아침까지 귀가 윙윙거렸다. 그래서 그는 그곳에 다시는 발을 들여놓지 않았다. 게다가 그는 전문직 중국인들과 교제한다는 게 내키지 않았다. 그들 중 일부는 그를 경멸할지도 몰랐다. 난이 보기에 그들은 자기만 아는 영리한 속물일 뿐이었다. 식당에서 노래를 하기 시작하면, 그들은 밤늦게까지 죽치고 앉아 노래를 불러댈지 몰랐다. 그런 이들을 위해 그렇게 늦게까지 이곳을 열어놓을 수 없었다. 그는 슈보에게 만약 그가 매일 밤 오겠다면 가라오케 기계를 들여놓겠다고 농담을 했다. 그건 불가능했다. 슈보는 일주일에 두 번씩, 밤에 애틀랜타로 파트타임 일을 하러 가야 했다. 나중에 난은 슈보에게 핑핑이 스트레스를 받을 것이기 때문에 당장은 일을 더 벌이면 안 된다고 말했다. 슈보가 미소를 지으며 말했다. "당신은 모범적인 남편이군요."

니얀이 말했다. "그래요, 당신은 난한테 배워야 해요."

*

핑핑이 임신한 걸 알고, 재닛은 그녀를 만나러 자주 금귀에 왔다. 그녀는 이제 걸을 수 있게 된 하일리에 관한 얘기를 많이 했다. 그러나 재닛은 걱정이 많았다. 아이는 몸이 축난 것처럼 창백하고 약했다. 때때로 어디가 아픈 것처럼 헐떡이며 울었다. 데이브는 재닛처럼 자주 금귀에 오지는 않았지만, 우부부는 장신구 가게에서 하일리를 안고 있거나 아이의 손을 잡고 보폭을 맞춰 천천히 걷는 그의 모습을 비버 힐 플라자에서 가끔 보았다. 재닛은 핑핑에게 부모의 역할에 관해 많이 물었다. 하일리가 외롭지 않을까 우려하는 것 같았다. 그녀가 핑핑에게 말했다. "당신 딸이 놀 나이가 되면, 우리 딸하고 같이 놀게 해줄래요?"

"어리석은 소리 하지 마요." 핑핑이 대답했다. "우리는 친구잖아요. 그러니 그 애들도 친구일 거고요. 그런데 내 배 속의 아이는 건강하지 못할지도 몰라요."

"뭣 때문에 그런 말을 하죠?"

"모르겠어요. 요즘 기분이 안 좋아요."

"괜찮아질 거예요. 긍정적으로 생각해요. 자그만 발로 아장아장 걷는 소리를 듣는다고 생각해봐요."

핑핑은 난이 딸이 태어나기를 학수고대하고 있다고 말했다. 재닛은 그 얘기가 당황스러운 모양이었다. 그녀와 데이브는 난이 아이들을, 특히 여자아이들을 싫어해서, 하일리의 수양아버지가 되지 않겠다고 했다고 믿고 있었다. 핑핑도 난의 변화를 설명할 수 없었다. 그러나 나이가 들어가고 그들의 삶이 지금 비교적 안정되었기 때문이 아닐까 싶었다.

9

5월 어느 날, 딕이 저녁에 전화를 해서 갈라진 목소리로 말했다. "그 친구 죽었어요." 목이 쉬고 술에 취한 것 같았다.

"누가 죽었다고요?" 난이 물었다.

"샘."

"정말인가요? 언제요?"

"어제 오후, 심장 발작이 일어났는데 병원에 실려 간 직후 죽었대요. 장례식에 참석하러 내일 뉴욕으로 가려고요."

"그래야겠죠. 민 니우한테 위로의 말을 전해주세요."

"민은 보지 못할 수도 있어요. 내가 민이 더 이상 샘의 남자 친구가 아니라는 얘기를 당신에게 안 했던가요?"

"네, 안 했어요. 무슨 일이 있었나요?"

"몇 달 전에 샘을 떠나 결혼을 했다네요. 그가 어디 있는지 정확히 아는 사람은 없는 것 같아요. 홍콩에 있는 대학에서 가르치고 있다는 말도 있고요."

"믿을 수가 없군요."

난은 민 니우가 양성애자라는 사실이 놀라웠지만 아무 말도 하지 않았다. 그는 딕에게 조심히 다녀오라고 하고, 샘이 크게 고통을 당하지 않고 죽었으니 너무 슬퍼하지 말라고 했다. 전화를 끊고 나서, 난은 민 니우가 샘을 진심으로 사랑한 게 아니고 그냥 이용한 것이 아니었을까 하는 생각을 지울 수 없었다. 샘이 등록금을 내주고 후원해주지 않았더라면, 민은 미국에 올 수 없었을 터였다. 그런데 민은 뉴욕 대학교에서 석사 학위를 이수한 후, 어쩌면 자기가 늘 바라고 있었을지 모를 삶을 살기 위해 샘을 떠난 것이었다. 민이 줄곧 그런 계획을 세우고 있었을 수도 있었다.

난은 샘이 죽었다는 소식에 나름대로 슬펐다. 특별한 애정을 느낄 정도로 샘을 잘 알지는 못했지만, 그럼에도 불구하고 슬펐다. 그가 글을 쓰는 데 도움을 줄 수 있었을 샘은 난의 삶에 작은 구멍을 남겼다. 그의 죽음 앞에서 난은 더 외톨이가 된 기분이었다. 그는 샘이 죽기 전에 자신이 보낸 시들을 읽었는지 궁금했다. 어쩌면 읽지 않았을 수도 있었다.

딕은 월요일에 돌아왔다. 다음 날 수업이 있었기 때문이다. 그는 수요일 오후, 늦은 점심을 먹으러 금귀에 왔다. 슬퍼 보이지는 않았다. 그의 회색 눈이 부드럽게 빛나고, 얼굴에 의미를 알 수 없는 미소가 번졌다. 딕은 샘이 죽기 전에 그의 의붓아들을 위해 브루클린에 아파트를 사려고 했으며, 티베트 여행을 하는 꿈을 아직도 꾸고 있었다고 말했다. 난은 그런 말을 하는 덕의 생기 있는 얼굴을 계속 응시했다. 니얀이 그가 주문한 뱅뱅 치킨을 가져왔을 때, 딕이 난에게 말했다. "샘 덕분에 뉴욕에 있는 출판사에서 내 책을 출판하게 됐어요."

"축하해요!" 난은 기뻤다. "어떻게 된 일이죠?"

"샘이 포 컨티넌트 출판사 사장에게 직접 전화를 하고 내 원고를 보냈나봐요. 그걸 읽고 사장이 샘에게 출판하겠다고 했대요. 샘이 죽자, 사장은 더욱더 그와의 약속을 지키려 하고 있어요."

"샘이 덕을 베풀었네요. 당신을 크게 도와줬군요."

"기적이에요. 포 컨티넌트 출판사의 시집 총서가 이전 출판사 것보다 더 좋거든요."

"거봐요, 내가 곧 출판사를 찾을 거라고 말했잖아요. 이제는 종신교수직 예비 심사에서 문제가 없겠네요."

"맞아요."

닭고기를 씹으며 딕이 화제를 바꿔 샘의 장례식에 참석했던 바오 유안에 관한 얘기를 하기 시작했다. 난은 바오가 크게 성공했다는 얘기를 듣고 좋아했다. 그림을 많이 팔았다고 했다. 딕이 씩 웃으며 말했다. "중국에 약혼녀가 있다고 하더군요."

"약혼을 했다고요?"

"그래요, 두 달 전에 약혼을 하러 갔다 왔대요. 아주 좋아하더군요. 그리고 자기 작업실에 한번 오라고 당신과 나를 초대했어요."

"중국 정부가 그가 귀국하는 걸 허락했다고 하던가요?"

"그런 게 틀림없어요. 나는 그 경위에 대해서는 잘 몰라요."

"나를 기억해요?"

"좋게 생각하던데요. 당신이 훌륭한 사람이라고 하더군요."

"당신은 나를 놀리는군요." 난은 쓴웃음을 지었다. 그러자 갑자기 가슴에 통증을 느끼기라도 한 것처럼, 얼굴에 슬픈 표정이 깃들었다. 그가 덧붙였다. "훌륭한 요리사일 수는 있겠죠. 여하튼 그가 작업실이 있다고 하던가요? 어디에 있다고 하던가요?"

"테네시에 있는 산속에 있다고 했어요."

"이제 전업 작가라는 말이군요?"

"맞아요. 아주 부자래요. 그림이 잘 팔리는 모양이에요."

바오는 반년 전에 테네시로 이주해서 아마추어 화가들을 가르치기 시작했다고 했다. 그에게 배우는 화가 중 하나가 그 산에 있는 땅의 일부를 소유한 부유한 변호사인데, 스승을 위해 작업실을 지어줬다고 했다. 그의 동료 화가들이 그곳에 모여 바오한테서 배우는 모양이었다. 딕의 설명을 듣고 난은 호기심이 일었다. 그는 전에는 식객에 불과했던 바오가 미국에서 성공할 것이라고는 상상도 못 했다. 어쩌면 그 친구가 변했는지도 몰랐다. 부지런한 화가가 되었는지도 몰랐다.

난과 딕은 둘이 같이 바오한테 한번 가보기로 했다. 금귀는 일요일에는 정오까지 문을 열지 않았다. 그리고 늦은 오후까지는 손님이 많지 않을 터였다. 그래서 난은 그다음 주말에 딕과 함께 테네시에 갈 수 있도록 슈보에게 자기 대신 일을 해달라고 부탁했다.

10

딕과 난은 일요일 아침 일찍 출발했다. 화창한 날씨였다. 안개가 걷히자 날씨가 서늘하고 깨끗해졌다. 산들바람에 흔들리는, 이슬에 젖은 나뭇잎에 햇살이 쏟아졌다. 그들은 한 시간 반 동안 575번 도로를 따라 가다가 블루리지에서 잠시 쉬고 다시 북쪽으로 향했다. 반시간 후, 그들은 조지아 주 경계선을 넘었다. 급커브가 많은 자갈길을 몇 킬로미터 더 가자, 산속에 바오의 작업실이 있었다. 놀랍게도 바오는 외부세계와 단절되어 은둔자처럼 살고 있었다. 그의 작업실 부근에는 집 한 채 없었고 작업실은 창문이 널찍한, 크고 높은 통나무 오두막이었다. 아직 페인트를 칠하지 않은 싱싱하고 희끄무레한 목재에서는 강한 소나무 향이 배어 나왔다. 목재는 대충 깎은 것이었다. 작업실 뒤에는 바오가 밥을 해먹고 잠을 자는 갈색 트레일러가 있었다. 트레일러 옆에는 진홍색 밴이 있었다. 가끔씩 북쪽으로 8킬로미터 정도 떨어진 포스텔의 중국 식당까지 차를 몰고 가서 점심이나 저녁을 먹는 모양이었다. 그는 주중에는 혼자서 그림을 그리는 데 전념하고 주말에만 학생들을 가르쳤다.

바오는 두 사람을 따뜻하게 맞았다. 이제는 더욱 중년 남자 티가 났다. 머리를 짧게 깎고, 10킬로그램쯤 몸무게가 불은 것 같았지만 건강해 보였다. 구릿빛 얼굴은 자연 속에서 일하는 농부를 연상시켰다. 바오는 그들에게 근처에 있는 인공 호수에서 날마다 수영을 한다고 말했다.

작업실에는 그의 세 제자가 빈둥거리고 있었다. 그중 안경을 끼고 사십 대로 보이는 사람이 프랭크였다. 그가 땅과 작업실의 주인인 변호사였다. 이십 대로 보이는 다른 두 사람은 브라이언과 팀이었다. 팀은 키가 크고 말랐지만 농구선수처럼 근육질이었고 붉은 콧수염을 기르고 있었다. 브라이언은 잘생긴 베트남계 미국인이었다. 베트남에서 태어난 그는 얼굴이 몽골인처럼 생긴 사람이었다. 브라이언은 나에게 자기 성이 호라고 했다. 그의 아버지는 사이공이 함락된 후, 1970년대에 미국으로 빠져나왔으며, 1년 후에는 어머니가 그를 업고 아버지가 있는 미국으로 빠져나왔다고 했다. 억세게 생긴 두 젊은이와 달리 프랭크는 마르고 신중해 보였고 심한 근시였다. 학생들의 태도를 보면 선생을 상당히 존경하는 것 같았다. 그러나 바오는 그들을 허물없이 대하며 이따금 그들의 어깨와 등을 두드렸다. 예전보다 목소리가 컸고, 또 행복해 보였다. 그는 누군가에게 소리를 지르는 것처럼 영어를 발음

했고, 이따금 한 문장을 말하고 나서 높은 소리로 웃었다. 난은 바오가 언제부터 이렇게 망설이지 않고 영어를 하기 시작했는지 궁금했다.

난은 작업실을 둘러보았다. 벽에 스무 점 가량의 그림이 기대어져 있었다. 대부분은 과일, 꽃, 나무, 그릇에 담긴 음식, 바위, 쪽빛 하늘에 떠 있는 별들을 그린 정물화였나. 프랑스 인상주의 화풍을 생각나게 하는 동물들과 젊은 여자들을 그린 그림도 몇 점 있었다.

"요즘은 아주 열심히 일하죠." 바오가 손님들에게 말했다. "하루에 한 점 정도 그려요."

"그래서 많은 돈을 버셨군요." 딕이 말했다.

"대단하네요." 난이 말했다.

난은 이 그림들이 바오가 전에 그렸던 그림들과 확연히 다르다는 걸 알아차렸다. 대부분이 밝고 경쾌하고 생동감이 있고 화사하고 풍성했다. 전에 그렸던 그림들에 배어 있던 격렬한 색조와 비극적인 분위기는 조금도 남아 있지 않았다. 미국에서의 삶이 그의 예술에 영향을 미친 게 분명했다. 그림들은 우울한 생각, 세상에 대한 편견, 어두운 절망감에서 벗어나, 따뜻하고 만족스러운 감정을 드러내고 있었다. 빛이 곳곳에 있었다. 그런데 난은 그러한 변화가 화가의 내부에서 비롯된 것인지, 아니면 미국 시장의 필요에 맞추기 위한 노력에서 비롯된 것인지 알 수 없다는 생각이 들었다. 이 그림들에는 독창성이 거의 없는 것 같았다.

"여기에 있는 그림 하나하나가 적어도 천 달러는 된답니다." 팀이 방문객들에게 말했다.

"그게 당신이 책정한 가격인가요?" 딕이 바오에게 물었다.

"사실, 워싱턴 D.C. 연작은 4만 달러 이상으로 팔렸답니다." 프랭크가 엄지손가락으로 안경을 치켜 올리며 끼어들었다.

"이쪽으로 오세요, 내가 보여줄게요." 바오는 손님들을 기다란 가대식 탁자가 있는 곳으로 데리고 갔다. 탁자 위에는 세 개의 두툼한 앨범이 놓여 있었다. 그가 그중 하나를 펼치며 말했다. "이게 연작이에요."

난과 딕은 그림을 찍은 사진들을 들여다보았다. 실제로 인상적인 그림들이었다. 미국의 수도를 새로우면서 밝게 재현한 그림이었다. 도시는 거대한 공원 같았다. 숲은 아침 햇살에 반짝이고, 반쯤 그늘이 진 반짝이는 대성당들은 구릉처럼 거대해 보였다. "연작은 하나만 그렸죠." 바오가 설명했다. "에이전트가 더 그려달라고 하는데 거절했어요."

"왜요?" 딕이 물었다.

"같은 작업을 반복하고 싶지 않아서요."

그 답변에 난은 어리둥절했다. 바오는 기질적으로 약삭빠르고 실리적이었다. 어쩌면 그는 자기 작품의 가치를 유지하고 높이기 위해 그림 목록에 독특한 것을 갖고 있으려고 그렇게 한 것인지도 몰랐다. 난은 더 이상 질문을 하지 않고 앨범을 넘겨봤다. 전통적인 동양화의 영향을 받은 풍경화, 광고와 같은 전위적인 그림들, 인상주의 화풍의 구아슈 수채화 및

형염^{型染} 수채화, 정물화, 여자들과 다양한 예술가들의 초상
화 등, 서로 다른 스타일의 그림을 찍은 수백 장의 사진이 있
었다. 바오는 그중에서 팔레트 나이프로 그린 몇 점을 대단히
자랑스럽게 생각했다. 실제로 도시 풍경과 강변을 그린 그 그
림들은 힘이 있고 인상적이고, 원시적인 자연스러움이 있었
다. 그는 '나이프 페인팅'이라는 기법을 자기가 고안해냈다고
말했다. 난은 바오의 작업 범위에 감동을 받았지만, 이렇게
질문했다. "아직도 시를 써요?"

"이젠 안 써요. 그림이 나한테 더 맞는다는 걸 깨달았으니
까요."

"회고록은 어떻게 됐나요?"

"아직도 쓰고 있어요."

난은 바오가 회고록을 완성하지 못할 거라는 걸 깨달았다.
그는 전에 썼던 것을 찢어서 버린 게 틀림없었다.

잠시 후, 바오가 커다란 수박을 잘라서 내놓았다. 그들은
자리에 앉아 애기를 하면서 수박과 포도를 먹고 맥주를 마셨
다. 팀과 브라이언은 《블루 스타스》라는 예술 잡지를 편집한
다고 했다. 최신 호에는 바오와 그의 그림에 관한 장문의 글
이 실렸는데, 바오를 "산에 사는 거장"이라고 칭송하고 있었
다. 그런데 그 글을 쓴 사람은 팀이었다. 그는 그 글을 쓴 자
신을 자랑스럽게 생각했다.

영어 실력이 변변치 않은 바오는 기사에 나오는 정교한 문
장의 의미를 완전히 이해하지 못한 모양이었다. 그래서 그는

난에게 무슨 뜻인지 설명해달라고 했다. 그는 난에게 바로 그 자리에서 문장을 하나하나 번역해달라고 졸랐다. 브라이언이 다소 얄궂은 미소를 짓는 걸 보면서도, 난은 기사에 실린 문장들을 하나하나 설명해줬다. 바오는 난의 이야기에 머리를 끄덕이고 눈을 깜빡이며 골똘히 들었다. 난은 그가 허영심이 많지만 나름대로 순진한 소년 같다고 생각했다. 아직도 태도에 약간 날이 서 있고 얼굴에는 불안한 기색이 남아 있었지만, 바오는 전과는 사뭇 다르게 태평하고 자연스러워 보였다. 그는 난이 아첨이 섞인 말을 중국어로 옮겨줄 때마다 큰 소리로 웃었다.

난이 그 글을 다 번역하는 데 25분이 걸렸다. 그것이 끝나자, 그들은 뉴욕에서 알고 지내던 사람들에 관한 얘기를 했다. 바오는 2년 전에 중국 여자와 사랑에 빠졌다고 고백했다. 그런데 그녀의 부모가 그를 우습게 보고 결혼하지 못하게 했다고 했다. 그들이 보기에 그는 변변치 못한 사람이었다. 밴더빌트 대학교에서 생물학 박사 과정을 밟고 있는 자기네 딸한테는 어울리지 않는 사람이었다. 그는 그녀를 따라 내슈빌까지 갔는데, 그녀의 어머니는 그의 면전에 대고 그가 백조를 잡는 걸 꿈꾸는 두꺼비 같다고 했다. "나는 그분들에게 가장 좋은 그림 열 점을 줬어요." 그가 손님들에게 말했다.

"지금은 부자가 됐겠군요." 딕이 말했다.

"아닐 거예요."

브라이언이 끼어들었다. "그림을 식탁보로 썼대요. 하나하나씩 망친 거죠. 그래 놓고는 지난가을에 워싱턴 D.C.에서 열린 바오 선생님의 전시회에 갔다가 가격을 보고 소스라쳤대요. 가격표에서 눈을 뗄 수가 없었다나. 한 점당 6천에서 7천 달러 정도였으니까요. 그들이 망가뜨린 그림들은 그보다 훨씬 더 비쌌을 거예요."

"다 옛날 얘기예요." 바오가 차분한 어소로 말했다. "그 여자와 나는 끝났어요. 운도 없었고 기회도 없었고, 합의도 없었어요. 그녀가 다른 남자한테 간 후, 나는 여기 산으로 와서 더 열심히 일했죠. 여복은 없는 우둔한 남자예요."

난이 웃다가 멈칫했다. 그는 바오가 한때 호색한이었던 걸 떠올렸다. 어떻게 해서 그 난봉꾼이 이처럼 많이 변했을까? 어쩌면 성공을 하자 더욱 자신감이 생기고 책임감 있는 사람이 돼야겠다고 마음먹었는지도 몰랐다.

바오가 희미하게 한숨을 쉬며 난에게 말했다. "그 여자와의 관계에서 상처를 많이 받았어요. 그것 때문에 변하게 된 거죠. 갑자기 내가 늙었다는 느낌이 들면서 정착해서 가정을 갖고 싶더라고요."

난은 바오가 지금 더 좋은 사람이 된 건지도 모른다고 생각했다.

딕과 팀이 화장실에 가려고 트레일러로 갔다. 난은 바오의 성공에 관해 궁금한 게 많았다. 그는 바오가 왜 그렇게 빠른 속도로 그림을 그리는지 궁금했다. 하루에 한 점이라니 그것은 무슨 제조업자처럼 그림을 그린다는 말이었다. 어떤 예술가도 억지로 그리해서는 안 될 일이었다. "왜 그렇게 빨리 그리는 거죠?"

"다음 달에 랠리에서 전시회가 있는데, 거기에 열 점을 줘야 해서 그래요."

"그렇게 서둘 필요가 있나요?"

"여세를 몰아가기 위해서죠. 내 그림이 홍콩과 타이완에서 아주 잘 팔리고 있어요. 사람들은 거장들이 그린 그림들이 걸려 있는 홀에 내 그림이 같이 걸려 있는 걸 보고, 도대체 바오 유안이라는 사람이 누구냐고 묻곤 한대요." 그의 목소리에 배인 자기만족감이 난을 불편하게 만들었다.

"솔직히 말해, 그렇게 무모한 속도로 작업을 해서는 안 될 것 같아요. 속도를 조금 줄이는 게 좋지 않을까요. 지금은 당신의 성공을 공고히 할 때니까요. 서둘지 마요."

바오는 놀란 표정을 지었다. 그러고는 이렇게 말했다. "내가 뭘 해야 하는지 솔직히 말해줘요. 솔직히 성공한다는 건 괴로운 것이기도 해요. 때로 무섭기도 하고요. 한두 시간 잠깐 손대서 한 점 뚝딱 그려내면 수백 달러에 팔려요. 때로는 천 달러가 넘게 팔리기도 해요. 그걸 보면서 오싹해질 때가 있어요."

"돈 버는 문제는 잊어버려요. 당신의 진짜 목표가 뭔지 생각해봐요. 당신의 경쟁자는 동시대 화가가 아니라 죽은 거장들이에요."

바오의 눈이 빛났다. "훌륭한 말이네요. 내가 딕한테 당신이 내가 만난 가장 지적인 사람 중 하나라고 한 적이 있는데, 이제 보니 현명하기까지 하군요. 정말 맞는 말이에요. 나는 이제 불멸의 작품을 생각해야 해요. 모든 부와 명예는 나 자신의 일부가 아니라 일시적이고 외적인 것일 따름이죠." 그가 역기를 들어 올리듯 팔을 위로 뻗었다.

"맞아요, 우리는 벌써 중년이에요. 우리가 원하는 걸 조심스럽게 계획해야 해요." 난은 자신이 처한 상황을 떠올리며 한숨을 쉬었다. 그는 언제나 자신의 영어 실력이 충분하지 못하다는 핑계를 대면서 지난 5년 동안 거의 아무것도 쓰지 않았다.

"그래요, 그걸 유념해야 하겠어요." 바오가 맞장구를 쳤다.

이렇게 말하더니, 바오는 그림을 그리러 곧 중국에 갈 거라고 말했다. 그의 에이전트가 베네치아 연작을 너무 좋아해서 상하이 연작을 그려줬으면 한다는 것이다. 바오는 롤리에서 열리는 전시회가 끝나면 중국으로 갈 예정이라고 했다. 그리고 모든 것이 뜻대로 되면 가을에 약혼녀와 결혼하고 싶다고 했다. 난이 물었다. "중국 정부가 당신이 돌아가게 허락할까요? 2년 전에 당신을 체포하지 않았던가요?"

"그들은 내가 더 이상 민주운동가가 아니라는 걸 알아요. 나는 예술가로서 언제든 중국에 돌아갈 수 있어요. 상황이 달라졌거든요. 당신은 돌아가서 부모님을 뵙고 싶지 않나요?"

"뵙고 싶죠. 하지만 내가 처한 상황은 달라요. 나는 정부가 두렵지 않아요. 두려운 건 고위 관리 자제들이죠. 그들과 나

사이에 악감정이 좀 있어서요. 일단 미국 시민권이 나오면 방문 목적으로는 들어갈 수 있겠죠." 난은 얘기를 하면서, 바오가 중국 정부에서 요구하는 대로 이후로 정치 활동을 하지 않겠다는 서약서를 써줬을지 모른다는 생각이 들었다.

브라이언이 인근에 있는 소도시인 포스텔에 가서 중국 음식을 사 왔다. 바오는 점심을 먹으면서 난에게 신부가 될 사람에 대해 얘기했다.

"지금 어디 있어요?" 난이 물었다.

"가족과 같이 광저우에 있어요."

"이곳으로 데려오지 그래요?"

"나도 그러려고 하고 있어요. 그래서 가능한 한 빨리 결혼하려고 하는 거예요. 귀화를 신청해놓았으니까, 내가 미국 시민이 되면 그 사람이 이민을 올 수 있게 되는 거죠."

"그렇다면 당신이 시민이 되기 전에는 못 온다는 말인가요?"

"올 수야 있지만 그 사람은 그곳에서 가족들하고 편하게 잘 지내요. 공장을 갖고 있을 정도로 잘사는 집안이거든요. 그 사람이 여기서 잘살게 하려면 내가 돈을 많이 벌어야 해요. 나는 이 지역에 집을 짓는 걸 생각해보고 있어요."

"작업실 근처에 말인가요?"

"맞아요. 프랭크한테 땅을 좀 살 수 있을 것 같아요."

"말도 안 되는 소리네요. 당신 부인이 이렇게 고립된 삶을 견딜 수 있을 거라고 생각해요? 당신한테는 일이 있지만, 그

188

녀는 여기에서 뭘 하죠? 닭과 오리를 키우게 할 건가요? 그런 식으로 그녀를 대해서는 안 되죠."

"그렇군요. 내게 조언을 좀 해줘요."

"녹스빌이나 애틀랜타나 워싱턴 D.C. 같은 도시에 집을 짓고 뒤뜰에 작업실을 만드는 게 좋을지도 몰라요. 부인에게 당신과 같은 삶을 살게 할 수는 없는 노릇이잖아요. 게다가 아이들도 태어날 거고요. 아이들을 학교에 보내는 문제도 감안해야죠."

짧은 수염이 난 턱을 흔들며 바오가 말했다. "당신은 참 현명한 사람이에요. 그림을 배워 우리 같이 일하면 어떨까요?"

"나도 내 나름대로 어려움이 있어요. 시를 쓰려고 하는 중이거든요."

"영어로 말인가요?" 바오가 단도직입적으로 물었다.

난은 그가 딕한테서 얘기를 들은 게 틀림없다고 생각했다. "맞아요. 쉽진 않지만요."

"당신은 자신의 길을 스스로 개척하려고 하는 용감한 사람이네요."

"솔직히 뭘 어떻게 해야 하는지 모르겠어요. 아내는 임신한 상태고, 딸이 곧 태어날 거예요. 지금은 거기에만 신경을 쓰고 있어요. 나는 책임감 있는 좋은 아버지이자 정말로 가정적인 남자가 되고 싶어요."

"그것도 아주 의미 있는 일이죠." 바오가 생각에 잠겨 말했다. "우리 세대의 중국 남자들 중 상당수는 좋은 아빠도 아니고 자상한 남편도 아니잖아요. 그중 몇몇은 제 앞가림도 못하죠. 우리는 이상과 야심에 사로잡혀 있고 고상한 척하지만, 솔직히 얘기하면 아는 체만 하는 바보일 뿐이죠."

난은 바오의 말에 감동을 받았다. 그런데 다시 생각해보니, 그가 한 말이 가슴에서 우러나온 말이 아니라 누군가 다른 사람이 한 말을 고쳐서 한 것이 아닐까 하는 생각이 들었다. 바오가 허리띠를 한 눈금 느슨하게 풀더니 몸을 약간 앞으로 숙였다. 아무도 중국어를 알아듣는 사람이 없었지만, 그는 난에게 거의 속삭이듯 말했다. "부탁 하나 해도 될까요?"

"그럼요."

"팀이 쓴 기사를 번역해줄 수 있어요? 꼼꼼하게 번역할 것까지는 없고 그냥 의미만 분명하게 전달하면 될 것 같아요."

팀은 자기 이름이 거론되는 걸 듣고 스승을 곁눈질로 쳐다보았다. 난이 머뭇거리며 말했다. "해줄 수는 있죠. 번역해서 부쳐줄게요." 그는 해주겠다고 말은 했지만, 뭔가 속은 것처럼 마음이 불편했다. 바오는 옛날 명함 뒤에 주소를 적어줬다. 그는 포스텔에 있는 사서함을 이용하고 있었다.

점심을 먹고 난 후, 프랭크는 의뢰인을 만나야 한다며 채터누가로 갔고, 나머지는 산에 있는 저수지로 수영을 하러 갔다. 아래 둑에 작은 발전소가 있었는데 더 이상 가동되지 않고 있었다. 그들은 밴을 물가에 주차하고 티셔츠와 바지를 벗었다. 브라이언과 팀과 바오는 수영복을 입고 있었고, 손님들은 속옷 차림이었다. 난은 손목시계를 운동화 속에 넣다가,

딕이 브라이언의 늘씬한 근육질 몸매를 훔쳐보는 걸 보았다. 브라이언의 몸은 훌륭하게 균형이 잡히고 얼굴보다 훨씬 젊어 보였다. 바오가 큰 소리를 내며 차가운 물 속에 뛰어들었다. 다른 사람들이 그의 뒤를 따랐다. 그들이 소리치고 물을 튀기는 소리가 산에 울렸다. 물새 몇 마리가 먼 기슭의 숲을 배경으로 서서히 움직이며 부드럽게 울고 있었다.

다른 사람들이 저수지 가운데로 가고 있을 때, 난 얕은 물 위에 누워 떠 있었다. 딕은 자유영으로 물살을 갈랐고, 팀과 브라이언은 거대한 개구리처럼 뻐끔거리며 평영으로 물살을 갈랐다. 물은 깨끗했다. 거의 투명했다. 물을 보면서 난은 어렸을 때, 바위에 둘러싸인 연못에서 친구들과 함께 수영하던 기억을 떠올렸다. 아이들은 두 패로 나뉘어 물속으로 서로를 잡아당기고 누르고 하면서 싸웠다. 어쩌다 우연히 물을 삼키기라도 하면, 그렇게 만든 아이한테 끝없이 욕을 했다. 웃음소리가 오후의 공기 속에 떠돌았다. 얼마나 재미있었던가! 그게 거의 30년 전 일이었다. 이 땅에 있는 물은 비슷했다. 그러나 사람들이 달랐다. 새들도 그렇고 숲도 그러했다. 이처럼 바뀐 삶은 신비로 가득했다. 난이 이곳에 살 것이라고 누가 예상할 수 있었겠는가.

그가 생각에 잠겨 저수지 중앙을 향해 평영으로 나아갈 때, 갑자기 작은 삼각형 머리가 수면 위로 떠올랐다. 갈색을 띤 구불구불한 생물이 수면 위를 미끄러지듯 나아가고 있었다. "뱀이다!" 그가 소리를 지르고 몸을 돌려 물가를 향해 자유영으로 헤엄을 치기 시작했다.

다른 사람들이 저수지 중앙에서 그가 있는 곳을 바라보며 웃고 소리를 질렀다. 난은 해변에 도착해 숨을 헐떡이며 무릎을 꿇었다. 오른쪽 종아리에 쥐가 나 있었다. 그는 엄지발가락을 잡고 다리를 가능한 한 반듯이 펴려고 했다. 그러자 고통이 약간 누그러졌다. 그는 아직도 자신이 있는 쪽을 바라보고 있는 사람들을 향해 1미터 정도로 넓게 팔을 벌리며 소리쳤다. "여기에 이렇게 긴 뱀이 있어요."

"괜찮아요." 팀이 소리쳤다. "물뱀이니까 안 물어요."

그 너머에서 브라이언이 접영을 하며 규칙적으로 물살을 가르고 있었다.

난은 뱀이 무서웠다. 독이 있든 없든 다 무서웠다. 그래서 다시 물에 들어가지 않았다. 마침내 바오가 뭍으로 올라왔다. 그가 난에게 말했다. "나는 당신이 뱀을 그렇게 무서워하는지 몰랐어요. 뱀들은 가만두면 가까이 오지 않아요."

"내 얼굴 쪽으로 막 왔다니까요."

"괜찮아요, 당신을 공격하려는 게 아니었을 거예요. 뱀은 사람들을 무서워하죠. 독이 더 많은 건 사람들이니까요."

난이 한숨을 쉬었다. "이게 남부에서의 내 문제 같아요. 나는 이 풍경에 동화될 수가 없어요. 식물도 그렇고 동물도 그렇고 늘 적응이 안 돼요."

"나는 당신이 애틀랜타에서 잘 적응하며 살고 있다고 생각했어요. 나보다 훨씬 더 적응을 잘한다고요."

"나한테도 나름대로 약한 곳이 있어요."

"우리 모두가 그런 것 같아요."

*

한 시간 후, 그들은 애틀랜타로 돌아가고 있었다. 딕은 브라이언과 팀에 관한 얘기를 끝없이 했다. 그는 그들을 다시 만나서 즐기고 싶은 모양이었다. 난은 그가 브라이언한테 매력을 느끼고 있다는 걸 알았다. 그들이 조지아에 접어든 순간, 가벼운 소나기가 내리더니 모든 걸 깨끗이 씻어 내렸다. 그러나 블루리지를 벗어나 15분쯤 지나자 갑자기 비가 그쳤다. 햇살이 구름을 흩어버리고, 물기를 머금어 더 검게 보이는 아스팔트에 부드럽게 내리쬐었다. 젖은 아스팔트에 바퀴가 닿는 소리가 기분 좋게 들렸다. 그들 앞에 작은 물보라를 일으키며 청색 볼보가 달리고 있었다. 그 차에 가까이 다가가자, '해외에서 출판한 작가!'라는 스티커가 뒤에 붙어 있었다.

"대단한 허풍이로군요!" 난이 말했다.

"운전사가 어떻게 생겼는지 봅시다." 딕이 가속 페달을 세게 밟았다. 머스탱이 덜컹거리면서 앞으로 나가 볼보 옆을 지나갔다. 그는 운전사의 얼굴을 보려고 속력을 약간 늦췄다. 화장을 짙게 하고 불룩한 머리 모양을 한 뚱뚱한 여자가 멍한 얼굴로 운전을 하고 있었다. 그녀는 머리를 깐닥이고 있었다. 음악에 맞춰 그러는 것 같았다.

"누군지 알겠던가요?" 그 차를 지나치자, 난이 물었다.

"아뇨, 그냥 괴짜 같던데요."

"그 차도 자기 것이 아닐지 몰라요."

"그 여자가 작가라면 로맨스 소설을 쓰는 작가일 것 같아
요."

그들은 고개를 젖히고 웃었다. 딕은 자기도 '해외에서 출판
한 시인'이라는 범퍼 스티커를 만들어 달고 다녀야겠다고 말
했다. 그러면 많은 여자들이 꾀일지도 모른다고 했다.

남자들까지 그러겠지. 난은 속으로 이렇게 생각했지만, 말
하지는 않았다.

11

마침내 에드워드 니어리에게서 답장이 왔다. 그는 시들이 다 좋으며, '석류'라는 제목의 시가 특히 좋다고 했다. 그런데 시가 아직 완성된 형태가 아니어서 '약간 다듬을' 필요가 있다고 했다. 그는 시는 돌려주지 않고 직접 만나서 얘기하고 싶다고 했다. 9월에 키웨스트에서 워크숍이 있으니, 그가 진행하는 수업에 난이 참석했으면 좋겠다고 말했다. 그는 유명 작가들이 정기적으로 가르치는 키웨스트 세미나에 관련된 소책자를 동봉했다.

처음에 난은 시인이 자신에게 개인적인 관심을 갖고 있다는 데 흥분했다. 그런데 편지를 다 읽어보니, 행간의 의미가 다소 이상한 곳들이 있었다. 가령, 이런 내용이 있었다. "나는 우리가 에모리 대학 밖에 있는 술집에서 보냈던 밤을 생생하게 기억하고 있어. 자네의 달콤한 미소가 대단히 인상적이었지. 이따금 자네의 미소가 생각나. 자네의 작품에 대해 얘기할 수 있도록 키웨스트로 오게. 자네는 재능이 많은 건 분명한데, 약간의 지도가 필요한 것 같아. 아직은 거친 다이아몬드라고 할 수 있지. 그러니 이 기회를 최대한 활용하게. 나는 자네에 대해 더 알고 싶어."

난은 에드워드 니어리가 작업을 거는 건 아닌가 싶었다. 그는 금귀의 화장실 거울로 자신의 모습을 살펴보았다. 널찍한 턱, 큰 코, 미간이 넓은 반짝이는 눈 등, 상당히 남성적인 얼굴이었다. 그런 자신이 어떻게 남자들에게 매력적일 수 있는지 알 수 없었다. 그러나 은행이나 서점에서, 그는 남자들이 자기를 은밀히 쳐다보는 걸 여러 차례 경험했다. 중국에서는 없던 일이라 곤혹스러웠다. 그를 쳐다보는 은밀한 눈길이 여자들의 것이었으면 싶었다. 그러면 자신감도 더 생겼을지 몰랐다. 그는 니어리의 제안에 혼란스러웠다. 키웨스트에 가야 할지 망설여졌다. 어쩌면 그런 생각은 하지도 말아야 하는지 몰랐다. 9월이면 펑펑이 임신 3개월째 되는 때였다. 그가 곁에 있어야 했다. 또한 그는 일주일은 말할 것도 없고, 이틀 이상 가게를 비울 수 없었다. 그래도 유명한 시인에게서 그러한 제안을 받는다는 건 굉장한 일이었다. 그래서 난은 그 제안에 대해 계속 신경 쓸 수밖에 없었다.

딕이 다음번에 왔을 때, 난은 니어리의 편지를 그에게 보여줬다. 딕은 그걸 읽고 나서 탁자에 놓더니 장난스럽게 웃었다.

"왜 그래요?" 난이 물었다. "어떻게 생각해요?"

"그 사람은 늙은 색골이에요."

"게이라는 말인가요?"

"아뇨, 니어리가 여자를 밝힌다는 건 누구나 알죠."

"그렇다면 왜 그렇게 웃은 거죠?"

"내 생각엔 그가 당신을 다른 사람으로 착각한 것 같아요."

"무슨 말인지 모르겠네요."

"술집에서 같이 있었던 에밀리 최나는 한국 여자 생각나죠? 그가 당신과 그 여자를 혼동한 게 틀림없어요."

난이 얼굴을 붉혔다. "말도 안 돼." 그는 젊은 여자를 떠올렸다. 예쁜 얼굴에, 웃음기를 머금은 반짝이는 눈을 한 여자였다.

"당신의 이름 난이 그에게 여자를 연상시켰을 거예요. 낸시, 내니, 내넷처럼 말이죠. 실제로 영어에서 난은 앤이나 애나를 줄여서 부르는 말이거든요."

"사실, 난이라는 이름은 '남성'이라는 뜻이에요. 그러니까 내 이름은 '용감한 남자'라는 의미예요."

"하지만 니어리는 중국어를 모르잖아요."

"아하. 그러니까 그는 나하고 잠자리를 같이하고 싶은 거로군요." 그가 신경질적으로 웃었다.

그러자 딕이 깜짝 놀라서, 웃음으로 일그러진 난의 얼굴을 응시했다. 난이 웃음을 멈추자 딕이 말했다. "편지는 잊어버려요. 언제라도 나한테 시를 보여주면 되잖아요. 내가 솔직하게 당신 시가 어떤지 얘기해줄게요."

"그렇게 할게요. 고마워요." 난은 볼이 여전히 씰룩거렸지만 기분이 한결 나아졌다. 그는 브랜다이스 대학교에 다닐 때 있었던 일을 떠올렸다. 한번은 탐폰 두 개가 들어 있는 작은 소포를 받은 적이 있었다. 이름 때문에 잠재 고객 명단에 오른 모양이었다. 지난 수년간 그는 이름을 배리, 해리, 메리, 래리, 캐리 등으로 바꾼 중국인들을 수없이 만났고 그럴 때면 자신도 이름을 바꿔야 하는지 고민하곤 했었다. 하지만 언제나 바꾸지 않는 쪽을 택했었다.

*

그는 《블루 스타스》에 실린 글을 번역해 바오에게 우편으로 부쳤다. 그런데 놀랍게도 2주 후, 테네시, 조지아, 플로리다에 배포되는 중국어 신문 〈캐세이 헤럴드〉에 그 기사가 실려 있었다. 난은 번역자의 이름이 없는 걸 보고 다소 신경이 거슬렸다. 글을 쓴 이의 어조가 바뀐 것도 거슬리긴 마찬가지였다. 영어로 된 기사와는 사뭇 다르게, 더 형식적이고 더 권위 있는 어조로 바뀌어 있었다. 그가 번역한 걸 바오나 편집자가 고친 게 분명했다. 그런데 한 달이 못 되어, 똑같은 글이 《예술 세계》라는 잡지에 다시 게재되었다. 바오가 자신을 띄우느라 바삐 움직이는 게 분명했다. 원래의 글이 실린 잡지는 막 출간을 시작한 잡지일 뿐이었다. 바오가 왜 그처럼 아마추어적인 글에 집착하는지 알 수 없었다. 허영심일지도 몰랐다. 그가 진정한 예술 작품을 만들어내는 데 몰두할 수 없는 것도 무리는 아니었다.

그러다가 난은 이번 경우는 비운의 허영심의 발로라기 보다는 사기에 가깝다는 걸 깨달았다. 바오는 두 언어 사이의 간극을 이용하려고 했다. 《블루 스타스》나 팀의 글을 알고 있는 중국인들이 거의 없기 때문에, 그것이 중국어로 발행되는 주요 잡지만큼이나 유명한 잡지이고 팀 덜링턴이 유명한 예술 평론가라고 중국인들이 믿도록 쉽게 호도할 수 있을 터였다. 《예술 세계》는 중국 밖에서 발행되는 일급 잡지였다. 때문에 난이 번역한 팀의 글을 그 잡지에 싣는 건, 바오가 이미 미국에서 유명인사인 것처럼 소개해 그를 다르게 보이게 만들 터였다. 간단히 말해, 이러한 과정 모두가 중국인들에게 바오의 이미지를 더 좋게 만드는 데 일조하고 있었다.

약삭빠른 책략이었다. 난은 바오가 예술 작업을 하는 데 오롯이 시간을 투자했더라면 더 좋은 예술가가 되었을 것이라고 생각했다.

며칠 후, 난은 바오가 보낸 그림 한 점을 받았다. 불교의 창시자인 석가모니가 흰 말을 타고 제자들을 이끌고 있는 이상한 그림이었다. 난에게 주는 선물이라고 서명이 돼 있었다. 난은 그림이 어둡고 칙칙하고 생동감이 부족해 마음에 들지 않았다. 바오가 메모지에 설명을 해주지 않았다면, 그는 그것이 무슨 그림인지 알 수 없었을 것이다. 그래도 알려진 화가의 그림이니만큼 한 점 갖게 되어 좋기는 했다. 문득, 그 그림이 번역에 대한 대가이자 글에 대해 함구하라는 의미라는 생각이 들었다. 이런 생각이 들자, 그림에 대한 흥미가 더욱더 없어졌다. 그는 바오에게 고맙다는 편지도 쓰지 않았다.

12

핑핑의 당뇨는 탄수화물이 적은 음식을 먹음으로써 통제가 되었다. 6월 말이 되자, 임신 5개월째에 접어들었다. 노크로스 병원의 산부인과 의사 워커 박사는 핑핑에게 던우디에 있는 본원에 가서 정기적으로 검진을 받으라고 했다. 시설이 더 좋고 결국 아이를 그곳에서 낳게 될 것이기 때문이었다. 그곳에 있는 사람들과 우 부부가 친숙해지면 좋을 것 같다는 얘기였다. 난은 던우디에 전화를 해서 예약 시간을 잡았다.

금요일 오후 9시, 난과 핑핑은 던우디 서클에 도착했다. 4층 건물을 통째로 쓰고 있는, 거의 작은 종합병원이나 다름없는 전문병원이었다. 의사를 보기 전, 핑핑은 초음파 검사, 소변 검사, 혈액 검사를 포함해 종합검진을 받았다. 그녀는 난과 함께 침침한 방으로 들어갔다. 녹색 커튼으로 가려진 창문이 하나밖에 없는 방이었다. 그녀는 시키는 대로 경사진 침대에 누웠다.

키가 큰 금발의 간호사가 들어와 핑핑에게 말했다. "제가 초음파 검사를 할 거예요."

"네."

"다시 아이를 가지니 좋으시겠어요?"

"네." 핑핑이 희미한 미소를 지으며 말했다.

난은 구석에 있는 등받이가 낮은 의자에 앉아 간호사가 라텍스 장갑을 끼는 모습을 바라보았다. 간호사는 핑핑의 배에 젤을 바르더니 검은색 변환기를 시계 방향으로 돌리며 그 부위를 마사지하기 시작했다. 그렇게 하던 그녀의 입이 벌어졌다. 난은 초음파 영상을 바라보았다. 그들이 지난번에 노크로스 병원에서 보았던 반짝이는 별 같은 게 아니라 작은 아이의 형태가 보였다.

"아이의 심장 박동이 느껴지지가 않네요." 간호사가 말했다. 그녀의 눈길이 아래로 떨어지면서, 서글픈 표정이 얼굴에 지나갔다. 침묵이 방 안을 채웠다.

난이 앉은 자리에서 비틀거렸다. 숨이 막힐 것 같았다. 그의 눈은 아직도 검은 화면에 고정돼 있었다. 몇 초 후, 간호사가 핑핑에게 물었다. "무슨 뜻인지 아시겠어요?"

핑핑이 아무 말 없이 고개를 끄덕였다. 난은 누군가의 손이 심장을 비틀어 잡아당기는 것 같았다. 그가 자리에서 일어났다. 그는 여전히 무슨 말을 해야 할지 알 수 없었다.

"죄송합니다." 간호사가 말했다. "의사 선생님을 바로 보셔야 할 것 같아요."

그래서 그들은 소변 검사와 혈액 검사를 건너뛰고 바로 진료실로 갔다. 스미스 선생은 온화한 얼굴에 희끗희끗한 콧수염을 기른 풍채 좋은 흑인이었다. 그가 핑핑에게 부드러운 목소리로 말했다. "아이를 잃으셔서 유감입니다. 부인 같은 나이의 여성분들한테 종종 있는 일입니다. 자연이 왜 이렇게 하는지 설명하기가 힘들군요."

난은 목구멍에서 울음이 올라오는 걸 느꼈지만 억눌렀다. 그는 아내를 바라보았다. 어찌 된 일인지 그녀는 감정이 없어 보이고 전보다 더 창백했다. 너무 멍해서 아무 말도 할 수 없는 것 같았다. 그녀는 의사가 집에 가서 산부인과에서 전화할 때까지 기다리라고 하자, 고개를 끄덕이기만 했다. "워커 박사가 다음에 어떻게 해야 하는지 알려줄 겁니다."

우 부부는 그에게 고맙다고 하고 주차장을 향해 출발했다.

돌아오는 길에 두 사람 다 아무 말이 없었다. 차는 소리를 내며 우회도로를 달려가고 있었다. 구름 한 점 없는 파란 하늘에 소형 비행선이 코카콜라 광고를 매달고 움직이고 있었다. 난은 자신의 가족한테 죽음이 갑작스럽게 찾아온 것에 어안이 벙벙해 있었다. 이따금 가슴에서 욕지기가 치밀어 올랐다. 그러나 그는 운전대를 똑바로 잡고 조심스럽게 차를 몰았다. 그는 어떤 생각에도 집중할 수 없었지만, 차분해지려고 노력하며 아내의 울음보를 터지게 만들 말을 하지 않으려고 애썼다. 그러는 동안, 핑핑은 정신이 다른 데 가 있는 듯했고 얼굴은 무표정했다. 주변의 것들이 눈에 안 들어오는 것 같았다. 그들이 I-85 교차점에 도달하기 전에 핑핑이 마침내 입을 열었다. "한국 슈퍼마켓에 들렀다 가."

"왜?" 그는 그녀가 쇼핑할 생각을 다 한다 싶어 놀랐다.

"타오타오한테 마늘을 사다주기로 했거든."

난은 I-85에서 빠져 나와 뷰퍼드 고속도로로 들어갔다. 차가 반쯤 들어찬 식품점 앞 주차장에서 비둘기 한 마리가 차문에 똥을 쌌다. 난은 두 군데에 묻은 흰 똥을 굳이 닦아내려고 하지 않았다. 그는 식품점으로 향하면서, 아내의 팔을 잡아 부축해주고 싶었다. 그러나 손이 말을 안 들어 그럴 수가 없었다. 다리도 너무 피곤했다. 금방이라도 주저앉을 것만 같았다. 그는 그녀를 따라가기 위해서 안간힘을 써야 했다.

13

집에 도착하자, 핑핑이 주저앉으며 처량하게 울기 시작했다. 그녀는 아이를 잃은 것이 자기 탓이라고 했다. 그녀가 넋두리를 계속 늘어놓았다. "아이가 나를 위해 자기를 희생한 거야. 내가 저를 낳으면 살 수 없을 것 같으니, 내 생명을 위험하게 만들고 싶지 않았던 거라고." 그녀는 자책을 하면서 엉엉 울었다.

난도 자신을 더 이상 통제하지 못하고 울음을 터트렸다. 망연자실한 고통이 마음속으로 점점 더 깊이 가라앉으며 그에게서 모든 힘을 앗아가는 것 같았다. 그는 이런 일이 일어나리라고는 상상도 못 했다. 희망을 품지 않았었더라면 싶었다. 이제 모든 게 뒤죽박죽이었다.

핑핑은 땅딸막한 흰 양초 두 개에 불을 붙여 거실 탁자 위에 있는, 원통형 꽃병에 꽂힌 한 송이의 노란 국화 양쪽에 놓았다. 초음파 검사 결과를 완전히 믿을 수 없어, 난은 노크로

스 병원의 워커 박사한테 전화를 걸었다. 나쁜 소식은 이미
그곳에 전해져 있었다. 산부인과 의사는 그날 오후 다른 검사
를 바로 해보자고 하면서도, 난에게 초음파 검사 결과는 99퍼
센트 이상으로 정확하다고 말했다. 난은 금귀에 전화를 해 니
얀과 슈보에게 식당 일을 부탁했다. 그는 오후에 아내를 데리
고 의사를 보러 갔다. 재검 결과는 동일했다. 이제 아이가 죽
었다는 건 의심의 여지가 없었다. 태아는 곧 낙태해야 했다.
난은 사흘 후인 월요일 아침에 아내를 노스레이크 종합병원
에 데려가기로 예약을 했다.

  핑핑은 타오타오를 위해 마늘과 돼지고기를 섞어 튀겨서
줬지만, 밥을 먹으면서 아이에게 모진 말을 했다. 그녀는 난
만이 태어날 아이한테 잘했지, 타오타오와 자신은 무정하고
이기적이었다고 했다. 그녀는 아들에게 말했다. "너 여동생이
태어나는 게 싫다고 했지. 이제 죽었으니 좋겠구나."

  "엄마, 저도 슬퍼요." 타오타오가 울면서 말했다.

  난이 끼어들었다. "서로를 비난해서는 안 돼. 우리는 잘 살
아야 해. 그게 아이가 우리에게 원하는 거야."

  그날 저녁, 재닛이 찾아왔다. 그녀는 니얀에게서 소식을 들
어 알고 있었다. 그녀는 핑핑을 껴안으며 흐르는 눈물을 닦았
다. "이건 너무 잔인해요." 그녀가 둥근 턱을 흔들며 말했다.
핑핑이 그녀를 데리고 방으로 들어가 아이를 위해 만들어놓
은 자그만 재킷, 턱받이 두 개 , 모직 양말, 실크 누비이불, 아
직 완성되지 않은 솜이불을 보여줬다. 재닛은 10시까지 있다

가 갔다.

난은 아이를 뒤뜰에 묻고 싶어 했다. 핑핑도 그랬다. 그는 2년 전에 호수에서 죽은 큰 러시아 백조가 묻힌 곳 옆에 아이를 묻고 싶었다. 가장 큰 풍나무 밑이었다. 둥근 돌로 그 자리에 표시를 해두었다. 이제 낙태를 한 다음, 아이를 집으로 데려오는 일이 남아 있었다. 어떻게 하지? 그렇게 작은 몸에 맞는 관이 있을까? 벌써 주말이었다. 로런스빌 고속도로에 있는 장례식장은 이미 문을 닫은 상태였다. 난은 다시 한국 슈퍼마켓에 가서 작은 보석함을 샀다. 그는 함에 달린 작은 서랍들을 뜯어내 관처럼 속이 텅 비게 했다. 딸의 시신을 그 안에 담아 가져올 계획이었다. 그리고 장례식장이 다음 주에 문을 열면, 임시로 사용한 관이 들어갈 만한 정식 관을 살 생각이었다. 그사이, 핑핑은 작은 솜이불을 다 만들었다. 그녀는 자신이 준비해놓았던 옷으로 함 안에 아이의 침대를 만들었다. 어떻게 보면, 보석함 내부는 작고 편안한 요람같았다.

14

핑핑은 의사가 시킨 대로, 월요일에 아침 식사를 하지 않았다. 우 부부는 노스레이크 종합병원에 9시 전에 도착했다. 워커 박사는 아직 와 있지 않았고 수술 준비 중이던 필리핀 간호사가 핑핑을 커다란 방의 한쪽으로 데려갔다. 커튼으로 가려진 곳이었다. 핑핑은 옷을 벗고 바퀴 달린 침대 위에 누웠다. 그러자 간호사가 그녀를 시트로 덮고 혈압을 재고 정맥주사를 놓았다. 마취과 의사가 와서 마취를 시작했다. 그가 난에게 말했다. "제 아내도 지난해에 아이를 잃었습니다. 힘들었죠. 당신이 어떤 기분인지 저도 잘 압니다." 그 말을 하는 그의 커다란 목울대가 떨리고 있었다.

난이 말했다. "선생님, 우리 아이를 집으로 데려가고 싶습니다."

땅딸막한 의사는 놀란 것 같았다. "산부인과 의사한테 말씀해보세요. 제가 알기로는 그런 적이 한 번도 없습니다."

핑핑이 놀란 목소리로 말했다. "우리는 아이가 우리와 영원히 같이 있기를 바랍니다."

"이해합니다."

남자의 눈이 흐릿해지더니 몸을 돌려 급히 나갔다. 난은 핑핑에게 입맞춤을 하며 말했다. "무서워하지 마. 모든 게 다 잘될 거야."

그녀가 고개를 끄덕이며 희미한 미소를 지었다. 그때 간호사가 침대 바퀴의 잠금쇠를 발가락으로 풀어 복도로 끌고 나가더니, 거기에서 침대를 빙글 돌려 밀고 갔다. 그들이 수술실을 향해 움직일 때, 핑핑은 난과 같이 가고 싶은 것처럼 그에게서 눈을 떼지 않았다. 그는 억지로 미소를 지으며 아내를 안심시켜주려고 손을 흔들었지만 너무 괴로웠다.

아이의 관이 든 가방을 어깨에 들쳐 멘 채, 난은 로비 벽을 따라 앞뒤로 왔다 갔다 하고 있었다. 그는 걱정스러운 마음에 아내가 무사히 나오게 해달라고 기도했다. 마침내 얼굴에 사마귀가 있는 워커 박사가 나와서 난을 향해 급히 다가왔다. 그리고는 콧소리가 섞인 목소리로 말했다. "모든 게 잘되고 있습니다. 부인은 괜찮을 겁니다." 그러나 난이 아이의 시신을 집으로 가져가고 싶다고 하자, 산부인과 의사가 눈길을 돌렸다. 푸른 눈이 아래로 향하더니, 다시 난을 향했다. "당신의 고통을 이해할 수 있습니다. 그러나 아이의 몸은 아주 엉망일 겁니다. 눈 뜨고는 못 봅니다."

"아이를 데려가게 해주시겠습니까?"

"반대하지는 않겠습니다. 다만 사람들은 보통 이렇게 하지 않습니다. 여하튼, 아이에 대해서는 신경 쓰지 마세요. 우리는 지금 산모에 집중해야 하니까요."

맞는 말이었다. 그래서 난은 더 이상 압박하지 않았다. 의사가 적갈색 문을 지나 수술실로 들어갔다.

난은 산부인과 의사가 한 말을 생각하며 복도를 다시 기닐었다. 아이는 형체를 알아볼 수 없을 게 분명했다. 어쩌면 수술 중 갈기갈기 찢겼을 수도 있었다. 그래서 사람들이 낙태 수술 후에 태아를 집으로 가져가지 않는지도 몰랐다. 여하튼 그는 아이의 몸이 온전하든 그렇지 않든, 아이의 시신을 데려가도록 허락해주기를 바랐다. 그에게 관을 주어 보낼 걸 싶었다. 그러나 그걸 의사한테 주지 않았다고 자책할 수는 없었다. 난이 줬더라도 의사가 거절했을 수도 있었다. 의사의 말이 맞았다. 지금 당면한 문제는 핑핑의 안전이었다. 생명이 위험할 수도 있었다. 그 생각을 하자 겁이 났다. 그는 그녀가 수술대 위에서 얼마나 고통스러워할지 상상해보려고 했다. 의사들이 뭉툭한 기구로 그녀의 몸을 열고 태아를 꺼내고 있을까? 그들이 그녀에게 준 마취약이 모든 고통을 통제할 수 있을까? 그럴 것 같지 않았다. 약이 아무리 잘 들어도, 그녀는 자신의 몸을 난도질하는 걸 분명히 느낄 터였다.

한 시간이 지났다. 아직도 핑핑에 관해서는 아무 얘기도 없었다. 난은 안내 창구에 있는 나이 든 여직원에게 어떤 상태인지 물었지만, 아직 수술실로부터 아무 얘기도 들은 게 없다고 했다. 그는 너무 긴장해서 대기실 끝에서 계속 왔다 갔다 했다. 움푹 들어간 플라스틱 의자에 앉아 있는 사람들이 이따금 그를 쳐다보았다. 목구멍에서 뭔가가 움직이면서 딸꾹질이 나오기 시작했다. 그는 명치를 주먹으로 눌렀다. 그러나 딸꾹질은 멈추지 않았다. 장인 장모가 여기에 있었으면 싶었다. 그러면 핑핑이 더 안심했을 것이다. 그녀가 타오타오를 낳았을 때, 당시 은퇴를 했던 그녀의 부모는 두 달간의 산후 휴가 동안 그녀를 돌봐줬다. 그가 세미나에 참석하느라 학교에 있어야 했기 때문이다. 줄담배를 피우는 깡마른 그녀의 아버지는 거친 기침을 자주 했음에도 불구하고 매일 딸을 위해 특별한 요리를 해줘서 타오타오에게 먹일 충분한 젖이 나오게 했다. 두 분이 그녀를 아주 잘 보살펴, 약한 방광이나 가벼운 어지럼증 같은 대부분의 병들이 산후 휴가가 끝날 때쯤 다 나아 있었다. 핑핑이 하얼빈에 있는 남편한테 돌아갔을 때는 그때만큼 건강하다고 느낀 적이 없었을 정도였다. 최근에 핑핑과 난은 그녀의 부모에게 몇 달만 와서 있어달라고 부탁할까 하다가 결국 포기했다. 난의 부모가 질투를 해서 문제를 일으키거나, 자기들도 오겠다고 할지 몰라서였다. 핑핑이 마음대로 자신을 부려먹는 시어머니와 잘 지내는 건 불가능한 일일 터였다.

난이 왔다 갔다 하고 있을 때, 안내 창구에 있던 나이 든 여직원이 그에게 다가와 말했다. "사모님께서 곧 수술실에서 나오실 겁니다. 건물 앞에 가서 모셔가세요."

"상태가 어떻습니까?"

"괜찮답니다. 빨리 그곳으로 차를 가져가세요."

난이 떠나기 전에 워커 박사가 나타났다. 찔리는 듯한 눈빛에 얼굴은 다소 동요된 듯했다. 그는 난에게 핑핑이 무사하며 수술이 생각했던 것보다 오래 걸렸다고 말했다. 그는 태아에 대해서는 말하지 않았다. 난은 아내가 너무 염려된 나머지 태아에 대해 묻는 것을 잊었다. 그에게 명함을 건네며, 의사가 말했다. "필요하면 언제든지 연락하세요. 오늘 오후에 전화해서 상태가 어떤지 확인할 겁니다."

의사는 난이 명함을 받자마자, 돌아서서 가버렸다.

난은 옆문을 통해 로비에서 나갔다. 그는 호리호리한 흑인 주차원에게 번호가 적힌 금속 표를 줬다. 주차원이 서둘러 그의 차를 가지러 갔다. 여러 명이 측면 입구에서 자기네 차를 기다리고 있었다. 한 여윈 중년 남자가 사람들에게 자기 아내가 방금 건강한 사내아이를 낳았다고 흥분해서 말했다. 그가 난을 향해 환하게 웃었다. 난이 가까스로 말했다. "축하합니다."

"당신은요? 아버지가 되는 건가요?" 남자가 물었다.

"우리는 방금 딸아이를 잃었습니다."

"아, 안됐군요."

남자는 다소 당황한 것 같았다. 그가 돌아서더니 자기 차 열쇠를 건넨, 키가 작은 흑인 주차원에게 팁을 줬다.

"감사합니다." 주차원이 씩씩하게 말했다.

잠시 후, 난은 다른 주차원에게서 열쇠를 받으며 팁으로 1달러를 줬다. 그는 건물 입구로 차를 몰고 갔다. 핑핑은 휠체어에 앉아 있었다. 젊은 간호사가 두 손으로 휠체어 등받이를 잡고 뒤에 서 있었다. 난은 아내가 빈손인 걸 보고, 의사가 아이의 시신을 넘겨주는 걸 허용하지 않았다는 걸 알았다. 그러나 그는 어떻게 된 노릇인지 아내에게 묻지는 않았다. 그는 차 문을 열고 그녀가 타는 걸 도와줬다. "환자가 아주 약해진 상태입니다. 조심하세요." 아직도 연한 청색 수술 모자를 쓰고 있는 간호사가 말했다.

핑핑은 마비된 사람 같았다. 머리와 팔다리를 거의 움직일 수 없는 모양이었다. 난은 그녀의 몸에 벨트를 채웠다. 그리고 환자들을 태우려고 많은 차들이 뒤에서 기다리고 있었기 때문에 바로 차도를 빠져나왔다. 병원을 나와 I-285로 접어들었다. 그는 이따금 아내를 살폈다. 그녀는 눈을 감고 있었다. 눈꺼풀이 씰룩이고 있었다. 아직 마취에서 완전히 깨어나지 않은 것 같았다. 창백한 볼은 부어 있었고 입은 부풀어 오른 밀가루 반죽처럼 늘어져 있었다. 그는 아내의 얼굴에 깃든 고통스러운 표정을 보고, 울고 싶었다. 그는 길에서 눈을 떼지 않으면서 그녀를 살폈다. 걷잡을 수 없는 감정이 갑자기 몰려왔다. 가슴이 아팠다. 그녀의 얼굴이 그렇게 보기 흉하면서도 감동적인 적은 결코 없었다. 그녀의 슬픈 모습이 깊이 각인되어, 부드러움과 연민의 마음을 영원히 불러일으킬 것만 같았다. 그는 목에서 올라오는 흐느낌을 참고 오랫동안 가만히 있었다.

I-85로 차가 들어섰을 때, 그가 마침내 입을 열었다. "여보, 어때?"

"죽는 줄 알았어. 그렇게 끔찍했던 건 처음이야. 죽을 것 같았어."

"아이는 못 데려가게 한 모양이지?"

"아무것도 생각 안 나. 마취로 정신이 나갔었으니까."

"수술 전에 의사한테 부탁했는데, 알겠다고 했거든."

"나를 살리느라 여념이 없었을 거야."

이제야 난은 산부인과 의사가 명함을 건넬 때, 왜 그렇게 과민한 표정이었는지 이해했다.

그날 오후, 워커 박사가 전화를 해 핑핑에게 아직도 출혈이 있느냐고 물었다. 난은 그렇지 않다고 말했다. 의사가 말했다. "다행입니다. 강한 분이시네요. 피를 많이 흘렸거든요." 그는 핑핑에게 닭고기 수프를 많이 먹게 하고 적어도 이틀 동안은 침대에 누워 있게 하라고 했다.

15

  그들은 한 달 동안, 거실에 있는 탁자 위에 촛불을 켜놓았
다. 두 개의 작은 촛불 사이에 있는 꽃병에는 국화나 장미나
데이지가 꽂혀 있었다. 육체적으로, 핑핑은 빠르게 회복해가
고 있었지만 종종 멍한 표정을 지었다. 때로는 아이가 울면서
"엄마, 엄마, 집으로 데려가주세요"라고 부르짖는 소리를 환
청으로 듣기도 했다. 거실 유리문 앞에 서면, 볼이 발그스레
한 아이가 베란다에서 아장아장 걷는 것 같은 착각이 들었다.
그녀의 딸 메이가 거기에서 놀고 있는 것 같았다. 그녀는 호
수의 표면이 햇빛에 반짝거리는 걸 보면서도 초음파 검사를
했을 때, 아이의 심장 박동 기록을 보는 것 같은 느낌이 들었
다. 매일 밤, 그녀는 베개 옆에 그 작은 빈관을 놓고 잤다. 아
이가 자기에게 재잘대는 소리에 잠에서 깨기도 했다. 그녀가
슬픔에서 벗어나고 남편한테 아이에 관한 얘기를 더 이상 하
지 않게 되기까지 2년 이상이 걸렸다.

난은 자기 방식으로 슬퍼했다. 그는 환청을 듣거나 환영을 보지는 않았지만 우울해했다. 아이를 잃고 나서 몇 달 동안, 그는 식당을 운영하는 것 말고는 다른 걸 할 수가 없었다. 사람을 망연자실하게 하는 고통이 점점 더 안으로 파고들었다. 그는 운명에 기만당한 것 같았다. 처음에는 딸이 자신에게 기쁨과 위안을 듬뿍 안겨주면서 삶의 새 상을 열어줄 것이라고 생각했었다. 비록 그의 삶이 이민 생활에 잘려 나가고 활력을 잃었어도, 그리고 이곳에서 이룬 것이 아무것도 없을지라도, 다른 사람들의 눈에는 그가 완전히 실패한 사람으로 보여도, 아직도 그에게는 보살피고 사랑하고 자랑스러워할 딸이 있다고 위안을 삼으려 했었다. 그는 엄마를 닮아 예쁜 딸의 모습을 얼마나 자주 그려봤는지 몰랐다. 딸에게 읽기와 쓰기를 가르치고, 자전거 타는 법과 차를 운전하는 법을 가르치는 걸 상상했다. 고등학교 졸업 무도회에 가려고 옷을 입는 모습을 바라보고, 또 대학에 보내고, 마침내 결혼식장에서 딸의 손을 잡고 걸어가 잘생긴 젊은이한테 넘겨주는 모습을 상상했다. 딸이 생기면 자신의 삶이 참을 만한 것이 되고 이곳에서 느끼는 비참함과 외로움이 완화될 것 같았다. 딸은 그가 바라는 아메리칸 드림이 될 수 있을 것 같았다.

이제 그가 상상했던 모든 것이 사라지고 그는 냉엄한 현실로 돌아왔다. 그는 자신이 어떤 면에서는 이기적이었다는 걸 깨달았다. 그는 딸의 삶을 자기 삶의 일부로 만들려 했다. 그는 스스로 삶을 온전히 살거나 어려움에 맞설 필요가 없도록,

딸이 그를 위해 이 세상에 오기를 바랐던 것이다. 달리 말해, 무의식적으로 그는 딸을 자신의 삶을 허비하는 핑계로 이용하고자 했던 것이다. 사실, 그는 영어로 예술적인 글을 쓰는 것과, 새로운 땅에서의 존재 이유를 찾는 것과, 자신의 마음 외에는 아무것도 따르는 게 없는 정말로 독립적인 사람이 되는 것에 대해 두려움을 품고 있었다. 그는 그 몸부림에서 헤어나려고 모든 방법을 시도해봤다. 그는 몇 년 동안 모든 에너지와 정열을 식당 일과 빚을 갚는 데 할애했다. 그러나 빚이 없어지자 글을 안 쓸 핑계도 사라지고 그가 진심으로 원하는 걸 안 할 핑계도 없어졌다. 그러다가 아내 배 속에 있는 딸아이에게 집착하게 되었다. 자신의 에너지와 삶을 다른 식으로 소비하기 위해서였다. 지금까지 그는 자신의 마음 상태를 이해하지 못했다. 내내 책임을 회피하고 살아온 것이었다. 그는 자신이 혐오스러웠다.

그의 자기혐오는 일상적인 일 외의 다른 것을 할 의지를 마비시켰다. 몇 달 동안, 그는 절망에 빠져 금귀와 집을 기계적으로 오가는 로봇처럼 행동했다. 가끔은 글을 쓰고 싶은 충동을 느꼈지만, 펜을 잡을 때마다 정신이 멍해졌다. 침울함이 아직도 몸에 배어 있었다. 그는 자신이 머지않아 이 혼수상태에서 빠져나와야 한다는 걸 알았다. 어떤 운명이 그를 기다리든, 맞서 싸워야 했다. 시를 다시 써야 했다. 이제 그가 영어로만 써야 한다는 사실이 명백해졌다. 그것이 유일한 길이었다. 그는 너무 오랫동안 우유부단한 상태로 있었다. 그는 급격한 변화에 위축당해 있었다. 사실을 깨닫자, 그는 더욱 자신이 혐오스러워졌다. 그러나 아직은 온 마음을 바쳐 다시 시작할 정도로 동기 부여가 안 된 상태였다. 요즘, 그는 글을 쓰는 문제에 대해 많은 생각을 했다. 그것은 그에게 새로운 화두 같았다.

"〈미국 주인이여, 안녕〉이라는 중편소설 읽어봤어요?" 어느 날 오후, 니얀이 난에게 물었다. 그녀는 대중 잡지를 읽는 걸 좋아했다. 그녀의 남편은 중국어 신문에 이따금 짧은 글을 쓰곤 했다.

"아뇨, 누가 쓴 건데요?" 난이 물었다.

"다닝 멩이라는 사람이 썼어요. 미국인들이 필라델피아에 사는 중국인들한테 얼마나 못되게 구는지에 관한 아주 흥미로운 얘기예요. 읽어보세요. 10월에 발간된 계간지 최신 호에 실려 있어요."

"그 작가는 내 친구예요."

"정말이에요? 유명한 사람이잖아요."

"2주 전에 그 친구한테서 편지가 왔어요."

난은 세계 서점에 갔을 때, 다닝이 쓴 책이 여러 권 나와 있는 걸 보았다. 그는 그중 두 권을 읽었지만 실망스러웠다. 다닝은 해외 학생 문학의 선두주자라는 명성에도 불구하고, 중국 독자의 취향에 지나치게 영합하고 이국적인 요소와 국수주의적인 감정에 지나치게 기대고 있었다. 그것은 결과적으로 그의 소설을 단순화했고 겉만 그럴싸하고 곳곳을 부자연스럽게 만들었다. 난은 니얀에게 친구의 책이 마음에 안 든다는 말은 하지 않았다. 난은 자신이 글을 쓴다면, 차이점 대신 유사점을 강조하고 싶었다. 그는 문화적, 인종적 배경과 상관없이 독자의 가슴에 직접 호소하는 시를 상상했다. 무엇보다 그는 아름다움보다는 힘이 있는 시를 쓰고 싶었다. 그는 아름다움이 때때로 진실을 왜곡한다고 생각했다. 그는 문학 작품을 쓰고 싶었다. 그럴 수 없다면 글을 쓰는 문제에 대해 신경을 쓰지 말아야 했다.

16

애틀랜타 시내의 교통이 혼잡한 탓에 우 부부는 올림픽 경기를 보러 가는 대신, 텔레비전을 보며 소식을 따라갔다. 날씨가 너무 더워 몇몇 선수들은 경기 중에 기절을 하기도 했다. 중국어로 발행되는 지역 신문에는 조지아 공과대학에 있는 올림픽 선수촌의 미국인 진행요원이 중국 선수들이 최고의 기량을 펼치지 못하도록 그들을 불편하게 만들고 있다는 기사들이 실렸다. 어느 날 밤에는 중국 여자 수영 선수들이 묵고 있는 기숙사에 화재 경보기가 울리는 바람에 경찰들이 와서 모두 나가라고 해, 선수들이 축축한 밤공기 속에 한 시간이나 밖에 있었으며 들어가서도 잠을 못 잤다고 했다. 그래서 다음 날 경기에서 형편없는 결과가 나왔다. 더 나쁜 것은 올림픽 본부에서 제공한 일정표와 지도가 부정확한 경우가 많아서, 몇몇 선수들은 경기에 출전하지 못하거나 너무 늦게 도착해 경기를 몰수당하기도 했다. 중국 선수단에서는 문제를 제기했다. 다른 나라 선수단도 마찬가지였다.

우 부부는 그 기사에 대해 반신반의했지만, 슈보와 니얀은 오롯이 믿었다. 또한 지역 신문에는 NBC 텔레비전의 해설자가 개막식 방송에서 했던 중국에 대한 발언을 규탄하는 장문의 편지가 실렸다. 항의자들은 지지를 호소하며 사람들의 서명을 받았다. 해설자가 인권, 타이완에 대한 군사적 위협, 선수들의 약물 복용, 지적재산권 침해 등의 문제로 중국을 비판한 것은 사실이었다. 이곳에 사는 많은 중국인들은 또 다른 중국 때리기라며 해설자의 말에 분노했다. 올림픽 본부에 항의가 빗발쳤다. 그들은 NBC와 해설자인 로버트 콜먼에게 사과를 요구했다. 일부 중국 학생들은 '그들의 기계가 고장날 정도로' 팩스를 많이 보내라고 사람들에게 종용했다. 〈뉴욕 타임스〉에 전면 항의 광고를 싣는 데 필요한 모금 운동도 벌어지고 있었다.

난이 슈보에게 말했다. "중국이 비판과 대중적인 의견에 그렇게 민감하다면, 어째서 톈안먼 사건에 대해 사람들에게 사과하지 않는 거죠? 중국 정부와 비교하면, NBC 해설자는 죄가 없는 거나 다름없어요. 나는 사람들이 그렇게 화를 내며 그를 해고하라고까지 하는 이유를 모르겠어요."

"이건 정치일 뿐이에요. 국가의 자존심에 관한 문제인 거죠." 슈보가 말했다. 슈보는 자기 집에 있는 것보다 화면이 큰, 구석에 걸려 있는 텔레비전으로 올림픽 경기를 지켜보러 식당에 와 있었다.

"국가의 자존심, 웃기는 소리네요." 난이 대꾸했다. "중국이 최근에 자랑할 수 있는 게 뭐가 있죠? 인구가 가장 많다는 거? 노동력이 싸다는 거?"

"그래도 방송 사회자가 올림픽 개막식에서 중국을 비난할 자격은 없죠."

"왜죠? 미국인이어서 중국을 비판할 자격이 없다는 건가요? 나는 여기 중국인들이 중국 내부의 수치스러운 면들이 공개돼서는 안 된다고 생각하는 이유를 모르겠어요."

"우리 선수들은 미국의 손님들이에요. 초청해놓고 공개적으로 모욕을 하면 안 되죠. 주인은 손님이 환영받는다는 느낌을 갖게 할 책임이 있어요."

"각 나라 선수들이 이곳에 온 것은 메달을 따기 위해서예요. 우정이나 예의나 환대에 대해 누가 신경을 쓰죠? 그건 중국적인 성향이고 위선일 따름이에요."

"난, 입이 상당히 거칠군요. 비위 맞추기가 힘들어요."

슈보는 현재, 대리석 채석장에서 풀타임으로 일하고 있었다. 그래서 난이 그의 도움을 필요로 할 때, 더 이상 일을 해줄 수가 없는 상황이었다. 난은 후난 요리에 능한 나이 든 요리사인 무 씨를 가끔씩 불러서 일을 시켰다. 그런데 그는 노동허가서가 없었다. 그래서 난은 졸린 눈을 한 그에게 정기적으로 일을 시킬 수 없었다. 연방이민국에 걸리면, 5천 달러의 벌금을 물어야 했다. 요즘 들어, 슈보는 저녁에 들렀다. 주로 텔레비전을 보기 위해서였다. 그의 아내 곁에 있고 싶어서이기도 했다. 핑핑은 종종 니얀에게 이렇게 말했다. "우리 남편도 당신 남편처럼 나한테 붙으면 좋겠어요." '붙는다'는 말은 '애착을 갖다'는 의미였다. 니얀은 아무 말 없이 미소만 지었다.

그러던 어느 날, 4년 전 우 부부에게 중국의 홍수 피해자들을 위한 구호 기금을 내라고 왔던 여자가 금귀를 다시 찾았다. 난은 그녀의 이름이 메이 홍이라는 걸 기억하고 있었다. 그녀는 이번에는 그의 팔뚝을 살짝 두드리며 상냥하게 말했다. "난 우, 도움이 필요해서 왔어요. 중국 선수들이 잘 먹을 수 있도록 도와주세요."

"우리는 아무것도 기부할 생각이 없습니다." 아내가 다가오자 그가 말했다.

"기부금을 내라고 하는 게 아니에요. 음식값은 드릴게요. 우리가 당신을 믿을 수 있는 건 당신이 중국인이기 때문이에요."

"그것 때문에 여기에 온 건가요?" 그는 어찌 할 바를 몰랐다.

"맞아요. 다른 중국 식당들도 도와주겠다고 했어요. 외국인들이 만든 음식은 안 될 것 같아요."

"올림픽 선수촌에서 먹으면 안 되나요? 텔레비전에서 보니까 그곳에도 식당들이 있던데요."

"선수들이 치즈, 햄버거, 감자 튀김, 샌드위치, 핫도그와 같은 미국 음식을 못 견디겠대요. 그런 걸 먹으면 몸이 무겁고 아프다네요."

"타이슨 치킨*은 어때요? 그건 튀기든 굽든, 중국식 닭고기 요리만큼 괜찮은데."

메이 홍은 아무 대답도 하지 않았다. 타이슨 치킨에 대해 모르는 눈치였다. 그녀는 2주 동안 매일, 새우와 채소를 섞어 튀긴 요리 다섯 그릇과 맨밥을 만들어달라고 했다. 점심때 와서 음식을 가져가고 30달러를 주겠다고 했다. 점심은 오후에 경기가 있는 선수들만을 위한 일종의 특식이었다. 난은 밥과 요리를 정성스럽게 준비하고 양도 넉넉히 줬다. 메이 홍이 그걸 받아서 조지아 공과대학 외곽에 있는 주유소까지 갖고 갔다. 그녀는 올림픽 선수촌 출입증이 없어서 들어갈 수 없었다. 중국 대표단 단원이 나와서 음식을 받아갔다. 갑자기 올림픽이 인근의 중국인들을 활발하게 만들면서 그들을 단결시켰다.

난은 그들이 우스꽝스럽다고 말하긴 했어도, 중국 국기가 경기장에서 올라가는 걸 볼 때마다 기분이 좋았다. 그는 신문을 보면 중국이 메달을 몇 개 땄는지부터 확인했다. 때때로 텔레비전 화면에 비치는 얼굴을 보면 아는 사람인 것처럼 눈길이 갔다. 그는 감정적으로는 그러한 사람들과 철저히 자신을 분리할 수 없다는 걸 깨달았다. 그러자 마음이 혼란스러웠다. 며칠 동안 마음도 편치 않았다. 그런 마음 상태는 전에는 중국 체조 선수였지만 지금은 스위스 국민의 자격으로 올림픽에 출전해 무표정한 얼굴로 안마 경기를 하는 동후아 리 선수를 볼 때까지 계속되었다. 그 선수의 체조 경기를 보면서

---

*미국의 식품회사 타이슨 푸드의 인스턴트 치킨.

그는 감동을 받았다. 그는 깊은 생각에 잠겼다. 리는 스위스 여자와 결혼하기 위해 중국 대표팀을 떠났다. 그는 1988년에 중국을 떠났는데, 다른 나라 시민이 되기 위해서는 5년을 기다려야 했기 때문에 국제 경기에 나갈 수가 없었다. 이제 그는 스물아홉의 나이에 체조 분야의 유일한 스위스 대표로 애틀랜타 올림픽에 출전한 것이었다. 다른 선수들이 안마 경기에 대비해 긴장을 푸는 동안, 그는 구석에서 얼굴에 잡지를 덮고 자기 신발을 베고 낮잠을 자고 있었다. 그를 주목하는 사람은 거의 없었다. 그는 자기 차례가 될 때까지 바닥에서 일어나지 않았다. 해설자가 농담을 했다. "아, 저 선수가 드디어 잠에서 깼군요."

리는 침착하게 안마 체조를 했다. 발을 앞으로 향하고, 무게가 전혀 없는 것처럼 두 다리를 가위처럼 벌려 뛰는 연기를 민첩하게 해냈다. 그리고 편하게 안마 위를 돌아 발을 모으고 상체와 맞는 각도로 다리를 쭉 폈다. 다른 선수들보다 확연히 월등했다. 경기를 하는 동안, 그의 바지는 단 한 번도 안마에 닿지 않았다. 난은 그를 유심히 쳐다보았다. 가벼운 몸놀림에도 불구하고, 그의 얼굴은 긴장해 있었고 이마에는 땀이 번들거렸다. 그는 다리를 솟구치더니 옆으로 뛰어내려 완벽하게 착지했다. 박수가 터져 나왔다. 그는 9.875를 받았다. 금메달을 따기에 충분한 점수였다. 경기가 끝나자, 그는 관중석에 앉아 있는 아내를 향해 입맞춤을 날렸다. 그러나 그를 따라다니는 중국 기자들과는 인터뷰를 하지 않으려 했다. 대신, 그는 뛰어난 러시아 체조 선수인 알렉세이 네모프와 악수를 하고 그에게 엄지를 치켜 올렸다. 난은 다른 경기에서 그 선수를 다시 보고 응원하고 싶었다. 그러나 리는 다시 화면에 나타나지 않았다.

그런데 다른 장면이 난의 마음을 혼란스럽게 했다. 중국과 미국의 여자 축구 경기가 진행되고 있었다. 관중들이 중국어로 된 응원 문구를 휘날리는 모습이 텔레비전에 자주 잡혔다. 두 남자가 기다란 문구가 적힌 걸 양쪽에서 들고 있었다. "전진, 전진! 용감한 자매들이여, 여러분은 증오로 가득한 여러분의 형제들을 위하여 이겨야 한다." 미국 여기자가 그 문구가 무슨 의미냐고 묻자, 그들은 고개를 저으며 그녀의 말을 못 알아듣는 척 씩 웃기만 했다. 그 말들은 〈홍색 낭자군紅色娘子軍〉이라는 혁명 무용극에 나오는 주제가의 도입부를 모방한 것이었다. 기자는 어렴풋이 짐작은 했지만, 그 남자들이 그 의미가 뭔지 솔직하게 털어놓도록 하지는 못했다. 그 문구는 난과 핑핑의 마음을 혼란스럽게 만들었다. 그들은 두 남자가 어쩌면 제대로 된 직장을 못 잡았거나 영주권을 받지 못한 사람들일지 모른다고 생각했다.

17

어느 날 아침, 메이 훙이 와서 난에게 말했다. "녹두죽 좀 만들어주세요. 우리 선수들이 애틀랜타의 더위 때문에 너무 힘들어하고 있어요. 일부는 일사병까지 걸렸어요. 더위를 이 겨내도록 도와줘야 해요."

"녹두죽은 우리 메뉴에 없어요." 난이 말했다.

"어느 곳에도 없어요. 그래서 당신한테 온 거예요."

"뭘 해달라는 말인가요?"

"큰 솥에 끓여주면 내가 직접 갖다주려고요."

난은 돈을 얼마나 줄 거냐고 묻고 싶었지만, 땀으로 범벅된 그녀의 간절한 얼굴을 보고 돈 얘기는 꺼내지 않았다. 녹두는 비싸지 않았다. 한 솥을 끓이는 데 필요한 1킬로그램은 1달 러 몇 센트면 살 수 있었다.

다음 날 아침, 그는 솥에 죽을 끓여서 큰 스테인리스 통에 담았다. 메이 훙이 와서 뚜껑을 접착 테이프로 붙였다. 난은 그것을 그녀의 SUV 차량에 싣는 걸 도와줬다. 그녀는 그릇은 그날 바로 돌려주겠다고 하고 차를 몰고 가버렸다.

펑펑은 메이 훙을 싫어했다. 그녀는 메이 훙이 마을 지도자나 소규모 노동조합의 서기장처럼 행동한다고 했다. "그 여자는 자기가 우리 인생을 좌지우지하는 것처럼 행동해." 펑펑이 불평했다.

스테인리스 통은 그날 돌아오지 않았다. 이틀이 지났다. 메이 훙이 새우 요리와 밥을 가지러 왔을 때, 난은 통이 어디 있는지 물었다. 그녀는 처음에는 질문을 회피하며 가져오겠다는 약속만 했다. 그러다가 통이 어디에 있는지 모른다고 실토했다. 그러고는 자초지종을 설명했다. "그들한테 녹두죽이라고 했더니 선수들이 먹지 못하게 했어요. 소변 검사에 영향을 미칠지 모른다면서요."

"뭐라고요?" 난은 자신의 귀를 믿을 수 없었다. "녹두밖에 안 들어갔는데도요? 설탕도 넣지 않았단 말이에요."

"알아요. 그런데 내 말을 들으려 하지 않더라고요. 외부에서 반입되는 음료는 받지 말라는 고위층의 지시를 받았대요. 그래서 우리는 올림픽 선수촌에 얼음을 실어 나르는 데 그 통을 썼어요."

"통은 어떻게 됐나요? 왜 가져오지 않은 거죠?"

"내가 그 통에 얼음을 담아 안으로 가져가려고 하는데 경비들이 막더니, 그중 하나가 나한테 '그건 안 돼요, 마마산*'이라고 하는 게 아니겠어요. 개자식! 내가 한국 노파처럼 보이나요?"

난은 웃고 싶은 충동을 억눌렀다. "그래서 그 죽은 버렸다
는 말인가요?"

"그래요, 미안해요. 통이 어떻게 됐는지는 모르겠어요."

"갖다주세요. 19달러나 주고 산 통이에요."

"어떻게 해볼게요."

그 후로 메이 홍은 음식을 가지러 오지 않았다. 그래서 그
는 선수들을 위해 점심을 요리하던 걸 그만뒀다. 우 부부는
마침내 그 여자가 자신들의 인생에서 사라진 것 같아 기뻤다.

*일본이나 동아시아에 있는 유흥업소에서 포주 노릇을 하는 여자를 가리키는 말.

18

딕의 시집 《예기치 않은 선물》이 8월에 출간되었는데 반응이 좋았다. 요즘 그는 대학과 도서관의 낭독회에 참석하느라 금귀에는 거의 오지 않았다. 난은 가끔씩 크로거에서 사오는 〈뉴욕 타임스〉 일요판에 실린 간략하지만 긍정적인 서평을 읽은 적이 있었다. 그는 비평가들이 이제 딕을 시인으로 좀 더 진지하게 받아들이고 있다는 인상을 받았다. 그는 딕에게 전화를 해봤지만 집에 없어서 축하 메시지만 남겼다. 딕은 최근 들어 여행을 많이 했다.

난은 친구가 자기를 버린 건 아닌가 싶었다. 그러던 어느 날 오후, 딕이 데님 재킷의 단추를 풀고 머리가 헝클어진, 전과 다름없는 모습으로 나타났다. 기분이 별로 좋아 보이지 않았다. 그가 난에게 말했다. "시집에 대한 반응이 좋은데, 출판사에서 재판을 안 찍겠다네요."

"왜요? 책을 더 팔고 싶지 않대요?"

"모르겠어요. 시집으로 돈을 벌 생각이 아니었던 모양이에요. 시집이 다 팔리면 끝난 거죠."

"겨우 두 달 만에 끝나요?"

"지금은 아니죠. 아직 3백 부가 재고로 남아 있으니까요. 그러나 그게 다 나가면 그 시집은 절판될 거예요." 그가 한숨을 쉬었다.

"너무하네요."

"시집을 완성할 때마다, 누가 출판해줄지 알 수 없어 늘 이렇게 큰 위기를 겪어야 한다니까요. 시집에 대한 반응이 좋아도 다른 위기가 닥치죠. 곧 절판되고 말 테니까요. 시집을 3년 정도 계속 출판하는 건 아주 어려운 일이에요."

"당신 말을 들으니 우울해지네요." 난이 무거운 어조로 말했다.

"그러지는 마요. 우리가 시를 쓰는 건 우리가 좋아서니까요. 솔직히 말해, 시를 쓰지 않았더라면 내가 이렇게 오래 살수 있었을까 싶어요. 나는 시를 쓴 걸 후회하지 않아요."

이 말을 듣고 난은 당황했다. 그는 딕이 시를 쓰지 않고도 쉽게 먹고살 수 있다고 생각했다. 딕은 과장해서 말을 한 것인지도 몰랐다. 난 자신은 어떠한가. 그는 오랫동안 아무것도 쓰지 않았다. 그래도 아직 건강하게 정상적으로 숨을 쉬고 있었다. 그가 딕의 고백에 의심의 눈초리를 보낸 것은 그런 이유에서였다. 몇 년이 지날 때까지, 그는 친구가 한 말의 진실을 완전히 이해할 수 없었다.

19

애틀랜타에 있는 번스타인 갤러리에서 가을 전시회가 있을 예정이었다. 남동부에 사는 화가들의 작품이 전시될 거라고 했다. 바오가 그의 상하이 연작 중 하나가 인쇄된 전시회 안내 카드를 난에게 보내왔다. 그는 난에게 전시회에서 만났으면 좋겠다며 딕도 초대했다고 했다. 난은 딕이 참석하지 못할 것이라는 걸 알고 있었다. 딕은 돌아와서 강의를 해야 할 때를 제외하고는 시외에서 열리는 낭독회에 참석하느라 늘 바빴다.

난은 개막식 날 전시회에 참석했다. 그는 오후에 사람들이 몰려들기 전에 갔다. 식당이 바쁘기 전에 일찍 돌아가야 하기 때문이었다. 바오는 아직 전시회장에 없었다. 그래서 난은 돌아다니며 스물세 명의 화가가 그린 그림을 유심히 바라보았다. 괜찮다 싶은 건 몇 점밖에 없었다. 가격은 그가 생각했던 것처럼 높지는 않았다. 가장 비싼 것이 6천 달러였다. 바오의 그림도 마찬가지였다. 그의 그림 가격은 대부분 3천 달러 정도였다. 그러고 보면 팀과 브라이언이 예전에 난에게 그림의 가격을 과장했던 것 같았다. 바오의 그림은 감동적이지 못했다. 상하이 연작은 반 고흐의 모방 같았다. 고흐의 그림에 있는 화사함과 생동감이 부족하고 둔해 보였다. 황푸 부두는 그냥 어느 길거리 풍경 같았다. 제목이 없었다면, 그것을 상하이 강가 풍경과 연결시키는 사람은 없을 것 같았다. 어떤 그림에 있는 광장의 풍경은 구체성을 결여해 19세기 파리의 풍경 같았다. 바오의 대표작 밑에 커다란 통이 있었는데, 거기에 그가 만든 소품들이 있었다. 국화를 그린 정물화, 히말라야산 고양이를 그린 연필화, 무희를 그린 구아슈 수채화, 바다를 그린 세밀화 등, 여러 점이 있었다. 가격은 150달러에서 3백 달러 사이였다. 그것을 보며 난은 가짓수만 많고 세련되거나 화려한 게 전혀 없는 중국 뷔페를 떠올렸다. 성공을 해 돈을 번 바오가 자신의 에너지를 분산시키며 창조의 중심을 잃은 게 분명해 보였다. 그걸 보고 난은 마음이 산란했다.

갤러리의 주인인 땅딸막하고 가무잡잡한 이언 번스타인은 힘줄이 불거진 큰 손에 미모사 칵테일 잔을 들고 일찍 온 손님들을 반겼다. 난은 바오의 그림 앞에 서서 그와 얘기를 했다. 번스타인은 바오의 에이전트이기도 했다. "바오의 새 그림에 대해서는 어떻게 생각하시죠?" 난이 그에게 물었다.

"놀라 자빠질 정도는 아니에요." 그가 왼쪽 눈을 찡그리며 말했다.

"베네치아 연작처럼 좋지는 않죠?"

"누가 이걸 사겠습니까? 생동감이 없어요. 색깔도 너무 둔하고."

"나도 같은 생각입니다."

바오가 입구에 나타났다. 번스타인이 그에게 가더니 따뜻하게 포옹했다. 그다음 바오가 난에게 와서 악수를 했다. 그는 5개월 전보다 살이 쪄 있었다. 짙은 녹색의 스리피스 양복을 입고 샛노란 넥타이를 맨 그는 경직되고 촌스러워 보였다. 난은 그의 새 작품에 대한 칭찬을 하지 않기로 작정하고, 그의 건강과 가족에 대해 물었다. 바오는 결혼해서 곧 아버지가 될 예정이라고 했다. 아내가 이듬해 봄에 아이를 낳을 것이라고 했다. 아이가 태어나면, 아내가 아이를 데리고 이곳으로 올 거라고 했다. "애틀랜타 교외에 땅을 사서 집을 지으려고 해요." 바오가 난에게 자랑스럽게 말했다.

"잘됐네요. 장소는 정했나요?"

"코브 카운티 어디쯤이 될 것 같아요."

"학군이 좋은 곳이죠."

"나도 그렇게 들었어요."

바오의 변호사 제자인 프랭크가 뒤에서 나타났다. 그는 아내와 두 아들까지 데려왔다. 바오가 돌아서서 그들을 맞았다.

이 기회를 이용해 난은 그에게서 떨어졌다. 그는 바오가 상하이 연작에 대해 어떻게 생각하는지 물을까봐 겁이 났다. 바오에게 솔직히 말해주고 싶은 마음도 조금은 있었다. 그러나 그건 두 사람 모두에게 당혹스러운 일일 터였다. 그는 그림을 더 보려고 돌아다니다가 켄트 필립스라는 이름의 플로리다 출신 화가가 그린 풍경화를 보게 되었다. 적어도 대여섯 점의 그림을 출품한 다른 화가들과 달리, 이 화가의 그림은 석 점밖에 없었다. 어느 것도 화려하지 않았다. 그러나 난은 그의 그림이 아주 마음에 들었다. 어두우면서도 밝은 특징이 매혹적이었다. 시내, 나무, 동물, 돌 하나하나가 초월적이고 신비로워 보이는, 희미하게 반짝이는 영혼을 소유하고 있는 듯했다. 그림에는 깊이와, 난에게 뉴잉글랜드 지방의 숲을 생각나게 하는 일종의 어둠이 있었다. 난은 다른 사람들과 어울리지 못하는 듯 그냥 자신의 그림 옆에 서 있는 땅딸막한 화가한테 인사를 했다. 그런데 그의 그림 가격은 모두, 5천 달러 이상이었다.

"그림이 좋습니다." 난이 진심으로 말했다.

"그러시다니 감사합니다."

"플로리다에 있는 곳을 그린 건가요?" 그가 가운데 있는 그림을 가리키며 말했다.

"아뇨, 몬태나에서 그린 겁니다."

"그래서 녹지가 우거지지도 않고 습지도 없고 악어도 없는 거로군요."

"그게 아니라." 켄트 필립스가 다소 수줍은 듯 웃으며 말했다. "제가 풍경을 척박하게 하고 빛을 넣으려고 해서 나타난 현상입니다."

"아, 그렇군요. 그림들이 활활 타오르기보다 희미하게 반짝이는 것 같네요. 저한테는 그게 가장 좋은 것 같아요. 고요한 위엄이 가득 담긴 것 같아서요."

"고맙습니다! 당신도 그림을 그리나요?" 그는 난을 화가라고 생각하는 게 분명했다.

"글을 씁니다." 난이 머뭇거리며 말했다.

"어떤 글을 쓰나요?"

"시를 씁니다."

"저도 시를 좋아하지만, 시를 쓴다는 건 꿈도 꾸지 못할 일입니다. 당신의 시집 제목을 알려주면 고향에 있는 서점에서 사보겠습니다."

"아직 시집을 출간하지는 못했습니다." 난이 약간 당황하며 말했다.

"시가 어렵다는 건 알지만 포기하지 마십시오. 참고 견디면, 언젠가는 좋은 일이 있을 겁니다."

"그 말씀 기억해 두겠습니다."

젊은 웨이터가 피멘토*로 속을 채운 녹색 올리브가 담긴 접시를 들고 와서 권했다. 두 사람 다 그걸 원치 않았다. 켄트가 난에게 명함을 건네며 플로리다에 오면 한번 들르라고 했다. 난은 기분이 좋았다. 일종의 온기가 속에서 올라오는 것 같았다. 그러나 이 사람을 다시 만날 기회가 있을 것 같지는 않았다. 이상하게도 그는 수년 동안 알고 지냈음에도 바오와

*작고 빨간, 맛이 순한 고추.

같이 있으면 불편하기 짝이 없는데, 낯선 사람인 켄트 필립스하고 있으니 마음이 편했다. 말에 신중을 기할 필요도 없고 사교적인 수사에 의존할 필요도 없어서 그런 것 같았다.

전시회장을 나서기 전, 난은 작별 인사를 하기 위해 바오를 찾아 두리번거렸다. 그는 수공예품 전시장에서 긴 샴페인 잔을 들고 붉은 실크 옷을 입은 우아한 흑인 여자와 얘기를 하고 있었다. 그녀는 뒤에 있는 벽에 걸린 고혹적이고 위협적인 가면을 만든 예술가였다. 바오가 여자의 작품을 칭송하는 소리가 들려왔다. "아름다운 핸드잡*이군요. 아주 특이합니다."

"핸디워크라고 해야 한답니다." 그녀가 그의 말을 바로잡아 줬다.

"네, 손으로 만든 것이라는 의미였어요."

난은 웃음이 나오는 걸 참으며 그들에게서 멀어졌다. 그리고 대기실로 빠져나가 갤러리에서 나왔다. 차가운 바람 한 줄기가 까마귀 대여섯 마리가 앉아 있는 쓰레기통 앞에서 너울대던 낙엽들을 위로 들어 올렸다. 달은 거대한 썩은 오렌지처럼 핏빛이었다. 난은 돌아오는 길에 생각에 잠겼다. 그가 아무 말도 없이 온 것을 바오가 못마땅하게 생각하면 어쩌나 싶었다. 그는 가게로 돌아가 요리를 하면서, 켄트 필립스의 그림에 있는 것과 흡사한 광채가 있는 일종의 검은 시를 계속 상상하고 있었다.

*hand job. 수음이라는 의미가 있다.

20

요즘, 난과 핑핑은 타오타오에게 SAT* 준비를 시키고 있었다. 아이는 아직 8학년이었지만, 영재반에 들어가 11월에 시험을 볼 예정이었다. 난은 아들에게 양장본 《옥스퍼드 영영 사전》을 주면서 모르는 단어에 표시를 해놓았다가 나중에 복습하라고 했다. 난은 타오타오에게 전체를 다 마치면 백 달러를 주겠다고 했다. 아이는 머뭇거렸지만, 아버지는 그렇게 하면 언어 점수가 상당히 올라갈 것이라고 아들을 설득했다. 더 중요한 것은 그렇게 함으로써 새로운 단어를 많이 알게 될 거라는 사실이었다. SAT를 보기 전에 사전을 다 끝내지 못하더라도, 그 후로도 계속 공부하면 약속한 돈을 벌 수 있다고 했다. 타오타오는 컴퓨터 사운드 카드를 교체하는 데 그 돈을 쓰고 싶어서, 공부를 하겠다고 했다. 수학은 핑핑이 맡았다.

*대학 입학 시험.

사실, 그녀는 이미 아이에게 많은 걸 가르쳐줬기 때문에 별로 할 게 없었다.

"시험을 망칠 것 같아요." 타오타오가 부모에게 불평했다. "웃음거리가 될 것 같아요. 우리 학년에서는 아무도 올해 SAT를 보지 않아요. 이건 말도 안 되는 어리석은 짓이에요. 점수가 잘 나오면, 사람들이 저를 수재라고 하겠죠. 하지만 앵무새처럼 뭘 반복하는 수재따윈 되고 싶지 않아요. 다른 사람들과 똑같이 되고 싶어요."

"영재반에 들어간다는 건 영광이야." 난이 말했다.

"저한테는 재능도 없고 영광 같은 것도 필요 없어요. 저 말고 다른 천재 아이들을 갖고 실험을 하라고 해요. 전 시험 안 볼래요."

"넌 그냥 겁을 먹은 거야." 핑핑이 끼어들었다. "시험을 안 보겠다면, 나도 더 이상 안 가르쳐주겠다. 네 스스로 결정해라."

"엄마는 너무 잔인해요!"

그렇게 항의를 했음에도, 타오타오는 11월 마지막 토요일, SAT를 치렀다. 아이는 잘했는지 어쩐지 확신이 없었다. 부모는 걱정하지 말라고 했다. 진짜 시험을 치르려면 아직 3년이나 남아 있었다. 4주 후, 점수가 나왔다. 수학은 710점이었고 언어는 580점이었다. 부모는 아주 기뻐했다. 난은 지난 몇 년 동안, 아들의 대학 등록금을 어떻게 내야 할지 걱정을 많이 했다. 이제 타오타오가 미국 시민이 되면 괜찮은 학교에서 장학금을 받을 수 있다는 게 확실해졌다. 난은 마음이 놓였다. 그는 아들에게 사전을 갖고 계속 공부를 하라고 했다. 아직 350쪽밖에 안 한 상태였다. 아직 절반에 못 미치는 분량이었다. SAT 점수가 그렇게 나오자, 타오타오는 영재반 학생 자격으로 듀크 대학교와 존스 홉킨스 대학교의 하계 연수에 참여할 자격을 갖추게 되었다. 그러나 아이는 양쪽 어디에도 참석할 수 없었다. 그의 부모가 그런 과정을 신뢰하지도 않고 않고 수업료를 낼 수도 없었기 때문이다. 장학금을 받아 합류할 수도 있었지만, 타오타오는 여름에 집에 있는 쪽이 더 좋았다.

21

난은 석 달 전에 시민권을 신청했다. 귀화를 하는 데 적어
도 반년은 걸릴 터였다. 그가 미국 시민이 되어야 핑핑과 타
오타오가 귀화를 할 수 있었다. 난은 가벼운 마음으로 시민권
을 신청한 게 아니었다. 그러나 그에게는 그 길밖에 없었다.
타오타오가 미국인이 되어야 하는 필요성 외에도, 난은 오래
전에 중국이 자신을 버렸다고 생각했다. 그와 가족이 살 수
있고 살고 싶은 다른 곳은 없었다. 그의 집과 삶은 여기에 있
었다. 지난봄, 그는 로드아일랜드에 있는 대학에서 중국어를
가르치는 노시인인 용 추 교수가 쓴 글을 읽은 적이 있었다.
난은 6년 전, 톈안먼 사건에서 희생된 사람들을 위한 추모 모
임에서 그를 만났다. 〈왜 나는 미국 시민이 되고 싶지 않은가〉
라는 글에서, 추 교수는 솔직하게 자신의 입장을 털어놓았다.
그는 미국이 중국과 전쟁을 하면 어느 편을 들지 모르겠다고
했다. 미국 시민이 되면, 적과 싸워 미국의 헌법을 수호하기

위해 무기를 들어야 했다. 전시에는 적어도 비전투요원으로라도 봉사해야 했다. 그러나 그는 조국에 등을 돌리는 건 양심상 차마 못 할 것 같다고 했다. 그는 정직하게 살고 싶다고 했다. 그래서 귀화를 하지 않는다고 했다. 난도 중국과 미국 사이에 전쟁이 벌어지면 어느 편을 들지 확신할 수 없었다. 그는 이런 불확실성이 괴로웠다. 그러나 그는 자신이 일단 충성을 하기로 선서하면, 그 선서를 반드시 지킬 것이라는 것도 알았다. 그에게 약속은 국가보다 더 중요했다.

그는 비유를 동원해 생각을 정리해보았다. 그는 중국은 어머니이고, 미국은 그가 사랑하는 여자라고 생각해보았다. 이런 상투적인 비유는 이전에도 분명 누군가 사용했을 거라는 생각이 들었다. 그럼에도 불구하고, 그것은 그의 감정을 헤아리는 데 도움을 줬다. 성인으로서 그는 어머니와 영원히 살 수는 없었다. 자기 마음에 드는 여자한테 가야 했다. 어머니와 사랑하는 여자 사이에 싸움이 일어난다 해도, 그가 어머니를 욕하거나 때리지 않을 건 분명했다. 그가 할 수 있는 건 그들이 서로의 얼굴을 보지 않고 살더라도 서로를 이해하도록 돕는 것이었다. 그가 차이나타운의 지역 센터에서 열린 모임에 참석한 건 이러한 의도에서였다.

최근, 중국 본토의 두 젊은 기자가 《중국은 아니라고 말할 수 있다》라는 책을 펴냈다. 그들은 미국을 중국의 대적大敵이라며 격렬하게 비난했다. 책은 형편없었고 오류와 왜곡이 많았지만, 몇 판을 찍었다. 저자들은 중국이 "할리우드를 재로 만들고" "미국을 전쟁으로 초토화시킬 것"이라고 주장하기까지 했다. 이러한 책이 출간되는 걸 고위층이 승인한 건 분명했다. 그들은 국민을 단결시키기 위해 증오와 두려움을 이용했다. 그 책은 미국에 사는 중국인들에게도 상당한 반향을 일으켰다. 애틀랜타의 중국인 사회는 학자, 작가, 학생을 비롯한 다양한 사람들을 초대해 1월 초의 어느 토요일 오후에 토론회를 열기로 했다.

중국인 센터 회의실은 사람들로 꽉 들어차 있었다. 일부는 벽을 따라 서 있기까지 했다. 난은 앞쪽에 있는 접의자에 앉았다. 10분 일찍 도착한 덕택이었다. 두 남자와 한 여자가 청중을 마주 보고 앞에 있는 탁자에 앉아 있었다. 많은 참석자들이 영어를 몰랐기 때문에 토론은 중국어로만 진행될 예정이었다. 사회자가 참석자들을 소개하고 나자, 뿔테 안경을 쓴 노인이 헛기침을 하고 거친 목소리로 말을 시작했다. 역사학자인 그는 그 책이 "의화단원들의 감정과 값싼 호전적 애국주의"를 단순히 흉내내고 있다며 비판했다. 그리고 중국의 현 정치에 봉사하려는 목적으로, 대부분 잘못된 정보와 부정확한 통계에 입각한 주장들을 늘어놓고 있으며 진짜 학문적인 것과는 아무 관계도 없다고 했다. 그의 말은 점점 더 활기를 띠어갔다. 그의 안경알이 번뜩였다. 그는 미국은 다른 강대국들과 달리 중국을 강탈한 적이 없고, 중국이 비난하고 걱정해야 하는 건 일본과 러시아라고 강조했다. 근대사를 조금이라도 알고 있는 사람에게는 이러한 사실이 명명백백할 것이라고 했다. 간단히 말해, 그 책은 피상적이고 전문적이지 못하고 무책임하기 때문에 심각하게 받아들여서는 안 된다는 말이었다. 그는 중국과 미국의 관계에 대해 더 잘 알려줄 수 있는 몇 권의 책을 소개했다. 그가 얘기할 때, 청중 속에서 불평하는 소리가 났다.

난은 연사의 견해에 동의했지만, 노인의 거슬리는 목소리와 거만한 태도가 마음에 들지 않았다. 특히 청중이 자기 학생이라도 되는 것처럼 두툼한 검지로 사람들을 가리키는 게 마음에 들지 않았다.

두 번째 연사는 크고 피곤한 눈을 한 더 젊은 남자였다. 조지아 공과대학에 있는 정치학자라고 했다. 그는 그 책이 너무 감정적이지만, 저자들이 내보이는 필사적인 감정에는 두 가지 이유가 있다고 지적했다. 첫째, 중국 정부는 톈안먼 사건으로 이미지가 실추되었고 서구인들은 중국을 독재 국가로 보기 시작했다. 공산주의 지도자들은 이 점에 책임을 져야 한다. 둘째, 중국에 대한 미국의 정책은 최근에 일관성을 상실했다. 그것이 중국인의 자존심에 상처를 줬다. 예를 들어 1995년 5월, 미국 정부는 타이완의 전 총통인 리덩후이가 미국을 방문하는 것을 허용함으로써 '하나의 중국 원칙'*에서 벗어나 타이완 해협의 위기를 증폭시켰다. 이것이 그의 요지였다.

"입 닥치시오!" 키가 껑충한 사람이 뒤에서 일어나 소리를

---

*중화 인민 공화국 정부가 중국의 유일한 합법 정부이며 타이완은 중국의 불가분의 일부분이라는 원칙.

질렀다. "당신은 쓰레기 같은 이야기를 하면서 이 지역에서 주도권을 쥐고 있는 타이완 출신 국민당 정부 지지자들의 비위를 맞추고 있는 거요. 젊고 감정적이라는 이유만으로 저자들을 깎아내리는 근거가 뭐요? 우리 중국인들은 자존심을 지켜야 하고 미국인들에 맞설 수 있어야 하오. 나는 여기에서 2년을 살았소. 내가 얼마나 많은 괴로움을 겪었는지 아시오? 나는 톈진 시에 살 때는 의사였지만, 여기에서는 창문과 변기를 닦는 청소부요. 누가 나를 이해할 수 있겠소? 누가 나를 대변해주겠소? 중국인이 실제로 여기서 어떻게 느끼는지 누가 알 수 있겠소? 당신은 어째서 동포 대신 미국인들을 변호하는 거요?" 그 사람은 더 이상 말을 못 하고 흐느끼기 시작했다. 그는 자리에 앉아 두 손으로 얼굴을 가렸다. 앞에 있는 누군가가 큰 소리로 웃었다.

잠시, 실내에 침묵이 깃들었다. 그러다가 사람들이 떠들기 시작했다. 미국 정부를 비난하기도 했고 그 책의 저자들을 비난하기도 했다. 난은 고개를 돌려 아직도 울고 있는 남자를 바라보았다. 얼굴이 둥근 사회자가 손을 저어 청중을 조용히 시키고 다른 연사인 타이완 출신의 에세이 작가에게 얘기할 기회를 줬다.

중년의 그 여성 작가는 마이크를 가까이 대고 앞으로 몸을 기울이며 말했다. "저는 그처럼 저속하고 분별없는 책이 베스트셀러가 되는 걸 보고 울고 싶은 심정입니다. 이것은 본토인들의 정신 상태를 보여줍니다. 저자들은 어떻게 그처럼 천한 말을 사용해 타이완에 대해 말할 수 있습니까? 저는 '시추'라는 말을 이해할 수 없어 사전에서 찾아봤습니다. 감히 어떻게 타이완을 어떤 외세도 만질 수 없는 중국의 '음부'라고 할 수 있습니까! 미친 게 아니라면 대단히 어리석은 사람들입니다. 그들은 타이완 사람을 인간으로 생각하지 않습니다. 그들의 관심은 소위 중국이라는 나라, 대중국에 있을 따름입니다. 저는 토하고 싶었습니다. 그들은 타이완이 이제 미국이 잡고 있는 중국의 낭심이라고까지 했습니다. 얼마나 무지하고 후안무치한 사람들입니까! 그들은 책의 후기에서, 뉴욕의 고속도로가 중국의 고속도로보다 못하며, 뉴욕에는 새로운 건축물이 없다고까지 말했습니다. 여러분 모두 미국을 보셨을 테니 여러분 나름으로 생각이 있으실 겁니다. 장님이 아니라면 스스로 판단하실 수 있을 겁니다."

그녀는 너무 감정이 복받쳐서 더 이상 말을 잇지 못했다. 그때, 눈이 스라소니처럼 생긴 남자가 청중 속에서 마이크를 잡았다. 객원 연구원쯤 되는 것 같았다. 그가 소리를 질렀다. "동포 여러분, 우리는 타이완에 대한 미국의 대외 정책이 갈지자를 그리는 것에 대해 안 된다고 해야 합니다!"

사람들이 박수를 쳤다.

그가 다시 큰 소리로 말했다. "일본인들의 반중 행위에 대해 안 된다고 해야 합니다!"

다시 박수가 터졌다.

"미 의회의 중국 때리기에 대해 안 된다고 해야 합니다!"

다시 우레와 같은 박수소리가 터져 나왔다.

"중국에 적대적인 모든 사람들에 대해 안 된다고 해야 합니다!"

몇몇 사람들은 더 이상 박수를 치지 않았다. 그러자 그 남자가 자신의 요점을 설명하려는 것처럼 차분한 어조로 청중에게 말했다. "우리는 안 된다고 말할 때도 합리적이어야 하고 정확한 정보와 사실에 입각해 생각하고 판단해야 합니다. 그러지 않으면 심각한 오류를 범할 수 있습니다. 우리는 남들이 갖고 있는 편견과 이중 잣대를 비판할 때 너무 감정적이 되어서는 안 됩니다." 그는 21세기는 중국의 것이라고 확신한다고 했다. 중국이 세계에서 가장 힘이 센 나라가 된다는 의미였다. 그러니 중국인들은 자신감을 갖고 미국이 하는 대로 따라서 하면 안 된다는 것이었다.

난은 이 사람의 말이 당혹스러웠다. 그 남자가 실제로 어느 편인지 궁금했다. 남자는 청중의 감정을 교묘히 조종하는 경험이 많은 관리 같았다. 실제로 몇몇 이들은 계속 고개를 끄덕이고 있었다.

그때, 커피색 모직 스웨터를 입은 마른 여자가 마이크를 잡았다. 허리에는 스테인리스로 된 작은 보온병을 차고 있었다. 머리 모양이 달라졌음에도, 난은 그녀를 알아보았다. 메이 홍이었다. 그녀가 힘을 줘 말했다. "패널로 참석하신 저명한 분들께 한 말씀 드리겠습니다. 여러분은 저자들이 젊고 감정적이고 무지하다고 말했습니다. 여러분은 젊다는 것이 반드

시 나쁜 것은 아니라는 걸 알고 있습니까? 나폴레옹은 젊었을 때, 유럽을 정복하기 시작했습니다. 여러분은 그들이 너무 감정적이라고 말했습니다. 그런데 깊고 진지한 감정이 없으면 뭘 성취할 수 있습니까? 몇 년 전, 저는 베이징 외곽에 있는 유안 밍 공원에 가본 적이 있습니다. 그곳은 지난 세기에 8개국 연합군이 불을 지른 곳입니다. 무너진 돌기둥과 그을린 대들보를 보면서, 저는 눈물을 참을 수 없었습니다. 너무 가슴이 아프고 비통했습니다. 제가 어떻게 감정적이지 않을 수 있었겠습니까? 여러분은 저자들이 무지하다고 했습니다. 그러나 그들은 용기를 내어 미제국주의자들에 맞선 사람들입니다. 지식이 많고 전문적인 훈련을 거친 여러분은 어째서 중국에 대한 음모를 폭로하는 어떤 행위도 하지 않았습니까? 여러분은 어째서 미국 정부가 고용한 앞잡이처럼 말하는 겁니까? 수치스러운 줄 아세요!"

박수소리가 터져 나왔다. 세 명의 패널은 놀란 것 같았다. 여자 작가는 한숨을 쉬다가, 머리를 흔들다가 콧등을 꼬집었다.

메이 홍의 말이 이어졌다. "얼마 전, 제 딸이 저한테 자기 반에 있는 한국인 남자아이가 반 아이들이 자기를 '차이니스'라고 했다며 울었다고 했습니다. 그 얘기를 듣고 저는 제가 경험했던 걸 떠올렸습니다. 언젠가 어떤 노숙자가 구걸을 해도 제가 아무 반응도 하지 않자, 저한테 '차이니스'라고 소리를 지른 적이 있습니다. 그는 제가 어느 나라 사람인지 알지 못했지만 저한테 '차이니스'라고 했습니다. 왜 그랬을까요?

어째서 한국인 아이는 '차이니스'라는 말에 그렇게 모욕감을 느꼈을까요? 저는 이 문제에 대해 조사를 좀 해봤습니다. 제가 조사한 바를 여러분에게 알려드리겠습니다." 그녀는 바지 주머니에서 종이 한 장을 꺼내 펼치고 설명하기 시작했다. "영어의 접미사 '이스ese'는 '열등하고 중요하지 않고 약하고 수상하고 작다'는 걸 암시합니다. 여러분은 '차이나'가 무슨 의미인지 아실 겁니다. '차이나'란 '굳은 진흙이나 흙'을 의미합니다. 그래서 두 말을 합한 '차이니스'는 '흙이나 진흙으로 만들어진 작고 사소하고 이상한 물건'을 의미합니다. 《옥스퍼드 영어사전》에서 어원을 찾아보고, 저는 마침내 '차이니스'라는 말이 영국 제국주의자들이 우리 민중을 깔보고 우리의 기운을 꺾으려고 처음 사용했던 인종 차별적인 말이라는 걸 깨달았습니다. 우리만이 아니라 재패니스, 베트나미스와 같은 다른 인종도 마찬가지입니다. 보잘것없고 하찮은 존재들이라는 겁니다. 그에 반해, '언an'이라는 접미사는 '우월한' 인종들을 지칭합니다. 예를 들어, 로만Roman, 아메리칸American, 저먼German 등이 그렇습니다. 이처럼 명칭을 일관성 없이 붙인다는 것은 인종적 편견이 영어라는 언어에 이미 들어가 있다는 것입니다. 독일은 소시지를 만드는 나라입니다. 그렇다면 그 나라 사람들을 어째서 소시지스라고 하지 않는 걸까요? 이탈리아는 피자로 유명합니다. 그렇다면 어째서 그 나라 사람들을 피지스라고 하지 않는 걸까요? 영국은 모직물woolen textiles을 수출했던 나라입니다. 그렇다면 어째서 그 나라 사람들을 울리스라고 하지 않는 걸까요? 미국에는 옥수수corn가 많이 납니다. 그렇다면 어째서 이 나라 사람들을 코니스라고 하지 않는 걸까요? 혹은 왜 스위스 사람들을 치지스라고 하지 않는 걸까요?" 많은 사람들이 야유를 하며 웃었다. 그러자 메이 홍이 준엄한 표정으로 숨을 몰아쉬며 주변을 둘러봤다. 그녀는 시끄럽게 떠드는 학생들 앞에 서 있는 엄격한 선생 같았다.

청중이 다소 조용해지자, 그녀가 말을 이었다. "영어가 우리와 다른 유색 인종들을 차별할 의도가 있는 건 분명합니다. 이제야 저는 중국에서 온 많은 사람들이 자신들을 '아시안'이라고 하는 이유를 이해하게 됐습니다. 그들은 직감적으로 '차이니스' '베트나미스' '재패니스'라는 말이 그들의 품위를 떨어뜨리려는 의도로 만들어졌다는 걸 느끼는 것입니다. 따라서 '중앙 왕국' 출신의 우리는 흑인들이 '니거'라고 불리는 걸 거부하는 것처럼, 차이니스라고 불리기를 거부해야 합니다."

길게 얘기하다 보니, 숨이 찬 모양이었다. 그녀는 얼굴이 붉어지고 볼이 부푼 채, 자리에 앉았다. 청중은 혼란스러운 것 같았다. 그래서 대부분은 가만히 있었다. 몇몇은 킬킬거리며 웃었다.

난이 일어나서 마이크를 잡았다. "저는 《옥스퍼드 영어사전》을 오랫동안 만진 적이 없어서, 메이 홍의 언어학적 조사가 정확한지 어떤지 왈가왈부하고 싶지 않습니다. 저는 여러분의 상식에 호소해보려 합니다. 우리 모두는 인간이고 이성적이어야 합니다. 위대한 시인 체스와프 미워시*는 '인간의 이성은 아름답고 확고한 것'이라고 말했습니다. 그러니 우리 자신의 머리에만 의존하기로 합시다. 우리는 미국이 강요해서 여기에 온 것이 아니지 않습니까? 중국은 우리의 조국이고, 미국은 우리 아이들의 조국, 즉 우리의 미래의 조국입니다. 중국과 미국 사이에 전쟁이 일어나면, 그 일로 여기에 있는 누가 이득을 볼 수 있겠습니까?"

"요점이 뭡니까? 빨리 끝내요!" 뒤에서 어떤 여자가 소리쳤다.

"내 요점은 악의를 조장하는 걸 멈추고 이 저질스러운 책의 저자들이 우리를 대변하는 게 아니라는 사실을 유념해야 한다는 것입니다. 그들은 적대 감정을 선동하는 자들입니다. 우리는 더 이상 중국에 살지 않기 때문에 그들과는 관심사가 다릅니다. 우리는 그들을 따라 맹목적으로 미국을 비난해서는 안 됩니다."

메이 훙이 날카롭게 소리쳤다. "그것은 내가 얘기한 주제를 벗어나는 얘기잖아요."

그녀의 거만한 목소리가 난을 화나게 했다. 그가 감정을 폭발시켰다. "당신은 아직까지 내게서 가져간 통도 돌려주지 않은 사람이에요! 당신은 다섯 달 전에 돌려주겠다고 약속했는데 왜 약속을 안 지키는 겁니까? 나는 다시는 당신 같은 사람을 믿지 않을 겁니다. 당신은 국가적인 자존심과 명예에 대해 그렇게 많은 얘기를 하면서, 어째서 자신의 말도 지키지 않는

*Czesslaw Milosz(1911∼2004). 폴란드의 시인, 비평가. 폴란드어로 민족적 시를 발표했으며 반나치 활동을 한 저항 시인이다. 1980년 노벨 문학상을 받았다.

겁니까? 인간으로서 좀 더 품위를 지킬 수 없습니까?" 놀랍게도 그 말에 그녀가 입을 다물었다. 메이 홍이 어두운 표정을 지으며 눈을 내리깔았다. 여러 사람이 웃었다.

그때, 젊은 여자가 일어나서 난에게 도전했다. "당신은 중국인입니까, 아닙니까?"

"나는 중국에서 태어났고……."

"네, 아니오로만 대답해주세요."

"나는 미국 시민이 되려고 합니다. 내 생각에 여러분도 대부분……."

"여기서 나가. 창피한 것도 모르는 미국 놈아!" 어떤 남자가 소리쳤다.

"말하게 놔둡시다." 한 남자가 끼어들었다. "나도 미국 시민이 되려고 하는 사람이요."

"미국 놈은 나가! 미국 놈은 나가!" 몇 사람이 합창하듯 소리쳤다.

"여기는 자유 국가요. 나한테는 표현의 자유가 있어요." 난이 말했다.

"네 말 따위 듣고 싶지 않아!"

"그래, 여기에서 나가라!"

"얘기를 끝내게 놔둬요."

"에취!"

"제 말 좀 들어보세요." 난이 말했다. "여러분은 늘 우리나라, 우리 중국에 관해 얘기하죠. 마치 여러분 한 사람 한 사람이 그 나라의 주요 인물인 것처럼 말입니다. 그런데 이러한 강박관념이 위험하다는 생각은 안 들던가요? 그것이 국가가 개인의 삶을 좌지우지하고 국가를 다른 모든 것에 선행하는 것으로 만드는 것이 아니던가요? 파시즘의 정의가 뭔지 아십니까?"

침묵이 흘렀다.

그때, 누군가가 말했다. "또 다른 거짓말 하지 마."

난이 차분히 말했다. "파시즘의 첫 번째 원리는 국가와 인종을 개인 위에 두는 것입니다. 제 말을 못 믿겠거든, 《미리엄 웹스터 사전》제10판을 보세요. 우리가 중국의 자존심 어쩌고 하는 헛소리를 멈추지 않는다면, 우리는 이곳에서 우리의 삶을 망치게 될 수 있습니다."

"당신은 끝없이 나를 놀라게 하는군요." 메이 홍이 일어나서 말했다. "당신은 미친 사람이고 바나나*예요." 그녀가 난에게 손가락질을 하며 말을 계속했다. "당신은 늘 중국과 우리 언어를 경멸하죠. 그래서 영어로 글을 쓰며 콘래드나 나보코프 같은 작가가 되기를 꿈꾸는 거겠죠. 한 가지 말해주죠. 당신은 스스로를 우습게 만들고 있을 뿐이에요. 현실적이 되세요. 위대한 시인이 될 거라는 망상은 그만하세요!"

난은 당황했다. 목구멍이 막히는 것 같았다. 그러나 그는 반격했다. "영어로 글을 쓰는 것은 나의 개인적인 선택이에

---

*백인에 들러붙는 동양인.

요. 당신과 달리, 나는 진정한 개인이 되고자 할 뿐이에요."

"그래요, 독불장군이 되겠다는 거겠죠." 메이 홍이 비웃었다.

"맞아요!"

어찌 된 일인지 그 말이 그녀의 입을 다물게 만들었다. 몇몇 사람들이 킥킥거렸다. 난은 청중에게 말했다. "제가 말하고자 하는 건 무엇보다 우리가 품위 있는 인간이 되어 다른 사람들과 우리 자신에게 공정하고 정직해야 한다는 것뿐입니다."

사회자가 펜으로 탁자를 두드렸지만, 아무도 그녀의 말에 주의하지 않았다. "그만 싸우세요." 그녀가 이렇게 호소했지만, 더 많은 사람들이 소리를 질렀다. 실내는 혼란스러웠다. 많은 사람들이 일어서서 쳐다보거나 소리를 질렀다. 세 명의 패널도 일어서서 자신들의 자료를 들고 나가려고 했다. 의자들이 긁히는 소리와 사람들의 발소리가 어우러져 실내가 몹시 소란스러웠다.

몇 사람이 난을 노려봤지만, 그는 못 본 척했다. 그는 핑핑의 말을 듣고 그냥 식당에 있었더라면 싶었다. 이 아수라장 같은 곳에 와서 못 볼 꼴을 보지 말았어야 했다. 그는 생각하는 방식이 더 이상 같지 않은 사람들과 얘기할 길이 없었다. 그들은 자아실현이 종족의 융성에 달려 있다고 생각하는 군중 심리에 매몰되어 있었다. 난은 패널 중 한 사람인 나이가 지긋한 역사학자한테 가서 한동안 얘기를 나눌까 하다가 그러지 않기로 했다. 혼자 있는 것이 나을 것 같았다.

22

난이 모임에 참석하고 있는 동안, 핑핑과 니얀은 부지런히
저녁 영업을 위한 준비를 하고 있었다. 일요일이라서 3시 이
후에 바빠질 터였다. 난은 3시 30분 이전에 온다고 약속했었
다. 핑핑은 냉장고에서 난이 지난밤에 잘라서 녹여놓은 돼지
고기와 닭고기를 꺼내놓았다. 그녀는 금전출납기의 리본 카
트리지를 갈아 끼운 다음, 에그롤을 만들 계획이었다. 그녀는
아직 임신 중절 수술에서 완전히 회복하지 못한 상태였다. 당
뇨병 증상은 대부분 없어졌지만, 아직도 이따금 허리 아래쪽
이 땅기고 아팠다. 식당에서는 니얀이 기다란 파리채를 들고
파리 한 마리를 잡으려 하고 있었다. 그녀는 포크와 냅킨을
식탁 위에 갖다 놓고 있던 참이었다.

그들이 일하고 있을 때, 밤색 점퍼를 입은 털이 텁수룩한
남자가 옆구리에 반쯤 빈 병을 끼고 들어왔다. 그는 카운터로
곧장 가서 금전출납기 옆에 '와일드 터키'라고 인쇄된 호박색

병을 탁 소리가 나게 놓더니 총신이 짧은 권총을 꺼내며 핑핑을 향해 말했다. "갖고 있는 돈 다 내놔."

핑핑은 잠시 아무 말도 못 하고 얼어붙었다. 남자가 다시 말했다. "서랍에 있는 돈 다 내놓으란 말이야." 그가 핑핑의 얼굴에 술 냄새를 뿜으며 그렇게 말하자, 입이 안 보일 정도로 덥수룩한 붉은 수염이 떨렸다.

핑핑은 말없이 금전출납기를 열고 1달러 지폐 몇십 장, 5달러 지폐 넉 장, 10달러 지폐 두 장, 동전 몇 개가 들어 있는 함을 꺼냈다. 출납기 안의 상자 밑에는 2백 달러가 넘는 20달러짜리 다발이 들어 있었다. 그녀가 비상시에 쓰려고 늘 넣어두고 있던 것이었다. 그녀는 그것은 건들지 않았다. 그녀가 떨리는 손으로 함을 남자 앞에 놓으며 말했다. "우리는 아직 개시도 안 했어요." 그녀는 니얀이 앞문 밖으로 나가는 모습을 곁눈질로 보았다. 강도를 혼자 상대해야 한다는 생각이 그녀를 얼어붙게 만들었다. 그녀는 훌쩍이며 울기 시작했다.

핑핑이 울자, 남자는 놀란 것 같았다. 그는 지폐를 점퍼 주머니에 넣고 동전은 건드리지 않았다. "재수 더럽게 없네!" 그가 술에 취한 눈을 빛내며 툴툴거렸다.

"제발 가주세요!" 핑핑이 애원했다.

"안 돼. 배가 고파 뭘 좀 먹어야겠어."

"우리는 아직 문 안 열었어요."

"닥쳐!"

"저는 요리할 줄 몰라요."

"알잖아. 전에 여기 와서 당신이 요리하는 걸 봤는데 뭘 그래."

"뭘 원하는데요?"

"어디 보자." 그가 카운터에 있는 메뉴를 펼쳤다. 몽골식 쇠고기 요리가 좋겠군. 매콤한 걸로."

"제 남편이 요리사예요. 저는 그 요리는 할 줄 몰라요." 그녀는 그가 매콤하게 해달라고 했기 때문에 그걸 어떻게 요리해야 할지 잘 몰랐다.

"거짓말 마. 나를 바보로 알아. 몽골식 쇠고기 요리를 만들어달란 말이야. 매콤하게."

"그건 만들 줄 몰라요."

"내가 들어가서 도와줄까?" 그는 눈을 가늘게 뜨고 음흉하게 그녀를 바라보았다.

"알았어요. 알아들었어요. 어떻게 해볼게요." 그녀가 부엌으로 들어갔다.

핑핑이 뒷문으로 들어가려고 할 때, 날카로운 사이렌 소리가 점점 크게 울렸다. 남자는 겁을 먹었다. 그는 몸을 돌리더니 앞문을 향해 돌진했다. 그가 나가기 전에 경찰관 세 명이 들이닥쳐 그에게 총을 겨눴다. "꼼짝 마!" 그중 하나가 명령했다.

남자가 신음 소리를 내며 바닥에 쓰러졌다. 그는 거친 목소리로 부르짖었다. "미안해요! 저는 정말로 무일푼이에요. 제 아이의 생일 선물을 살 돈이 필요했어요."

경찰이 그를 덮쳐 눕히고 수갑을 채워 일으켰다. 니얀이 들어와 남자의 얼굴에 침을 뱉었다. "부끄럽지도 않냐! 은행이 바로 건너편에 있는데, 왜 거기는 안 가냐? 우리도 가난하단 말이야." 그녀가 손을 들어 남자의 빵모자를 벗겨버렸다. 검은색과 오렌지색 털로 만든 모자였는데, 3달러 75센트라는 월마트 가격표가 아직도 붙어 있었다.

"헤이, 헤이, 이 사람 건들지 마요!" 배가 불룩 나온 땅딸막한 경찰관이 작은 탄창의 실린더를 툭 쳐서 실탄을 꺼내며 말했다. 그의 동료들은 범행 현장을 조사하고 있었다. 한 사람은 부엌에 들어가 있었다.

"더 이상 돈을 벌 수가 없어요." 남자가 니얀에게 중얼거렸다.

"거짓말 마!" 그녀가 사납게 말했다. "모자도 새 걸로 샀잖아."

"그건 내 여자 친구가 준 선물이에요."

니얀이 핑핑을 향해 말했다. "맙소사! 들었죠? 빈털터리 주제에 여자친구가 있다네." 그녀는 모자를 남자의 왼쪽 호주머니에 쑤셔 넣었다.

핑핑이 그에게 말했다. "수치스러운 줄 아세요."

"미안합니다, 부인." 남자가 이렇게 말하고 고개를 숙였다. 머리가 빠진 정수리가 드러나 보였다.

핑핑이 반쯤 남은 위스키병을 남자의 겨드랑이에 넣어줬다. "당신 거니까 갖고 가요." 그런 다음 그의 오른쪽 호주머니에서 돈을 꺼내며 경찰관들에게 말했다. "이 사람이 금전출납기에 있던 돈을 다 가져갔어요."

"좋아, 가자." 땅딸막한 경찰관이 범인의 등을 치며 말했다. 그는 범인을 끌고 문으로 향했다.

연장자인 경찰관이 핑핑과 니얀에게 질문을 했다. 니얀은 범인이 카운터 위에 놓은 총을 집어 그를 쏠 수도 있었지만 그러는 대신, 경찰서에 전화를 했다고 말했다. "당신도 보셨다시피, 우둔한 인간이잖아요." 그녀가 한 손을 엉덩이에 대고 말했다.

"절대 직접 해결하시려 들면 안 됩니다. 당신은 옳은 일을 하신 거예요." 건장한 경찰관이 종이판에 뭔가를 쓰며 콧소리로 말했다.

핑핑은 경찰에게 와줘서 고맙다고 여러 차례 말했다.

*

난이 돌아왔을 때, 아직도 제정신이 아닌 핑핑이 소리를 질렀다. "나는 당신이 이곳을 아예 잊어버린 줄 알았어. 여긴 왜 온 거야?"

난은 눈물로 범벅된 핑핑의 얼굴을 보고 깜짝 놀랐지만 아무 말도 하지 않았다. 그녀는 말을 하면서 몸을 약간 떨고 있었다. 무슨 일이 있었는지 자초지종을 듣고 나서, 그는 미안하다며 다시는 그런 모임에 참석하지 않겠다고 약속했다.

핑핑이 말했다. "니얀이 경찰에 전화를 하지 않았다면, 그 강도가 부엌으로 들어와 나를 죽였을 거야. 너무 무서웠어!

아직도 다리가 휘청거린다고."

니얀이 소리를 죽이고 웃었다. 난은 아내를 껴안으며 말했다. "우리도 가난한데 누군가가 우리한테 강도질을 할 거라고는 상상도 못 했지. 울지 마. 다시는 당신을 혼자 두고 나가지 않을게. 그 사람, 정말로 궁했나보네."

"그럴지도 몰라. 전문 강도 같지는 않았어. 그 사람도 겁을 먹었는지 몰라. 술에 취해 있었거든."

니얀이 끼어들었다. "우리도 총을 갖고 있어야 할 것 같아요."

"안 돼요, 그건 안 돼요." 난이 말했다. "다시 강도가 들면, 강도가 원하는 걸 그냥 다 줘요. 무엇보다 중요한 건 다치지 않는 거예요. 알겠어요?"

"알겠어요, 사장님." 니얀이 씩 웃으며 말했다.

23

타오타오는 때때로 《옥스퍼드 영영사전》을 들쳐봤지만, 더 이상 중국어는 배우지 않겠다고 했다. 부모가 한자를 써보라고 할 때마다, 아이는 손에 너무 무리가 가서 손목 수근관 증후군에 걸렸다고 말했다. 부모는 그게 무슨 말인지 감을 잡을 수 없었다. 그들은 아들의 정신 자세가 문제라고 생각했다. 한자를 제대로 못 쓰는 건 게을러서 그렇다고 생각했다. 아이는 중국어를 말하고 이해할 수 있었지만 읽거나 쓸 줄은 몰랐다. 말도 대단히 초보적이었다. 아이는 2개 국어 사용자가 갖는 장점 어쩌고 하는 부모의 장광설에 진저리를 냈다. 어느 날 오후, 아버지가 저장실에서 그를 향해 소리를 지르며, 중국어를 열심히 공부하라고 했다. 그러나 타오타오는 아버지의 말을 듣지 않고, 중국어가 일상생활에서 쓸모가 없다고 불평했다. 슈보가 마침 그곳에 있다가 모국어를 지켜야 하는 필요성에 대해 아이에게 얘기해줬다.

"너무 어려워요." 타오타오가 말했다. "벌써 몇 년이나 공부했지만 여섯 살 이전에 배웠던 말들도 기억할 수가 없어요." 최근 들어 더 어려운 글자가 나오자 아이는 짜증을 내기 시작했다. 아이는 자신이 알아볼 수 있는 글자 중, 감출 장藏이라는 글자를 가장 싫어했다. 획의 순서와 수를 도저히 기억할 수 없었다.

"네가 그것에 마음을 둔 적이 없어서 그래. 그러니까 당연히 그렇게 퇴보하는 거다." 난이 말했다.

슈보가 타일렀다. "타오타오, 포기하지 마라. 치고 또 치면 통나무도 쓰러뜨릴 수 있단다."

"전 어떤 나무도 쓰러뜨리고 싶지 않아요!"

"내 말은 괴로움이 없으면 얻는 것도 없다는 말이야. 열심히 노력하면 중국어를 능통하게 할 거다."

"팻 챈스fat chance." 아이가 투덜거렸다.

"그래, 아직도 기회는 많아."

"제 말은 그런 뜻이 아니에요."

아버지가 끼어들었다. "무슨 말인지 안다. 가능성이 아주 희박하다는 말이잖니. 어쨌든 넌 중국어를 계속 배워야 해."

난과 달리, 핑핑은 아들을 동정하며 난에게 타오타오가 SAT II에서 중국어를 선택할 만큼 배우지 못할 거라고 했다. 그녀의 말을 듣고 난은 며칠 동안 아이를 내버려뒀다.

이제 아이가 중학교와 고등학교에서 어떤 외국어를 공부해야 할지 선택할 시간이었다. 에모리 대학교에 일요 중국어 강좌가 있었다. 많은 아이들이 강좌를 들었지만, 난과 핑핑은 일을 해야 해서 아들을 애틀랜타까지 태워다줄 수 없었다. 게다가 핑핑은 타오타오가 중국어를 안다고 큰 이득이 있을 것 같지 않다고 생각했다. 그녀는 영어가 훨씬 더 표현력이 풍부하고 유용하다고 생각했다. 중국에 있을 때 그녀는 아무것도 영어로 쓸 줄 몰랐지만, 이곳에 와서 영어를 약간 배우고 나자, 혼자서도 많은 걸 쓸 수 있었다. 종이에 뭘 옮겨놓든 흥미로운 것 같았다. 난도 같은 생각이었다. 한자와 비교하면, 영어는 익히기 어렵고 문법도 너무 허술하고 숙어도 논리적이 아니었지만, 평범한 사람들의 언어였다. 아들이 이 언어에 정성을 쏟아야 하는 것은 의문의 여지가 없었다.

그래서 그들은 아들에게 한자를 쓰라고 더 이상 고집하지 않았다. 중국어를 좋아하지 않는다면, 글자를 써본다고 그걸 정복할 수 있을 것 같지는 않았다. 언젠가 기회가 되면 여름 방학 동안, 아이를 핑핑의 부모에게 보내면 어떨까 싶었다. 그렇게 되면 모국어를 읽고 쓰는 걸 다시 익힐 수 있을지 몰랐다. 아이의 학교에서는 라틴어가 인기였다. 아이는 라틴어 수업을 신청했지만 그 반에 들어갈 수가 없었다. 어떤 아이들은 부모가 읽을 수 없도록, 라틴어를 배워 그것으로 일기를 쓴다는 얘기도 있었다. 난은 라틴어를 알면 영어에 도움이 된다는 걸 알기 때문에 아들이 라틴어 반에 들어가지 못했다는 걸 알고 속이 상했다.

나중에 핑핑은 대부분의 과학 논문들이 영어 외에 다른 세 개의 언어, 즉 프랑스어, 독일어, 일본어로 발표된다는 걸 알았다. 타오타오가 독일어나 프랑스어를 배우는 게 더 좋을 것 같았다.

다음 학기 초, 타오타오는 프랑스어를 선택했다. 그런데 알고 보니 프랑스어는 쉬웠다. 아이는 곧 반에서 두각을 나타냈다.

한번은 아이가 부모에게 물었다. "대학에 가서 프랑스어를 전공하면 어떨까요?"

"넌 의사가 돼야 해." 핑핑이 말했다. "사람의 생명을 구하는 것보다 더 좋은 직업이 어디 있니?"

"전 의학이 싫어요. 예술사나 영어는 어때요?"

"그러면 넌 평생 가난하게 살 거야." 난이 말했다.

"상관없어요."

"네가 상관없다고 하는 건 우리가 널 위해 밤낮으로 일해 돈을 벌기 때문이야." 어머니가 말했다. "넌 직업이 필요 없는 부잣집 아이처럼 행동하고 있어."

타오타오가 아버지를 향해 말했다. "아빠가 제 마음이 가는 대로 하라고 하지 않으셨나요? '뭔가를 잘하기만 하면 굶어 죽지는 않을 것'이라고 하셨잖아요."

"맞다, 그렇게 말했지. 하지만 넌 네 어머니의 생각도 감안해야 해."

"장학금을 받으면, 제가 원하는 걸 공부해도 되나요?"

부모는 아들을 만류할 방법이 없다는 걸 알고 그 질문에 대답하지 않았다. 난은 타오타오가 의예과에 들어가면 핑핑이 좋아할 거라는 걸 알고 있었지만, 아들의 의사에 반해 뭔가를 강요해서는 안 된다고 생각했다. 그랬다. 그는 아들이 자기가 진짜로 원하는 걸 했으면 싶었다.

24

　"좋은 일이 생겼어요." 어느 날 오후, 딕이 금귀에 들어서면서 난에게 말했다. 목소리에서는 즐거움이 묻어났다. 그가 밤색 스카프를 목에서 풀었다. 머리는 빗물에 젖어 있었고, 뺨에서는 김이 약간 나고 있었다. 밖에는 아직도 보슬비가 내리고 있었다. 식당은 한가했다.

　"무슨 일인데요?" 난이 물었다.

　"내 시집이 전미비평가상을 탔어요." 딕의 눈이 반짝반짝 빛났다. 몇 살은 더 젊어 보일 정도로 얼굴에서 광채가 났다.

　"큰 상인가요?"

　"퓰리처상에 필적하는 상이에요."

　"와우, 축하해요!" 난은 그를 껴안고 어깨를 여러 번 두드리며 말했다. "그럼 이제 에드워드 니어리처럼 유명해진 건가요?"

　"가까워지고 있는 셈이죠."

"나한테도 고무적이네요." 난은 진심을 담아 말했다. 사실, 어제만 해도 그는 딕을 중요한 시인이라고 생각하지 않고 있었는데, 밤사이에 유명 인사가 된 것이었다.

"이제 내가 할 일은 어떻게 이 성공을 관리하느냐 하는 거예요." 딕이 말했다.

"무슨 말이에요?" 난은 당황스러웠다. 성공을 어떻게 관리한다는 얘긴지 도저히 이해할 수 없었다.

"이 기회를 이용해 나 자신과 작품의 급을 높이고 또 보수도 올려야 해요."

"보수라니 무슨 보수죠?"

"낭독회나 강연회에서 받는 보수 말이에요."

"그러니까 에드워드 니어리처럼 돈을 긁겠다는 건가요?"

"맞아요."

난은 딕이 사업가처럼 얘기해서 놀랐지만, 이렇게만 말했다. "우리, 축하해야겠어요."

"그래요, 그럽시다. 고마워요."

난은 부엌으로 가서 게살 푸롱과 블랙빈 소스를 뿌린 가리비 요리를 만들었다. 둘 다 만들기 쉬웠다. 가리비 요리는 딕이 좋아하는 것 중 하나였다. 난은 니얀에게 칭다오 맥주 두 병을 딕에게 갖다주라고 했다. 그가 핑핑에게 말했다. "딕이 시집으로 최고의 상을 탔대. 이제 유명 인사야."

"장난 아니지? 어떤 상인데?"

"뭐라고 했는지 잊었는데, 퓰리처상과 비슷한 거래."

"나도 가서 축하해줘야겠네."

"몇 분 안에 요리가 다 될 거라고 말해줘."

핑핑과 니얀은 딕에게 축하의 말을 건넸다. 딕은 너무 좋은지, 탁자에 있는 잔도 사용하지 않고 맥주를 병째 꿀꺽꿀꺽마셨다. 그의 눈이 젖어 있었다. 그는 고개를 저으며 이따금미소를 짓기도 하고 한숨을 쉬기도 했다. 자신에게 닥친 행운을 믿을 수 없는 듯했다.

*

몇 주 후, 딕이 난에게 아이오와 작가 워크숍에서 제안이 와서 받아들이기로 했다고 말했다. 난은 그곳에 대해 들어서 알고 있었다. 그는 이것이 딕의 경력에서 큰 도약이라고 생각했다. 적어도 딕은 더 이상 에모리 대학교 종신재직권 사전 심사에 대해 염려할 필요가 없게 된 것이었다. 그러나 또 한편으로보면, 자신은 이제부터 오롯이 혼자서 시를 쓰려고 몸부림해야 한다고 생각하니 속이 상하기도 했다. 그는 요즘 전적으로그것에 매달리지는 않았지만 영어로 시를 쓰고 있었다. 그는동물에 관한 시들을 좀 다듬어 딕에게 보여줄 참이었다. 그런데 그 친구가 떠나려 했다. 그건 그에게는 재난에 가까웠다.

난은 축하의 말을 건넸지만, 속으로는 딕이 애틀랜타에 몇년 더 있으면 싶었다. 딕은 난이 실망하고 있다는 걸 알아챈것 같았다. 그는 계속 연락하고 지내자고 말했다. "아이오와에 한 번 와요."

"노력해 볼게요." 난이 얼굴을 찡그리며 말했다.

"당신도 알다시피, 나는 금귀가 그리울 거예요."

두 사람이 웃었다. "언제든 환영이에요. 여기 돌아오면 꼭 와요." 난이 말했다.

딕은 아무 대답도 하지 않았다. 난은 그가 애틀랜타를 떠나고 싶어 한다는 걸 알고 이렇게 덧붙였다. "이곳은 겨울이 따뜻하잖아요."

"그럼요. 여하튼 우리는 어떤 식으로든 다시 만날 거예요."

그래서 1997년 5월, 딕은 아파트를 팔고 뉴욕으로 떠났다. 그리고 거기에서 여름을 보낸 후, 아이오와 대학교에서 강의를 하기 시작했다. 약속한 대로, 그는 난과 연락하고 지냈다.

7부

1

재닛과 데이브는 요즘 들어 딸의 건강 문제로 걱정이 많았다. 벌써 세 살이 된 하일리는 계속 감기에 걸리며 종종 식욕을 잃었다. 너무 적게 먹는 탓에 크지도 않는 것 같았다. 울때도 전처럼 힘차게 울지 않았다. 다리나 팔을 버둥거리며 울지도 않았다. 피부는 너무 창백해서 혈관이 다 보일 정도였다. 어느 날 밤, 아이의 코에서 피가 났다. 몸에 둘러서 입는 조끼 앞 자락에 피가 묻어 있자, 부모는 겁을 먹었다.

다음 날 재닛은 아이를 데리고 병원에 갔다. 키가 크고 수척해 보이는 여의사 윌리엄스 박사가 하일리의 숨소리를 들어보고 배를 만져보더니, 간과 비장이 약하고 어쩌면 부었을지 모른다고 했다. 의사는 즉시 아이를 검사실로 보내 혈액 검사를 받게 했다. 간호사가 하일리의 팔에서 세 개의 관에 피를 뽑더니 결과는 이틀 후에 나온다고 말했다. 장신구 가게로 돌아가는 길에 재닛은 금귀에 들러 펑펑과 얘기를 했다.

핑핑이 안고 흔들며 말을 걸어도, 하일리는 기운이 없었다. 눈은 흐릿하고 힘이 없어 보이는 입가에는 침이 흘렀다. 재닛은 눈물을 글썽이며, 핑핑에게 말했다. "나는 아이가 낫게 해달라고 계속 기도하고 있어요."

"미리 걱정하지는 마요. 괜찮아질 거예요. 아이들은 늘 문제가 있으니까요. 자주 아프지 않으면 영리하지 않다는 말도 있잖아요."

"그건 또 무슨 논리죠?"

"사실을 얘기하는 거예요. 내 여동생은 어렸을 때 늘 아팠기 때문에 우리 집에서 가장 영리하답니다."

"나는 하일리가 영리하기보다 건강했으면 좋겠어요."

"괜찮을 거예요."

재닛은 하일리가 졸려 보이자, 몇 분 후에 그곳을 나섰다. 난은 부엌에서 일하느라 바빴지만, 그들이 하는 얘기를 들었다. 그는 핑핑에게 미첼 부부에 관해 말했다. "이제 그들도 부모가 되는 게 어떤 것인지 알겠네." 난은 하일리를 아주 좋아했다. 무슨 이유에선지 모르지만, 아이는 그를 볼 때마다 작은 팔을 벌리며, 그를 특별하게 생각하는 것처럼 소리쳤다. "바오바오." 안아달라는 말이었다. 그러면 난은 어김없이 아이를 안아줬다. 지금이라면 미첼 부부가 하일리의 수양아버지가 돼달라고 하면, 기꺼이 그리했을 것이다. 그러나 그들은 결코 그에게 다시 부탁하지 않았다.

*

　윌리엄스 박사가 이틀 후 재닛에게 전화를 걸어, 위로하는 듯한 목소리로 혈액 검사 결과를 알려줬다. 백혈구 숫자가 비정상적이며, 백혈병과 관련이 있을 수 있다고 했다. 그러나 정확한 진단을 위해서는 골수 조직 검사를 해봐야 한다고 했다. 의사는 미첼 부부에게 침착해야 한다고 했다.

　다음 날 아침, 재닛은 하일리를 데리고 다시 병원에 갔다. 눈썹이 없는 남자 간호사가 아이의 엉덩이에 국부 마취를 하며, 아이의 눈을 손바닥으로 가리고 있는 재닛에게 아프지 않을 테니 걱정하지 말라고 했다. 그런 다음, 기다란 바늘을 하일리의 엉덩이뼈에 찔러 넣었다. 심홍색 골수가 서서히 주사기 속으로 들어왔다. 재닛은 두려움에 고개를 돌렸다. 누군가의 손이 그녀의 창자를 잡아당기고 비트는 것 같았다. 아이는 약한 신음 소리를 냈지만 발버둥을 치지는 않았다.

　조직 검사 결과도 마찬가지였다. 윌리엄스 박사는 미첼 부부에게 하일리가 급성 백혈병에 걸렸다고 말했다. 지금부터는 여러 명의 의사들이 아이를 치료하게 되겠지만 그녀가 계속 소아과 주치의로 남아 있을 것이라고 했다. 그녀는 아이를 지체 없이 입원시켜야 한다고 했다. 하지만 재닛과 데이브에게 절망할 필요는 없다고 했다. 미국에서는 백혈병 환자 중 열에 일곱은 나으며, 아이들이 완치될 비율은 더 높다고 했다.

　미첼 부부는 당황했다. 아직도 믿을 수 없었다. 그들은 다

른 의사의 소견도 받고 싶어 했다. 윌리엄스 박사는 그러라
며, 하일리의 혈액 검사와 골수 조직 검사 결과를 에모리 대
학 병원의 카루스 박사한테 팩스로 보냈다. 그다음 날, 카루
스 박사가 백혈병이라는 진단 결과를 보내왔다.

재닛과 데이브는 부둥켜안고 울다가, 아이를 귀넷 병원에
데려갔다. 아이는 약물 치료에 들어갔다. 하일리의 가슴에 있
는 혈관에 투명한 관이 꽂히고 그걸 통해서 항암제가 피 속으
로 들어갔다. 아이가 처음에 반응하는 것을 보고, 부모는 기
겁했다. 아이는 얼굴이 새파래지고 자주 토하고 신음 소리도
못 냈다. 너무 지쳐서 크게 울지도 못하는 것 같았다. 재닛과
데이브가 아무리 달래도, 단단한 음식은 조금도 먹지 못했다.
그래도 과일주스와 우유는 마셨다. 그러더니 아이의 머리가
빠지기 시작했다. 윌리엄스 박사는 그것이 정상이라고 했다.
약물 치료가 끝나면 이러한 부작용은 없어질 것이고 머리가
다시 자랄 것이라고 했다.

3월 중순, 어느 날 아침, 핑핑과 난은 하일리를 보러 병원
에 갔다. 그들은 요즘 들어 먹는 것도 잊고 있는 재닛을 위해
신선한 과일을 가져갔다. 하일리가 핑핑을 보고 미소를 지으
며 '이모'라고 불렀다. 아이는 난에게는 '삼촌'이라고 불렀지
만, 팔을 들을 수 없을 정도로 아파서 안아달라고 하지는 못
했다.

"아직도 여기가 아프니?" 핑핑이 주삿바늘 자국이 있는 아
이의 팔뚝을 두드리며 물었다.

"아니요." 아이가 가까스로 말했다.

난이 아이의 볼을 쓰다듬으려 하자, 재닛이 못 하게 했다. 약물 치료로 아이의 면역력이 너무 약해져 있어서 아무도 장갑을 끼지 않고는 얼굴을 만져서는 안 된다는 것이었다.

하일리는 기분이 좋은 것 같았지만, 몸이 축나고 몸무게도 빠진 것 같았다. 피골이 상접해 보였다. "좀 더 먹으렴." 핑핑이 아이에게 말했다. "곧 나을 거야."

아이가 다시 미소를 지었다. 2주밖에 안 됐는데 몇 살은 더 먹어 보였다. 재닛이 우 부부에게 저녁에는 데이브가 와서 아이를 간호한다고 했다. 데이브가 벽장에 든 접이식 침대를 꺼내 놓고 딸 옆에서 잔다고 했다. 의사가 지시한 것처럼, 그는 병원에 오기 전에 집에 가서 옷을 갈아입고 샤워를 하고 왔다.

나이 든 간호사가 정맥주사를 주러 들어왔다. 우 부부는 10시까지 금궤에 가야 했기 때문에 병실을 나섰다.

그들은 이따금 전화를 해서 하일리의 병세가 어떤지 물었다. 약물 치료가 시작된 지 3주가 지났을 때, 백혈구가 현저하게 줄었다는 혈액 검사 결과가 나왔다. 백혈병 증상이 완화되고 있는 게 분명했다. 아이는 기력을 되찾고 단단한 음식을 먹기 시작했다. 맥박이 더 힘차게 뛰었고 목소리도 다시 생기를 띠었다. 재닛과 데이브는 감사와 희망에 가슴이 부풀었다. 그러나 완전히 회복하려면 오래 걸린다고 했다.

재닛은 이따금 한 번씩, 식당에 와서 우 부부에게 하일리에 관한 소식을 들려줬다. 그녀는 그들에게 하일리의 집안 병력을 알 수 있게 부모를 찾을 수 있는 방법이 없겠느냐고 물었다. 핑핑은 시애틀에 전화를 해서 목소리가 낭랑한 에이전트 루화에게 미첼 부부를 도와달라고 하기까지 했다. 루화는 조사해보겠다고 했지만, 일주일 후 전화로 하일리의 부모를 찾을 수 없다고 말했다. 중국 쪽에서 대답은 안 해주고 자꾸 미적거리기만 한다는 것이었다. 미첼 부부를 대신해, 난이 난징에 있는 고아원장 펑 씨에게 직접 편지를 썼다. 한 달이 못 되어 원장에게서 편지가 왔다. 그는 도와주지 못해 미안하다며, 아이가 어느 양돈장 근처에서 발견되었기 때문에 누가 아이를 낳았는지 알 수 있는 방법이 없다고 했다. 현縣에는 2백 개의 마을이 있었다. 원장은 하일리가 아직도 자기네 딸이라며 고아원 직원들을 대신하여 위로의 말을 건넸다.

2

 난은 딕이 추천해준 시집들을 읽고 또 읽었다. 다 좋았지만, 로버트 프로스트와 W. H. 오든이 취향에 더 맞았다. 그래서 요즘, 그는 프로스트를 다시 읽기 시작했다. 그리고 가능할 때마다 영어로 시를 썼다. 요즘 그는 '하늘'이라는 제목의 장시에 집중하고 있었다. 그는 그 시를 딕에게 헌정해 놀라게 해주려고 했다. 그런데 아무리 노력해도 마음에 드는 시가 되지 않았다. 그의 시에는 무게감과 냉정함이 없었다. 이런 식으로 계속하면 아무것도 안 될 게 뻔했다. 그는 켄트 필립스의 그림처럼 어두우면서도 빛나고, 대단히 우아한 시를 쓰는 게 궁극적인 목표였다. 그러기 위해서는 사물을 새로운 관점에서 봐야 했다. 그는 조지아에 살면서 켄트 필립스의 것과 같은 풍경을 시에 형상화할 수 없다는 걸 알았다. 그러나 꼭 물질적 세계를 이용할 필요는 없었다. 그에게 필요한 건 힘찬 시행이 나오게 하는 불안한 영혼이었다.

몇 달 동안, 그는 자기가 쓰는 것에 흥분을 느끼지 못했다.
마치 마음이 동면 상태에서 깨어나지 못한 것 같았다. 그는
영화를 몇 편 빌려다가 밤늦게 봤다. 그러나 그것도 시적 충
동을 불러일으키는 데 도움이 되지 않았다. 곧 그마저 싫증
이 났다. 그는 4월, 어느 토요일 오후, 애틀랜타 시내에 가서
곧 있을 홍콩 반환을 축하하는 행사에도 참석해봤지만, 거대
한 군중 속에 있으니 더 고독하기만 했다. 그는 소프라노 가
수가 무대에서 부르는 두 곡의 노래를 듣고 어린 시절을 회상
하며 눈물을 지었다. 그는 이처럼 생기가 없는 상태가 자신이
온 마음을 바쳐 영혼의 밑닥에서 우러나오는 정열로 사랑하
는 여자를 오랫동안 만나지 못해서 그런 건 아닌지 생각해보
았다. 물론 아직도 그의 마음 속에는 베이나가 있었다. 그러
나 그녀는 지금 어디에 있는지 알 수 없었다. 어쩌면 아직 하
얼빈에 있는지도 몰랐다. 그녀와 연락이 닿으면 싫었다.

이제 그는 아내를 정직하게 사랑했다. 그러나 그것은 안정
적이고 세속적인 의미에서의 사랑이었다. 그는 핑핑과 같이
있으면 마음이 편했다. 그는 식당과 뜰을 책임졌고, 핑핑은
아들에게 아침을 챙겨주고 공부를 도와주며 더 많은 시간을
타오타오와 함께 보냈다. 그녀는 가계부를 작성하고 수표를
발행하고, 매일 은행에 가서 예금을 하거나 돈을 이체하고,
분기마다 세금을 냈다. 그들만 외톨이로 살다보니, 서로에 대
한 의존도와 감정적 집착이 늘어났고, 그것은 사랑과 신뢰로
발전했다. 그러나 결혼생활은 그가 희망했던 것과 다르게 시

를 쓸 정도의 감흥을 주지는 못했다. 그는 자신에게 필요한 건 영감이 되어줄 용솟음치는 감정이 아닐까 싶었다.

시적 자극에 대한 욕구는 종종 그에게, 시인들에게 영감을 불러일으키고 시의 대상이 된 문학 작품 속의 여인들을 생각하게 만들었다. 페트라르카의 라우라,* 단테의 베아트리체, 유리 지바고의 라라 등이 그런 여인들이었다. 그의 삶에 그런 여인이 있으면 싶었다. 생각하는 것만으로 영혼에 불을 지피는 그런 여인이 있으면 싶었다. 그런 여인을 만나면, 악령에 들린 것처럼 시를 쓸 것 같았다. 그런 여인을 만나면, 자신의 마음이 서정적인 시행들이 샘솟는 원천이 될 수 있을 것 같다. 때로 그는 그게 어리석은 거라는 걸 알면서도 그러한 환상에 계속 젖어들었다.

그가 〈닥터 지바고〉라는 영화를 빌린 건 이러한 은밀한 생각 때문이었다. 그와 핑핑은 새벽 2시까지 영화를 봤다. 영화가 너무 감동적이어서 그들은 며칠 동안 영화에서 헤어나지 못했다. 그들은 니얀과 슈보에게도 영화를 보라고 했다. 그들도 좋았다고 했다. 그 영화는 그들 모두에게 중국에서 살았던 시절을 생각나게 했다. 그들이 살았던 중국은 혼란스러운 러시아와 흡사하게, 인간의 생명이 값어치가 없으며, 증오와 맹목적인 분노가 날뛰고, 총이 법에 우선하는 곳이었다. 며칠 동안, 핑핑은 영화를 생각하면 콧등이 시큰해졌다. 영화에 나오

---

*이탈리아 시인 페트라르카는 라우라를 위해 아름다운 사랑의 소네트를 여러 편 남겼다.

는 장면에 대해 얘기할 때마다, 우 부부는 눈앞이 뿌예졌다.

그러나 그들은 영화의 아름다움과 힘에도 감동을 받았다. 난은 영화가, 볼셰비키에 봉사하는 걸 강요당할 때 닥터 지바고가 어떻게 시를 쓸 수 있었는지 보여줬더라면 싶었다. 시인이 시를 연마하려고 열심히 노력하는 모습은 영화에 나오지 않았다. 눈으로 덮인 외딴 저택에서 시인이 라라가 자고 늑대들이 울부짖는 동안 펜을 들어 글을 쓰는 장면이 나오긴 했지만, 그것은 그가 어떻게 해서 뛰어난 시인이 됐는지를 설명해주지 못했다.

난은 시립도서관에서 그 소설을 빌렸다. 15년 전, 중국어 번역서로 읽었던 소설이었다. 그런데 그때는 별로 감동을 받지 못했다. 구조를 제대로 이해하지 못했던 것이 주된 이유였다. 그는 이번에는 주의 깊게 읽었다. 훌륭한 소설이었다. 파스테르나크는 어떤 소설도 전에 존재하지 않았던 것처럼 썼다. 소설의 산만한 구조는 부주의해 보였지만, 마지막 쪽을 읽고 나자, 난은 모든 것이 이상하게 통합되고 연결되는 것 같은 느낌을 받았다. 정말로 놀라운 소설이었다. 그래도 그는 주인공이 시를 쓰려고 어떤 노력을 했는지 소설이 보여줬더라면 싶었다. 시인이 발전해가는 모습은 소설에 거의 나오지 않았다. 그는 책의 뒤표지에 있는 시들을 읽어봤지만 그것이 소설의 내용과 무슨 관계가 있는지 알 수 없었다. 그는 소설을 핑핑에게 읽어보라고 했다. 그녀는 몇 쪽 읽다가 포기했다. 그녀는 이야기가 진행되는 방식이 싫다며, 자기가 시간이 날 때마다 읽는 스타인벡이 더 좋다고 했다. 그녀는 스타인벡의 소설에 나오는 단락을 완전히 이해하지 못하더라도, 그 위대한 작가의 자연스럽고 일상적인 목소리에서 위안을 받았다. 그것은 현명한 친구가 얘기하는 소리를 듣는 것 같다고 했다.

재닛은 스티븐 킹과 앤 라이스의 팬이었는데, 몇 년에 걸쳐 핑핑에게 북클럽에 가입하라고 권했다. 그러나 핑핑은 가입하지 않았다. 그녀는 시간도 없었고, 더 오래된 책들을 읽는 걸 좋아했다.

3

　난과 핑핑은 잇몸에 염증이 있었다. 그것은 아시아 이민자들 사이에서는 흔한 일이었다. 그들의 나라에서 치아 관리를 거의 하지 않았기 때문이다. 치과 보험이 없는 우 가족은 치과에 정기적으로 갈 수 없었다. 타오타오가 미국에 온 후로, 그들은 많아야 1년에 한 번 스케일링을 했다. 최근 들어 사랑니 두 개가 난을 괴롭혔다. 안쪽 잇몸이 붓고 16년 전에 편도선을 제거했음에도 목이 아팠다. 그는 릴번 공공도서관 근처 선라이즈 광장에 있는 모렐이라는 치과 의사를 찾아갔다. 의사는 난에게 사랑니 네 개를 다 뽑아야 한다고 했다. 그러지 않으면 머지않아 사랑니는 물론이고 어금니까지 잃을지 모른다고 했다.

　"오래 못 갈 게 분명해요. 치주염이 예닐곱 군데 있네요. 다른 이들을 살릴 방도를 찾아야 해요."

　"저는 치과 보험이 없어요."

"2백 달러만 받을게요."

"아내와 상의해볼게요."

"그러세요. 하고 싶으면 전화하세요."

난이 그 자리에서 그러겠다고 하지 않은 것은 핑핑이 삼십 대 중반의 땅딸막한 그 의사를 싫어했기 때문이다. 그 치과 의사는 처음에는 우 부부에게 잘해줬다. 그런데 언젠가 핑핑의 잇몸에 경미한 수술을 하기 직전, 이렇게 말했다. "그러니까 서른일곱 살이란 말이죠?" 그가 능글맞은 웃음을 짓자, 얼굴 살이 출렁거렸다. 그는 그녀가 방금 작성한 기록에서 그 정보를 알았음이 분명했다. 그녀는 혐오감에 고개를 비스듬히 기울였지만 아무 말도 하지 않았다. 그녀는 치료를 받는 내내, 그의 못생긴 얼굴이 보이지 않도록 눈을 꼭 감고 있었다. 그처럼 좋지 않은 경험이 있음에도 불구하고, 그녀는 모렐이 능숙한 의사라는 걸 인정하고 1년에 한 번씩 가족과 함께 그를 찾아갔다.

이번에는 핑핑이 난에게 사랑니를 지체하지 말고 뽑으라고 했다. 그녀는 이 때문에 미열이 있는 걸 보고 그가 아프지 않을까 걱정했다. 그는 일주일 후 치과 의사를 찾아갔다. 발치하는 데는 많이 아프지 않았다. 한 시간도 안 걸렸다. 의사는 난에게 그의 이가 이례적으로 뿌리가 깊더라고 말했다. 그래서 마지막 이를 뽑는 데 거의 20분이나 걸렸다고 했다. 난은 조심스럽게 혀끝으로 입 안쪽에 생긴 구멍을 더듬어봤다. 하나하나가 폭탄 구멍이나 분화구 같은 느낌이 들었다. 그는 떠나기 전, 치과 의사에게 자기 이를 달라고 했다. 간호사가 거즈에 이를 싸서 건넸다.

아직도 정신이 몽롱한 채 사무실을 나서며, 그는 치석으로 덮이고 피로 얼룩진 사랑니 네 개를 바라보았다. 하나에는 아직도 작은 살점이 붙어 있었다. 다른 하나는 그것을 뽑을 때 가해진 힘 때문에 가운데가 갈라져 있었다. 난은 입 안쪽의 움푹 들어간 곳을 혀로 더듬어보았다. 희미한 고통과 함께 이상한 느낌이 들었다. 나보코프의 단편소설 〈프닌〉에 나오는 한 장면이 떠올랐다. 프닌은 치과 수술을 받고 나서 똑같은 행동을 했다. 작가는 혀를 차가운 물 속 "동굴에서 만^灣으로 뛰어드는" 뚱뚱하고 미끈한 물개에 비유했다. 난은 중국어 번역자가 이 구절을 가리켜, 나보코프가 이를 뽑은 경험을 반영하고 있다는 각주를 달아놓았던 걸 기억하고 있었다. 그 구절을 떠올리자, 난은 괴롭고 더 비참한 기분이 들었다.

차를 금궈 뒤에 주차하고, 그는 거즈를 펼치고 다시 이를 바라보았다. 이걸 갖고 있어야 하나? 무슨 이유로? 아내와 아들과 손자들에게 보여주려고?

이상하게도 생각이 갑자기 옆길로 샜다. 그는 불교의 창시자인 석가모니가 세상에 두 개의 이를 남겼다는 소문을 떠올렸다. 사실, 그 이가 어디에 있는지는 오늘날까지 의견이 분분했다. 몇 년마다 한 번씩, 아시아에서는 새로운 치아 사리를 발견했다는 주장이 있었다. 중국에서는 석가모니의 성스러운 이를 보관하는 탑들이 세워졌다.

마취가 덜 깨어서인지, 상상이 꼬리를 물었다. 그는 나보코프, 조이스, 예이츠, 프로스트의 이가 도서관에 원고와 편지들과 함께 전시되어 있는 모습을 상상해보았다. 그들의 이는 얼마나 귀중할 것인가. 얼마나 많은 사람들이 그러한 작은 것들에 경의를 표할 것인가. 영감이 떠오르기를 바라며 그것을 만지는 사람들도 있을지 모른다. 이렇게 별난 상상을 하노라니 난의 눈에 눈물이 고였다. 그는 키츠가 스물다섯 살에 죽었지만 아직도 그의 아름다운 시가 읽힌다는 걸 떠올렸다. 왜 자신은 이렇게 살아야 하나 싶었다. 육체에 한정된 존재의 의미는 무엇인지 싶었다.

생각하면 할수록 더 현기증이 났다. 뭔가가 끝없이 그의 관자놀이를 치는 것 같았다. 그의 얼굴은 창백하고 아파 보였다. 그는 낙서가 있는 식당의 뒤쪽 벽에 어깨를 기댔다. 벽에는 붉은 하트 무늬가 빙 둘려 있고 한가운데에 큼지막한 입술 모양이 그려져 있었다. 그는 삶에서 아무것도 이루지 못한 존재였다. 그러니 그의 썩은 이는 조금도 가치가 없는 것이었다. 그의 이가 가진 가치에 대해 생각하다니 얼마나 우스운 과대망상인가 싶었다.

그의 옆에서 꼬리가 푸른 검은 도마뱀이 벽을 따라 구불구불 기어가다가 금궤 뒷문 밑에 있는 구멍 속으로 들어가버렸다. 잠시 후, 난은 상념을 떨치고 속으로 말했다. '이건 미친 짓이야. 자기연민은 집어치우자. 내 이빨은 개의 이빨과 다를 게 없어.' 그는 쓰레기통을 향해 걸어가 거기에 이를 던져버리고 식당 안으로 들어갔다.

그를 보자, 핑핑이 물었다. "어때, 여보?"

"괜찮아, 머리가 좀 어지러워서 그래."

"얼굴이 더 작아졌네. 가만있어봐, 얼굴 좀 보게. 더 잘생겨졌어."

니얀이 거들었다. "정말로 더 잘생겨 보여요."

그는 화장실 거울로 얼굴을 살폈다. 실제로 사랑니 네 개가 빠지자, 턱선이 전보다 덜 네모져 보였다. 부드러워진 선이 그의 얼굴을 성숙해 보이게 했다. 턱이 좀 더 갸름해진 것 같았다. 놀라운 일이었다. 턱에 성형수술을 한 것만 같았다. 그는 얼굴을 찡그리며 자신을 향해 조롱하듯 씩 웃었다.

4

하일리가 병이 재발해 다시 입원했다. 이번에는 약물 치료가 효과가 없을 거라고 했다. 석 달에 걸친 치료 때문에 암세포가 약에 내성이 생겼기 때문이라고 했다. 실제로 여러 가지 약물을 섞어서 투여했음에도 불구하고, 병이 나을 기미가 희미해지다가 없어졌다. 상당히 많은 수의 미성숙한 백혈구가 하일리의 혈액에서 검출되었다. 아이를 담당하는 의사들이 더 큰 병원에 가서 골수 이식을 받으라고 했다.

몇 주 동안, 미첼 부부는 그들의 딸과 같은 백혈구 형질을 가진 기증자를 찾아봤지만 헛수고였다. 에모리 병원의 닥터 카루스가 하일리의 골수 조직에 관한 자세한 사항을 미네소타의 세인트폴에 있는 국립 골수 기증 등록소에 팩스로 보냈다. 거기에는 수백만에 달하는 기증 희망자들의 명부가 있었다. 그러나 그곳에서도 일치하는 사람을 찾을 수 없었다. 기부 희망자 중 동양인이 소수라서 그런 것 같았다. 의사가 미첼 부부에게 준 책자에 따르면, 일치할 확률이 같은 인종 사이에 훨씬 더 높았다. 그래서 재닛은 우 부부에게 골수 기증 희망자들의 명단을 갖고 있는 단체가 있는지 알아봐달라고 부탁했다. 핑핑은 주변에 전화를 해보고 심지어 휴스턴에 있는 중국 영사관 관리와 통화도 해봤지만, 중국에 그런 단체가 있다는 말은 들어본 적이 없다고 했다. 미첼 부부는 하일리의 친부모를 찾을 수 있으면 얼마나 좋을까 싶었다. 하일리의 형제나 친척 중에 아이와 일치하는 골수 조직을 갖고 있는 사람이 있을 게 분명했다.

난과 핑핑도 기증을 할 수 있는지 확인하려고 혈액 검사를 했다. 타오타오도 따라서 했다. 그러나 맞는 사람이 없었다. 그럼에도 불구하고 미첼 부부는 감동했다. 데이브가 난에게 말했다. "우리 딸을 도와주려고 해 고마워요. 당신은 좋은 사람이에요."

"당신이나 재닛이 백혈병에 걸려도, 우리는 똑같이 할 거요. 하일리가 중국 아이라는 이유만으로 우리가 그랬다고는 생각하지 마세요."

"알아요."

문득 난에게 좋은 생각이 떠올랐다. 인근의 중국인 사회에 연락해서 도와줄 수 있는지 물어보면 어떨까 싶었다. 재닛과 데이브는 그 제안이 마음에 들었지만, 에모리 대학교 일요 중국어 강좌를 수강하는 아이들의 부모를 제외하고는 사람들을 많이 알지 못했다. 난도 많이 알지 못하긴 마찬가지였지만, 아직도 자신을 미워할 거라고 생각하면서도 용기를 내어 메이 홍에게 전화를 걸어 도와달라고 했다. 놀랍게도 그녀는 중국인 학생들과 차이나타운의 중국인들에게 그 소식을 알리겠다고 했다. 또한 애틀랜타 지역에 있는 모든 중국인 교회에 연락해 도움을 요청하겠다고 했다. 그리고 자신도 에모리 병원에 가서 혈액 검사를 받겠다고 했다.

결과적으로 그녀는 병원에 갈 필요가 없었다. 중국어로 발행되는 신문들에 하일리와 미첼 부부에 관한 기사가 실리자, 많은 사람들이 혈액 검사를 받겠다고 자원했기 때문이다. 그 수가 너무 많아 챔블리에 있는 차이나타운에 임시 검사소가 설치되었다. 일주일 후, 놀랍게도 덜루스에 사는 몰리라는 이름의 열세 살짜리 소녀가 일치하는 골수 조직을 갖고 있다는 게 확인되었다. 몰리의 부모는 처음에는 딸이 골수를 기증하도록 해야 할지 확신하지 못했다. 그러나 메이 홍이 하일리를 도와주지 않으면 모든 중국인들이 욕을 할 것이라며 그들을 설득했다. 또한 그녀는 그들에게 골수 이식은 수혈과 비슷해서 기증자의 건강에 전혀 해가 없다는 얘기도 해줬다. 결국, 최근에 이민을 와서 피스 슈퍼마켓에서 일하고 있던 그들은 굴복하고 메이 홍이 딸을 데리고 기자와 인터뷰를 하러 가는 것까지도 허락했다.

좋은 소식이 들리자, 미첼 부부는 너무 기뻐서 눈물을 흘렸다. 데이브는 난을 부둥켜안고 어린아이처럼 울었다. 그와 재닛은 불안해하며 메이 홍과 통화를 했다. 그러자 메이 홍은 아이의 부모가 약속을 저버리지 않을 것이라고 그들을 안심시켰다. 사실, 메이 홍은 아이의 가족을 위한 대변인 역할을 하고 있었다. 아이의 부모가 영어를 할 줄 모르기 때문이었다. 난은 그 여자가 자신이 몰리의 이모라도 되는 것처럼, 모든 일을 떠맡는 걸 보고 놀랐다.

난은 당황스러웠다. 그에게 메이 홍은 제대로 사고할 줄도 모르는 선동적인 맹목적 애국주의자에 지나지 않았다. 그는 그녀의 아이가 같은 골수 조직을 갖고 있다면 골수를 기증하게 했을까 궁금했다. 그런 생각을 읽었는지, 그녀가 그의 얼굴을 빤히 쳐다보며 말했다. "당신은 내가 위선자라고 생각하죠? 몰리가 내 딸이라고 해도, 나는 똑같이 하라고 했을 거예요. 우리 집은 한 사람도 남김없이 혈액 검사를 했어요. 하일리는 중국 아이예요. 그러니 그 아이를 살리기 위해서는 무엇이든 해야 하죠. 당신도 맞는 골수를 갖고 있다면 기증하지 않겠어요? 안 그래요?"

"당연히 해야죠. 나도 혈액 검사를 받았어요." 난이 말했다.

몰리가 건강하다는 걸 철저하게 검사한 다음, 카루스 박사는 메이 홍의 통역을 통해 아이의 부모에게 골수 기증 절차에 대해 설명했다. 부모는 아이의 건강에 해가 없다는 걸 완전히 확신하고 서류에 서명을 했다. 난과 핑핑은 아이가 다른 사람들이 한 결정에 대해 한 마디도 하지 않는 이유가 궁금했다. 골수를 기증하고 싶은 걸까, 아니면 그렇지 않은 걸까? 무서운 걸까? 핑핑이 몰리에게 한번 물었더니 얼굴이 넓적한 아이는 그냥 이렇게만 말했다. "홍 이모가 하일리를 도와줘야 한다고 말했어요. 제가 아프면 다른 사람들도 저를 위해 똑같이 할 거라고요." 더 묻자, 아이는 더 이상 대꾸하지 않았다. 핑핑은 그 애가 가여워 다양한 애피타이저가 든 상자를 줬다. 그런데 아이는 받지 않으려 했다. 메이 홍이 자기에게 그걸 가져가라고 하고, 부모에게 그것이 금궈에서 준 것이라고 알릴 때까지는 못 받는다고 했다.

며칠 후, 몰리의 골수가 하일리의 몸에 주입되었다. 하일리의 첫 반응은 낙담스러웠다. 열이 나고 폐에 분비물이 생겨 숨을 헐떡였다. 엑스레이를 찍어보니 심장이 상당히 부풀어 있었다. 아이는 중환자실에 들어가 있어야 했다. 하일리가 입원해 있는 에모리 병원 의사들은 골수 이식 후에 그런 반응이 일어나는 것은 정상이라며, 골수 이식이 실패했다고 결론짓는 건 너무 성급하다고 했다. 미첼 부부는 간절히 기도만 했다.

일주일 후, 하일리의 열이 약간 내리고 얼굴에 부드러운 광채가 돌았다. 미소를 짓자, 눈이 다시 반짝거렸다. 폐가 깨끗해지기 시작했고, 심장의 크기도 줄어들고 있었다. 모든 검사 결과는 이식된 골수가 새로운 혈구를 만들고 있다는 걸 가리키고 있었다. 이제 확실히, 백혈병 증세는 완화되고 있었다.

하일리의 백혈병이 마침내 나았다. 메이 홍은 하일리의 또 다른 대모가 되었다. 그러나 우 부부는 여전히 메이 홍을 피했다.

5

  6월 초순, 난은 그랜드 판다 슈퍼마켓에서 복권에 당첨되었다. 애틀랜타와 베이징을 오갈 수 있는 비행기 표가 당첨된 것이었다. 이제 그는 미국 시민이 되었기 때문에 휴스턴에 있는 중국 영사관에서 여행 비자를 받는 건 어려운 일이 아닐 것이었다. 가봐야 하는 걸까? 그는 아내에게 물었지만 그녀는 달가워하지 않았다. 그렇다면 그 표를 날려버려야 하는 걸까? 650달러짜리가 그냥 버려지도록?

  난은 핑핑에게 잠깐만 다녀오게 해달라고 했다. 요즘은 날씨가 더워 식당도 잘되는 편이 아니었다. 그리고 요리사인 무 씨가 있으니, 그 없이도 모든 게 잘 돌아갈 터였다. 그러나 핑핑은 보내주지 않으려 했다. 그가 몇 주 동안 애걸을 해도 소용이 없었다. 결국 그는 부모님이 돌아가시기 전에 한 번 봐야 하지 않겠느냐고 말했다. 그러자 그녀가 마음을 풀었다.

  난은 일주일 내로 떠나기로 했다. 그는 지난 시에 사는 장인장모도 찾아가야 되는지 망설였지만, 핑핑은 생각을 해보더니 가지 말고 가능한 한 빨리 돌아오라고 했다. 그녀는 시민권을 따면 부모를 만나러 갈 생각이었다. 난은 조용히 일주일 정도만 다녀오겠다고 했다. 그녀는 중국 정부를 공개적으로 비난하지 말라고 했다. 과거에 경찰은 그가 외국에서 하는 행동들에 관해 그의 형제들에게 종종 묻곤 했다. 경찰이 그들을 더 이상 괴롭히지 않게 된 건 2년 전, 그의 아버지가 관헌들에게 난이 '손을 털었으며' 더 이상 반체제 인사가 아니라고 확인해줬기 때문이었다.

핑핑이 알지 못한 건, 난이 중국에 돌아가려고 하는 다른 목적이 있다는 사실이었다. 그는 베이나를 만나려 하고 있었다. 그녀와의 관계를 회복할 의도는 없었다. 그저 그 여자의 얼굴을 다시 보고 목소리를 듣고 싶은 것뿐이었다. 그래서 자신의 열정에 불이 붙어 시를 쓸 수 있었으면 싶었다. 그는 모델을 이용하는 화가처럼, 자신의 예술을 위해 이상적인 여성상을 필요로 했다. 그랬다. 그는 그녀가 한때 자신을 이용했던 것처럼 그녀를 이용하고 싶었다.

7월 하순 어느 날 아침, 난은 베이징으로 향하는 보잉 737기에 올랐다. 비행기가 활주로를 달릴 때, 어찌 된 일인지 그는 흥분하지 않았다. 그는 주변을 둘러보고 승객 중 거의 반이 중국인이며 아무도 이륙하는 것에 신경을 쓰지 않고 있다는 걸 알았다. 그는 12년 전, 난생처음으로 베이징에서 샌프란시스코로 가는 비행기에 올랐을 때 느꼈던 흥분을 떠올렸다.

비행기가 이륙할 때, 많은 사람들이 박수를 쳤고 일부는 옆으로 몸을 기울여 창문을 통해 수도의 경치를 쳐다보려고 했었다. 수도의 모습은 비행기의 기울기에 따라서 기울어져 보였다. 또한 그는 대부분 학생들이었던 동료 여행객들이 비행기에 나는 냄새에 비위가 상해 있었던 걸 떠올렸다. 냄새가 너무 심해 몇몇 사람들은 플라스틱 접시에 담겨 나온 파마산 치킨 기내식을 제대로 먹지도 못했다. 새로 온 사람들의 비위를 상하게 만든 건 전형적인 미국 냄새였다. 미국에서는 어디를 가나 일종의 화학 물질처럼 달짝지근한 그 냄새가 났다. 특히 슈퍼마켓에서 그랬다. 채소와 과일에서도 났다. 미국에 도착한 다음 주 어느 날 불현듯이 난은 자기 코가 더 이상 그 냄새를 감지하지 못한다는 것을 깨달았다. 첫 비행과 관련된 또다른 추억이 생각나자 난의 얼굴에 미소가 떠올랐다. 태평양을 처음 건너는 몇몇 승객들처럼, 난은 점심을 먹고 나서 플라스틱 포크와 나이프를 깨끗이 닦았었다. 다른 사람들도 서로를 쳐다보며 그걸 어떻게 해야 하는지 어리둥절해하고 있었다. 그들 중 일부는 나이프와 포크를 주머니나 손가방에 넣어 미국 종착지까지 갖고 갔다. 플라스틱 용기와 도구를 한번만 쓰고 버린다는 건 상상할 수 없는 일이었다. 그들은 이 새로운 땅에서 자기들이 어떤 풍요와 낭비를 접하게 될지 전혀 알지 못했다.

그러나 이 여행은 난을 다른 방식으로 흥분시켰다. 그는 베이징에 사는 친구 다닝을 만나고 하얼빈에 사는 부모를 만날 계획이었다. 베이나도 하얼빈에 살고 있을 게 틀림없었다. 그는 아무에게도 자기가 간다는 걸 알리지 않았다. 그들을 놀라게 할 작정이었다.

그는 《우리 안에 있는 위대한 목소리》라는 시 선집을 비행기에서 이따금 읽었지만, 전날 밤 잠을 잘 자지 못해 자주 졸았다. 그는 비상구 쪽 좌석에 앉아서 다리를 뻗을 공간이 넓은 게 좋았다. 그의 왼쪽에는 얼굴이 두툴두툴한 남자가 앉아 있었다. 베이징에서 하루나 이틀 업무를 보고 상하이에 있는 직장으로 복귀할 예정인 사람이었다. 자신의 이름이 유징 팡이라 소개한 그 남자는 비행 중 담배를 피울 수 없는 걸 불만스러워했다. 창가에 앉아 다른 사람들과 얘기를 할 수 없자, 그는 이따금 난과 얘기를 하려 했다. 그는 시카고 대학교에서 경영학 석사 과정을 이수하고 중국에서 제너럴 일렉트릭사를 위해 일하고 있다고 했다. 하지만 아내와 두 아이는 뉴저지에 살고 있으며, 1년에 몇 차례씩 그들을 만나러 간다고 했다. 비행기 요금은 회사에서 내준다고 했다.

난이 말했다. "가족과 떨어져 살아서 힘드시겠네요."

"네, 처음에는 전화비만 한 달에 5백 달러가 나왔어요. 지금은 전화카드를 쓰고, 떨어져 사는 것에 익숙해졌지만요."

"미국에 있는 직장을 구하지 그러세요?"

"상하이에 있는 제 지위가 중요한 데다 돈을 많이 벌어서요. 제가 회사의 지사를 관리하고 있어요."

"그들이 미국 임금을 주나요?"

"당연하죠."

"그럼 백만장자이겠군요."

"솔직히 말해, 쇼핑할 때 인색하게 굴진 않죠."

"지금 중국에서 인기 있는 선물이 뭐죠?"

"컬러 텔레비전이 여전히 인기죠. 에어컨, 디지털 카메라, 컴퓨터, 그리고 맞아요, 비타민도 좋아들 해요."

"사람들이 비타민을 먹나요?"

"그럼요. 종합 비타민 스무 병이면 뇌물로 충분하죠. 위스콘신 인삼도 여전히 인기고요."

"이제 많은 사람들이 잘사는 게 틀림없나 보군요. 10년 전만 해도 비타민 같은 걸 먹을 수 있는 사람은 거의 없었는데."

"또 다른 값비싼 선물이 요즘 상하이에서 유행하기 시작했어요."

"그게 뭐죠?"

"관장이요."

"뭐라고요?"

"이따금 한 번씩, 장을 청소하는 거예요."

"왜요?"

"암과 다른 질병을 예방하기 위해서죠."

"하지만 그게 어떻게 선물이 될 수 있죠?"

"간단해요. 병원에서 관장 쿠폰을 사서 주면 그걸 받은 사람이 병원에 가 치료를 받는 거죠."

"그렇군요." 난은 여전히 그걸 이상하다고 생각하며 껄껄

웃었다. 어쩌면 상하이 사람들만이 그런 선물을 이용할지도
몰랐다.

"하지만 그건 비싸요." 유징이 말했다. "사업가나 운동선수,
영화배우 같은 부자들만이 정기적으로 관장을 할 수 있죠."

"그래도 내가 어떻게 우리 아버지에게 그런 선물을 할 수
있을까 싶네요."

"아, 나는 당신이 관리나 고위 인사에게 뇌물을 주려고 한
다고 생각했어요. 사실, 이 관장이라는 건 유행에 지나지 않
을 수도 있어요. 지난해에 전기면도기가 난리였다가 이제는
한물가버렸듯이 말이죠. 여하튼 젊은이들한테는 유명 상표의
옷과 신발이 늘 인기죠."

"어떤 거요?"

"폴로 셔츠나 나이키 운동화 같은 거죠."

난은 부모와 형제들을 위한 선물을 사 오지 않아서 다행이
다 싶었다. 만약 샀더라면, 고장이 안 나는 카메라 두세 대,
계산기 몇 개, 조카에게 주기 위한 키보드 두어 개, 열 개 남
짓한 손목시계를 샀을 것이었다. 동료 여행자에 따르면, 그런
건 더 이상 좋은 선물이 아니었다. 난은 현금으로 3천 달러를
갖고 있었다. 가족들에게 달러를 몇 장씩 쥐여줄 참이었다.
핑핑에 따르면, 그건 나쁜 생각이라고 했다. 그녀는 시부모가
돈을 숨기고 사람들에게 난이 아무것도 사오지 않았다고 하
지 않을까 우려했다. 인색한 시부모는 기껏해야 아무에게도
알리지 않고 자기들이 먹을 것에 그 돈을 쓸 것 같았다. 그가

고급 옷을 사서 가져가는 게 더 좋을 것 같았다. 그러면 모든 사람이 그의 부모가 미국 옷이나 미국 재킷을 입고 미국 모자를 쓰고 있는 걸 볼 터였다. 그러나 난은 급하게 출발하는 바람에 옷 가게에 갈 여유가 없었다. 게다가 그는 유명 상표에 대해서는 아무것도 알지 못했고 가볍게 여행을 하고 싶었다.

그는 유징과 더 얘기하기가 머뭇거려졌다. 그 친구가 직업을 물어보지 않을까 두려웠다. 식당을 경영하고 있다고 말하는 건 몰라도, 직원이 한 명밖에 없다고 말하는 건 당황스러운 일일 터였다. 그래서 유징이 얘기를 하려고 할 때마다, 난은 피곤한 척 하품을 했다. 그는 눈을 감고 자기 오른쪽에 앉아 내내 잠만 자는, 손마디가 울퉁불퉁한 노파처럼 줄곧 졸았다.

6

베이징은 거의 알아보기 힘들 정도로 변해 있었다. 난은 정
거장에서 택시를 내려 하얼빈으로 가는 기차 시간을 확인했
다. 하루는 수도에서 묵고 다음 날 아침 고향으로 갈 예정이
었다. 기차역 밖에는 엄청나게 많은 차들이 굴러가고 있었다.
그는 다소 허둥거리며 잠시 멈춰서 지나가는 차들을 바라보
았다. 멀리 여러 대의 기중기가 보였다. 기중기는 가설 발판
에 싸인 건물 위에 시커먼 해골처럼 미동 없이 서 있었다. 사
람들이 바삐 움직이고 있었다. 놀랍게도 뉴욕 택시처럼 노란
택시들도 있었다. 사원처럼 생긴 역의 광장은 12년 전, 그가
미국에 가기 위해 비자를 신청하러 왔을 때보다 훨씬 더 붐비
고 혼란스러웠다. 회색이나 청색 목깃의 티셔츠를 입은 젊은
사람들이 이곳저곳에 보였다. 몇몇은 침낭에 앉아 생각에 잠
긴 얼굴로 담배를 피우고 있었고, 몇몇은 콘크리트 바닥에 펼
친 신문지 위에 앉아 졸고 있었다. 일자리를 찾아 상경한 시

골 사람들이 분명해 보였다. 그들의 가죽 같은 얼굴에는 애틀랜타의 노숙자들을 생각나게 하는 멍한 표정이 깃들어 있었다. 그는 베이징에도 무료 급식 시설이 있는지 궁금했다. 아마도 없을 것 같았다.

난은 공중전화로 다닝 멩에게 전화를 했다. 그가 왔다는 소식에 다닝은 너무 좋아했다. 그는 자기 집 위치를 알려주며 자고 가라고 했다. 난은 그러겠다고 했다. 그는 택시를 불러 흐시단 지역에 사는 다닝의 집으로 향했다. 교통이 너무 복잡해 자전거가 차보다 더 빨리 움직이는 것 같았다. 이따금 택시기사는 차를 빨리 피하지 못하는 행인들을 향해 경적을 울렸다. 빨간불에 서자, 노점상들이 다가와 포도, 얼음과자, 복숭아, 토마토를 사라고 했다.

놀랍게도 다닝은 자주색 문이 달린 작은 전통 가옥에 살고 있었다. 검은 타일을 위에 붙인 문이 높은 벽 중앙에 있었다. 문이 살짝 열려 있어서 난은 그냥 들어갔다. 안쪽으로는 네 채의 집이 판석이 깔린 작은 마당을 둘러싸고 사각형을 이루고 있었다. 난은 다닝이 그렇게 널찍한 집에 살 것이라고는 생각하지 못했다. 옛날 스타일로 요즘에는 보기 힘든 집이었다. 꽃사과나무 두 그루가 본채 입구 옆에 서 있었고, 금귤나무와 대나무가 심긴 나무 화분 여러 개가 곁채를 따라 놓여 있었다. "계세요?" 난이 소리쳤다.

다닝 멩이 거실에서 나와 난이 하마터면 소리를 지를 뻔할 정도로 꼭 껴안았다. 그가 감정이 넘치는 어조로 말했다. "드디어 우리가 다시 만났군요." 그는 몸이 좀 불고 머리가 희끗 희끗했지만, 나이가 많이 들어 보이진 않았다.

"너무 좋은 곳에서 신흥 귀족처럼 사네요." 난이 환하게 웃으며 말했다.

"이 집을 사는 데 3만 달러나 들었어요. 하지만 곧 이사 가야 할 것 같아요." 다닝은 계속 난을 쳐다보았다. 미소를 머금은 눈이 약간 휘고, 눈꼬리가 아래로 조금 처져 있었다. 그는 조각이 된 골동품 가구가 있는 거실로 난을 데리고 들어갔다.

"왜 이곳을 포기하려고 해요? 집이 화려하고, 여느 아파트보다 좋은데." 난이 소파에 앉자마자 말했다.

"어떤 회사에서 이 지역에 호텔을 지으려고 하나봐요. 그래서 한두 해 후면 지역 전체가 없어질 거예요."

"안타까운 일이네요. 이러한 사각형 안뜰이 진짜 옛 베이징다운 건데요."

다닝의 딸인 웨이웨이가 나오더니 난에게 '우 아저씨' 하고 불렀다. 아이는 아버지에게 난의 여행 가방을 다닝의 서재와 거실과 가까운 동편의 사랑방에 들여놓았다고 말했다. 아이는 안경을 끼고 있었다. 공부를 열심히 하고 영양이 부족해 보이는 아이였다. 벌써 열다섯 살인데도 너무 말라서 사춘기가 아직 안 된 것처럼 보였다. 아버지는 딸에게 우 아저씨가 세수를 할 수 있도록 따뜻한 물을 대야에 준비해놓으라고 했다.

난은 친구와 얘기를 하다가 목이 가려운 걸 느꼈다. 그는 자기도 모르게 목울대 밑을 엄지와 검지로 문질렀다. 그는 좀 불편하긴 했지만 더 이상 생각하지 않고 다닝이 따라준 재스민 차만 계속 마셨다. 웨이웨이가 물이 준비되었다고 하자, 난은 씻으러 나갔다. 꽃사과나무 밑에 있는 돌 벤치에 놋쇠 세숫대야가 있었다. 그 옆에 수건과 녹색 플라스틱 갑에 든 비누가 놓여 있었다. 난은 수건에 물을 적셔 얼굴과 목을 닦았다.

그리고 재빨리 안으로 다시 들어가 친구와 얘기를 계속하려 했다. 세수를 하니까 기분이 상쾌하긴 했지만, 아직도 목이 가려웠다. 숨이 거칠어졌지만, 그는 애써 무시하려고 했다.

차를 마시면서 두 사람은 밀린 얘기를 했다. 다닝은 이제 베이징 작가 협회에서 일하면서 텔레비전 연속극 대본을 쓰고 있었다. 그는 6백 년 전 명나라를 배경으로 하는 연속극이 싫지만, 소설보다 훨씬 더 많은 돈을 준다고 했다. "왜 옛날 이야기를 쓰는 거죠?" 난이 물었다.

"그렇게 하는 게 안전하니까요. 꽤 많은 작가들이 요즘 옛날 이야기를 써요."

"그런 걸 문학적으로 만드는 건 어렵지 않나요?" 난이 심각한 어조로 말했다.

다닝이 자신의 허벅지 위쪽을 찰싹 때리며 웃었다. "당신도 여기에 산다면, 문학은 잊어야 할 거예요. 고위층에서는 우리가 죽은 사람들과 옛날에 있었던 사건에 대해 쓰기를 원하죠. 그렇게 함으로써 우리를 덜 전복적이고 더 하찮은 존재로 만드는 거예요. 중국의 창조적 에너지와 재능을 억제하는 그들

나름의 방식이죠. 가장 슬픈 건 이런 식으로 결국 우린 덧없는 작품만을 만들어내게 된다는 거죠."

"무슨 말인지 알겠어요, 함정이라는 거군요."

다닝이 한숨을 쉬고 시간을 너무 오래 낭비했으니 곧 진짜 작품을 다시 써야겠다고 말했다. 난은 그가 어떤 종류의 글을 '진짜 작품'이라고 생각하고 있는지 묻지 않고, 지금까지 그가 발표한 대여섯 권의 책에 대한 칭찬을 늘어놓았다. "그렇지만 좋은 작품이 하나도 없어요." 다닝이 말했다. "나는 내 인생을 허비하고 있을 뿐이에요. 미국에서와 달리, 나는 살기 위해 아등바등할 필요가 없어요. 보다시피 편안하게 잘 살잖아요. 프로젝트를 맡아서 끝내고 돈을 받으면서요." 그는 활기가 없어 보였다. 비교적 젊어 보이는 얼굴에도 불구하고, 이미 노인이 다 된 것 같았다. 난은 그의 머리가 상당히 많이 빠진 걸 보았다. 이마가 전보다 넓어져 있었다. 턱도 이중턱이었지만, 턱선을 덮은 수염에 거의 가려져 보이지 않았다. 다닝은 성공을 하고 큰 집에서 편하게 살고 있음에도 불구하고 불행해 보였다.

난은 목을 진정시키려고 차를 더 마셨다. 그래도 목구멍이 칼칼하며 숨을 쉬기가 힘들었다. 다닝은 아내에게 전화를 해서 식당에 가서 같이 식사를 같이 하지 않겠느냐고 물었다. 그녀는 즐거워하며 가겠다고 한 모양이었다. 그들이 출발하기 전, 난이 친구에게 말했다. "목구멍이 칼칼하고 이상하네요. 뭔가 문제가 있는 것 같아요."

"숨 쉬기가 힘들죠?" 다닝이 알 수 없는 미소를 지으며 말했다.

"맞아요, 천식이 있는 것처럼."

"알레르기 같군요."

"그래요? 무엇에 대한 알레르기죠?"

"공기, 스모그에 반응하는 거죠. 내 아내도 미국에서 돌아왔을 때 똑같은 문제로 고생했어요. 이곳 공기에 익숙해지고, 다시 중국인이 되는 데 한 달쯤 걸리더군요." 그가 고개를 젖히고 웃었다. "베나드릴이 아직 좀 남아 있는지 찾아볼게요." 그가 이렇게 말하고 방으로 들어가더니 갈색 병을 갖고 나왔다. "자, 이걸 먹어요." 그가 알약 두 개를 난의 손바닥에 놓아줬다.

약을 먹으면 졸릴 줄 알면서도, 난은 약을 삼켰다. 그리고 밖으로 나갔다. 텔레비전으로 영화를 보고 있던 웨이웨이는 따라오지 않았다. 아이는 아버지에게 고기파이를 사다달라고 말했다.

7

영애찬청이라는 식당은 아주 작은 곳이었다. 측면의 창문들은 인공호수 쪽으로 나 있었는데, 가장자리에 흰 모래가 깔린 호수는 호수라기보다는 연못 같았다. 고기나 물새들은 흔적도 없었다. 십 대 소년 두 명이 맞은편 기슭에서 수영을 하고 있었다. 그들이 쓴 붉고 흰 모자가 푸른 물에서 깐닥이고 있었다. 다닝은 식당 주인을 아는 모양이었다. 홀쭉하고 잘생긴 얼굴의 남자였다. 다닝은 난을 해외에서 온 친구라고 소개했다. "돌아오신 걸 환영합니다." 남자가 손가락 사이에 낀 담배를 흔들며 부드럽게 말했다.

그들은 창문 옆 탁자에 앉았다. 실내에서는 희미한 식초 냄새가 났다. 그릇에 담겨 유리 진열장 안에 들어 있는 음식에서 나는 냄새였다. 어깨가 각진 웨이트리스가 오더니 그들 사이에 찻주전자와 잔을 두 개 놓았다. "이 집은 돼지 위장 요리와 소힘줄 요리를 잘해요." 다닝이 난에게 말했다. "점심으로는 볶음국수와 쌀밥도 나오고요. 그래도 당신 식당 요리에 비하면 수준이 낮을 테니 이해해요."

"이봐요, 나를 입맛이 까다로운 부자쯤으로 생각하는 거예요?"

"이제 사업가잖아요."

"아직도 살아남으려고 몸부림을 치는 중이에요."

"그래도 부자잖아요."

"중국 기준으로 볼 때만 그렇죠."

"바로 그런 의미에서 한 말이에요."

다닝의 아내 시룽이 나타났다. 입이 크고 눈이 불룩한, 자그마한 여자였다. 그녀를 보면서 난은 큰 금붕어를 떠올렸다. 그러나 그녀는 성격이 좋고 태평해 보였다. 그녀가 난에게 손을 내밀며 말했다. "드디어 만나게 되어 너무 기뻐요. 남편한테서 얘기 많이 들었어요. 언제 도착하셨어요?"

"세 시간 전에요." 그가 그녀의 부드럽고 작은 손을 흔들며 말했다.

"베이징에 대한 인상은 어때요?"

"차도 많아지고, 건물도 많아지고, 사람도 많아졌네요."

부부가 웃었다. 다닝이 말했다. "아주 정확히 봤어요." 다닝이 자기 아내를 향해 말했다. "내가 예민한 친구라고 했잖아. 이 친구도 당신처럼 알레르기가 있어."

"그러세요? 그래서 창백해 보이는군요. 걱정하지 마세요. 곧 괜찮아질 거예요. 다시 적응하는 과정일 뿐이에요. 한 달이면 괜찮아져요."

난은 그녀에게 다음 주에 미국으로 돌아갈 예정이라고 말하려다가 그만뒀다. 그는 얘기를 많이 하고 싶지 않았다. 그냥 그들의 얘기를 듣는 것만으로도 좋았다. 웨이트리스가 다시 와서 시룽 앞에 찻잔을 놓았다. 시룽이 완탕 수프를 주문했다.

볶음국수와 완탕과 소힘줄 요리가 나오자, 시룽이 난에게 말했다. "솔직히 미국이 많이 그리워요."

"뭐가 제일 그리우세요?"

"큼직한 사과, 큼직한 연어, 큼직한 바닷가재 같은 것들이 그리워요." 그녀가 진지하게 말했다. "그리고 제가 초콜릿 중독이라서 미국의 온갖 초콜릿이 그리워요."

난이 웃으며 그녀에게 말했다. "우리 식당에서는 매일 연어 요리를 하는데, 기회가 닿으면 한 번 오세요."

"그러면 좋겠어요. 저는 아직도 메이플라워 근처에 있는 플리머스의 식당에서 먹었던 게와 새우가 생생하게 기억나요. 이곳은 생선이나 과일이 형편없죠. 우리 중국인들이 너무 많이 먹어 땅을 지치게 만든 것 같아요."

다닝이 난을 향해 덧붙였다. "아이들의 과식이 요즘 큰 문제예요."

난이 고개를 끄덕였다. "오늘 아침, 미국에서처럼 크고 뚱뚱한 아이들을 봤어요."

"과식을 하는 건 어린아이들만이 아니고 어른들도 마찬가지예요." 시롱이 말했다. "우리 남편은 일주일에 적어도 네 번쯤 파티에 간답니다. 이이가 얼마나 살이 쪘는지 보세요. 게다가 콜레스테롤 수치도 높고 고혈압까지 있어요."

사실, 다닝은 적어도 15킬로그램은 몸무게가 불은 것 같았다. 난이 그에게 말했다. "건강 조심해야 해요. 더 이상 청년이 아니잖아요."

"사실." 다닝이 말했다. "나는 대부분의 동료들보다 나은 편이에요. 많은 사람들이 당뇨와 고혈압으로 고생하고 있어요. 고기와 설탕을 너무 많이 먹은 탓이죠. 우리 협회장의 중성지방 수치는 7백이 넘어요. 그는 어느 순간, 뇌졸중이 오거나 갑자기 죽을 거라는 말을 종종 해요. 파티 얘기가 나와서 하는 말인데, 오늘밤 작가들과 모임이 있어요. 난, 같이 갈래요? 재미있을 거예요. 중요한 사람들을 만나게 될 거예요."

"좋아요, 갈게요."

시롱은 1시 30분 이전에 돌아가야 해서 완탕을 다 먹자마자 식당을 나섰다. 두 친구는 천천히 집으로 향했다. 다닝은 딸에게 갖다줄 돼지고기와 줄파가 든 두툼한 파이를 들고 있었다. 노점에서 난은 다닝이 "지금도 너무 많다니까요"라고 하면서 한사코 만류하는데도 불구하고 다닝의 딸에게 줄 격자무늬 스커트를 샀다.

그들은 걸으면서 둘 다 아는 사람들에 관해 얘기했다. 다닝은 만핑 류 선생이 한 달 전에 죽었다고 했다. 그런데 작은 신문 하나에만 사망 기사가 간략하게 실렸다는 것이다. 노학자가 공산주의 정권을 민주화해야 할 필요성에 대해 했던 말을 철회하기를 거부하고 그가 속한 연구소의 당 위원회가 자아비판서를 쓰라고 한 것을 거부했기 때문이라고 했다. 두 친구는 바오 유안에 관해서도 얘기했다. 바오 유안의 그림들이 지난가을 베이징의 갤러리에서 다른 두 작가의 작품과 함께 전시되었다고 했다. 다닝은 그의 작품이 어떤 평가를 받았는지 모르겠지만, 자기 동료들은 전시회가 괜찮았다고 말했다고 했다. 발행 부수가 많은 주간지인 《예술 소식》에는 팀 덜링턴이라는 이름의 미국 예술비평가가 쓴, 바오에 관한 긴 글이 실렸다고 했다. 그 얘기는 하지 않았지만, 난은 다시 한 번 번역자인 자기 이름을 뺐을 게 틀림없다고 생각했다.

지치고 피곤해진 난은 나머지 오후 시간을 사랑방에서 자는 데 보냈다. 그는 큰 소리로 코를 골았다. 옆방에 있던 다닝의 딸은 코 고는 소리에 몹시 놀란 모양이었다. 아이는 그렇게 큰 소리로 코를 고는 사람을 본 적이 없었다. 아버지의 말에 따라, 아이는 텔레비전의 볼륨을 줄였다. 그러나 난이 코를 고는 소리가 벽을 뚫고 건너와 화면에 나오는 수학 선생의 목소리가 안 들리게 되자, 다시 볼륨을 높였다. 아이가 그럴 때마다, 아버지가 서재에서 나와 소리를 줄이라고 했다. 난을 깨우고 싶지 않은 것 말고도, 그는 텔레비전 소리가 너무 크면 명료하게 사고를 할 수 없었다.

8

저녁 무렵, 유리에 선팅을 한 짙은 청색 아우디가 다닝을 태우러 왔다. 그와 난은 냉방이 된 차에 탔다. 차는 하이디안 지역을 향해 소리 없이 굴러갔다. 조종사용 안경과 끝이 뾰쪽한 모자를 쓴 운전사는 경험이 많아 보였고 다닝을 잘 아는 것 같았다. 그러나 그는 뒤에 앉은 손님들이 최근에 좋아지고 있는 부동산 시장에 대해 얘기하는 동안, 말을 아끼고 있었다. 평균 집값이 해마다 20퍼센트씩 올라간다고 했다. 몇 년 전에 헐값으로 아파트를 두어 채 사놓은 사람들은 예기치 않게 백만장자가 되었다. 다닝은 난에게도 부동산에는 세금이 붙지 않으니까 이곳에 하나 사놓으라고 했다. 그러나 난은 껄껄 웃으며 3만 달러의 여유 자금이 없다고 했다.

운전사가 자전거를 탄 사람에게 비켜달라며 경적을 울렸다. 차가 자전거를 들이받을 것처럼 덜컹덜컹 움직였지만, 자전거를 탄 사람은 끄덕도 하지 않았다. 그 남자가 모서리를 돌고 나서야, 차는 다시 정상적인 속도로 달렸다. 자전거 백미러에는 금술이 달린 마오 서기장의 작은 타원형 초상화가 걸려 있었다. 그것을 일종의 부적으로 달고 다니는 게 아닌가 싶었다.

그들이 교차로에 다가갈 때, 신호가 빨간색으로 바뀌었다. 그러나 차는 멈추지 않았다. 운전사가 신호를 넣고 다른 차들이 울리는 경적을 무시하고 왼쪽으로 돌았다. 녹색 오토바이가 그들 뒤로 따라붙으며 휴대용 확성기로 소리를 질렀다. "옆으로 세워요!"

"엿 같은 새끼들!" 운전사가 고개를 움직이지 않고 욕을 했다. 그가 비상등을 켜고 속도를 줄이더니 차를 세웠다.

"딱지를 떼는 건가요?" 난이 그에게 물었다.

"글쎄요, 나는 벌금을 낸 적이 없어요."

난이 뒤를 돌아보니, 경찰관 두 명이 오토바이에서 내려 차 쪽으로 걸어오고 있었다. 그들이 가까이 오다가, 한 명이 아우디의 뒤를 가리켰다. 그러더니 더 다급한 사건을 처리해야 하기라도 하는 것처럼 신문 가판대 쪽으로 방향을 바꿨다. 난은 당황스러웠다.

운전사가 낮은 어조로 말했다. "개자식들, 그렇게 멍청하지는 않군." 그는 부드럽게 차를 출발시켰다.

"그들이 왜 생각을 바꾼 거죠?" 난이 물었다.

"이게 군용차라서 그래요." 다닝이 설명했다. "뒤에 붙은 번호판을 보고 알아본 거죠." 그가 엄지손가락으로 어깨 너머

뒤창을 가리켰다.

"그렇다면 군용차는 교통 법규를 지킬 필요가 없다는 말인가요?" 난이 물었다.

운전사가 말했다. "그들이 딱지를 아무리 떼도, 벌금을 거둬 갈 방법이 없거든요."

다닝이 난을 향해 윙크를 하고 운전사가 알아들을 수 없는 영어로 말했다. "그러니 권력은 총구에서 나온다는 말이 있는 거예요."

난이 말했다. "맙소사. 아직도 20년 전과 똑같네요."

"그래요. 근본적으로 같죠."

그들은 중간 크기의 호텔 뜰로 들어섰다. 운전사는 그들에게 9시 30분쯤 데리러 오겠다고 했다. 다닝과 난은 원형 문을 통해 건물 뒤의 뜰로 들어섰다. 뜰에는 키가 크고 먼지가 자욱한 삼나무들이 반쯤 그늘을 드리운 2층집이 있었다. 그 집 앞에는 이끼가 낀 바위들이 가운데 솟아 있는, 오렌지색 잉어와 금붕어가 사는 작은 연못이 있었다. 물고기의 꼬리와 지느러미가 떠다니는 망사 천처럼 물속에 펼쳐져 있었다. 다닝과 난은 건물 안으로 들어가 1층 식당으로 갔다. 사람들은 몇 명밖에 없었다. 어둠침침한 방에서는 축축한 느낌이 났다. 천장에 매달린, 날개가 기다란 선풍기 넉 대가 소리를 내며 돌아가고 있었다.

"어서 오세요!" 땅달막한 남자가 그들을 향해 소리쳤다. 그가 모임의 주최자인 것 같았다. 반들반들한 옥스퍼드화를 신

312

고 혜링본 양복을 입은 그 남자가 그들을 다섯 사람이 이미 앉아 있는 구석 테이블로 안내했다. 다닝을 보자, 그들이 일어나서 손을 내밀었다. 다닝이 차례로 악수를 했다.

그가 자랑스럽게 난을 미국 친구라며 그들에게 소개했다. 그들은 난을 보고 좋아했다. 테이블 위에는 연유가 담긴 접시 두 개와 김이 모락모락 나는 작은 빵이 담긴 대나무 바구니가 놓여 있었다. 둘 다 애피타이저였다. 그들은 베이징 문학계에서 최근에 일어난 사건들에 관해 얘기했다. 올해의 주요 문학상 후보자 추천에 어떤 사무소가 관련되었는지에 관한 얘기도 있었고, 젊고 아름다운 여류 작가 중 어떤 작가가 다른 작가들보다 작품이 많이 팔렸는지에 관한 얘기도 있었다. 또한 이듬해 봄에 파리 여행을 할 수 있게 된 두 시인에 관한 얘기도 있었고, 당국에 대해 공격적인 책을 냈다는 이유로 지난주에 해고당한 편집자에 관한 얘기도 있었다. 이제는 당국이 규정을 바꿔 작가들 대신 편집자들을 처벌하는 모양이었다. 아버지가 국무원의 고위직 관리인 한 젊은 작가가 쓴 첫 소설에 관한 학회가 열린다는 얘기도 있었다. 난은 그들이 말하는 세계에 대해 아무것도 알지 못해 그냥 듣고만 있었다.

그들 중에 가장 목소리가 큰 멩페이는 공군 중령이자 유명 작가였다. 다닝을 데려오라고 아우디를 보낸 것이 바로 통통한 얼굴에 목과 어깨가 굵은 이 남자였다. 이따금 그는 인민 해방군 예술학원에서 문학 이론과 근대 소설을 가르친다고 했다. 그는 일류 잡지인 《화성花城》에 중편소설을 막 발표한

터라 축하 파티를 하려고 친구들을 이곳으로 모이게 한 것이
었다. 그들 중 또 다른 장교가 있었는데, 그는 시인이자 대위
였다. 나머지는 모두 일반인이었다. 난은 자기 앞에 앉아 있
는 머리가 벗어진 남자의 사진을 신문에서 본 걸 어렴풋이 떠
올렸다. 판롱이라고 자신을 소개한 남자는 '작가 출판사'의
편집자였다. 중령 옆에는 현지 르포 전문 기자인 마른 남자가
앉아 있었는데, 입을 열 때마다 더듬거리는 터라 말을 많이
하지 않았다. 그들과 달리, 난은 루저우 라오쟈오에 입을 대
지 않았다. 그에게는 너무 독했다. 대신, 그는 오성 맥주*를
높은 잔에 따라 마셨다.

웨이트리스가 와서 그들에게 메뉴를 건넸다. 난은 요리의
이름을 보고 당황했다. 익숙하지 않은 게 너무 많아서 뭘 주
문해야 할지 알 수 없었다. 그가 다닝에게 물었다. "'부모와
자식'이라는 이 메뉴는 뭐죠?"

친구가 웃으며 말했다. "콩과 콩나물 절임을 두고 붙인 이
름일 뿐이에요."

"그렇다면 내가 가족 전체를 먹지는 않겠군요." 난은 껄껄
웃었지만, 다른 화려한 메뉴에 대해서는 묻지 않았다. 다른
사람들은 메뉴를 펼쳐볼 생각도 안 하고 판롱이 그들을 위해
알아서 주문하도록 놔뒀다. 파티와 만찬을 준비하는 데 능한
그 남자는 웨이트리스에게 열 개 남짓한 요리를 주문하고 술

---

*중국 칭다오 소속의 베이징 오성 맥주 회사에서 생산된 맥주.

과 맥주를 더 가져다달라고 했다.

"난 선생, 최근에 미국에서 출판된 소설들 중 어떤 게 인기가 있습니까?" 멩페이가 물었다. 그는 현대 미국 소설에 대해 아주 잘 아는 것처럼 보였다. 실제로 그는 스탠퍼드 대학교에 객원 연구원으로 다녀온 적이 있었다. 그는 얘기를 하다가 '내가 미국에 있을 때'라는 표현을 자주 썼다. 그러자 다닝은 그에게 여기에서는 다른 사람들에게 그 사실을 인식시킬 필요가 없으니 그런 표현은 사용하지 않는 게 좋겠다고 말했다.

"《콜드 마운틴》이라는 소설이 대단히 인기죠." 난이 멩페이에게 말했다.

"누가 쓴 건데요?"

"찰스 프레이저라는 신예 작가가 쓴 건데, 전 아직 못 읽어봤습니다." 난이 잠시 말을 멈췄다가 덧붙였다. "다닝에게 주려고 가져온 《미국의 목가》라는 소설도 괜찮습니다."

멩페이 옆에 앉아 있던, 홀쭉하고 눈썹이 비스듬한 남자가 날카로운 목소리로 말했다. "그, 그건 필립 로스의 새, 새 소설이잖아요!"

"맞습니다." 난이 말했다.

판롱이 끼어들었다. "나도 로스를 아주 좋아해요. 《유령 작가》를 특히 좋아합니다."

"솔 벨로가 더 좋은 작가 같아요." 다닝 옆에 앉은 안경 긴 남자가 중얼거렸다.

"아, 벨로는 재치 있고 재미있죠." 멩페이는 이렇게 말하고 자신의 말을 음미하는 것처럼 입맛을 다셨다.

그들은 미국 문학에 대한 지식을 과시하는 것 외에도 이탈로 칼비노, 밀란 쿤데라, 마르그리트 뒤라스에 관해서도 얘기했다. 난에게는 익숙하지 않은 작가들이었다. 그런데 그 작가들이 여기에서는 인기라고 했다. 그래서 멩페이가 그의 의견을 묻자, 난은 이렇게 말했다. "저는 소설을 그리 자주 읽지 않습니다. 시를 더 많이 읽는 편이에요."

"훌륭합니다." 눈매가 시원한 대위가 끼어들었다.

판룽이 덧붙였다. "우리는 데릭 월콧의 새 시집을 막 샀답니다."

난은 깜짝 놀라며 이 사람들이 중국 문학계의 관료들일 수 있다는 사실을 깨달았다. 그렇다면 이제부터는 얘기할 때 더 조심해야 했다. 그들은 번역을 통해 미국 작가들에 관해 많은 걸 알고 있는 것 같았다.

요리가 카트에 실려 나왔다. 연녹색 앞치마를 두른 젊은 웨이트리스 두 명이 테이블 위에 요리를 놓기 시작했다. "이건 '시골길 걷기'라는 요리입니다." 그들 중 하나가 말했다. 난은 눈을 깜빡거리며 요리를 자세히 쳐다봤다. 세상에! 그건 파슬리를 곁들인 족발이었다. 그는 당황했지만, 아무 말도 하지 않았다. 웨이트리스 두 명이 넙치 튀김이 담긴 큰 접시를 같이 들어서 테이블 위에 놓았다. 여러 종류의 냉육과 야채 데침도 있었다. 키가 큰 웨이트리스가 두 손으로 마지막 접시를 놓으며 말했다. "이건 '속삭임입니다." 난은 요리를 보고 웃음을 참느라 혼났다. 그것은 젤리가 바닥에 깔린 소고기 혓바닥 훈제 요리였다.

웨이트리스가 카트를 끌고 멀리 가기도 전에 난이 킥킥거리며 웃었다. 난이 다른 사람들에게 말했다. "자, 속삭입시다. 속삭입시다." 그의 농담을 알아듣고, 모두가 웃었다.

"우리한테 아직도 혀가 있는 게 얼마나 다행이에요." 멩페이가 무표정한 얼굴로 말했다.

웃음이 또 한 차례 터졌다. 그들이 먹고 얘기하는 동안 많은 사람들이 식당에 들어와 대부분의 자리가 다 찼다. 여러 개의 모임들이 있었다. 그런데 각기의 모임은 다른 모임에 조금도 신경을 쓰지 않았다. 난은 생선 요리가 좋아 여러 점을 먹었다. 다른 것들은 맛이 그저 그랬지만, 맛있게 먹으려고 노력했다. 그는 이곳이 관리들이나 사업가들, 문화계의 엘리트들을 위한 일종의 클럽이라는 걸 깨달았다.

잠시 후, 난이 편집자인 판룽에게 딕 해리슨의 최근 시집 《예기치 않은 선물》에 관해 얘기를 했다. 그 남자는 멍한 표정으로 부석부석한 눈을 깜빡거렸다. "나는 현대 미국 시에 대해서는 잘 몰라요. 그 시인에 대해 좀 더 얘기해주세요."

난은 딕과의 친분에 대해서는 얘기하지 않고, 그가 미국 시단의 떠오르는 별이라고 말했다. 그는 〈아들의 이유〉라는 딕의 시의 마지막 연을 암송하기까지 했다. 모두가 "어머니, 사랑해요/ 멀리 있을 때만요"라는 마지막 행을 듣고 깔깔 웃었다.

"딕 해리슨은 아이오와 작가 워크숍에서 막 강의를 하기 시작했답니다." 난이 판롱에게 말했다.

그 말이 먹혔다. 그들은 모두 그 워크숍과 아이오와 국제 저술 프로그램에 대해 알고 있었다. 아이오와 국제 저술 프로그램은 매년 두세 명의 중국 작가를 받아줬다. 그 기회를 잡으려는 경쟁이 치열했다. 특히 시인들이 그랬다. 그것이 약간의 돈을 버는 수단이기도 하기 때문이었다. 아이오와 대학교에서 한 학기를 보내고 나면, 그처럼 유명한 프로그램에 참여하는 영예 외에도 2천에서 3천 달러를 벌 수 있었다.

다닝이 그들에게 말했다. "사실, 딕 해리슨은 난의 가까운 친구랍니다."

사람들의 표정이 눈에 띄게 달라졌다. 등단 시인이기도 한 판롱은 난의 말을 더 유심히 듣기 시작했고 미국 시에 관해 여러 가지 질문을 했다. 그는 난에게 과장된 목소리로 이렇게 말하기까지 했다. "조만간 당신을 조지아에서 만날 수 있으면 좋겠습니다. 애틀랜타는 상당히 큰 국제적인 도시가 틀림없겠군요."

"그럼요, 언제든 환영합니다." 이렇게 말하면서, 난은 자신이 사기꾼 같다는 생각이 들었다. 핑핑이 좋아할지 확신이 서질 않았다. 그러나 그는 친절하게 보여야 했다.

낮은 단 가까이에 있는 테이블에 앉아 있던 사람들이 막 틀어놓은 가라오케 기계에 맞춰 노래를 부르기 시작했다. 멩페이가 일어나서 말했다. "가서 즐깁시다." 모두가 구경을 하러 갔다.

웨이트리스임이 틀림없는 젊은 여자들도 노래를 부르는

사람들 사이에 끼어 있었다. 조금 전만 해도 모든 사람이 조용하고 차분했는데, 갑자기 요란해졌다. 난은 다들 우울하고 절망적이어서 노래를 통해 좌절감을 푸는 건 아닌가 싶었다. 그들은 연거푸 노래를 했다. 때로는 남자와 여자가 같이 나와 부르기도 했고, 때로는 여럿이 나와 목청껏 노래를 부르기도 했다. 판롱이 앞으로 나가더니, 붉은 치파오*를 입고 단발머리를 금발로 염색한 여자와 함께 옛날 민요를 부르기 시작했다.

먼 산에 아름다운 여자가 사네.
그녀의 오두막을 지나치는 사람마다
그녀를 한번 볼까 하고 고개를 돌리네.

그녀의 작은 핑크빛 얼굴이 태양처럼 빛나네.
그녀의 아름다운 눈이 구름 한 점 없는
밤하늘의 별처럼 움직이네.

아, 매일매일 그녀의 작은 핑크빛 얼굴과
가두리에 금장식이 된 아름다운 드레스를 볼 수 있도록
내가 가진 모든 걸 포기하고
그녀의 양 떼를 따라다니리.

*오른쪽 옆이 터진 몸에 딱 붙는 원피스.

아, 그녀가 작은 채찍을 휘둘러

내 엉덩이를 치도록

그녀의 작은 양이 되어

늘 곁에 있으리.

노래를 마친 판롱이 큰 엉덩이를 흔들며 트림을 두 번 했다. 그러자 사람들이 깔깔 웃었다. 그러더니 그는 여자의 손을 잡고 작은 샹들리에 밑에서 춤을 췄다. 그의 다리가 민첩하게 움직였다. 얼굴은 땀으로 번들거렸다. 여자는 얼굴을 똑바로 들고 스텝을 맞추며 엉덩이를 흔들었다. 사람들이 많아 시끄러웠음에도 불구하고 두 사람은 아주 자연스러워 보였다.

난은 조금 피곤했다. 그러나 친구와 같이 있어줘야 할 것 같았다. 다닝은 이제 테이블로 돌아가 멩페이, 대위, 기자와 함께 카드놀이를 하고 있었다. 난에게도 같이 하자고 했지만, 그는 백 포인트 게임*을 어떻게 하는지 잊어버려 그들이 하는 모습을 지켜보기만 했다.

화장을 짙게 한 두 여자가 오더니 남자들 옆에 앉았다. 그들 중 하나가 멩페이에게 말했다. "중령님, 오늘밤 재미 좀 보지 않으실래요?"

"내 몸무게가 2킬로그램 더 빠질 때까지 기다려." 멩페이가 소 같은 눈을 굴리며 말했다.

*백 점을 먼저 내거나 그 점수에 근접한 사람이 이기는 카드게임.

난을 제외하고 모두가 웃었다. 난은 중령의 말이 무슨 뜻인지 궁금했지만 아무 말도 하지 않았다.

다른 여자가 다닝에게 말했다. "대작가 선생님, 벌써 저를 잊으셨어요? 저한테 사주겠다고 한 향수는 어디 있죠?"

"다일리안, 다음번에 사줄게. 알았지? 오늘은 친구하고 같이 있잖아." 그가 턱으로 난을 가리켰다.

"당신 친구 외롭지 않나요? 너무 말이 없으시네요."

"직접 물어봐."

여자가 환하게 웃으며 난에게 다가와서 교태를 부렸다. "절 알고 싶으세요?"

"그럼요." 난이 예의상 대답했다.

"저하고 시간 좀 보내고 싶으세요?"

"왜요?"

멩페이가 너털웃음을 웃으며 말했다. "저분은 순진한 분이야. 우리와는 다르다고. 아직 타락하지 않았어."

"그냥 따라가봐요." 다닝이 난에게 말했다. "저 여자가 이유를 알려줄 테니까요."

"돈은 누가 내고요?" 난이 말했다.

"물론 선생이 내는 거죠." 멩페이가 난을 가리키며 말했다. "선생은 내가 생각했던 것처럼 순진하지는 않군요. 내가 음식과 술값은 내지만 오럴 섹스와 섹스에 들어가는 돈은 못 내요."

그의 옆에 앉아 있던 여자가 입을 삐쭉거렸다. "이분은 늘 너무 뻔뻔하고 야만적이야."

농담 삼아 난이 그 옆에 있는 여자에게 말했다. "당신이 공짜로 나하고 시간을 보내고 싶다면 몰라도, 나는 가진 돈이 없어요……."

"지금 낼 필요는 없어요."

다닝이 끼어들었다. "난, 저 여자 골리지 마요. 당신이 외국에서 왔다는 걸 알고 있어요. 관심이 없으면 없다고만 얘기하면 돼요. 당신이 저 여자에게 공짜로 뭘 얻어내면, 나한테 책임을 뒤집어씌울 거예요."

"좋아요." 난이 여자를 향해 말했다. "오늘은 내가 너무 피곤하네요. 미국에서 스무 시간 가까이 비행기를 타고 왔거든요. 아직도 시차 때문에 피곤해요."

"미국이라고요? 근사해라. 혹시 모르니 제 전화번호 드릴까요?"

"나는 결혼한 몸이에요."

그러자 모두가 떠들썩하게 웃었다. "우리 모두가 결혼한 몸이에요." 멩페이는 이렇게 말하고, 널찍한 이마를 손등으로 세 번 쳤다. "난 선생, 우리한테 우리가 타락했다는 걸 환기시키지 말아줘요." 그가 마침내 조용해진 여자들을 쳐다봤다. 잠시 후, 여자들은 근처에 있는 테이블로 이동했다.

돌아오는 길에 아우디 속에서 난은 다닝에게 물었다. "멩페이가 여자한테 자기 몸무게가 2킬로그램 더 빠질 때까지 기다리라고 하던데, 그게 무슨 뜻이죠?"

"그 사람 나름의 이론인데, 성적 쾌락의 강도가 살이 얼마나 빠지느냐와 관련이 있다는 거죠."

"이상하군요. 그 사람 말을 믿어요?"

"지방이 너무 많으면 몸의 감각이 둔해지지 않을까요?"

"알겠어요, 당신네들은 그 방면의 전문가로군요. 그런데 식당에서는 어째서 평범한 요리에 그렇게 화려한 이름을 붙여 놓은 거죠?"

"더 벌기 위해서죠. 누구나가 팔고, 팔고, 또 팔아서 어떻게든 돈을 벌려고 하죠. 사람들은 더 이상 물건을 원래 이름으로 부르지 않아요."

난은 그 식당이 어떤 곳이냐고 물었다. "매음굴 같아서 묻는 거예요." 그가 덧붙였다.

그의 친구가 웃으며 베이징에는 그런 술집, 살롱, 호텔이 많다고 말했다. 손님을 끌어들이기 위해서 여자들을 이용하는 건 요즘은 일반적인 관행이라고 했다. 난은 그에게 여자들과 자주 시간을 보내느냐고 물으려다가 참았다. 틀림없이 다닝은 단골 손님일 것 같았다. 그의 친구들도 마찬가지일 것 같았다. 난은 자신도 여기에 살았으면 그렇게 되지 않았을까 싶었다.

9

그는 밤새 기차를 타고 이른 아침에 하얼빈에 도착했다. 기차역은 개조가 되어 있었다. 거대한 문과 새 베란다가 있으니, 12년 전보다 사람을 더 반기는 듯한 인상을 줬다. 이곳 사람들은 돈은 베이징 사람들보다 훨씬 적어도, 옷은 더 화려하게 입었다. 도시는 더 나이가 들어 잠을 자는 것처럼 보였다. 남동쪽에 있는 러시아식 건물들은 황동색의 둥근 지붕에도 불구하고 희끄무레하고 초라해 보였다. 기차역 광장에서 운동복을 입은 젊은 남녀들이 무술을 연습하고 있었다. 그들은 뛰어오르고, 발이나 주먹으로 공중을 차거나 치기도 하고, 무릎을 오른쪽으로 굽히고 가만히 있으면서 힘을 몸의 다른 부위에 싣기도 했다. 광장의 서쪽 측면에는 노점들이 줄지어 서 있었다. 요우티아오,* 두유, 설탕 파이, 순두부국, 볶은 콩과

---

*밀가루 반죽을 발효시켜 소금으로 간을 한 후, 길이 30센티미터 정도의 길쭉한 모양으로 만들어 기름에 튀긴 식품.

땅콩 등을 파는 노점들이었다. 여러 명의 손님들이 간이의자에 앉아 얘기를 하거나 신문을 읽으며 아침 식사를 하고 있었다. 어떤 여자는 꼬리를 계속 흔드는 사냥개를 긴 줄에 묶어 데리고 있었다. 난은 택시를 타고 부모의 집이 있는 난강 지역을 향해 출발했다.

도시는 변한 게 많지 않았다. 거리에 차들이 더 많아지긴 했지만, 베이징과 달리 개인이 소유한 차는 많지 않은 것 같았다. 난은 관광버스처럼 널찍해 보이는 천장이 높은 새 버스가 마음에 들었다. 5분 후, 그는 그의 부모가 사는 풍화로에서 3백 미터쯤 떨어진 우정로에서 내렸다. 조금 걸어가고 싶었다. 그는 앞니가 빠진 젊은 운전사에게 20위안을 주고 잔돈은 가지라고 했다. 그리고 바퀴가 달린 여행 가방을 끌고 부모의 집을 향해 걸음을 옮겼다. 그는 어디로 갈지 알고 있는 것처럼 거리 이름을 쳐다보지도 않았다.

그가 단지에 들어섰을 때, "들이쉬고, 내뱉고, 들이쉬고, 내뱉고……" 하고 말하는 남자의 목소리가 들렸다. 오래되고 께느른하게 들리는 느린 음악이 남자의 크고 단조로운 소리에 섞여 들렸다. 첫 번째 건물의 모퉁이를 돌면서, 난은 노인들이 모여 있는 걸 보았다. 30명쯤 되는 노인들이 두 개의 콘크리트 건물 사이에 있는 빈 공간에서 아침 운동을 하고 있었다. 그들은 눈을 감은 채, 율동에 맞춰 처음에는 뒤꿈치를 내딛고 다음에는 팔을 왼쪽 오른쪽으로 흔들며 움직이고 있었다. 그들의 동작이 우스워 보였다. 몽유병 환자처럼 걷거나 그림자와 씨름을 하고 있는 것 같았다. 그들 중에 그의 부모가 있었다. 그들은 느릿느릿 어깨를 흔들고 있었다. 그의 아버지는 납작한 갈색 모자를 쓰고 있었고, 어머니는 보라색 운동복 바지와 소매가 짧은 흰 셔츠를 입고 있었다. 놀랍게도 둘 다 변한 게 별로 없었다. 몸이 전보다 두툼하고 팔다리가 약간 굳어 보일 뿐이었다. 사람들의 얼굴에는 표정이 없었다. 그들의 몸은 최면에 걸려 춤을 추는 것처럼 남자의 목소리와 음악에 맞춰 움직였다. 무의식적으로 난은 걸음을 멈췄다. 감정이 몰려오며 숨을 쉬기가 힘들어졌다. 눈이 흐릿해졌다. 그는 부모를 부르지 않기로 했다. 사람들을 방해하고 싶지 않았다. 그는 건물 벽으로 얼굴을 돌리고 그들을 지나쳤다.

그는 계단을 올라 부모가 사는 아파트에 도착했다. 문은 잠겨 있었다. 그래서 그는 층계참의 쇠난간에 몸을 기대고 기다렸다. 부모님은 몇 년 전 그들이 받던 급료에 해당하는 연금을 받으며 편히 살고 있었다. 난은 그가 편지에서 중국 정부에 대해 불평을 할 때마다, 아버지가 그를 너무 순진하고 성급하다며 나무라는 답장을 보낸 이유를 알 것 같았다. 철두철미한 공산주의자인 노인은 사회주의가 자본주의보다 우월하다는 걸 결코 의심하지 않았다. 그는 언젠가 난이 아무리 미국 집에서 살고 미국 차를 몰고 미국 말을 쓰고 미국 음식을 먹고 미국 방귀를 뀌는 특권을 누려도, 그것이 중국 정부를 '욕'하는 걸 정당화할 수 없다며 아들을 비난한 적도 있었다. 이제 난은 부모의 삶이 국가의 지원에 달려 있다는 걸 이해했다.

"거기 누구요?" 그의 어머니가 계단을 오르며 소리쳤다.

"어머니, 저예요."

"난! 정말로 난이냐!" 그녀가 달려오다가 계단에서 미끄러져 다치지 않으려고 손을 뻗었다.

"뛰지 마세요." 그가 서둘러 어머니를 맞으러 내려갔다.

그녀는 아들을 안고 행복한 눈물을 흘렸다. "아, 내 아들이구나. 정말 보고 싶었다! 혼자 왔냐?"

두 팔로 안자, 그녀는 허리에 군살이 많이 쪄서 고기완자처럼 느껴졌다. 그가 말했다. "네, 핑핑과 타오타오는 못 왔어요."

"어디 보자." 그녀가 그를 약간 밀치고 눈물에 젖은 눈으로 살펴보았다. "이제 너도 중년이 됐구나. 많이 변했어. 미국 생활이 힘든 게로구나."

"쉽지는 않지만 잘 살고 있어요. 어머니는 좋아 보이세요. 오는 길에 어머니와 아버지를 봤는데 방해하고 싶지 않아서 그냥 왔어요." 그들은 문을 향해 걸어갔다. 옆에서 보니, 그녀는 전보다 허리가 더 굽어 있었다. 그러나 머리는 까맸다. 염색을 한 것 같았다.

"우리를 불렀어야지. 새로운 숨쉬기 운동을 한 거란다. 마술 같아. 그걸 하고 나면 일주일 내내 기분이 좋거든. 여보, 우리 아들이 왔어요."

난의 아버지가 계단통에 나타났다. 그는 난을 보고 걸음을 빨리 했다. 그는 들어오자마자, 물었다. "언제 도착했냐?"

"조금 전에요."

"왜 미리 연락하지 않고?" 난의 아버지가 쭈글쭈글한 얼굴에 미소를 지었다. 기쁨을 감출 수 없는 모양이었다.

난은 복권에 당첨되어 올 수 있었다고 설명했다. 어머니는 벌써 부엌에 가서 아침 식사를 준비하고 있었다. 그릇이 딸그락거리는 소리가 들려왔다. 난은 김이 나는 물이 수도꼭지에서 흘러나오는 모습을 바라보았다. 그것은 전에는 없던 새로운 풍경이었다.

노인과 난은 거실 소파에 앉았다. 노인이 아들에게 말했다. "네 어머니와 내가 운동을 할 때, 네가 우리를 부르지 않은 건 잘한 일이었다. 자오가 바로 내 뒤에 있었거든. 아직도 너를 못마땅하게 생각하고 있다."

"미국에서 전시회를 하는 걸 도와주지 않았다고 그러시는 건가요?"

"그래."

"그게 몇 년 전 일인데, 아직도 앙금이 남아 있으세요?"

"네가 고마움을 모른다고 이따금 불평을 하지. 나도 동조하는 척해야 한단다."

"하지만 저는 미국에서는 이름도 없는 사람이에요. 제가 어떻게 전시회를 하도록 도와드릴 수 있겠어요?"

"나는 너를 비난하는 게 아니야. 그 친구는 고집이 세지만, 잃고 싶지 않은 오랜 친구다. 그러니 낮에는 나가지 마라. 이웃 사람들이 너를 알아볼 거다. 그렇게 되면 자오가 네가 왔다는 걸 알게 될 테니까."

"알았어요. 집에 있을게요." 여하튼 난은 피곤하고 졸려서 집에 있는 게 좋았다.

"나가고 싶거든 선글라스를 끼고 뒷골목을 이용해라. 앞문으로 나가지 말란 말이다."

"골목이 아직도 있다는 말인가요?"

"그래, 사람들이 나이를 더 먹었다는 것 말고는 실제로 아무것도 변한 게 없어."

아침 식사를 하며, 난은 동생들에 관해 물었다. 부모는 자식들이 운이 좋아 아무도 직장이 없는 사람이 없다고 했다. 요즘 들어 일자리가 없는 사람들이 너무 많아 시내에 가면 소매치기들이 곳곳에 있다고 했다. 그들은 난에게 버스나 가게에서 지갑을 조심을 하라고 했다. 영화관에서는 특히 조심해야 한다고 했다. 어두워서 그런 일이 쉽게 일어날 수 있다는 거였다. 어머니는 그에게 남동생인 닝이 도박에 빠졌다고 말했다. 때로는 밤새 도박을 한다고 했다. 그의 아내가 그 나쁜 버릇 때문에 늘 바가지를 긁어도 소용이 없다고 했다. 집에서 나간다고 해도 요지부동이라는 것이었다.

"왜 그런 거죠?" 동생을 좋게 기억하는 난이 물었다.

"우울증이란다."

"뭐라고요? 우울증이라고요?"

"그렇단다. 어떤 것도 마음에 안 차는 모양이더라." 아버지가 거들었다.

전에는 쾌활한 젊은이였던 닝이 그렇게 타락하다니, 난은 기분이 이상했다. 중국을 떠나기 전, 난은 '우울증'이라는 말을 들은 적이 없었는데, 이제는 어머니가 일상적인 말처럼 사용하고 있었다.

난은 부모님에게 각각 5백 달러씩 드리며 급하게 오는 바람에 선물을 살 수 없었다고 말했다. 녹색 지폐를 보자, 부모는 표정이 환해졌다. 아버지는 지폐 뭉치에서 바삭바삭한 20달러 지폐를 들어 올려 피로한 눈을 가늘게 뜨고 그것이 진짜인지 확인하려는 것처럼 창으로 들어오는 햇빛에 비춰봤다. "이게 20달러짜리구나." 아버지가 말했다. "미국 돈은 처음 본다."

"진짜 돈이에요." 난이 고개를 끄덕였다.

"나는 그렇게 대단한 달러가 이렇게 보기 흉할 거라고는 생각하지 못했다."

어머니가 끼어들었다. "무슨 그런 바보 같은 소리를 해요. 보기 흉한 돈은 없어요."

노인이 껄껄 웃으며 숨을 들이켰다. "맞아. 요것 한 장만으로도 국수를 백 그릇은 살 수 있을 테니 말이야. 그런데 애야, 식당에서 하루에 얼마나 버냐?"

"백 달러 정도요."

"이런 걸 다섯 장씩이나!" 노인이 손에 든 20달러짜리를 흔들며 말했다. "사람들이 미국이 가장 부유한 나라라고 하는 것도 당연하구나." 그가 혀를 차며 웃을 때, 뭉툭한 코 주변에 쭈글쭈글한 주름이 잡혔다.

난은 더 이상 아무 말도 하지 않고, 세수를 하고 이를 닦으러 갔다. 그리고 옷을 벗고 침대에 들어 여덟 시간을 내리 잤다.

10

땅거미가 질 무렵, 난은 동생 닝과 함께 강변에 가려고 집을 나섰다. 그는 쓰레기가 늘어서 있는 뒷골목으로 아버지의 봉황 자전거를 끌고 갔다. 그러나 골목에서 나와 자전거에 올라타자, 더 이상 안정적으로 탈 수가 없었다. 비틀비틀거리다가 하마터면 젊은 부부와 부딪힐 뻔했다. 키만 껑충하고 뼈만 남은 동생이 고개를 저으며 소리쳤다. "종을 눌러!" 그들 주변에 있는 사람들이 웃고 난리였다.

난은 자전거에서 내려 동생과 함께 쑹화 강을 향해 걸어갔다. 그들은 2킬로미터 정도 북쪽으로 뻗은 중앙로로 들어서서 강변까지 갔다. 난은 19세기에 러시아인들이 만든 이 자갈길을 좋아했다. 그런데 지금 보니, 특별할 게 아무것도 없었다. 건물들에 다닥다닥 붙어 있는 많은 간판들 때문인지 도로가 다소 좁게 느껴졌다.

두 형제는 스탈린 공원 중앙에 있는 광장에 들어섰다. 공원 중앙에는 1957년의 대홍수를 극복한 것을 기념하는 가느다란 기념탑이 서 있었다. 돌기둥이 받치고 있는 건축물이 기념탑 뒤로 둥근 형태를 이루고 있었다. 거대한 편자처럼 생긴 건축물이었다. 오랫동안 난에게 깊은 인상을 남겼던 이 건축물이 지금은 하찮아 보였다. 더 이상 장엄함이 느껴지지 않았다. 두 형제는 공원 깊숙이 들어가서 강가에 도착했다. 강둑은 난이 기억했던 것과는 달랐다. 전에는 꽃과 나무들로 가득한 공원 같았는데, 이제는 대부분의 식물들이 사라지고 음식과 과일, 음료수와 기념품을 파는 매점들만 곳곳에 있었다. 사람들이 구입한 물건을 망태기에 담아 들거나 어깨에 맨 채 돌아다니고 있었다. 이리저리 걸어 다니는 여행객들도 많았다. 어떤 사람들은 양념이 된 수박씨를 까먹고 껍질을 땅에 뱉고 있었다. 동쪽으로 멀지 않은 곳에 높은 아파트 건물들이 있어서 초원을 시야에서 가리고 있었다. 강둑은 이제 시장 같았다. 콘크리트로 포장된 둑에는 참외 껍질, 아이스크림 통, 으스러진 달걀 껍질, 아이스크림 막대와 포장지, 담배꽁초가 흩어져 있었다. 난과 닝은 둑 위의 난간에 몸을 기대고 맞은편 기슭 가까이에서 움직이는 요트를 바라보았다. 선미에 닻이 매달린 요트는 거품이 많은 물보라를 뒤에 남기며 움직이고 있었다. 수면은 상당히 좁아져 넓이가 2백 미터 정도밖에 안 되었다. 흰 모래가 넓게 드러나 있었다. "배는 다 어디로 간 거니?" 난이 동생에게 물었다.

"가뭄 때문에 물이 너무 얕아져 배들이 여기까지 못 들어와." 닝이 두툼한 입술을 혀로 핥았다. 위는 좁고 아래는 넓은 그의 앳된 얼굴이 약간 부풀더니, 정박해 있는 보트를 유심히 바라보았다.

"강이 너무 많이 변했구나. 이렇게 빈약할 것이라고는 생각하지 못했다." 난이 말했다. 그는 쑹화 강에 대한 꿈을 자주 꾸곤 했다. 꿈속에서 쑹화 강은 늘 호수처럼 거대했다. 그런데 이제 보니 허드슨 강이나 레이니어 호수가 꿈속에서 이 강의 모습과 뒤죽박죽 섞였던 게 분명했다.

"아침에 와서 이곳이 어떤지 형이 한번 봐야 해요." 닝이 말했다. "스포츠 경기장처럼 사람들이 떼로 몰려와, 사방팔방에서 운동하고 춤추고 난리라니까."

"오래전에 저쪽에 유원지가 생겼지 않니?" 난이 강의 중앙에 있는, 나무로 울창한 땅을 가리키며 말했다. 일광도라 불리는 곳이었다. 그 위로 복엽비행기가 천천히 날고 있었다. 그 모습이 거대한 잠자리가 바람에 깐닥이는 것 같았다.

"맞아. 그러나 내가 형이라면 저곳엔 가지 않겠어. 여기서 보는 게 더 좋아. 사람이 너무 많아. 관광객에게 바가지만 씩우는 곳이지."

사실, 이쪽에서 보니 그림 같은 건물과 밝은 색깔의 집들이 있는 섬은 아름다워 보였다. 그곳은 12년 전에는 숲으로 덮여 있었다. 난은 십 대 후반이었을 때 종종, 오후에 헤엄을 쳐서 그곳으로 건너가 따뜻한 강가에서 낮잠을 자곤 했다. 그런데 그곳은 이제 대형 천막과 보트 창고와 기다란 단으로 가려져 있었다. 다리가 있는 기다란 단은 선착장이 분명해 보였다. 그가 닝에게 말했다. "섬에 한번 가보려고 했는데 이제 그럴 필요 없겠다. 물이 너무 얕아서 걸어서도 건널 수 있을 것 같구나."

"이 강처럼, 중국도 힘이 다 빠졌어. 이미 속속들이 썩었지. 형이 미국에 남기로 한 건 잘한 일이야." 닝은 머리 주변을 맴도는 말파리를 잡으려고 하다가 놓쳤다.

"어렵긴 그곳도 마찬가지야." 난이 말했다.

"그래도 희망이 있잖아, 안 그래?"

"나는 모르겠다." 난은 '어떤 희망'이냐고 말하고 싶었지만 동생의 마음을 상하게 할까봐 참았다.

"형." 닝이 다소 부끄러운 듯 말했다. "나 오스트레일리아에 가볼 생각이야."

"뭐 하러?"

"이민 가려고."

"아주 힘들 거다. 서류를 다 갖추는 데 정말로 오랜 시간이 걸릴 거야. 네가 젊은 여자라면, 오스트레일리아에 사는 게 덜 어려울 수도 있겠지. 중국 남자들은 외국에서는 중국 여자들에 비해 종종 불리한 경우가 많거든."

"왜?"

"중국 여자들은 백인 남자들이 좋아하니까 받아줄 가능성이 더 많지. 그리고 일반적으로 말해, 중국 여자들은 중국 남자들보다 어려움을 더 잘 견뎌. 네가 제수씨와 함께 오스트레일리아에 간다면, 제수씨가 너보다 쉽게 적응할 거야. 솔직히 말하면, 일단 오스트레일리아에 가면, 제수씨가 널 떠나는 일이 생길지도 몰라. 나는 미국의 이민자들 사이에서 여자들이 딴마음을 먹는 바람에 결혼이 깨지는 걸 많이 봤어. 나는 운이 좋은 거지. 네 형수가 나한테 헌신적이니까 말이야. 네 형수는 나보다 고통을 더 잘 견뎌. 네 형수가 없었다면 나는 그곳에서 살아남지 못했을 거야." 감정이 북받쳐 눈물이 나오려 했다. 그래서 그는 여기에서 말을 멈췄다. 그때 문득, 제수인 민얀이 닝이 노름을 하는 친구들과 어울리지 못하도록 다른 나라로 데리고 가려 하는지도 모른다는 생각이 들었다. 난은 민얀을 몇 시간 전에 만났는데 좋은 사람 같았다. 그리 미덥지는 않았다. 아름다운 데다 두뇌 회전이 빠른 여자였다. 그는 두 사람이 오스트레일리아에 간다면, 그녀는 잘 적응하겠지만, 기질적으로 예민한 닝은 어찌 할 바를 모르고 옛날로 돌아가 카지노를 들락거리고 경마에 돈을 걸면서 살아갈지 모른다고 생각했다. 막내 동생은 늘 어린애였다. 그에게는 외국에서 몸부림을 치며 살아갈 힘이 없었다.

닝이 한숨을 쉬었다. "나는 여기에서 내 인생의 의미를 못 찾겠어. 직장에서는 거의 매일 밤, 회식이야. 술이 싫지만 일주일에 몇 차례씩 폭음을 해야 해. 그러지 않으면 다른 사람들이 나를 불성실하다고 생각할 테니까. 이런 삶에 넌더리가 나. 만나고 싶지 않은 사람들을 향해 웃어줘야 하는 것도 넌더리가 나고, 연회에 참석해 다변가처럼 지껄여대야 하는 일도 넌더리가 나. 그래서 평화롭고 조용한 외국으로 가고 싶은 거야."

"적어도 여기에는 친구들이 많이 있잖니. 미국에서 우리는 아주 외롭게 살아. 네가 오스트레일리아에서 외로운 삶을 견디는 건 쉬운 일이 아닐 거야."

"외로움은 두렵지 않아. 희망이 없는 것보다 낫잖아. 여기는 완전히 망가졌어. 이곳 겨울이 어떤지 봐야 해. 스모그가 너무 짙어서 때로는 하늘에 떠 있는 해도 제 색깔이 안 나. 나갈 때마다 마스크를 써야 하고. 그러지 않으면 코가 매연으로 막혀버린다고. 형이 알지 모르지만, 수백 만 명이 폐 질환에 시달리고 있어. 중국에는 더 이상 공기가 맑은 공터가 없으니까. 숲이 다 사라졌어. 그중 최악인 건 범죄자들이 득실거린다는 거야. 너무 많은 사람들이 직장이 없어 어떻게든 살아가려고 혈안이 돼 있어. 우리 동료 중 하나는 지난봄에 우리 사무실 건물 밖에 있는 다리 밑에서 칼에 찔렸어. 강도가 요구하는 돈이 없었기 때문이지. 이곳에서 정직하게 사는 건 불가능해. 모두가 거짓말을 하기 때문에 우리도 거짓말을 해야 해. 그러지 않으면 다른 사람들이 우리를 이용할 테니까. 시장에 가면 저울의 반 이상이 조작된 거야. 우리 이웃집에 사는 니우 아주머니가 지난 1월, 어느 저녁에 행상한테서 쌀 만두 한 봉지를 샀는데, 집에 와서 보니까 얼은 당나귀 똥이더래. 경찰관인 내 친구 중 하나는 버스에서 주운 돈 봉투를 주인에게 돌려줬다가 이혼까지 당했어. 그의 부인이 그에게 '정신병자'라고 했고, 그의 장인장모까지 나서서 '얼치기'라고 했대."

"닝, 그걸 이런 식으로 생각해봐. 너는 나이가 서른다섯이 다 됐잖아. 게다가 영어도 할 줄 모르지. 네가 운이 좋아 많은 돈을 쓰고 결국 오스트레일리아에 간다고 해도, 네가 그곳에 정착하기까지는 몇 년이 걸릴 거야. 돈이 많거나 특출한 재능을 갖고 있으면 몰라도, 마흔이 넘으면 외국에서 삶을 다시 시작하는 건 불가능한 일이야. 너무나 엄청난 노력이 들어가 결국 미치고 말 거야. 닝, 오스트레일리아에 가기로 결정하기 전에 신중히 생각해봐야 해. 내 생각에 너는 여기에 사는 게 좋겠다. 적어도 안정적인 직장이 있고 사람들이 너를 기자로서 존경하잖아."

"사실, 외국에 가기를 원하는 건 나보다는 민얀이 더 그래. 저녁에 학원에서 영어를 배우는 중이야."

"그렇구나. 여하튼 결정하기 전에 잘 생각해봐."

"알았어."

보트에서 어떤 남자가 큰 소리로 민요를 부르기 시작했다. 화물차가 경적을 울리며 반세기도 더 전에 일본군이 강 아래쪽에 만들어놓은 거무튀튀한 낡은 다리를 건너고 있었다. 벌써 많은 불들이 들어와 강물에 한가롭게 반짝였다. 잠시 후, 두 형제는 몸을 돌려 자전거 핸들을 하나씩 잡고 집으로 향했다. 돌아가는 길에 난은 닝에게 3백 달러를 주며 제수씨한테 맡겨놓겠다고 약속하라고 했다.

11

난은 여동생인 잉에게도 같은 액수의 돈을 줬지만, 남편이 잘나가는 조경 회사의 사장이기 때문에 그녀에게는 사실 돈이 필요 없었다. 하지만 달러가 강세라 그걸 받고 좋아라 했다.

난은 부모에게 닭고기나 생선은 미국에서 매일 먹으니 그런 건 사지 말라고 했다. 그는 기장 죽, 옥수수 죽, 간장을 넣어 반죽한 평범한 국수, 마호가니 잎 튀김처럼 집에서 만든 음식을 먹고 싶었다. 그런 것들은 만들기도 쉬웠다. 그의 어머니가 시장에 가서 뭘 사올 필요도 없었다. 시골에 사는 이모네 집 뒤뜰에 마호가니 나무가 네 그루 있어서 매년 봄, 잎을 한 자루씩 부쳐줬던 것이다. 난은 이런 음식을 먹고 싶어 했지만, 기대했던 것만큼 맛있지는 않았다. 어찌 된 일인지, 모든 것이 그가 기억하고 있는 것과는 다른 맛이었다. 미각을 잃어버려서 그런지도 몰랐다. 혹은 맛 좋은 음식에 대한 기억은 어렸을 때 느꼈던 맛을 미화한 것인지도 모를 일이었다.

이튿날 오후, 그는 어머니와 둘이서만 집에 있었다. 아버지는 세상을 막 떠난 전 동료의 추도식에 가고 없었다. 어머니가 국화차가 담긴 토기 잔을 탁자에 내려놓고 앉으며 한숨을 쉬었다.

"왜 그러세요?" 그가 물었다.

"타오타오가 보고 싶어서 그런다."

별일도 다 있지 싶었다. 난이 기억하기론, 어머니는 맏손자를 좋아한 적이 없었다. 어머니는 그와 아내가 모임에 참석해야 했을 때도 아이를 봐주지 않았다. 핑핑은 그것 때문에 아직도 시어머니에 대한 감정이 좋지 않았다. 난이 말했다. "그 애는 걱정하지 마세요. 잘 있어요. 학교 공부도 잘하고 앞으로도 잘될 거예요."

"보고 싶어서 그런다니까."

"좋아요. 핑핑한테 얘기해보고 내년 여름에 아이를 데리고 올 수 있을지 알아볼게요. 그렇게 하면 어머니와 아버지한테 중국어도 배우고 좋겠네요."

"아니, 나는 미국에 가서 그 아이와 핑핑을 보고 싶어."

"왜 가셔야만 하는데요? 어머니 연세에는 그렇게 멀리까지 여행하는 게 무리예요."

"무슨 소리니 그게? 나는 그렇게 나이가 많지 않다." 사실이었다. 그녀는 막 예순다섯이 되었다.

"내년 여름에 타오타오를 여기로 보낼게요."

"나도 미국을 보고 싶어서 그래."

"어머니는 여기에서 편하게 사시잖아요. 만약 거기에서 아프면 외국에서 돌아가실 수도 있어요. 동맥 경화와 어지럼증이 있으시지 않나요?"

"지금은 괜찮아졌어. 죽기 전에 미국을 보고 싶구나."

"솔직히 말씀드리면, 노인들에게는 거기가 더 힘들어요."

"괜찮아. 나는 일할 수 있어."

"어머니 연세에 일을 한다고요?"

"그래, 일하는 게 창피한 건 아니잖니. 미국에서 돈을 버는 게 얼마나 쉬운지 누구나 안다. 그저께 네가 우리한테 돈을 주니까, 네 아버지가 '제기랄, 우리는 인생을 통틀어 그렇게 많은 돈을 가져본 적이 없어. 난이 얼마나 쉽게 천 달러를 주는지 보라고. 12년 만에 저렇게 부자가 됐어'라고 하더라. 아들아, 네가 우리에게 준 돈은 우리가 1년을 살기에 충분한 돈이다."

"우리가 거기에서 더 많이 벌긴 하지만 더 많이 쓰기도 해요."

"식당이 네 것 아니니?"

"제 것 맞아요."

"내가 너를 위해 일을 하면 되잖아. 나는 만두 피와 완탕 피도 만들 줄 알고, 국수나 빵이나 파이도 만들 줄 안다. 시간당 5달러면 하루에 40달러를 벌 수 있잖니. 1년이면 만 달러 이상을 벌 거고, 그 돈이면 네 아버지와 내가 여생 동안 두고두고 쓰기에 충분한 돈이다. 1년만 같이 있다가 돌아오마. 나를 미국에 데려가다오."

"그 사이에 아버지는 어쩌시고요?"

"집에 있을 거다."

"그런데 요리를 못 하시잖아요."

"하녀를 구하면 돼."

난은 아버지가 가지 않을 것이라는 걸 알았다. 일단 여기에 친구들이 많아 매일 밤 마작을 하면서 놀 수 있기 때문이고, 여기에 있으면서 연금을 지급받고 집을 관리해야 하기 때문이기도 했다. 난이 말했다. "핑핑하고 얘기를 해봐야겠어요. 저 혼자는 결정 못 해요."

어머니의 얼굴이 어두워졌다. 그녀의 목에 몇 개의 주름이 나타났다. "네 집에서 우두머리가 누구냐? 네가 남편으로서 네 권리를 주장하면, 핑핑은 당연히 네 말을 들을 거야."

"어머니, 그럴 수는 없어요. 핑핑도 식당의 공동 주인이에요. 우리 두 사람은 협력자라고요. 일종의 팀이죠."

그녀는 핑핑이 자기를 미국에 오게 하지 않을 거라는 걸 직감하는 것 같았다. 두 사람은 사이가 좋은 적이 없었다. 그녀가 한숨을 쉬며 풀이 죽은 목소리로 말했다. "너도 옛날의 네가 아니구나. 장가를 가더니 이제 늙은 어미는 필요 없다는 거지? 네 동생들과 똑같아. 하나같이 무정하기 짝이 없는 것들이야." 그녀는 입을 다물고 코를 찡그렸다.

난은 그녀에게 이렇게 말하고 싶었다. '핑핑이 지난 세월 동안 저하고 같이 고생하고 몸부림을 칠 때, 어머니는 어디에 계셨죠? 우리가 아이를 잃었을 때, 저하고 울어주셨나요? 우리가 내야 할 돈을 못 낼 때, 걱정이라도 해주셨나요? 어머니는 우리를 이용하고 돈을 달라고 할 줄만 아셔요. 탐욕스러우세요. 두 분 다 그러세요.' 하지만 그는 입을 다물고 눈을 내리깔았다. 그리고 나직이 이렇게 말했다. "어머니는 저와 핑핑이 얼마나 어렵게 살았는지 모르세요. 핑핑이 다른 여자 같았으면 오래전에 저를 버리고 나갔을 거예요. 핑핑은 우리 집의 대들보예요."

"알겠다. 늙은 어미는 너희에게 이제 쓸모없다 이거지." 그녀가 일어나서 가버렸다. 그녀의 어깨가 처져 있었다.

난은 소파 등받이에 머리를 기대고 눈을 감았다. 어머니와 나눈 얘기가 그를 슬프게 했다. 그는 전날, 핑핑이 유산을 했다는 얘기를 듣고, 어머니가 어떻게 반응했는지를 떠올렸다. "네가 부모에게 더 효도하면 그런 불행은 다시 닥치지 않을 거다." 그 말이 지금도 그를 괴롭혔다. 이제 어떻게 해야 그녀가 더 이상 자신의 직계 가족이 아니라는 걸 이해시킬 수 있겠는가. 어떻게 해야 핑핑이 그가 기댈 수 있는 유일한 사람이라는 걸 납득시킬 수 있겠는가. 그의 어머니는 탐욕스러우면서도 허영심이 많았다. 그녀는 돈을 벌어 이웃과 친구들에게 자랑하고 싶은 생각만 있었다. 닝의 말에 따르면, 그들의 부모는 종종 미국으로 휴가를 가서 손자를 볼 거라고 다른 사람들에게 떠벌리고 다닌다고 했다. 어머니는 친구들에게 그들의 자식들이 크면 난을 설득해 미국에서 공부하게 도와주겠다는 약속까지 했다고 했다. 그렇게 해서 많은 사람들이 그

의 부모의 비위를 맞추려고 애쓰기 시작했다. 난은 자기 부모
가 자신과 핑핑이 미국에서 겪어야 했던 두려움과 비참함을
가엾게 여길 가능성은 없다는 걸 깨달았다. 그는 부모의 집
에서 외로움을 느꼈다. 자신이 이 아파트에서 크지 않은 것만
같았다. 어쩌면 그는 돌아오지 말았어야 했는지 몰랐다.

12

"나보다 어린 남자와 결혼하는 건 상상할 수도 없어." 16년 전 베이나가 한 말이었다. 그런데 고향에 온 후로 그 말이 난의 마음속에 계속 맴돌고 있었다. 사실, 그녀는 그보다 생일이 넉 달밖에 빠르지 않았다. 그녀에게 청혼했던 기억이 아직도 그를 괴롭혔다. 그가 집안일을 포함하여 그녀를 행복하게 하는 일이라면 무엇이든 하겠노라며 청혼했을 때처럼, 함박눈이 내리고 있었다. 그는 그녀가 이곳의 추운 기후를 싫어하기 때문에 양쯔 강 남쪽 도시에 살겠다는 약속까지 했다. 그는 떨면서 그녀의 답변을 기다렸다. 새 몇 마리가 눈으로 덮인 나무 우듬지에서 졸린 듯 울었다. 그녀의 무례한 어조가 그를 불안하게 만들었다. 그러나 그는 최악의 것에 대비를 했다. 최종적인 답변이 주어졌을 때, 그는 짓밟힌 느낌이었다. 그는 상처를 받고 얼음으로 덮인 자작나무에 몸을 기댔다. "나, 가봐야 돼. 안녕." 그녀는 이렇게 말하고 어둠 속으로 사라졌다. 주체할 수 없는 뜨거운 눈물이 그의 얼굴에 흘러내렸다.

그때, 그 자리에서 그녀와의 인연을 끊었더라면 얼마나 좋았을까 싶었다. 그러나 그는 그렇게 하지 못하고, 나중에 그녀에게 돌아갔고 점점 더 미궁 속으로 빠져버렸다.

며칠 동안, 그는 그녀를 생각하고 있었다. 그녀는 행복할까? 지금은 어떻게 생겼을까? 중년 여인처럼 생겼을까? 그럴 것 같지 않았다. 그녀는 늘 자신을 관리하는 법을 알고 있었다. 아직도 나를 기억할까? 남편은, 그러니까 얼굴이 토끼처럼 생긴 그 친구는 정말로 그녀를 사랑할까? 그녀는 나를 만나고 싶어 할까? 내가 다시 나타나면 혼란스러워할까? 아직도 재봉틀 공장 안내소에서 통역으로 근무할까?

그는 동생들에게 베이나에 대해서 묻지 않았다. 아무도 그녀에 관해 얘기한 사람도 없었다. 그러나 그는 미국으로 돌아가기 전에 그녀를 만나고 싶었다. 그녀가 그에 대한 감정을 되살리기를 바라서가 아니었다. 그가 원하는 건 그녀를 다시 한 번 만나 그녀를 자신의 손이 닿을 수 없는 아름다운 여인으로, 자신의 영혼을 아직도 사로잡고 있는 누군가로, 자신의 기억 속에 간직해 영감의 불길이 자기 안에서 다시 활활 타오르게 하는 것뿐이었다.

일요일 아침, 그는 베이나의 고향인 다올리 지역을 향해 출발했다. 그는 3킬로미터에 이르는 길을 꼬박 걸었다. 처음에는 부평로를 따라 걷다가 나중에는 노공농부로를 따라 걸었다. 인도에 있는 포플러 나무들은 마지막으로 보았을 때보다 두 배는 더 커 보였다. 그러나 길을 따라 서 있는 대부분의 건물들은 탄가루로 덮인 것처럼 더러워져 있었다. 그는 돌아온 후로 알레르기를 호전시키는 한약을 먹어서 지금은 정상적으로 숨을 쉴 수 있었다. 그는 재봉틀 공장을 지나 작은 길로 들어섰다. 문기둥에 달려 있는 표지판에 따르면, 재봉틀 공장에서는 이제 오토바이도 생산하는 모양이었다. 베이나의 집은 찾기 쉬웠다. 두 채의 집 뒤에 숨어서 잘 보이지 않는 집이었다. 그는 여기에 오기 전에는 그 집이 허물렸을지 모른다고 생각했었다. 이 일본식 집은 그의 꿈속에 때때로 모습을 드러냈었다. 보통 벚꽃과 튤립에 둘러싸여 있었다. 그러나 그의 눈앞에 있는 집에는 말라죽은 것처럼 보이는 사시나무 몇 그루밖에 없었다. 집의 동편에 그늘을 드리우던 포도나무와 과수 울타리는 없어지고, 가지와 피망과 토마토와 누에콩이 심긴 작은 정원이 대신 들어서 있었다. 그가 그 밑에서 2층에 있는 베이나의 창문을 바라보곤 했던 큰 버드나무는 벼락에 맞은 것처럼 힘이 없었고 늘어진 가지는 미풍에 흔들리고 있었다. 그는 잠시 나무 밑에 서서 마음을 가라앉혔다. 그리고 떨리는 마음으로 벽돌 계단을 올라 문을 두드렸다. 그리고 약간 뒤로 물러나서 기다렸다. 가슴이 콩닥콩닥 뛰었다.

안에서 무슨 소리가 나더니, 파스텔 색상의 여름옷을 입은 미끈한 젊은 여자가 나왔다. 낯이 익어 보였다. 그러나 난은 그녀를 만난 적이 있는지 확신할 수 없었다. "누굴 찾아오셨어요?" 그녀가 그를 쳐다보며 졸린 듯한 소리로 물었다.

"베이나 수를 찾아왔는데, 이게 아직도 그 사람 집인가요?"

"네. 제가 아는 분인가요?"

"나는 난 우라고 해요."

여자의 눈이 몽롱한 빛을 띠고 커졌다. "당신에 대해 들은 적이 있어요. 들어오세요. 나는 베이나의 이복자매 베이야예요."

그녀는 그를 깔끔한 거실로 안내했다. 그가 화려한 무늬가 있는 사라사 무명 소파에 앉자, 그녀가 차나 맥주 중 어느 것을 마시겠냐고 물었다. 맥주는 하얼빈에서는 흔한 음료였다. 남자나 여자 다 좋아했고 아이들도 좋아했다. "따뜻한 물 한 잔이면 될 것 같습니다." 난이 말했다.

그녀는 그 앞에 따뜻한 물이 든 컵을 놓아주고 앉아서 말했다. "베이나와 사귀었던 분이죠? 가끔 당신 얘기를 했었죠. 80년대에 미국에 가지 않으셨나요?"

"네, 12년 전에 갔습니다."

난은 그녀의 얼굴을 속속들이 살펴보았다. 작은 코, 짙은 속눈썹을 보니 베이나와는 전혀 닮은 데가 없었다. 아래가 터진 바지를 입은 갓난아이가 방에서 고무공을 갖고 놀고 있었다. 아이가 기거나 아장아장 걸어서 공을 쫓아다닐 때, 통통한 엉덩이가 흔들렸다. 베이야가 아이를 들어 올려 무릎에 앉혔다.

"당신 언니가 제 얘기를 했, 했다고요?" 난의 목소리에 놀라움이 묻어 있었다. 그는 컵을 들어 물을 한 모금 마셨다. 물에서는 염소 냄새가 났다.

"네. 지금쯤 당신이 부자가 되어 있을 거라고 했어요."

"그럭저럭 살 뿐이에요."

"그럼 미국에서 베이나를 만나지 못했나요?"

"뭐라고요? 베이나도 미국에 산다는 말인가요?"

"네, 일리노이에 살아요."

"거기에 혼자 있나요?"

"아뇨, 가족과 같이 있죠."

"언제 갔어요?"

"5년쯤 됐어요."

"제가 알았더라면 좋았을 걸 그랬네요." 망연자실해진 그는 갑자기 힘이 쑥 빠지는 것 같았다. 이상한 감정이 몰려왔다. 뭔가에 속은 것 같았다. 그가 베이나의 주소와 전화번호를 묻자, 그녀의 이복동생이 빨간 만년필로 적어줬다. 그녀의 태도와 의미심장해 보이는 미소로 보아, 그녀는 베이나가 그의 청혼을 거절했던 사실을 아는 것 같았다. 그녀의 목소리에는 슬픔과 안쓰러움이 배어 있는 것 같았다.

"일리노이에서는 어떻게 산답니까?" 그가 가까스로 물었다.

"불평을 많이 하더라고요. 가족을 부양하려고 열심히 일한대요."

"처음에는 늘 어려운 법이죠. 미국에 뿌리를 내리기 위해서 몸부림을 쳐야 하거든요. 보통 정착하는 데 10년쯤 걸리죠."

"당신은 벌써 영주권을 땄나요?"

"시민권이 있어요."

"멋지군요. 언니는 아직 영주권을 못 받았대요."

"영주권을 받는 게 그리 어렵진 않을 겁니다." 그가 얼굴을 찌푸렸다.

그는 베이나에 관해 더 묻고 싶었지만 참았다. 아이가 배가 고파 보챘다. 그래서 난은 베이야가 아이에게 젖을 주려고 하자 바로 일어났다.

돌아오는 길에 그는 얼떨떨한 기분이었다. 그는 멍한 상태로 동쪽을 향해 걸음을 옮겼다. 그는 인도에 늘선 포플러나무의 몸통을 손으로 두드리면서 걸어갔다. 걸어가던 사람들이 그가 미친 게 아닐까 하고 쳐다보았다. 집에 가까이 왔을 때, 그는 뒷골목으로 단지에 들어오는 걸 잊어먹고, 앞문으로 들어가 수위실에 앉아 있는 사람들을 향해 고개를 끄덕이기까지 했다. 한 사람이 그를 알아보고 다른 사람들에게 그를 손짓으로 가리켰다. 몇몇 남자들이 열린 창문으로 이제 해외 동포가 된 난을 바라보았다. 그들이 수군거렸다. "얼굴 좀 봐, 분홍색이잖아요. 날마다 우유를 마신 게 틀림없어요."

난은 그들의 말을 못 들은 척했다. 그러나 그가 첫 동의 모서리를 돌 때, 자오 아저씨가 아연 도금이 된 주전자를 들고 나타났다. 얽은 얼굴과 딱정벌레 같은 눈썹, 쥐 같은 얼굴의 노인이 걸어오다가 그 자리에 얼어붙었다. 그리고 난을 향해 다가오며 말했다. "큰 조카, 나 못 알아보겠는가? 몰라보겠어? 그렇게 기억력이 나쁘단 말인가?"

난은 그를 알아봤지만, 괴짜 노인을 피하라던 아버지의 말을 떠올렸다. 그는 얼굴을 붉히며 억지로 미소를 지어 보였다. "당연히 알죠. 자오 아저씨, 그간 어떻게 지내셨어요?"

"괜찮네. 그런데 언제 왔는가? 자네 아버지가 어째서 나한테 한 마디도 안 했지?" 그는 속이 상한 것 같았다. 튀어나온 이마에 주름이 잡혔다.

"제가 온다는 걸 말씀드리지 않았기 때문이죠. 사업차 온 길에 부모님을 뵈러 잠깐 들른 거예요."

"며칠 됐나보지?"

"아뇨, 어제 왔어요." 난은 아버지의 혐의를 벗겨주기 위해 거짓말을 해야 했다. "자오 아저씨, 저는 이만 가봐야 할 것 같습니다. 어머니가 기다리셔서요."

"알겠네." 그렇게 말했지만, 노인은 못마땅한 표정이었다. 난한테 무시당하기라도 한 것처럼, 그는 약간 찡그린 얼굴을 하고 있었다.

*

그날 오후 일찍, 자오 아저씨가 전화를 해서 난과 난의 아버지를 다음 날 저녁식사에 초대하고 싶다고 했다. 난의 아버지는 난이 일찍 찾아가지 못한 것에 대해 용서를 빌며 그에게 고맙다고 했다. "내일 아침에 바로 떠난다지 뭔가. 원래 집에 올 계획이 없었다는군. 베이징에 사업차 왔다가 잠시 틈을 낸 거래…… 아니, 오늘 저녁은 안 될 것 같아. 공작루에서 가족

모임이 있어. 난이 아직 조카들도 못 봤거든…… 아주 급한가봐…… 무슨 그런 말을 하나. 물론 고마워하지. 아무도 만날 수 없을 정도로 시간이 없어서 그런 거뿐이야. 여보게, 자오, 난이 자네 선물을 좀 사왔다네. 뭔지는 지금 얘기하면 재미없지…… 그렇게 역정 내지 말고, 응? 곧 한번 보세나." 아버지가 전화를 끊었다.

난은 자오 아저씨한테 아버지가 한 약속이 불안했다. "뭘 드리려고 그러세요?"

"그건 너한테 달렸다. 얼마나 쓸 거냐?" 아버지가 씩 웃자, 송곳니에 찻잎이 낀 게 보였다.

"뭘 사 드릴 시간이 없어요."

"괜찮다. 나한테 돈을 좀 주고 가면 된다. 내가 선물을 사서 네가 가져왔다고 하면 되잖아."

"하지만 속임수라는 걸 아실 거예요."

"그건 걱정하지 마라. 나한테 2백 달러만 다오."

"뭐 하시려고요?"

"작은 에어컨을 한 대 사주면 어떨까 싶구나. 사실, 그리 큰건 아니다. 너는 빚이 있어. 자오는 너한테 최고로 좋은 그림 넉 점을 선물로 줬어. 그중 어떤 것도 그만한 가치는 있을 거다. 이렇게 하는 게 미국에 오게 하는 것보다는 싸지 않겠냐? 자오는 미국에서 개인 전시회를 하는 게 꿈이야."

"좋아요, 알겠어요."

난은 돈을 꺼내 아버지에게 50달러짜리 넉 장을 줬다. 어떤 식으로든 자오 아저씨에게 진 빚을 갚아야 하기 때문에 어차피 잘된 것 같았다. 그가 노인의 집에 저녁을 먹으러 갔다면, 그의 그림과 서예 전시회를 뉴욕이나 워싱턴 D.C.나 애틀랜타에서 할 수 있게 도와주겠다는 약속을 받아내려고 노인이 온갖 방법을 총동원했을 터였다. 그는 편집광적인 노인을 다시 만나는 게 두려웠다.

13

연달아 기적을 울리더니, 베이징행 열차가 덜컹하고 출발
했다. 난의 몸이 앞으로 약간 쏠렸다. 기차가 하얼빈 역을 빠
져나가기 시작했다. 그는 플랫폼에 서 있는 부모와 형제들에
게 손을 흔들었다. 어머니와 여동생이 울음을 터뜨렸다. 그의
눈도 젖었다. 다시는 못 올 것 같았다.

그는 침대칸에 앉아 창틀에 볼을 기댔다. 창밖으로 초원이
미끄러지고 있었다. 구불구불한 평원이 안개가 아른거리는
멀리까지 뻗어 있었다. 철로를 따라 안개가 낮게 깔려 있었
다. 안개가 너무 짙어서 인근의 밭들이 방금 내린 눈으로 덮
여 있는 것 같았다. 잠시 후, 채소밭으로 둘러싸인 집들이 보
였다. 밭에서는 여자들과 노인들이 쭈그려 앉아 묘목을 가꾸
거나 맨손으로 비료를 뿌리고 있었다. 난은 타일을 붙인 집들
은 대부분 부자들이 사는 집들이라는 걸 알았다. 그런 집 앞
에는 일본이나 독일산 자동차가 세워져 있었다. 지붕에는 위

성 접시 안테나가 거대한 버섯처럼 붙어 있었다. 만약 그가 이 도시에 다시 돌아온다면, 저런 곳에 살 수 있을 터였다. 그러나 그는 조상들이 수백 년 전에 했던 것과 똑같은 방식으로 들에서 일하는 가난한 농부들을 보고 마음이 불편할 것이었다. 그들은 열심히 일하면 일할수록, 더 가난해지기만 하는 듯했다.

마을과 집들이 다가왔다 뒤로 사라져갔다. 변한 게 별로 없었다. 몇몇 초가집 지붕에서 올라오는 연기를 제외하면 활력도 거의 없었다. 학교 앞에서 한 무리의 아이들이 축구공을 갖고 놀고 있었다. 모두가 웃통을 드러내고 있었다. 능력이 있는 대부분의 사람들은 일자리를 찾아 도시로 떠났을 것이었다. 논도 상당수 놀리고 있는 것 같았다. 거무튀튀한 토양이 너무 비옥해 중국의 '곡창'이라고 알려진 땅을 사람들이 버리기라도 한 것 같았다.

같은 칸에 다른 두 승객이 타고 있었다. 뚱뚱한 노파와 호리호리한 외판원이었다. 그들은 홍탑 담배를 피우면서 관료들의 타락에 대해 얘기하고 있었다. 고위직 공무원이었을 것 같은, 얼굴이 큰 여자는 마오 서기장의 지도력이 그립다는 말을 계속 했다. 마오 서기장은 평범한 민중의 삶에 관심을 기울였을 뿐만 아니라 대부분의 현 국가 지도자들보다 더 청렴했다고 했다. 그녀의 말을 들으며, 난은 최근에 미국에서 마오의 주치의가 출간한 회고록을 떠올렸다. 주치의는 책에서 마오의 성실성과 정직성의 가면을 벗기고 있었다. 이곳 사람들은 그런 책에 접근할 기회가 없었을 터였다. 그들은 마오가 자기가 쓴 책으로, 특히 표지가 빨간 작은 책으로 얼마나 많은 인세를 챙겼는지 전혀 알지 못했다. 그가 인세를 챙길 당시 중국에서는 아직 인세를 받는 사람이 없었고 저자들은 약간의 원고료만 받았다. 또한 그들은 위대한 지도자가 옷을 갈아입듯 여자를 바꿔가며 잠자리를 같이 했다는 걸 알지 못했다.

사팔눈의 외판원이 한숨을 쉬며 자기 사촌이 너무 가난해, 궤양으로 위에 구멍이 난 아들을 병원으로 보낼 수 없게 되자, 점쟁이를 불러 아들의 몸에 들어간 나쁜 귀신을 몰아내는 굿을 했다고 말했다. 결과적으로 그들은 외아들을 잃고 말았다. 그에 반해, 많은 관리들은 공적인 자금을 그들의 집을 짓는 데 사용한다고 했다. 때로는 애인을 위해 그 돈을 쓰기도 하고, 어떤 관료는 아직 태어나지도 않은 손자를 위해 저택을 짓기까지 했다는 것이었다.

여자가 한숨을 쉬며 남자에게 말했다. "나는 요즘 가난한 사람들을 많이 보면서, 우리 공산주의자들이 처음에 혁명을 왜 시작했는지 의아스러울 때가 종종 있어요. 시골에 사는 우리 잡역부의 아버지는 자기 딸 이름을 '색전시'*라고 지었대요. 텔레비전을 갖는 게 꿈인 거죠."

난은 그들의 대화에 끼는 게 머뭇거려져, 침대 위층으로 올라가 바퀴가 굴러가는 소리가 시끄러웠음에도 잠이 들었다.

*컬러텔레비전.

어떤 점에서 그는 부모형제를 보러 온 것이 후회스러웠다. 그
들이 전보다 멀리 느껴졌다. 그는 왜 그렇게 많은 해외에 사
는 중국인들이 무슨 일을 하려면 다른 사람들에게 뇌물을 주
고 접대를 해야 하는 이 미친 나라에 돌아오려고 하는지 의아
스러웠다. 그와 같은 사람은 여기에서 살아남을 수 없을 게
분명했다. 이제 그는 더욱더 미국에서 살다가 죽고 싶었다.
조지아의 집이 그리웠다.

14

    다닝은 난에게 5주 전에 세상을 떠난 류 선생의 부인 샤오야가 그를 만나고 싶어 한다고 말했다. 난은 류 선생의 국가주의적인 열정에 공감하지는 않았지만 그를 좋아했다. 그는 노인이 애국주의 때문에 부분적으로 판단력을 잃었다고 생각했다. 다닝이 부른 택시를 타고, 두 사람은 류 선생의 집을 향해 출발했다. 5킬로미터도 안 되는 거리였지만, 거기까지 가는 데 거의 40분이 걸렸다. 거리는 차, 자전거, 삼륜차로 가득했다. 마차도 몇 대 눈에 띄었다. 난은 그러한 상황임에도 불구하고 왜 그렇게 많은 사람들이 베이징에서 차를 사려고 하는지 이해할 수 없었다. 고층 아파트 앞에는 캐딜락과 BMW가 줄지어 서 있었다. 집보다 차에 더 많은 돈을 쓰는 가정들도 틀림없이 있을 것 같았다.

    샤오야는 난과 다닝을 따뜻하게 맞았다. 그녀는 그들을 위해 보이차를 내놨다. 암갈색 블라우스를 입은 그녀는 8년 전보다 다소 늙어 보였지만, 혼자 사는 걸 즐기는 것처럼 얼굴이 화사했다. 그녀는 난에게 부탁할 것이 있다고 했다. 그녀의 남편이 유언으로 자신의 유골을 딸이 있는 캐나다로 가져가 묻어달라고 했다는 것이다. 그들의 딸은 앨버타 대학교에서 화학을 전공하고 있었다. 샤오야는 난이 도와줬으면 했다. 유골을 미국으로 갖고 가서 캐나다에 있는 딸에게 부쳐달라는 것이었다.

그 부탁을 받고 난은 놀랐다. 복잡한 감정이 몰려왔다. 열렬한 애국자였던 류 선생이 어째서 유골을 조국 밖으로 보내달라고 했을까? 중국에 관한 생각이 바뀐 걸까? 조국을 더 이상 사랑하지 않게 된 걸까? 심한 환멸을 느꼈던 게 틀림없었다. 머릿속이 복잡했지만, 난은 샤오야에게 말했다. "유골은 가져갈 수 있지만, 그게 따님한테 도착할 거라는 보장은 없습니다."

"중국 세관에서 압수할지 모릅니다." 다닝이 거들었다.

그녀가 말했다. "나도 그럴 위험에 대해서는 생각해봤어요. 그러나 내가 여기서 부칠 수는 없어요. 우편이 검열을 당하니까요."

"제가 유골의 반만 가져가는 게 어떨까요?" 난이 제안했다. "세관에 압수당할 경우에 대비해서 말이죠."

"그게 바로 남편이 원했던 거예요. 그이는 유골의 일부는 중국에 있기를 바랐어요. 그래서 유골의 반만 싸놨어요."

그녀가 일어나서 안쪽 방으로 들어갔다. 난이 한숨을 쉬며 풋내가 약간 도는 뜨거운 차를 조금 마셨다. 다닝이 그에게 귓속말을 했다. "류 선생께서는 깨끗한 곳에 묻히고 싶다는 말을 가끔 하셨어요."

"그분이 북미 대륙을 그리워하셨을까요?"

"아마 그랬을 것 같아요. 자신의 영혼을 '해방시키고' 싶다고 언젠가 말씀하신 적이 있어요."

샤오야가 푸른 비닐 종이로 단단하게 싼 벽돌 한 장 크기의 꾸러미를 가지고 돌아왔다. 위에는 딸에게 보내는 편지가 든 작은 봉투가 테이프로 붙여져 있었다. 그녀가 꾸러미를 티 테이블 위에 놓았다. 난은 두 손으로 그걸 들었다. 가벼웠다. 5백 그램도 안 나가는 것 같았다. 그는 조심스럽게 어깨에 메는 가방에 그걸 넣었다.

그들은 뉴욕에 살 때, 서로 알고 지내던 사람들에 관한 애기를 했다. 샤오야는 미국의 사회보장연금 자격을 갖추는 데 필요한 충분한 점수를 확보할 수 있도록 3년만 더 미국에 살았더라면 싶다고 말했다. 이제 그녀는 급료가 집세와 음식을 충당할 정도밖에 안 되어 딸이 캐나다에서 보내주는 돈에 의존하고 있었다. 그녀는 중국을 떠날 계획이었지만, 가까운 시일 내에 그렇게 할 수는 없을 것 같았다. 경찰이 그녀의 여권을 압수해 돌려주지 않으려 했다.

류 선생 집에서 나온 뒤, 다닝은 집에 가기 전에 다른 사람을 만나야 한다며 그를 근처의 거리로 데리고 갔다. 난은 친구를 따라 치어스라는 이름의 미국 패스트푸드 회사 본부가 입주해 있는 벽돌 건물로 들어갔다. 그들은 엘리베이터를 타고 3층에 있는 회계부에 갔다. 큰 소리로 다닝이 비서에게 인사를 했다. 비서는 아이라인을 너무 두껍게 그려 눈꺼풀이 여러 겹인 것처럼 보이는 젊은 여자였다. 그가 그녀에게 말했다. "당신의 상사를 만나러 왔어요."

"통화 중이세요."

"친구가 찾아왔다고 하세요."

"알았어요." 그녀가 잘됐다는 듯 몸을 돌렸다. 그때 갑자기 벨트에 차고 있던 은빛 휴대전화가 울리자, 그녀가 그걸 꺼버렸다.

"아이쿠 깜짝이야, 나는 화재 경보가 울린 줄 알았어요." 다닝이 말했다.

그녀가 킥킥 웃으면서 고개를 끄덕이고 사무실 안으로 들어갔다.

놀랍게도 다닝을 향해 미소를 지으며 손을 흔들고 나온 사람은 야팡 가오였다. "웰컴." 그녀가 영어로 쾌활하게 말했다. 그녀는 금속 테 안경을 끼고, 베이지색 피터 팬 칼라*의 바지 정장을 입고, 앞이 터진 스틸레토 힐을 신고 있었다. 전보다 더 날씬해 보이긴 했어도, 나이가 들어 보이고 눈가에 주름이 있었다. 처음에 그녀는 난을 알아보지 못하다가 얼굴이 환해지며 손을 내밀었다. "난 우군요! 언제 왔어요?"

*여성·아동복의, 앞쪽 끝이 둥근 깃.

"며칠 전에요."

"베이징에서 일하게 되나요?"

"아뇨, 내일 아침 미국으로 떠나요."

그녀는 그들을 데리고 사무실로 들어갔다. 그녀를 따라 들어가면서 보니, 하이힐을 신은 다리 한쪽이 다른 쪽보다 짧은 것 같았다. 그들이 모조가죽으로 된 소파에 앉자, 비서가 세 잔의 커피를 쟁반에 담아 들어왔다. 야팡은 회계부장이었다. 그녀의 회사는 중국에 많은 패스트푸드 체인점을 갖고 있었다. 난 그녀가 왼손으로 커피 잔을 들었을 때, 왼손에 다이아몬드반지가 끼어 있는 걸 보고 그녀가 왼손잡이라는 사실을 떠올렸다. 그녀는 약혼을 했거나 결혼을 한 게 분명해 보였다. 그러나 그는 그것에 대해 물어야 할지 확신이 서지 않았다. 그들은 베이징 생활과 해외에서 돌아온 사람들에 관해 얘기했다. 많은 사람들이 돈을 벌어 집도 사고 차도 샀다고 했다. 회사까지 있는 사람도 있었다. 그런데 비즈니스 세계는 경쟁이 굉장히 치열해서 압력이 엄청나다고 했다. 난 조지아에서 자신이 어떻게 사는지 별로 얘기하지 않고, 그녀에게 여전히 작은 식당을 운영하고 있으며, 아직도 시를 쓰고 있지만 지금은 영어로 쓴다고 말했다. 그는 그녀가 자신이 글을 고집스럽게 붙들고 있는 것에 대해 한 마디 할 줄 알았지만, 그녀는 아무 반응도 하지 않았다. 그는 약간의 굴욕감을 느꼈다. 그녀가 그를 가난한 사람이자 어쩌면 실패한 사람으로 생각할지도 모른다는 생각이 들었다.

야팡이 그들에게 근처에 있는 한국 식당에 가서 점심을 먹자고 청했지만, 난은 오후에는 가족에게 줄 선물을 사야 한다며 거절했다. 그녀는 고집하지 않고 일어나서 그들을 배웅하러 나왔다. 복도에서 다닝이 화장실에 다녀오겠다고 했다. 그래서 난은 야팡과 단둘이 있게 되었다. 그녀가 가까이 다가와 속삭였다. "7년 전 미국에 갔을 때, 나는 어리석은 여자였어요. 나한테 무슨 일이 있었는지 다른 사람들에게 말하지 않으면 고맙겠어요."

"나는 말이 많은 사람이 아니에요. 입 다물고 있을게요." 난은 헹 첸이 그녀를 강간한 얘기를 핑핑을 제외한 누구에게도 하지 않았다.

"그 악몽을 잊으려고 정말 열심히 노력했지만 그럴 수가 없네요. 아직도 마음의 상처가 남아 있어요."

"이렇게 생각하면 어떨까요. 헹 첸은 완전히 파멸했어요. 당해도 싸죠. 그런데 당신은 이제 잘나가고 있잖아요. 그것이 최고의 복수 아닐까 싶어요."

야팡이 고마워하는 미소를 지었다. "당신은 신사예요. 때때로 뉴욕이 그립지만, 이제는 이곳이 내 고향이에요."

"나도 그렇게 말할 수 있으면 좋겠네요." 목이 조이는 듯 그의 목소리가 흔들렸다.

야팡은 부드러운 눈길로 그의 얼굴을 바라보며 말했다. "당신은 행복한 가정을 이루고 있는 게 틀림없어요. 미국에서 온 남자들 중 당신처럼 차분한 사람은 없는 것 같아요."

"내 아내가 고립된 삶을 선호하니, 나는 운이 좋은 셈이죠."

다닝이 복도에 나타나 그들을 향해 걸어왔다. 야팡이 난을 꺼안으며 말했다. "잘 지내요. 글쓰기에 행운을 빌어요."

"정말로 친한가보네요." 다닝이 그녀에게 말했다. "나한테는 늘 악수만 하잖아요."

야팡이 미처 대답하기 전에 엘리베이터가 소리를 내며 열렸다. 두 사람은 안으로 들어갔다. 나가는 길에 다닝은 난에게 야팡의 남편이 상무부의 고위 관리라고 말해줬다. 런던 대학교 경제 학부에서 박사 학위를 이수한 사람이라고 했다. 남편과 아내 모두 베이징의 비즈니스 세계에서 유명하고 영향력 있는 사람들이라고 했다. 또한 시골에 있는 여러 개의 초등학교에 기부를 하는 민간 재단을 만든 것으로도 유명하고 했다. 다닝은 그들을 1년 정도 알고 지냈다며, 야팡이 난에 관해 좋은 얘기를 많이 했다고 했다.

15

난은 피곤한 데다 배까지 아픈 상태에서 애틀랜타로 돌아왔다. 핑핑이 그의 등을 두드려주며 배에 찬 가스가 빠지게 도와줬지만, 딸꾹질만은 멈추게 할 수 없었다. 그녀는 등을 두드리며 말했다. "뭘 먹어서 이렇게 가스가 많이 찬 거야?"

"소화 안 되는 건 없었어. 그냥 실망해서 그런 것 같아."

그는 그녀에게 어머니가 미국에 오고 싶어 했으며, 자오 아저씨가 아직도 미국에서 개인 전시회를 하고 싶어 한다고 말했다. 여행의 대부분은 고통이었고, 가지 말라고 했던 핑핑의 말을 들었어야 했고, 시간과 돈만 낭비하고 왔다고 했다. "중국에서 어디를 가든 어색하더라고. 쓰레기는 도처에 널려 있고, 너무 많은 곳들이 쓰레기장 같았어. 끔찍한 시간을 보내다 왔어."

핑핑은 그가 자기 어머니에게 아무것도 약속하지 않았다는 사실에 안도해했다. 그녀는 시어머니를 싫어했을 뿐만 아니라 무서워하기도 했다. 그녀는 이따금 한 번씩, 시어머니가 그녀의 얼굴을 손가락으로 찌르고 비웃거나 욕을 하는 악몽을 꿨다. 그녀는 결혼 첫날부터 시어머니로부터 가능한 한 멀리 떨어져 살고 싶었다. 하지만 펑펑은 어디에 있든, 시어머니와 완전히 떨어질 수는 없었다. 그녀는 시어머니에게서 온 편지를 뜯을 때마다, 몸이 약간 떨렸다. 밤에는 종종, 시어머니의 거슬리는 목소리가 들려오는 것 같았다. 그 노파를 마음에서 몰아낼 수만 있다면 얼마나 좋으랴 싶었다. 반면, 그녀는 시아버지를 좋아하고 고맙게 생각했다. 노인이 종종 타오타오에게 목마를 태워주기도 했고 그의 큰 사무실에서 놀게 해주었기 때문이다. 언젠가 타오타오가 할아버지의 치약을 몽땅 짜서 그의 책상과 소파에 다 바른 적이 있었는데, 노인은 화를 내지 않고 다시는 그러지 않겠다는 약속만 받아냈다. 그래서 그녀는 난이 자기 아버지에게 준 5백 달러는 아깝지 않았다. 자오 아저씨에게 에어컨을 사줄 돈을 준 것도 잘했다고 생각했다. 이제는 그들이 그에게 진 빚을 갚았다고 생각하면 되는 것이었다.

난은 금귀에서 일에 더 매진하기 시작했다. 일하는 시간이 많은 게 전처럼 괴롭지 않았다. 그는 수년간에 걸쳐 식당에서 자기보다 많은 시간을 보낸 펑펑에게 감사했다. 좋든 싫든, 이곳은 그들의 것이었다. 그것으로 그들은 정직하고 품위 있게 살아갈 수 있었다. 하지만 몇 주가 지나자, 난은 다시 안절부절못하고 시간이 날 때마다 시를 끼적이기 시작했다. 새로운 걱정거리도 생겨 그를 괴롭히기 시작했다. 이제 그들이 모은 돈이 3만 달러쯤 되었다. 그 돈은 이자도 거의 붙지 않은 채로 은행에서 묵고 있었다. 다른 식당을 사야 할까? 그와 핑핑은 이 문제에 관해 얘기해봤지만 어떻게 해야 할지 결정할 수가 없었다. 다른 식당을 하게 되면 사람을 고용해야 할 것이고, 그렇게 되면 전부는 아니더라도 이익의 대부분이 그들의 급료로 들어갈 것이었다.

그러자 재닛이 핑핑에게 주식을 사보라고 제안했다. 그녀는 핑핑에게 여러 권의 《머니》 잡지를 빌려다줬다. 핑핑은 그걸 읽으며 개방형 투자신탁이 무엇인지 이해하기 시작했다. 또한 재닛은 우 부부에게 데이브의 연금 전체가 투자신탁에 들어 있다고 말했다. 그래서 난과 핑핑은 주식에 투자하는 게 크게 위험한 일이 아니라는 걸 확신하게 되었다. 그들은 지수 5백에 2만 달러 가치의 주식을 샀다. 그때부터 핑핑은 다우존스 지수에 관심을 갖게 되었다. 그러나 난은 돈에 신경을 쓰지 않았다. 그는 일과 시집을 읽는 데 몰두했다.

최근에 그는 《잃어버린 지형》이라는 린다 듀잇의 시집에 푹 빠져 있었다. 그 시인은 책 뒤표지 설명에 따르면 버몬트에 살고 있었다. 그는 켄트 필립스의 그림을 생각나게 하는 어두운 서정성이 마음에 들었다. 그들이 그렇게 일치한다는 게 대단히 생소했다. 화가는 몬태나의 풍경을 그렸고, 노시인은 뉴잉글랜드 지방의 사람들과 사물에 관한 시를 썼다. 그럼에도 그들의 작품은 유사한 속성을 갖고 있는 것 같았다. 어쩌면 어두운 광채는 밖이 아니라 안에서, 그들의 영혼의 깊은 곳에서 나오는 것인지도 몰랐다. 듀잇의 시가 갖고 있는 아름다움은 시인이 자연과 삶을 찬미할 때조차 늘 아른거리는 죽음에 대한 의식에서 기인하는 것일 수도 있겠다는 생각이 들었다. 그녀의 시는 우아하고 유연하고 정직하고 늘 지적이었다. 가령 이런 시행들이 그랬다. "북쪽의 땅거미 속에서/ 산들바람조차 그대에게 여분의 빛을 가져다준다고 상상해보라." "나는 당신의 애정이 부식되는 게 싫어/ 이제부터는 미소 짓지 않으리." 난은 한가할 때마다, 린다 듀잇의 시에 빠져 정신없이 읽었다. 가장 좋아하는 시들은 베껴 써보기까지 했다.

어느 날, 그는 바오 유안에게서 엽서를 한 통 받고 놀랐다. 물 위에 백조가 두 마리 떠 있는 그림이 있는 카드 뒤쪽에 쓴 그림엽서였다.

난에게

당신이 이 글을 읽을 때면, 나는 이미 중국으로 돌아가는 길일 거예요. 미국에서 사는 게 내게는 너무 어렵네요. 아내를 이곳에 살게 하는 게 망설여져요. 막내딸로 태어난 아내가 외로움을 못 견뎌 할지도 모르고, 내가 이곳에 살면서 겪을 수밖에 없는 몸부림을 못 견뎌 할지도 몰라요. 게다가 장인장모가 막내딸이 멀리 사는 걸 허락하지 않으려고 해요. 또한 그들은 손녀딸인 우리 아이한테 흠뻑 빠져 있어요. 나는 이제 미국 시민이니 마음대로 오갈 수 있게 됐어요. 그래서 조국으로 돌아가 살기로 결정했어요.

블루리지 산맥이 그리울 것 같아요. 그러나 1년에 서너 달은 산에 머물며 작업할 작정이에요. 말하자면 지금부터 나는 세계시민으로 살려고 해요. 돌아오면 미리 연락할게요. 그동안 당신의 사업과 글이 번창하기를 바랄게요.

　잘 있어요.

1997년 8월 26일
바오

　난에게 바오는 대단히 성공한 사람이었다. 그래서 편지를 받고 그는 깊은 생각에 잠겼다. 바오를 중국으로 돌아가게 한 건 무엇일까? 그는 코브 카운티에 집을 지을 부지를 이미 구입해놓았었다. 왜 갑자기 계획을 바꿨을까? 너무 쉽게 포기한 것 같았다. 그 사람은 너무 약삭빨랐다.

　난은 바오의 실제 상황이 어떨지 상상해볼 수 없었지만, 그 친구가 편지에서 거론한 이유들이 사실이 아닐 수도 있다고 확신했다. 그는 바오가 그림에 관해 좌절을 겪은 건 아닐까 생각했다. 어쩌면 그의 에이전트인 이언 번스타인이 상하이 연작이 실패로 끝난 다음, 그에 대한 믿음과 관심을 잃었을 수도 있었다. 되돌아보면, 바오가 그림을 너무 빨리 그리고 예술적인 성취보다는 돈을 버는 일에 빠졌기 때문에 그런 일은 일어나게 돼 있었는지도 몰랐다. 자본주의 국가에서도 진정한 예술가는 돈의 유혹을 뿌리쳐야 했다. 중국은 어쩌면 바오와 같은 사람에게 더 적합한 곳일지도 몰랐다. 난은 답장을 할까 생각해봤지만 편지를 보낼 주소가 없었다. 바오가 서둘러 떠나느라고 주소를 적지 않은 게 분명했다.

나중에 난은 변호사인 프랭크가 바오의 스튜디오가 있던 땅을 개발업자에게 팔아, 자기 스승을 졸지에 집 없는 사람으로 만들었다는 얘기를 들었다.

16

난은 세계 서점에서 산 전화카드를 이용하여 딕에게 가끔 전화를 했다. 미국 안에서의 통화는 1분에 3센트면 됐다. 전화카드를 쓰면 전화요금 고지서에도 나타나지 않아 핑핑의 불평이나 의심을 살 필요가 없었다. 그렇지 않으면 딕이 남편을 수상한 일로 끌어들이거나 자기한테 오라고 할지 모른다고 의심할지 몰랐다. 여하튼 딕은 난에게 가을에 한번 오라고 했다. 아이오와 워크숍이 마음에 들면, 그가 난을 위해 장학금을 주선해보겠다고 했다. 열심히 시를 써서 좋은 시를 몇 편 보내면, 그걸로 동료들을 설득해보겠다는 거였다. 그런 워크숍에 대한 불신이 있었지만, 난은 흥미가 당기고 친구도 만나고 싶었다. 핑핑은 그걸 못마땅하게 생각했다. "중국에서 돌아온 게 불과 두 달 전이야. 또 여기를 나한테 맡기고 가겠다고?"

"이번 한 번만 봐줘. 다시는 안 그럴게."

"안 돼."

"작가 워크숍이 뭔지, 가서 한 번만 보게 해줘."

"안 된다고 했잖아."

날마다 그 문제가 대두되었다. 결국 일주일 후, 핑핑이 항복했다. 그들이 슈보에게 난이 없을 때 일을 해달라고 부탁하자 그러겠다고 했다. 슈보는 대리석 채석장이 문을 닫아 다시 실직 상태였다. 보조 요리사인 무 씨는 조카가 모빌에 식당을 개업했다며 그쪽으로 떠났다. 슈보는 난처럼 요리를 잘하지는 못했지만, 필요하면 핑핑이 도와줄 수 있었다. 난은 아내에게 길어야 닷새만 다녀오겠다고 했다.

핑핑에게 말하지는 않았지만, 그가 그곳에 가려고 하는 또다른 이유가 있었다. 그는 오는 길에 베이나를 만나볼 참이었다. 그는 그것이 미친 짓이라는 걸 알고 있었다. 그녀가 그를 만나는 걸 싫어할 수도 있었다. 그러나 그는 뭔가에 썐 사람처럼 그녀를 향해 달려가고 싶은 마음을 주체할 수 없었다. 그녀가 그를 다시 만나는 걸 좋아하지 않을 수도 있겠지만, 이 땅에서 첫사랑을 만나면 그가 시를 쓰는 데 필요한 강렬한 감정이 다시 생길 수도 있었다. 그걸 위해서라면 다시 상처를 받는 것도 괜찮지 싶었다.

그는 자신이 무모하고 사랑에 미친 젊은이처럼 행동하고 있다는 걸 알았다. 그러나 그러한 불안감에도 불구하고, 그는 그녀를 한시라도 빨리 보고 싶었다. 그녀를 만나야 제정신이 돌아올 것만 같았다. 그는 전에 몰던 낡은 포드 자동차의 클

러치가 부서져 지난겨울에 산 중고 해치백을 몰고 가려 했다. 이 믿음직한 닷지 자동차를 타고 가면 덜 피곤하고 여행도 괜찮을 것 같았다.

그는 9월 22일 월요일, 동이 트기 전에 출발했다. I-75를 따라 북서쪽으로 가다가 I-24로 바꿔 탔다. 그는 테네시의 산과 숲 사이를 운전하는 게 좋았다. 그러나 켄터키는 너무 평평했다. 그래도 평탄해서 운전을 하기에는 좋고 차가 별로 없는 것도 좋았다. 이따금 소나기가 내려 농장이 잘 보이지 않을 때도 있었다. 그럴 때면 수확이 일부 끝난 옥수수, 콩, 담배 밭이 흐릿해 보였다. 버려진 농가와 오두막과 헛간을 칡넝쿨이 온통 덮고 있는 곳들도 있었다. 난은 그렇게 식물이 많은 곳이 싫었다. 뱀이나 다른 동물들이 있을 것 같아서였다. 그는 덤불이 별로 없는 북부의 숲이 종종 그리웠다. 저녁이 가까워 오자, 안개가 끼기 시작하면서 도로 표지판도 잘 안 보이게 되었다. 그래서 그는 I-57을 빠져나가 일리노이의 버넌 산에 있는 스리프티 인에 들어갔다. 모텔은 3층 건물이었는데 창문이 널찍했다. 데스크에 있던 뚱뚱한 여자가 난에게 깨끗하고 편안한 3층 방을 줬다. 아래층보다 값이 5달러 싸다고 했다. 난은 라면을 삶아 김치와 함께 그릇째 먹었다. 그는 식사를 하며, 보스니아에 있는 유엔 평화유지군을 지휘하는 푸른 헬멧을 쓴 장군과의 인터뷰가 나오는 CNN 방송을 봤다. 그리고 뜨거운 물로 샤워를 하고, 침대에 들어가 아홉 시간을 내리 잤다.

다음 날 아침, 그는 식사를 하지 않고 초콜릿 쿠키 두 개만 먹고 로비의 시계 주변에 마련돼 있던 커피를 큰 컵으로 마셨다. 그는 8시가 지나서 다소 늦게 출발했다. 이제 650킬로미터 정도만 가면 됐다.

날씨는 화창했다. 거무튀튀하고 비옥한 농토는 끝이 없었다. 땅이 너무 판판해서 하늘조차 전날보다 낮아 보였다. 어떤 곳에서는 풍차들이 하늘을 나는 한 무리의 거대한 새들처럼 초원에 흩어져 있었다. 난은 옥수수밭과 콩밭을 특히 좋아했다. 어떤 밭에서는 콤바인이 굴러가고 있었다. 콤바인 옆에는 트럭들이 있는 경우가 많았다. 그는 곡식 알갱이가 콤바인에서 트럭 뒤 칸으로 바로 떨어지는 모습을 보고 놀랐다. 그러면 농부들이 타작을 할 필요가 없을 터였다. 그는 중국 북동부에서 덜 발전된 형태로 추수를 하던 모습을 떠올렸다. 농지는 모두 국영 농장의 소유였다. 각 농장에는 적어도 5백 명이 소속돼 있었다. 그와는 대조적으로, 이곳에서는 집집마다 그런 기계를 사용했다.

난은 길가에 차를 세우고 밖으로 나와 풀밭에 앉아 콤바인으로 옥수수를 수확하는 모습을 바라보았다. 그 모습을 보면서, 그는 중학교 때 있었던 일을 떠올렸다. 같은 학년 학생들이 시골로 가서 농부들이 수확하는 걸 도운 적이 있었다. 옥수수는 전날 손으로 다 딴 상태였다. 학생들은 한 줄씩 맡아 옥수숫대를 베었다. 농부들은 옥수숫대의 껍질을 벗겨 돗자리를 만들었다. 그 일을 하면서 지루하기도 했고 허리도 많이 아팠다. 두 시간이 안 되어 그들은 허리가 아프고 손에 물집이 잡혔다고 투덜대기 시작했다. 그러나 하루 내내 옥수숫대를 다 베어야 했다. 그와는 대조적으로 이곳은 콤바인이 옥수숫대를 잘게 부숴 거름이 되도록 땅에 뿌려놓았다. 게다가 여기에서는 중국 밭보다 훨씬 큰 보통 크기의 밭 하나를 몇 시간 만에 두 사람이 다 수확할 수 있었다. 난은 굴러가는 기계를 바라보면서 중국에서 노동력이 얼마나 허비되고 있는지를 생각하자 마음이 아팠다. 눈에 눈물이 고이며 앞이 뿌예졌다. 그는 더 오래 이곳에 머물며 추수하는 장면을 볼 수 있으면 싶었다.

광활한 땅에는 사람들이 사는 곳이 많지 않았다. 이따금 버려진 것처럼 보이는 곳도 있었다. 어떤 농장들은 무너진 상태였다. 맞배지붕의 붉은 헛간들, 둥근 은빛 지붕의 창고들, 흰 농가들도 부서진 것 같았다. 그러나 그 너머의 초원에는 건초다발이 곳곳에 있고, 젖소들이 한가롭게 풀을 뜯고 있었다. 난은 고속도로에서 멀리 떨어진 곳에 사는 농부들이 얼마나 외로울까 생각해보았다. 특히 눈이 내리는 겨울철엔 더 외로울 것 같았다.

난은 저녁 6시가 되어서야 아이오와 시에 도착했다. 대번포트 근처에서 발생한 사고 탓이었다. 대형 트레일러가 픽업트럭의 옆구리를 받아서 차들이 꼼짝 못하게 된 사고였다. 만사드 지붕*을 한 딕의 아파트는 별 어려움 없이 찾을 수 있었다. 딕은 난이 안전하게 도착한 걸 보고 안도해했다. 그는 그날 저녁 학생들의 독회에 가서 사회를 봐야 하는 모양이었다. 그러나 난은 같이 가기에는 너무 지쳐 있었다. 그래서 난은 샤워를 한 다음, 간단하게 식사를 했다. 저녁을 먹고 나서는 딕이 모아 놓은 시집들을 훑어봤다. 네 개의 높은 책장에 시집이 가득했다. 대부분은 양장본이었다. 수백 장의 CD와 DVD도 있었다. 그중 일부는 홍콩 무술 영화였다. 난은 흥미가 당겼지만, 벽에 세워진 디스크를 다 훑어보기에는 너무 피곤했다. 그는 서재에 있는 긴 소파에 누워 플로어 램프를 켜둔 채 잠이 들었다.

그날 밤, 서리가 내렸다. 그래서인지 다음 날 아침, 도시는 아주 화사해 보였다. 따뜻한 햇살이 도로와 지붕, 전깃줄과 나무들을 비추고 있었다. 그런데 인도에는 축축한 낙엽들이 달라붙어 있었다. 난은 서늘한 날씨가 좋아 상쾌한 공기를 들이마시며 산보를 했다. 딕은 그와 같이 나오지 않았다. 오후에 있을 시작詩作 워크숍 준비도 해야 하고, 오전에는 회의가 여럿 잡혀 있다고 했다. 지붕과 블라인드와 베란다가 빨간색인 하얀 집들은 보기에 좋았다. 마치 거대한 장난감 같았다. 작은 연못을 지나치다 보니 노란 연꽃들이 피어 있었다. 전에 본 적이 없는 꽃들이었다. 시들긴 했지만 보기 좋았다. 몇몇 수련 잎은 커피 테이블만큼 컸다. 작은 고기가 물 위로 뛰어올랐다가 파문을 남기며 사라졌다. 그러한 가을 아침에 중서부 도시

*프랑스풍 지붕이라고도 함. 지붕을 위아래 2개 면의 경사를 갖도록 구성한 지붕.

를 거닐자, 다시 대학원생이 된 것 같았다. 길가의 거무튀튀한 흙에서는 낯익은 냄새가 났다. 그 냄새를 맡으며 그는 만주를 떠올렸다. 이따금, 자전거를 탄 사람이 힘차게 인사를 하거나 상냥하게 고개를 끄덕이면서 지나갔다.

그는 오후 일찍 딕의 워크숍에 갔다. 노스 클린턴 가에 있는 창작 센터는 쉽게 찾을 수 있었다. 셔터와 창문, 문과 처마가 모두 거무튀튀한 녹색으로 된, 흰색의 미국식 목조 건물이었다. 문 앞에는 작은 떡갈나무가 서 있고 건물을 빙 둘러 단풍나무들이 서 있었다. 바람이 불 때마다 단풍나무 잎이 나풀거리며 엷은 빛깔의 속살을 드러냈다. 고운 나무로 된 건물 안쪽은 바깥쪽보다 훨씬 더 좋아 보였다. 스테인드글라스 창문들도 있었다. 세미나실은 1층 뒤쪽에 있었다. 난은 조용히 안으로 들어갔다. 그리고 벽에 기대어 커다란 탁자 두 개를 붙여 빙 둘러 앉아 있는 학생들을 조용히 바라보았다. 교실의 다른 쪽에는 키가 큰 금속 캐비닛이 있었다. 딕은 학생들에게 난을 소개하지 않고 오늘은 손님이 한 사람 왔다고만 말하고 워크숍을 진행하기 시작했다. 그의 뒤에는 두 개의 칠판이 벽에 붙어 있었다. 그중 하나에는 지난 시간에 써놓은 세 줄의 시행이 여전히 남아 있었다. 두운 표시를 해놓은 걸로 보아 운율을 설명하기 위한 것 같았다. 난은 포근하고 격식에 얽매이지 않는 세미나 분위기가 마음에 들었다. 야심에 찬 대부분의 수강생들은 영리하고 표현을 잘하고 에너지가 넘쳤다. 그러나 그들이 논의하는 시들은 크게 인상적이지 않았다. 그에게는 너무 가볍고 가식적인 시들이었다. 어떤 시는 화자 자신의 젖가슴을 두 명의 작은 친구라고 표현하고 있었고, 어떤 시는 박하향 초콜릿을 먹을 때 느껴지는 맛에 관한 것이었다.

이러한 신예 작가들은 아주 연약해 보였다. 그들은 주로 스스로를 위해서나 선별된 엘리트 독자를 위해서 글을 쓰는 것 같았다. 그들이 얼굴을 붉히고 눈을 빛내고 뽐내는 미소를 지으며 열띤 토론을 한 것은 사실이었다. 그러나 그들의 열정은 관념과 깊은 감정에 대한 사랑보다는 사적인 기분과 감정과 언어적인 장치에 대한 강박관념에서 연유한 것 같았다. 어떤 점에서, 시는 이곳에서 활력과 진지함이 결여된, 난해한 예술이 된 것 같았다. 난이 그러한 무리에 끼는 건 상상하기 어려웠다. 그들이 그의 어정쩡한 영어를 비웃고 약점을 공격할 것 같았다.

남미계 남자와 근시안인 금발 여자 사이에 열띤 토론이 벌어졌다. 시를 읽는 독자를 사로잡는 것이 음악성이냐, 아니면 의미냐를 놓고 벌어진 토론이었다. 머리를 짧게 깎고 한쪽에만 귀걸이를 한 남자는 진정한 시는 블루스처럼 노래이며 의미는 부차적인 것이라고 했고, 여자는 의미가 없는 운율이란 공허하고 가치가 없는 것이어서 시를 쓸 때는 의미가 우선해야 한다고 했다. 그녀는 그 말을 하면서, 테가 없는 안경 너머로 난을 계속 쳐다봤다. 마치 그에게 이의가 있으면 말해보라는 투였다. 딕이 개입해 '청각적인 이해'에 관해서 설명했다. 그 요지는 때로 우리가 시의 의미를 파악하지 못해도, 그냥 귀를 기울이는 것만으로도 감동을 받을 수 있고, 그래서 소리와 의미 사이에 모종의 내재적인 관계가 있는 게 분명하다는 것이었다. 이상적으로 말해서, 알렉산더 포프*가 3백 년 전에 얘기한 것처럼 소리는 의미를 반향해야 한다는 것이었다. 선생이 설명을 했음에도 불구하고, 두 학생은 화해를 하지 못한 듯 이따금 서로의 얼굴을 노려보았다. 난은 두 사람 사이에 무슨 불화가 있는 건 아닌지 궁금했다. 딕이 10분간 휴식을 하겠다고 말했다. 난은 워크숍의 후반부는 참석하지 않고 그냥 나왔다.

오후가 저물었을 때, 딕이 메를로 와인을 마시며 난에게 물었다. "내 학생들 어땠어요?"

"아주 인상적이었어요. 특히 시력이 안 좋아 보이는 금발 여자가 그랬어요."

"키가 큰 서맨사 말이군요."

"그래요, 영리하던데요."

"서맨사는 다른 사람들보다 더 많이 알죠. 챕북**을 출판한 작가이기도 하고요. 여기로 와서 우리와 합류하고 싶지 않아요?"

"지금은 잘 모르겠어요. 이런 문제에 관해서는 아주 신중해야 하니까요. 나한테는 가족도 있고 사업도 있잖아요."

---

*Alexander Pope(1688~1744). 영국의 시인. 고전주의 시대의 대표자로 시집에 《목시牧詩》, 평론에 〈비평론〉 따위가 있다.
**소책자.

"전에 말했던 것처럼, 당신은 전업 작가가 되려고 노력해야 해요. '인간은 삶을 완성할지, 아니면 작품을 완성할지 선택을 해야 한다'*는 말이 있잖아요." 인용을 하는 딕의 목소리는 엄숙하게 변해 있었다.

난은 딕이 인용한 것이 시라는 건 알았지만, 어떤 시인의 시인지는 생각나지 않았다. 그가 물었다. "어째서 이쪽 아니면 저쪽이어야 하는 건가요? 왜 가운데는 안 되는 거죠?"

"어떻게 말이에요?"

"문학 작품을 쓰기 위해서 문학인의 삶을 살아야 하나요?"

"시는 나름의 논리를 갖고 있죠. 당신이 시인이 되기를 원한다면, 작품과 삶 양쪽을 완벽하게 할 수는 없어요. 모든 건 당신이 얼마나 희생할 각오가 되어 있느냐에 달려 있어요."

"그래서 당신은 가족이 없는 건가요?"

"어떤 의미에서는 그렇죠."

"그건 나한테는 너무 심해요. 생각해볼게요. 내 결정을 곧 알려줄게요. 아주 곧."

"좋아요. 당신한테 재능이 있다는 걸 잊지 마요. 하지만 그 재능을 개발하려면 많은 걸 포기해야 해요."

"당신의 논리는 알겠지만, 성급하게 결정할 수는 없는 일이에요."

"알겠어요. 우리 학생들 중 일부는 우리 프로그램에 등록하

*윌리엄 예이츠의 〈선택〉의 일부.

기 전에 좋은 직장을 갖고 있었던 사람들이에요. 수염을 기른 흑인 학생 기억나죠?"

"네, 그 사람도 영리하더군요."

"듀크 대학교 의예과를 졸업하고 밀워키에서 의사를 했던 사람이에요. 또 다른 랭스턴 휴스*가 되고 싶어서 워크숍에 들어온 거죠."

"그렇다면 선원이나 웨이터를 했으면 더 좋았을 뻔 했군요."

딕은 그의 말에 실린 아이러니를 이해하지 못한 것 같았다. 그러나 난은 자신이 내뱉은 '선원'이라는 말에 가슴이 조여왔다. 베이나한테 차이고 핑핑을 만나기 전, 그는 랭스턴 휴스가 화물선을 타고 그랬던 것처럼 상선을 타고 세계를 돌아다니는 걸 상상했었다. 선원이 되면 읽고 쓸 시간이 많을 것 같았다. 작가가 되는 좋은 길일 것 같았다. 그는 여러 선박회사에 한 장짜리 이력서와 함께 편지를 보냈지만, 어디에서도 답장이 오지 않았다. 그들은 그가 괴짜라고 생각했음이 분명했다. 그들은 누가 그 직업에 지원하는 걸 예상치 못했을 것이다. 개인적인 선호도와 상관없이, 선원이 되는 것도 국가가 결정하는 일이었던 것이다.

*Langston Hughes(1902~1967). 흑인들의 문학운동인 할렘 르네상스 시대를 대표하는 미국의 시인이자 극작가. 컬럼비아 대학교 재학 시절 할렘의 문화에 매료되었고 이후 넓은 세상을 보기 위해 선원이 되었다. 이때의 방랑생활과 당시 배의 독서실에서 노동과 아프리카에 관한 서적들을 탐독한 것이 이후 흑인을 흑인 자체로서 표현하고자 하는 그의 예술관의 토대가 되었다고 하는데, 아래 난의 말은 이를 염두에 두고 있다.

딕은 난에게 그날 저녁 프랑스 식당에 가서 식사를 하자고 했다. 그러나 난은 밖에서 먹는 게 싫었다. 그는 식당 음식에 질려 간단하고 건강에 좋은 음식을 먹고 싶었다. 딕의 찬장에 안남미가 들어있는 걸 보고 난은 그걸로 죽을 만들고 토마토를 잘라 네 개의 달걀과 함께 익히고, 폴란드 소시지를 구웠다. 딕은 난의 요리가 애틀랜타에서 유일하게 그리운 것이라고 말하며 요리를 즐겼다. 그들은 와인을 두 병이나 마시며 밤늦게까지 얘기를 했다.

17

난은 I-74를 타고 돌아오다가, 베이나가 살고 있는 일리노
이의 레드 시더스에서 도로를 빠져나왔다. 그는 도시로 들어
가 식료품점에 들러 타오타오에게 줄 육포를 한 봉지 사고,
여자 판매원에게 지리를 물었다. 그녀는 휴런 로드가 북쪽으
로 1킬로미터쯤 떨어진 공동묘지 근처에 있다고 알려줬다.
그는 바로 레드 시더스를 향해 차를 몰았다. 벌써 아침이 중
반으로 접어들고 있었지만, 큰 마을처럼 생긴 도시는 아직 잠
에 빠져 있는 것 같았다. 흰 목조 주택들은 빗물에 젖어 있었
고 어떤 집들은 희끄무레한 수풀에 부분적으로 가려져 있었
다. 신호등을 지나자 카페가 나왔다. 넉 대의 차가 누르스름
한 건물 앞에 세워져 있음에도 불구하고, 카페 안은 텅 빈 것
같았다. 거리를 따라 서 있는 집들의 앞뜰에는 사과와 배가
떨어져 있었다. 어떤 것들은 새들과 동물들이 반쯤 먹다 만
채로 있었다. 말벌들이 새들이 과일에 뚫어놓은 구멍 속을 들

락거리고 있었다. 난은 어렵지 않게 베이나의 집을 찾았다. 좁은 길 끝의 경사로에 위치한 페인트가 벗어지고 2층이 돌출된 분홍색 집이었다. 가슴이 두근두근 뛰었다. 그녀가 안에 있을지 궁금했다. 목요일이어서 어쩌면 일을 하러 갔는지 몰랐다. 그는 앞문으로 가 초인종을 눌렀다. 그러나 부서진 것인지, 아니면 접속이 안 된 것인지, 안에서는 아무 소리도 나지 않았다. 그래서 그는 편자처럼 생긴 쇠고리를 두드렸다. 그녀의 남편이 나오지는 않았으면 싶었다.

감청색 실내복을 입은 중국인 노파가 나와 문을 열었다. "누굴 찾으시오?" 그녀가 난을 훑어봤다. 날카로운 눈매가 번득였다.

"베이나 수 씨가 여기에 삽니까?"

"그래요, 그런데 당신은……?"

"저는 중국에 있을 때 같은 반이었던 친구입니다. 집에 있나요?"

"없어요." 그녀의 표정에 변화가 없었다. "사무실에 갔다오. 맥도널드 옆에 있는 천시 가 57번지니까 찾아가보구려. 길을 따라 내려가다 두 번째 신호등에서 좌회전을 해요. 그게 천시 가라오. 찾는 건 어렵지 않을 거요."

난은 그녀가 자신을 이웃 사람처럼 취급한다는 사실에 놀랐다. 그가 물었다. "시어머니 되시나요?"

"그래요, 내가 애들을 돌봐주고 있다오. 내 아들은 학생들의 숙제를 봐주고 있지. 들어와서 얘기나 좀 하겠소?"

"아뇨, 귀찮게 해드리고 싶지 않습니다. 그리고 제가 바로 가야 해서요."

그는 그녀에게 고맙다고 인사하고 천천히 차를 몰았다. 베이나의 남편을 만나지 않은 게 참 다행이다 싶었다. 얼굴이 토끼처럼 생긴 그 남자를 만났더라면, 자기가 누구인지 짐작했을지도 몰랐다.

그는 두 차례에 걸쳐 방향을 틀고 몇 개의 상점을 지나쳤다. 그리고 울타리로 둘러싼 유아용 운동장이 딸린 맥도널드를 지나치자, 천시 가 57번지가 나왔다. 사무실이 여럿 위치한 2층짜리 벽돌 건물이었다. 그는 베이나가 무슨 일을 하는지 물어보지 않은 게 후회되었다. 그러나 현관에 있는 안내판을 보니, '오리엔탈 힐링 스튜디오'와 '요가 교실'이 있었다. 그는 스튜디오가 있는 206호부터 가보기로 했다. 그는 계단을 오르기 시작했다. 가장자리에 철판을 댄 나무계단이 심하게 삐걱거렸다. 그는 가볍게 발을 내딛으려고 했지만 그래도 소리가 나기는 마찬가지였다. 그는 위를 쳐다보았다. 그 건물은 한때 공장이었던 게 분명했다. 천장 높이가 적어도 5미터는 되었고, 곳곳에 큰 나무 기둥이 있었다.

무슨 이유에선지 그는 마음이 차분해졌다. 보험 대리인이나 의사를 정기적으로 만나러 가는 것 같은 기분이었다. 서리가 긴 206호 유리문 옆에 활짝 핀 모습의 작은 조화가 플라스틱 화분에 심겨 있었다. 배나무였다. 난이 문을 두드렸지만 아무도 대답하지 않았다. 그는 손잡이를 돌리고 들어갔다.

문에 달린 종이 울리자, 안에서 여자의 목소리가 들렸다. "잠깐만 기다리세요." 베이나의 목소리였다. 활발하지만 약간 억지스럽고 애매한 어조를 띤 목소리였다. 그녀가 가라앉은 어조로 누군가에게 물었다. "이 침을 돌리니 어떤 느낌이세요?"

"저린 증상이 없어졌어요." 남자가 말했다.

"이렇게 하면요?"

"아무것도 못 느끼겠어요."

"좋아요. 이제 침을 다 뽑아도 되겠어요."

난은 기차역에 있는 것과 흡사한 등받이가 높은 벤치에 앉아 다리를 꼬고 눈을 감았다. 오른쪽 벽에 보트로 둘러싸인 돛배를 그린 낡은 유화가 걸려 있었고, 창문 옆 책상 위에는 흰 금속 갓이 달린 램프가 놓여 있었다. 다시 한 번 난은 베이나가 어떤 모습일지 상상해보려고 했다. 그러나 어떤 모습일지 잘 떠오르지 않았다. 그는 엄지손가락을 팔목에 대고 맥박을 재보았다. 빠르지 않았다. 1분에 70회쯤 뛰는 것 같았다. 자신이 뭐가 잘못된 게 아닐까 싶었다.

플란넬 셔츠와 청바지를 입고 작업화를 신은 키가 크고 구레나룻이 있는 남자가 안쪽 방에서 천천히 걸어 나오며 어깨 너머로 베이나를 향해 말했다. "정말 편해졌어요. 오늘은 훨씬 더 잘 잘 수 있을 것 같아요."

"내가 그럴 거라고 말했잖아요." 그녀가 달콤한 목소리로 대꾸했다.

그 남자가 난을 보고 소리쳤다. "안녕하세요."

환자가 문으로 걸어갈 때, 난도 마주 인사를 하며 일어섰다. 베이나는 그를 보더니 마치 기다리고 있었던 것처럼, 미소를 지으며 손을 내밀었다. 그녀는 단조롭게 보이는 핑크색 드레스를 입고 있었다. 양쪽 팔목에는 옥팔찌를 차고 있었다. 문득, 난은 그녀의 이복동생이 그가 그녀의 하얼빈 집에 왔었다는 얘기를 해준 게 틀림없다는 생각이 들었다. 그리고 그녀의 시어머니도 전화를 한 게 분명했다. 그렇지 않으면 베이나가 이렇게 여유 있게 행동할 수가 없었다. 그래도 그는 당황스러웠다. 그녀는 그의 마음을 갖고 놀지 않았던가? 자신이 그에게 준 상처에 대해 미안하지도 않을까? 그가 자기를 미워할지도 모른다고는 생각하지도 않는 걸까? 왜 이렇게 침착할까?

"여기로 와서 앉아." 그녀가 미소를 지으며 자기 책상 옆에 있는 의자의 등받이를 두드리며 말했다. 그녀가 웃자, 작은 송곳니가 드러나 보였다. 그녀는 차를 두 잔 타더니 회전의자에 앉았다. "레드 시더스까지 어쩐 일이야?" 그녀가 물었다.

"아이오와 대학교에 있는 친구를 만나러 온 길이야." 난이 책상 옆에 앉으며 말했다. 햇빛이 마호가니 책상 위에 사다리꼴 모양을 이루며 비쳤다. 그는 그녀를 유심히 살폈다. 이제는 중년 여인이 다 되어 있었다. 얼굴은 다소 창백하고 머리는 희끗희끗해지기 시작했다. 고개를 숙일 때 보니, 가느다란 주름이 몇 개 보였다. 웃음기를 머금은 눈과 도톰한 입술에도 불구하고, 그녀는 잔잔해진 것 같았다. 한때 그의 온 존재에 불을 붙였던 정염과 요염함과 태평스러움은 더 이상 없었다. 목소리도 또렷하면서도 밝은 음색을 잃고 있었다. 그녀는 열기 없는 눈과 이중턱의 조짐이 나타나기 시작한 그저 평범한 여자였다.

난은 자연스러워 보이려고 노력했지만, 미소를 지으려고 할 때마다 턱이 굳어지는 걸 느꼈다. 그는 그녀를 내내 마주 보고 있을 필요가 없도록 높은 찻잔을 들어 입술에 대고 있었다. 그는 자신에 대해서는 얘기하지 않고 그녀의 말을 듣기만 했다. 그녀는 이민 전문 변호사한테 많은 돈을 쓰지 않고도 영주권을 딴 그가 부럽다고 했다. 그녀는 자신과 남편이 톈안먼 사건 이전에 미국에 왔으면 얼마나 좋았겠냐고 말했다. 그러면 그들에게도 자동적으로 영주권이 주어졌을 거라고 했다. 요즘은 서류를 갖추기도 힘들다고 했다. 변호사가 정말로 그들을 도와줄 수 있을지도 잘 모르겠다고 했다.

그녀는 난에게 맥도널드에 가서 점심을 먹자고 했지만, 그는 매일 음식점에서 식사를 하니 그녀가 타준 우룽차만으로도 충분하다며 거절했다. 게다가 그는 곧 운전을 하고 내려가야 했다. "여기가 맘에 들어?" 그녀의 대답이 부정적이기를 바라며 그가 물었다.

"모르겠어. 그런 것 같기도 하고. 남편이 학위를 이수하는 중이어서 내가 가족을 먹여 살려야 해."

"남편은 뭘 전공하는데?"

"공중위생을 공부하고 있어."

"일본과 관련이 있는 건가?"

"아니. 일본어는 거의 잊어버렸을걸. 여기에서는 쓰질 않으니까."

"그렇군. 이 스튜디오에서 하는 일은 남편이 도와줘?"

"아니, 푼돈이나 벌려고 나 혼자 침 치료를 하고 있는 거지. 미국에 오기 전에 1년 동안 침술을 배웠거든. 그래서 여기에서 시험에 합격해 자격증을 땄어. 당신은 어때? 식당을 여러 개 갖고 있다는 말을 들은 것 같은데."

"하나뿐이야. 그것도 아주 작은 걸로. 식당을 운영하는 게 썩 즐겁지 않아. 난 글을 쓰고 있어."

"당신은 별로 변한 게 없구나. 아직도 몽상가야. 마음이 아직도 젊네." 그녀가 미소를 지으며 못마땅하다는 듯 고개를 저었다.

"그런 것 같아. 내가 꿈 말고 뭘 가질 수 있겠어?" 그는 자신에게 하듯이 이 말을 했다. 그는 16년 전에 자신을 거의 미치게 만들었던 이 여인과 자신의 생각을 더 이상 공유할 수 없다는 사실을 깨달았다.

그녀는 찻잔을 들어 조금 마시더니 이 도시에서 사는 얘기를 계속했다. "홍빈과 나는 여기에 정착해도 상관없다고 생각해. 주 평균을 상회하는 좋은 공립학교도 있고 부동산도 싸고. 15만 달러면 수영장이 딸린 큰 집을 살 수 있거든. 우리 시어머니 봤지? 괜찮은 분이야. 우리 아이들을 잘 봐주시지. 특히 두 살밖에 안 된 우리 아들을 잘 돌봐주셔. 우리 아들 마이클 봤어?"

"아니."

"정말 귀여워. 우리 시어머니의 문제는 너무 인색하다는 거야. 돈을 쓸 때는 늘 달러를 위안으로 환산하신다니까. 미국 생활에 결코 익숙해질 수 없으실 것 같아. 그래도 우리 아이들을 사랑해주셔서 고맙지. 그 애들은 내 삶의 중심이야. 이제 나는 부모의 사랑이 어떤 것이고 공자가 왜 부모에게 효도하라고 했는지 알겠어. 내 아이들을 위해서라면 무엇이든 할 거야. 죽기라도 할 것 같아. 그리고 나는 충실한 아내고."

"좋은 어머니이기도 하네."

"맞아."

"그래도 집에서는 당신이 주도권을 쥐고 있을 것 같은 걸." 고통이 몰려왔지만, 그는 가까스로 미소를 지었다. 그는 숱이 많은 머리를 손가락으로 긁었다.

"왜 나를 보러 온 거야?" 그녀가 입술을 약간 비틀며 물었다. 볼이 약간 발그레했다.

"당신이 내가 종종 생각했던 베이나와 같은 사람인지 확인하려고."

"솔직히 말하면 너무 늦게 왔어. 11년 전, 내가 당신에게 미국에 오는 걸 도와달라고 했었는데, 당신은 어리석게도 그 기회를 잡지 못했어. 나는 그때 아이가 없었고 홍빈을 떠날 생각을 하고 있었는데."

"나한테 올 수도 있었다는 얘기야?"

"그럴 수도 있었지. 나는 당신한테 상처를 받아서 당신한테는 늘 약했으니까."

"나한테 상처를 받았다고?"

"그래. 당신은 내가 홍빈하고 싸워서 얻을 가치가 없는 여자인 것처럼 나를 너무 쉽게 포기했어. 최악인 것은 당신이 나를 위해 쓴 모든 시들을 불태웠다는 거야. 그건 나한테 선물을 줬다가 다시 가져간 것이나 마찬가지였어. 당신은 나를 굴욕스럽게 만들었어."

"잠깐만. 당신이 가난한 나를 경멸했던 거잖아. 나는 홍빈이 당신을 위해 일본에서 사온 빨간색 스쿠터 같은 걸 사줄 수 없는 사람이었어."

"하지만 당신은 나중에 미국에 왔잖아. 나한테 빨간 자동차를 사주겠다고 약속할 수는 없었어? 거짓말로라도 말이야." 그녀는 자신의 경솔한 말에 억지웃음을 웃어 보이고 오른손 엄지로 왼손 약지를 문질렀다.

"아하, 그러니까 나는 당신에게 수단이었군. 그런데 무슨 근거로 내가 당신한테 차를 사줄 거라고 생각했던 거지?"

"당신이 나를 사랑했으니까."

"그러니까 당신은 내가 당신을 위해 내 아내와 아이를 버릴 거라고 생각했다는 말이야?"

"그러지 않았을까? 나를 보러 이 먼 길을 온 거 아니야? 당신의 아내는 당신이 지금 어디에 있는지 까맣게 모르잖아." 그녀의 눈이 반짝였다. 그가 그곳에 오고 나서 처음으로 그녀의 얼굴에 암여우 같은 낯익은 표정이 나타났다. 그때 그녀가 불쾌한 듯 턱을 들었다. 난이 그녀의 늘어진 턱살을 쳐다보고 있는 걸 아는 눈치였다.

그가 약간 당황한 목소리로 말했다. "당신이 멀리서 휘파람을 불 때마다, 내가 쪼르르 달려와 당신에게 입맞춤을 할 거라고 생각하지는 마. 사랑의 노예가 되기에는 나는 너무 나이가 많아. 게다가 이렇게 많은 세월이 지났음에도 내가 당신한테 아직도 정신을 못 차릴 거라고 생각하는 이유를 모르겠군."

"나는 당신의 첫사랑이니까."

"그게 무슨 뜻이지?"

"당신 같은 사람에게 첫사랑은 언제나 가슴을 타게 만드는 불이거든. 당신은 실연의 노래를 멈출 수가 없는 사람이야."

"날 과소평가하는군. 나는 이제 진정한 사랑이 뭔지 알아. 당신은 어떤 남자도 헌신적으로 사랑해본 적이 없지. 하지만 내 아내는 달라. 그녀는 나를 사랑하고 나와 함께 고통스러워할 준비가 되어 있는 사람이야."

"그래도 당신은 그녀를 사랑하지 않잖아? 나는 당신이 나를 보러 다시 올 거라고 확신해. 그렇다고 내가 지금 부추기고 있다고 생각하진 말아요."

"당신은 아직도 나를 옭아매고 있다고 생각하는 거야?"

"빠져나가려고 노력해보든지."

"두고 보면 알겠지." 그는 크게 웃었지만 마냥 웃어넘길 수

만은 없었다. 가슴이 답답했다.

마음속으로 그는 이 여행이 실수였다는 걸 알았다. 수년에 걸친 그리움과 괴로움은 한낮 환상이었다. 그의 모든 고통과 한숨은 근거가 없는 것이었으며, 잘못된 사람에게 허비한 것이었다. 그는 얼마나 바보였던가!

그러나 이러한 환멸은 어쩌면 그가 정신을 차리고 낫기 시작하는 데 필요한 것일지 몰랐다. 실제로 그는 베이나와 그렇게 가깝게 있음에도 불구하고, 전에 느끼던 먹먹한 고통을 더 이상 느끼지 않았다. 뭔가가 그의 목구멍을 간질이며 웃고 싶게 만들었다. 그는 히스테리가 일어나지 않도록 자신을 억제했다. 그녀와 그 사이에 벽이 있는 것 같았다. 어쩌면 그녀는 그가 오기 전에 그러한 벽을 이미 세워 놓았는지도 몰랐다. 혹은 그러한 벽은 그녀의 또 다른 계략인지도 몰랐다. 그녀가 그렇게 하지 않더라도, 그는 그녀에게 더 가까이 다가가는 걸 더 이상 상상할 수 없었다.

몇 분 후, 그는 그곳을 떠났다. 한 줄기 바람이 텅 빈 거리에 불더니 뒤에서 머리칼 한 가닥을 불어 올렸다. 베이나는 그의 전화번호나 주소를 묻지 않고 학 두 마리가 멀리 날아가는 모습이 그려진 자기 명함만 줬다. 그는 자신이 다시는 그녀와 연락하지 않을 거라는 걸 알았다. I-74로 통하는 비탈길을 올라가다, 그는 차창을 내리고 그녀의 명함을 밖으로 던졌다. 그것은 풀 속으로 날아갔다.

18

난은 며칠 동안 아팠다. 그러나 늘 그렇듯 일을 하러 갔다.
아이오와에 다녀온 후로 그는 우울하고 기진맥진했다. 어떤
면에서 그는 너무 많이 변하고 자신이 상상했던 것과 너무 달
라, 그의 환상을 와장창 깨버린 베이나가 싫었다. 그는 가슴
이 아팠다. 그는 아내에게 잘하기 시작했다. 핑핑은 그의 갑
작스러운 변화에 놀라면서 의사한테라도 가보라고 했다. 돈
이 별로 안 드는 한의사한테 가보라고 했다. 그녀는 그가 중
년의 위기, 즉 남자의 갱년기 장애를 겪고 있는 건 아닌지 우
려했다. 하지만 그는 이렇게 대답했다. "나한테는 어떤 심장
전문의도 진단할 수 없고 어떤 약으로도 치료할 수 없는 마음
의 문제가 있어."

그는 의기소침하긴 했지만, 시를 쓰려고 더 노력했다. 그는
몇 편의 시를 《노란 잎》이라는 작은 잡지에 보냈다. 아시아계
미국 작가들의 작품이 실린 걸 본 적이 있는 잡지였다. 그는

실릴 걸 기대하지 않고 정기적으로 시를 보냈다. 그는 딕에게 전화를 해서 가족과 같이 있는 게 중요하기 때문에 올라가지 않겠다고 말했다. 딕은 그렇게 하면 벌써 마흔한 살인 난에게 큰 손실일 거라고 했다. 집중을 하지 않거나 필요한 희생을 하지 않으면 너무 늦어서 재능을 개발할 수 없게 될 것이라고 했다. 난은 그에게 고맙다고 하면서도, 자신이 내린 결정에는 완강했다. 그는 자신이 이제부터는 혼자라는 걸 알았다. 어쩌면 딕과 그는 앞으로는 더 멀어질 것이었다. 유명 시인인 딕 주변에는 늘 사람이 많았다. 달리 말해, 난은 고립을 자신의 삶의 조건으로 받아들이고 독자도 없이 허공을 향해 글을 써야 할 터였다.

어느 날 오후, 금귀의 전화벨이 울렸다. 난이 받자, 다닝 멩의 우렁찬 목소리가 들렸다. "헤이, 난 우, 보고 싶었어요." 그의 친구가 말했다.

"어디에요?" 난이 떨리는 목소리로 말했다.

"워싱턴 D. C.에요."

"거기서 뭐 하는 거죠?"

"작가 회의에 참석하고 여행하고 있어요. 원래는 극작가가 오기로 돼 있었는데 뇌졸중이 생겨 내가 대신 왔어요."

"애틀랜타로 올 수 있어요?"

"당연하죠. 그래서 전화한 거예요."

다닝은 우의 집에서 이틀 동안 있다가 중국 작가 대표단에 합류하여 미시시피의 옥스퍼드에 가서 도시를 구경하고 포크너가 살았던 집을 방문할 계획이라고 했다. 옥스퍼드는 포크너의 요크나파타파 카운티의 원형인 도시였다. 포크너의 집은 그가 살아 있을 당시에는 그의 고향 도시에서 가장 컸다고한다. 난과 핑핑은 그들의 친구가 온다는 사실에 흥분했다. 그날 밤, 그들은 집 안 청소를 약간 했다. 그러나 몸이 지쳐있어서 원하는 만큼 치우지는 못했다. 다닝은 난의 방에 묵게될 것이었다. 난은 자기 방을 내주고 이틀 밤을 핑핑과 자게된 것이 좋았지만, 그녀는 그가 자신을 향해 의미심장한 미소를 짓자 인상을 찌푸렸다. 그녀는 그를 사랑했지만 그와 같이자는 건 좋아하지 않았다. 새벽 늦은 시간에 침대에 들어오는데다 코를 심하게 골기 때문이었다. 다음 날 일하기 위해서는쉬어야 했다. 사랑을 너무 자주 나누는 것도 싫었다.

　다닝은 이틀 후에 도착했다. 그는 류 여사가 난에게 고맙다는 말을 전해달라고 했다고 말했다. 난이 캐나다에 있는 그녀의 딸에게 남편의 유골을 부쳐준 것에 대한 감사의 말이었다. 그는 핑핑에게 자신이 펴낸 네 권의 책을 선물했다. 핑핑은크게 감동하지는 않았지만, 그를 포옹하며 고맙다는 표시를했다. 그녀는 아직도 그의 소설을 즐기지 못했다. 그녀는 그가 지난 몇 년간에 걸쳐 발표한 여러 편의 중편소설과 단편소설을 읽었지만 그중 대부분을 싫어했다. 그래서 그녀는 다닝이 준 책들이 어떤 종류의 책들일지 알았다. 그러나 그의 글을 낮게 평가했음에도 불구하고, 그녀는 그가 그들을 보려고멀리 이곳까지 왔다는 사실에 기뻐하며 그를 따뜻하게 대했다. 또한 그녀는 난이 좋아하는 걸 보고 기뻤다.

다닝은 우의 식당과 벽돌집, 그리고 뒤뜰에 있는 호수를 보고 깊은 감명을 받았다. 그는 집 주변을 둘러보고 난에게 말했다. "풍수적으로 집이 좋네요. 저 나무들을 봐요. 대단히 아름다워요. 저런 것 모두가 당신 것이라는 거잖아요. 나는 내년 봄에 아파트로 이사 가면, 베이징에서 내 것이라고 부를 수 있는 풀 한 포기도 없게 될 텐데." 그는 물새를 보더니 소리쳤다. "세상에! 대단히 평화로운 안식처로군요! 나는 이렇게 평온한 곳에서 사는 건 상상도 못 했네요. 난, 당신은 운 좋은 남자예요. 원하는 걸 다 가졌네요. 부러워요." 그는 진심이고 아주 감동한 것 같았다.

점심때, 그가 난에게 말했다. "당신은 이곳에서 정말 깨끗하고 단아하게 사는군요. 미국에 있기로 한 건 잘한 결정이었던 것 같네요. 나도 돌아가지 않고 당신처럼 정직하게 살았더라면 싶어요."

"하지만 당신은 유명 작가가 됐잖아요."

"남들은 그렇게 말할 수 있지만, 나는 내가 아무것도 성취하지 못했다는 걸 알아요. 진지한 글은 일종의 자기 삶의 연장이잖아요. 그런데 나는 내 인생을 허비하고 눈을 깜빡하는 사이에 사라질 소음만 냈을 뿐이죠. 유명세에 대한 값이 무엇일 것 같아요? 더 많은 문제일 뿐이에요. 유일하게 의미가 있고 유일한 구원은 작품일 뿐이에요. 그러나 의미 있는 작품을 쓰는 건 현재 중국에서는 불가능해요. 검열 외에도 중국은 너무 바빠요. 모든 사람이 뭔가를 잡으려고 서둘고 있어요. 사람들은 부자가 되는 것에 집착하고 있어요. 돈이 신이 된 거죠." 그는 한숨을 쉬며 울 것 같은 표정을 지었다.

난이 말했다. "당신은 펑펑과 내가 얼마나 열심히 일했는지 모를 거예요."

"물론 상상할 수는 있죠. 그러나 당신은 보상을 받았잖아요. 사업도 있고 집도 있고 차도 두 대나 있잖아요. 견실한 사업가고요. 당신은 여기에서 힘든 일을 하지만 편안하게 살잖아요. 게다가 타오타오도 잘 컸고요. 그 애 교육에 대해서는 걱정할 필요도 없죠. 내 딸은 내년 봄에 고등학교 입학시험을 치르는데, 벌써부터 밤낮으로 주입식 공부를 하기 시작했어요. 아이는 그림을 좋아하는데, 대학에 가서 예술을 전공하는 걸 단념하도록 설득해야 해요. 졸업하면 잘해야 광고 디자인이나 할 수 있을 테니 말이죠. 그와 대조적으로 당신 아들은 자기가 원하는 걸 할 수 있을 거예요. 이것이 우리 아이들의 삶에서 근본적인 차이죠."

"내 아들이 잘하는 건 아이 엄마가 매일 도와주기 때문이에요."

"당신은 운 좋은 사람이에요. 당신 아내는 아름답고 근면할 뿐만 아니라 헌신적이기까지 하잖아요." 왜 그런지 몰라도 다닝은 목이 메는 모양이었다. 그가 침을 꿀꺽 삼키더니 눈물을 닦았다.

"무슨 일 있어요?" 난이 놀라며 물었다.

다닝이 한숨을 길게 쉬었다. "시롱이 직장 동료와 바람이 났어요. 애인을 갖는 게 요즘에는 너무 흔한 일이 됐어요. 유행이라고 해도 될 것 같아요."

"아내가 당신을 떠날 작정인가요?"

"아뇨, 그것이 가장 힘든 부분이죠. 딸이 내 부모보다 아내를 더 따라요. 그래서 이 결혼을 유지해야 해요."

나중에 난은 그들이 했던 얘기에 대해 생각해보았다. 그는 다닝이 자신의 입장만을 얘기했다는 걸 알았다. 그는 다닝이 다른 여자들을 만났다고 확신했다. 적어도 술집, 이발소, 나이트클럽에서 여자들을 만났을 터였다. 그가 여자들을 쫓아다닌 것이 그의 아내가 바람을 피우는 빌미를 제공했을지도 몰랐다. 그렇다면 그가 탓할 건 자기밖에 없었다.

*

다음 날, 다닝은 난에게 차이나타운에 가자고 했다. 핑핑은 다시 한 번 슈보에게 난 대신 일을 해달라고 했다. 그래서 저녁을 먹고 나서, 두 친구는 뷰퍼드 고속도로 서쪽에 있는 챔블리를 향해 차를 타고 갔다. 노크로스에 들어선 그들은 오렌지색 조끼를 입고 오렌지색 모자를 쓴 사람들이 길가에서 쓰레기를 줍고 있는 걸 보았다. 삽, 갈퀴, 통들이 실린 트레일러를 끄는 청색 밴이 길가에 서 있었다. 다닝은 이 시간에 아직도 일을 하는 젊은 사람들이 누구인지 궁금해했다. "죄수들이에요." 난이 말했다.

"죄수들을 교화시키는 좋은 방법이네요. 나는 미국은 죄수들도 일을 한다는 건 몰랐어요."

"일부는 그렇게 하죠. 언젠가 나는 죄수들이 나무와 꽃을 심는 걸 본 적도 있어요."

죄수들을 보자, 난은 8년 전에 매사추세츠에서 있었던 일이 떠올랐다. 여자 친구가 톈안먼 광장에서 사라졌다는 소식을 듣고 미쳐버려 노인을 총으로 쏴 죽인 한송이라는 친구가 있었다. 난은 한송이 3년 전 추방당했을 때, 형기를 다 마치지 않은 상태였다는 걸 알았다. 그는 다닝에게 물었다. "한송의 근황에 대해 아는 거 있어요?"

"결혼했다는 얘기 못 들었어요?"

"감옥에서 나왔다는 말인가요?"

"그래요, 그런데 일반적인 직업은 구할 수 없었나봐요. 그한테서 영어 레슨을 받기를 원하는 사람이 아무도 없으니까요. 그래서 프리랜서로 통역을 하며 살아요."

"똑똑한 사람이었는데 참 아까워요."

두 사람은 잠잠해졌다. 난은 슬펐다. 신호등이 붉은색으로 바뀌자 그는 브레이크를 밟았다. 어찌 된 일인지 오늘은 매번 신호등에 걸렸다. 그러자 오늘 저녁에 문제가 생길지도 모른다는 불길한 예감이 들었다.

그들이 한국인 슈퍼마켓 근처의 쇼핑센터를 지나갈 때, 다닝이 소리쳤다. "잠깐만요! 차를 돌려봐요. 스트립 바가 있는 걸 봤어요. 가서 재미 좀 보게요."

난은 망설이면서도 브레이크를 밟았다. 그는 유턴을 해서
쇼핑센터로 들어갔다. 주차장은 만원이었다. 그래서 그들은
차를 스트립 바가 있는 건물 뒤에 세웠다. 성인 영화관 바로
앞이었다. 난은 들어가서 그곳이 어떤 곳인지 알아볼까 생각
했지만, 친구가 벌써 앞문으로 들어가고 있었다. 그래서 그도
따라 들어갔다. 그들이 들어선 순간, 덩치가 크고 얼굴이 험
상궂은 남자가 그들을 향해 큰소리로 말했다. "두당 5달러요."

난은 그에게 10달러짜리 한 장을 건넸다. 안은 뿌옇고 시끄
러웠다. 그들은 무대 앞의 테이블이 다 차 있었기 때문에 문
에 VIP라는 표시가 돼 있는 작은 방으로 통하는 통로 옆 테이
블에 앉았다. 그들이 앉은 자리에서는 비스듬한 각도에서 공
연을 볼 수 있었다. 멕시코 노동자들이 벽을 따라 카우보이
모자를 쓰고 맥주를 마시며 서 있었다. 그들은 테이블에 앉
기를 머뭇거리는 것 같았다. 앉게 되면, 여자한테 랩 댄스*나
테이블 댄스를 하라고 청하는 거나 마찬가지였기 때문이다.
연보라색 스콩**을 입은 짧은 머리의 여급이 오더니 난과 다
닝에게 물었다. "뭘 드시겠어요?"

다닝은 저녁을 먹을 때, 와인을 몇 잔 이미 마셨음에도 불
구하고, 버번위스키 한 잔과 라거 맥주 한 조끼를 주문했다.
난은 몰슨을 달라고 했다. 그는 다닝이 술을 너무 많이 마시

---

*관객의 무릎에 앉아 추는 선정적인 춤.
**중요 부위만 가린 옷.

400

는 게 아닐까 우려했지만 아무 말도 하지 않았다. 테이블 사이에서는 반라의 여자들이 랩 댄스를 추고 있었다. 구석에서는 하늘색 비키니를 입은 여자가 앙상한 엉덩이를 들어 땅딸막한 멕시코 남자를 향해 흔들고 있었다. 길쭉한 맥주 캔을 든 멕시코 남자는 두려워하는 것 같았다. 그러나 이미 벽에 등을 대고 있었기 때문에 뒤로 물러날 수도 없는 상황이었다. 그녀가 그를 향해 엉덩이를 내밀 때, 그녀의 팬티 끈에 달려 있던 돈들이 흔들거렸다. 그녀는 너무 말라 갈비뼈가 드러나 있었다. 서 있는 멕시코인들과 달리, 테이블에 앉아 있는 백인 남자들은 벌거벗은 여자들이 자기네 앞으로 오거나 무릎에 앉아 엉덩이를 흔들어도 아무렇지도 않은 모양이었다. 아무도 흥분한 것 같지 않고 몇몇은 그저 재미있어라 했다.

팅 하는 금속성의 음악이 다시 시작되면서, 하이힐을 신은 젊은 여자 둘이 무대로 나와 춤을 추기 시작했다. 그들 중 하나가 뛰어오르더니 크롬 막대를 움켜쥐고 한쪽 다리를 펴고 빙글 돌았다. 술집 안이 너무 시끄러워 난은 고막이 아플 정도였다.

그런 곳에 가본 적이 없던 난은 현기증이 났다. 그는 매주 월요일 아침, 일요판 신문을 사러 세계 서점에 갈 때 이 클럽을 지나쳤었다. 그는 여자들이 옷을 벗으면 기껏해야 웃옷을 벗는 정도일 거라고 생각했었다. 그는 몇몇 여자들이 아무것도 걸치지 않은 걸 보고 너무 놀랐다. 그리고 삼십 대가 이미 넘은 여자들이 술시중을 들면서 돌아다니며, 토끼 꼬리를 붙인 넓고 볼품없는 엉덩이를 흔드는 걸 보면서도 놀랐다. 그는 다닝이 이를 드러내고 웃으면서 눈을 빛내며 무아지경에 빠진 모습을 바라보았다. 다닝이 음악에 박자를 맞추려는 것처럼 두 손바닥으로 테이블을 부드럽게 두드렸다. 실내가 너무 뿌옇고 혼잡해 난은 배의 선실에 있는 것 같은 느낌을 받았다.

키가 큰 갈색 피부의 여자가 오더니 검은 눈을 깜빡거리며 물었다. "랩 댄스 춰드릴까?" 억양으로 보아, 그녀는 최근에 동유럽에서 이민 온 여자일 것 같았다.

난은 고개를 숙이고 그녀의 안쪽 허벅지에 나비 문신이 있는 걸 보았다. "얼마죠?" 그는 얼굴이 붉어지는 걸 느끼며 중얼거렸다.

"10달러예요."

난이 무슨 말을 하기도 전에 다닝이 손바닥의 볼록한 부분으로 기름때가 묻은 테이블을 쾅 치면서 큰 소리로 말했다. "그래, 춰봐요."

여자가 엉덩이를 흔들며 돌아서더니 브래지어를 조금씩 벗기 시작했다. 난은 눈을 들고 그녀의 팽팽한 젖가슴을 바라보았다. 젖꼭지는 빳빳하고 몇 개의 여드름이 있는 둘레는 핑크색이었다. 그는 억지로 눈길을 들어 그녀의 얼굴을 바라보았다. 그녀가 그를 향해 추파를 던지며 혀끝으로 입술과 이를 핥았다. 그리고 엉덩이를 들고 다닝을 향해 이리저리 흔들었다. 그런데 그녀가 목을 길게 빼더니 난의 귀 밑에 부드럽게 입을 맞췄다. 그는 거기에 그녀의 입술 자국이 남지나 않았는지 걱정이었다. 그녀가 나직이 말했다. "나 원치 않으세요?" 그녀가 미소를 지으며 입술을 벌렸다. 혀 가운데에 작은 진주가 있는 게 보였다. 난은 심하게 숨을 몰아쉬고 있었다. 입술이 바짝 탔다. 그는 어떻게 대답해야 할지 알지 못했다. 그는 진주가 그녀의 혀에 아예 붙어버린 건 아닌지 궁금했다. 입속에 그런 게 있는데 어떻게 먹을 수 있는지 궁금했다. 이를 닦는 것도 쉬운 일이 아닐 것 같았다. 저것은 뭘 나타낼까? 왜 저걸 안에 두는 걸까? 이런 생각을 하고 있는데, 그녀가 상체를 약간 들고 다닝의 무릎에 엉덩이를 비비기 시작했다. 엉덩이를 돌리는 동작이 격렬해지자, 음악이 더 빠르고 시끄러워졌다. 다닝의 웃음소리도 점점 더 커졌다.

"아야!" 그녀가 소리를 지르며 일어섰다. "만지지 마요!"

다닝이 뻐드렁니를 드러내고 웃었다. "계속해!" 그가 툴툴거렸다.

그녀가 랩 댄스를 다시 시작했다. 그러나 잠시 후, 다시 멈췄다. 그녀는 짜증이 난 것처럼 중얼거렸다. "다시 한 번 만지면 안전 요원을 부르겠어요."

다닝이 웃으며 그녀의 통통한 손가락 끝에 입을 맞췄다. 그러고는 이렇게 말했다. "맛 좋네."

난이 출입구 쪽을 바라보았다. 상고머리를 한 덩치 큰 남자가 힘줄이 불거진 팔을 구부려 가슴을 불룩하게 하고 그들이 있는 방향을 바라보고 있었다. 오른쪽 귀가 없는 사람이었다. 하지만 다닝은 이미 너무 취해 있었다. 그는 더 이상 랩 댄스를 하지 않겠다는 여자에게 중국어로 말했다. "이 화냥년아, 나를 내쫓고 싶냐? 너, 내가 누군지 아니? 이 얼굴을 봐." 그는 이렇게 말하고 자기 코를 가리켰다. "나를 모르겠어? 나는 문학상을 수상한 유명 작가야. 다시 한 번 춰봐. 우리한테도 똑같이 해줘. 너, 저기 있는 남자한테는 더 오래 더 많이 췄 잖아. 저 남자한테는 잘 웃더니 왜 우리한테는 웃지 않는 거냐?" 그가 머리칼이 없는 백인 남자를 손가락으로 가리켰다. 백인 남자는 여자가 팔을 들고 그 위에 몸을 굽히고 목을 껴안을 때, 눈을 반쯤 감고 있었다.

"영어로 얘기해." 랩 댄서가 쏘아붙였다. "난 한국어 몰라."

난은 놀랐다. 그는 일어나서 20달러짜리 지폐를 그녀에게 주며 말했다. "자, 여기 있어요. 거스름돈은 필요 없어요. 미안해요. 이 친구가 취해서 그래요. 내가 데리고 나갈게요."

여자가 오른쪽 다리를 내밀고 허벅지 둘레에 찬 고무줄을 잡아당겼다. 1달러와 5달러짜리 지폐들이 이미 그 안에 있었다. 난은 20달러를 거기에 넣었다. 그런데 지폐가 바닥에 떨어져버렸다. 그가 그걸 집어 다시 잘 넣었다. 그녀가 미소를 지으며 그의 볼에 입을 맞췄다. "고마워요, 자기." 그리고 그녀는 다른 여자들이 버섯 모양의 의자에 앉아 있는 카운터로 걸어갔다.

다닝이 베이징 작가 협회 회원이자 베이징 대학교 겸임 교수라는 직함이 적힌 명함을 꺼내며 말했다. "저 여자한테 이것 좀 주게 올게요." 그가 씩 웃으며 여자가 있는 곳으로 가려고 했다.

"제발 이제 갑시다." 난이 그의 팔을 잡으며 말했다.

덩치가 큰 안전 요원이 와서 난이 다닝을 데리고 문으로 가는 걸 도와줬다. 명함이 글자가 있는 쪽을 위로 향한 채 바닥에 떨어졌다.

19

다음 날은 일요일이었다. 다닝은 아침 예배에 참석하고 싶어 했다. 난은 그 말을 듣고 어리둥절했지만, 그를 데리고 덜루스에 있는 중국인 교회에 갔다. 시밍 비안 목사가 시무를하는 곳이었다. 거리에는 차가 별로 없었다. 던킨 도너츠를제외하고 대부분의 가게들은 아직 문을 열지 않고 있었다. 전날 밤에 내린 소나기로 나무들과 지붕들이 상큼하고 깨끗해보였다. 난은 울타리로 둘러싸인 교회 주차장으로 들어가 후진해 주차를 했다. 그는 입구를 향해 걸어가며 다닝을 놀렸다. "오늘 고해소에 갈 거예요?"

"아뇨, 그냥 예배만 참석하려고요. 기분이 안 좋네요. 어제 저녁에 내가 정신이 나갔나봐요."

난은 아무 말도 하지 않았다. 스트립 바에서 있었던 일이 아직도 그를 괴롭혔다. 그들은 교회 로비로 들어갔다. 놀랍게도 일정이 바뀌어 있었다. 중국어로 진행되는 예배는 11시나

돼야 시작된다고 했다. 한 시간이나 일찍 온 것이었다. 그러나 영어로 진행되는 예배는 본당 옆의 예배당에서 곧 시작된다고 했다. 그래서 그들은 그 예배에 참석하기로 했다. 예배당 안에는 신도석 대신 의자들만 줄을 지어 놓여 있었다. 구석에 있는 검은색 오르간에 자그만 여자가 앉아 있었다. 벽에 걸린 거대한 십자가 밑에 있는 단상에 단발머리에 부드러운 안색의 여자가 서 있었다. 그 옆에 전자 기타를 든 젊은 남자와 안경을 쓰고 종이 한 장을 든 젊은 남자가 서 있었다. 난과 다닝이 마지막 줄에 앉자마자, 근시안인 남자가 신도들에게 일어나라고 했다. 단상에 있는 세 젊은이가 찬송가를 부르기 시작했다. 신도들이 따라서 부를 수 있도록 앞쪽 벽에 찬송가 가사가 투사되었다. 세 젊은이는 눈을 반쯤 감고 마이크에 대고 노래를 했다. 앞 천장에 야마하 스피커가 두 개 걸려 있었다. 오르간과 기타가 연주하는 웅장한 음악에 맞춰 사람들은 찬송가를 불렀다. "오라, 이제 경배할 시간이니/ 오라, 이제 하느님을 만날 시간이니……."

그 노래를 들으며 난은 감동했다. 다닝은 음악에 맞춰 다른 사람들과 함께 큰 소리로 노래를 불렀다. 그의 목소리는 성가대를 이끄는 것처럼 또렷했다. 난은 그 친구가 그렇게 넋을 잃고 찬송가를 부를 수 있다는 사실이 놀라웠다. 다닝은 고개를 이리저리 흔들면서 찬송가를 불렀다. 그 찬송가가 끝나자, 다른 찬송가가 시작되었다. 그리고 비안 목사가 앞으로 나와 영어로 기도를 했다. 그는 혀가 굳고 코가 막힌 것처럼 더듬더

듬 얘기했지만, 목소리에는 감정이 가득 차 있었다. 그는 하느님에게 교구를 축복해주고, 그들 중 죄 지은 자들을 용서해주고, 교통사고로 아이를 막 잃은 가족을 위로해주고, 이 지역에 사는 모든 사람들이 악과 싸우고 선을 더 행할 수 있도록 힘을 달라고 기도했다. 비안 목사는 2년 전에 만났을 때보다 몸이 더 말랐지만 얼굴은 빛이 났고 몸가짐은 더 위엄이 있었다. 이제는 더 이상 반체제 인사가 아니라 순수한 성직자처럼 보였다. 그는 힘이 넘쳐 보였다. 머리도 전보다 숱이 더 많아진 것 같았다. 고개를 숙이고 있는 다른 사람들과 달리, 난은 때때로 눈을 들고 목사를 쳐다봤다. 비안 목사는 지난 2년에 걸쳐 발표한 여러 편의 논문을 통해 자신의 정치적 견해를 수정하고, 사람들에게 늘 중국과 중국 정부를 분리해서 생각하라고 권했다. 그는 그러한 차이를 염두에 두면, 나라나 국가보다 더 높은 가치들이 존재하기 때문에 공산주의 선전에 넘어가지 않을 수 있으며 애국주의가 자신의 삶을 지배하는 걸 피할 수 있을 거라고 주장했다.

비안 목사가 기도를 마치자, 키가 크고 마른 로버트 맥닐 목사가 앞으로 나와 '우리의 기회를 활용합시다'라는 제목으로 설교를 했다. 그는 〈에페소인들에게 보낸 편지〉 5장 8절에서 20절까지를 읽고 "시대는 악합니다. 그러니 여러분에게 주어진 기회를 잘 살리십시오"라는 구절을 설명했다. 그는 하느님의 자비는 모든 사람이 초대를 받은 큰 연회와 같다고 말했다. 죄인이 뉘우칠 때마다, 하느님은 기뻐하시고 보상을 내린다고 했다. 그러나 슬프게도 대부분의 사람들이 깨어나지 않고 잠을 자는 사람들처럼 너무 게으르고 어리석어 그 연회에 참석하지 않는다고 했다. 그래서 주께서 "멸망에 이르는 문은 크고 또 그 길이 넓어서, 그리로 가는 사람이 많지만 생명에 이르는 문은 좁고 또 그 길이 험해서 그리로 찾아드는 사람이 적다"라고 말씀하신 것이라고 했다. 목사는 하느님의 사랑과 너그러움을 누리는 진정한 길은 악을 피하고 주의 말씀을 퍼뜨리는 것이라고 했다. 난은 목사의 달변이 인상적이었다. 노안의 성직자는 성경을 넘기지도 않고 인용을 하고 행과 절까지 정확하게 얘기했다. 그는 신도들에게 날마다 주의 길을 따르라고 했다. 그는 월터 스콧이 해시계에 새겨놓았다는 말까지 기억해서 말했다. "나를 보내신 주의 일을 낮에 해야 하리, 아무도 다시 일할 수 없는 밤이 오리니." 스콧은 죽음이 다가오는 걸 늘 의식하고 있었기에 시간을 허비하지 않고 자신의 작품을 완성할 수 있었다고 했다.

설교는 매혹적이었다. 난은 신약 성서에 익숙하지 않아서 맥닐 목사가 말하는 걸 다 이해할 수는 없었다. 다닝은 완전히 몰두해 있었다. 그는 목사의 쭈글쭈글한 얼굴에서 눈을 떼지 않았다. 난이 곁눈질로 친구를 쳐다보는데, 헌금 주머니가 그에게 건네졌다. 그는 이걸 예상치 못하고 있다가 황급히 1달러짜리를 바지 호주머니에서 꺼내 집어 넣었다. 놀랍게도 그가 주머니를 건넨 순간, 다닝은 안으로 주먹을 넣었다. 다닝이 다른 교인들처럼 헌금을 준비해 온 게 분명했다.

목사가 설교를 끝내자, 사람들이 일어나서 벽에 비친 가사를 따라 다른 찬송가를 불렀다. 그들이 찬송가의 마지막 후렴을 부르고 있을 때, 난은 다닝의 얼굴이 눈물로 흥건해진 걸 보았다. 그의 친구는 진심으로 마음이 움직여 다른 사람들과 함께 찬송가를 부르고 있었다.

그리고 우리는 외칩니다. 거룩, 거룩, 거룩
그리고 우리는 외칩니다. 거룩, 거룩, 거룩
그리고 우리는 외칩니다. 거룩, 거룩, 거룩
거룩하신 어린양

맥닐 목사가 앙상한 손을 들어 낭랑한 목소리로 축복 기도를 했다. "하느님, 우리에게 햇빛처럼 밝은 지혜를 주소서. 하느님, 우리가 날마다 새롭게 살 수 있도록 성령에 충만하게 노출될 수 있는 용기를 주소서. 하느님, 우리가 하느님의 사랑을 세상의 모든 이에게 전파할 수 있도록 기쁨으로 우리를 축복해주소서."

"아멘!" 사람들이 소리쳤다.

거무스름한 안색의 여자가 마지막으로 느긋하게 오르간을 연주하자 목사가 말했다. "자, 오늘 예배는 끝났습니다."

다시 로비로 갔을 때, 난은 다닝에게 물었다. "중국어로 하는 예배도 참석하고 싶어요?"

"아니, 오늘은 이걸로 충분해요."

본당으로 통하는 열린 문을 통해, 난은 수백 명이 신도석에 앉아서 예배를 기다리는 모습을 보았다. 비안 목사가 앞에 앉아 중국어로 설교를 하려고 준비하고 있었다. 로비에는 남자 몇이 서성거리며 얘기를 하고 있었고, 두 명의 여자가 긴 탁자에서 들어오는 사람들에게 팸플릿을 나눠주고 있었다. 난과 다닝은 교회 밖으로 나왔다. 도로가 햇빛을 받아 약간 반짝이고 있었다. 대기는 한 시간 전보다 더 밝아진 것 같았다. 주차장을 빠져나오며 난이 친구에게 물었다. "노목사가 얘기한 걸 다 알아들었어요?"

"아뇨. 그러나 그분 말을 들으니 기분이 좋아졌어요. 훨씬 좋아졌어요. 내가 더 깨끗해진 것 같아요." 다닝이 진지하고 생각에 잠긴 목소리로 말했다. 그는 기진맥진한 것 같았다.

"기독교를 믿나요?"

"아, 꼭 그런 건 아니에요. 그러나 이따금 한 번씩 예배에 참석하는 게 좋아요. 나는 작가 협회에 근무하기 때문에 베이징에서는 교회나 절에 갈 수가 없어요. 발각되면 문제가 되니까요." 그가 한숨을 쉬었다. "나도 작은 물고기처럼 깨끗한 물을 원해요."

난은 비버 런 도로를 따라 서서히 차를 몰았다. 그는 전보다 깨끗해졌다는 다닝의 말이 여전히 당황스러웠다. 그러나 그 친구가 교회나 절에 자주 나가면 더 좋은 사람이 될 것 같은 생각이 들었다.

＊

    난은 4분의 1쯤 자리가 찬 그레이하운드 버스를 타고 미시시피의 옥스퍼드로 떠나는 다닝과 작별을 하고 나서 생각에 잠겼다. 그 친구를 다시는 못 볼지도 몰랐다. 다닝은 일종의 자포자기 상태에 빠져 괴로워하는 것 같았다. 그러한 상태는 그가 베이징에 살면서 공식적인 자리에 있는 한 진정되지 않을 터였다. 난은 그 친구가 성공의 결과로 내리막길을 갈 것이라고는 생각하지 못했었다. 성공은 그 안에 있는 악마를 풀어놓은 것 같았다.

    다닝이 왔다 간 후로 난은 마음의 갈피를 잡지 못했다. 그 다음 주, 그는 아내에게 "실패가 성공의 어머니"라고 했던 마오 서기장의 유명한 말을 뒤집어, "성공이 실패의 어머니"라고 말했다.

20

중국에 다녀온 후로 난은 또 다른 이유로 불안해했다. 글에 진전이 없었다. 이상적인 여인을 찾는 데 실패하고 나자, 여러 편의 연애시들이 교착 상태에 빠졌다. 그는 이게 작가의 슬럼프가 아닌가 싶었다. 어느 날 오후, 그는 바쁜 점심시간이 지나자, 카운터에 앉아 《글쓰기에 대한 좋은 충고》라는 책을 읽기 시작했다. 핑핑과 니얀은 칸막이 좌석에 앉아 차를 마시면서 양념이 된 해바라기 씨를 까먹으며 휴식을 취하고 있었다. 재닛도 와 있었다. 그녀는 이따금 잔을 들고 찻잎을 후후 불어가며 마셨다. 그녀는 딸과 함께 에모리 대학 주말 학교에 가는 게 얼마나 좋은지 모르겠다고 말했다. 주말 학교는 중국인 대학원생이 운영하는데 지금은 160명 이상이 참석한다고 했다. 이따금 그녀는 중국어를 한 마디씩 했다.

난은 포크너가 했다는 말을 유심히 살폈다. "작가는 모든 것 중에서 두려움이 가장 열등한 것이라는 걸 스스로 깨쳐야 합니다. 그리고 작품을 쓸 때, 가슴속의 참과 진리, 보편적인 진실 외의 어느 것에도 여지를 주지 않아야 한다는 걸 스스로 깨쳐야 합니다. 사랑과 명예와 연민, 자존심과 동정심과 희생과 같은 보편적인 진실이 결여된 이야기는 어느 것이든 덧없고 실패한 것입니다."

첫 문장이 난에게 충격을 줬다. 그는 갑자기 자신이 처한 딜레마의 진짜 이유가 뭔지 깨달았다. 그는 두려움 때문에 글에 대해 우유부단했던 것이다. 다른 사람의 눈에 우습게 보이지 않을까 하는 두려움, 아무것도 이루지 못하고 인생을 망치지 않을까 하는 두려움, 자신을 위해 새로운 평가 기준을 만들기 위해 과거의 쓸모없고 번거로운 부분을 버리는 것에 대한 두려움, 되돌아보지 않고 미래를 향해 움직이는 것에 대한 두려움이 있었던 것이다. 자기 마음속이 아니라 다른 곳에서 영감을 찾도록 그를 몰아친 것은 이러한 두려움이었다. 그로 하여금 영어로 시를 쓰는 어려움이 극복할 수 없는 것이고, 자연스럽고 힘찬 시를 쓰는 것이 가능하지 않다고 믿게만든 건 두려움이었다. 이러한 깨달음이 그를 압도하고 혐오스럽게 했다. 그는 포크너의 말을 다시 읽어보았다. 그는 포크너가 했던 말의 후반부는 아직 제대로 이해하지 못했지만, 다시 읽어봐도 앞부분은 그를 놀라게 만들었다. 눈물이 그의 볼을 타고 흘러내렸다. 그는 자신이 너무 싫었다. 그는 그렇게 많은 세월을 낭비하며 정말로 하고 싶었던 것을 피하고 갖가지 핑계를 만들어낸 것이었다. 아들을 위한 희생, 집을 사면서 진 빚 청산, 아메리칸 드림의 실현, 부족한 영어 실력, 경제적인 안정의 필요성, 딸의 출생, 이상적인 여인의 부재 등 모두가 그가 만들어낸 핑계들이었다. 자신이 정말로 어떤 상황인지 생각할수록 그는 자신이 더 싫어졌다. 특히 돈을 버는 데 전념했던 게 싫었다. 돈을 벌겠다는 일념이 전성기에 해당하는 여러 해를 소진시키고 자신의 가슴이 원하는 바를 따라가려는 의지를 와해시켰던 것이다. 발작적인 혐오감이 그를 사로잡았다. 그는 금전출납기에 든 지폐들을 몽땅 꺼내, 그들이 매주 공물을 바친 재신이 있는 벽감으로 갔다. 그는 술잔, 향, 과일과 아몬드 쿠키 그릇을 내동댕이쳤다. 피스타치오와 양념이 된 캐슈가 주변에 와르르 흩어졌다. 칸막이에 있던 여자들이 하던 얘기를 멈추고 그를 바라보았다. 그는 촛불에 5달러짜리 지폐를 던졌다. 그러자 돈이 오그라들며 타버렸다.

"맙소사! 돈을 태우고 있어요!" 재닛이 숨을 헉 들이쉬며 말했다.

그들이 일어나서 달려왔다. 난이 지폐 다발을 태우는 걸 보고, 니얀은 손바닥으로 입을 가렸다. "뭐 하는 거야?" 펑펑이 그의 어깨를 뒤에서 잡아당기며 소리쳤다.

난이 바닥에 무너졌다. 돈이 아직도 그의 손에서 타고 있었다. 그는 얼이 빠진 것 같았다. 눈가가 촉촉해져 있었다. 펑펑이 다시 소리쳤다. "우리가 피땀 흘려 번 돈인데, 왜 태워!"

니얀이 그의 다른 손에 있는 타지 않은 몇 장의 지폐를 빼앗았다. 그는 웃는 모습을 하고 있는 재신에게 나머지를 던졌다. 핑핑이 그를 밀치고 불이 붙은 지폐를 구하려고 했다. 난이 팔을 휘두르며 소리쳤다. "다 태울 거야. 이 '더티 에이커' 들 다 태워버릴 거야."

"신경쇠약증에 걸린 게 틀림없어요." 재닛이 말했다.

"더티 에이커따위 지긋지긋해." 그가 흐느낌에 가까운 소리로 외쳤다. 그의 눈이 번쩍거렸다.

"이이가 무슨 소리를 하는 거죠?" 핑핑이 재닛에게 물었다. 재닛도 무슨 소린지 모르고 고개를 저었다.

난은 '필시 루커(더러운 돈)'라고 말하려고 했는데, 광란에 사로잡히다보니 말이 헛 나온 것이었다. 그는 바닥에서 몸을 일으키고 반쯤 탄 돈을 짓밟으며 이를 악물고 말했다. "더티 에이커! 더티 에이커!" 그의 얼굴은 일그러지고, 눈은 고통으로 넘치고 있었다.

여자들은 너무 당황해 아무 반응도 하지 못했다. 그가 돌아서더니 부엌으로 달려갔다. 핑핑은 눈물을 닦고, 니얀은 혀를 차며 혼잣말을 하듯 말했다. "왜 돈을 그렇게 싫어하죠?"

재닛이 턱을 흔들며 말했다. "정신이 나간 것 같아요. 스트레스가 많은 사람들에게 종종 있는 일이에요."

"정말 미쳤군요." 니얀이 남의 고통을 고소해하는 것처럼 말했다.

"저이는 아픈 사람이에요." 핑핑이 몸을 굽히고 일그러진 얼굴로 소리쳤다. "이게 진짜 난이에요. 언제나 나를 괴롭힐 작정만 해요."

난이 부엌에서 뛰쳐나왔다. "그래, 나는 질렸어. 여기에 있는 모든 것에 질렸어. 나한테도 질리고 당신들 모두에게도 질리고 이 염병할 식당에도 질렸어!"

그들은 어안이 벙벙했다. 그가 그렇게 거칠고 위협적인 말을 할 것이라고는 아무도 예상치 못했던 것이다. "정신과 의사한테 데리고 가야 될 것 같아요." 재닛이 흐느끼는 핑핑의 등을 두드려주며 말했다.

난은 뒷문으로 나가 쇼핑센터 주변을 어슬렁거렸다. 마음이 아직도 소용돌이를 치고 있었다. 태양이 머리 위로 무섭게 내려쬐고 있었다. 금세 티셔츠의 등 자락이 땀에 젖었다. 조금 걷고 나자 마음이 가라앉았다. 그러나 그는 아직도 한 가지에 생각을 집중할 수 없었다. 비버 힐 플라자의 동쪽 끝에 있는 사진관 입구에 집비둘기와 비둘기의 혼종이 틀림없는 얼룩덜룩한 회색 비둘기 한 마리가 왼쪽 발을 절름거리며 다가왔다. 난이 가끔 모이를 준 비둘기였다. 난을 향해 다가오는 비둘기의 머리가 비스듬하게 깐닥거렸다. 난은 호주머니를 더듬어보았다. 한 움큼의 동전밖에 없었다. 그래서 그는 비둘기를 방해하지 않으려고 옆으로 비켜섰다. 비둘기가 지나가다 잠시 멈추고 날개를 파닥였다. 갑자기 날개가 햇빛에 반짝였다. 난은 빵 부스러기나 남은 음식이 자기한테 있었으면 싶었다. 그는 사람들을 두려워하지 않는 용감하고 외로운 그 새가 좋았다.

20분 후, 난은 금귀로 돌아갔다. 그는 제정신으로 돌아와 있었다. 그는 아무 말 없이 바구니에 담긴 가지를 썰기 시작했다. 핑핑이 체로키 농부 시장에서 골라선 산, 부드럽고 씨가 없는 가지였다. 그는 할 일을 하면서 아주 조용히 나머지 하루를 보냈다.

21

핑핑은 돈을 태워버린 것에 대해 아직도 화가 나 있었다. 그녀는 사흘 동안, 그와 팔꿈치도 닿지 않으려 했다. 그에게 말도 하지 않았다. 그가 아무리 말을 시키려 해도, 그녀는 입을 꼭 다물고 있었다. 그가 우습거나 어리석은 말을 하면 희미하게 미소를 짓는 게 전부였다.

월요일 아침이었다. 식료품을 배달해주는 트럭이 평상시처럼 도착해서 식당 뒷문에 셀러리, 배추 두 상자와 두부 한 양동이를 놓고 갔다. 보통 때 같으면 그걸 운반하는 건 난의 몫이었다. 그런데 핑핑은 그에게 얘기하지 않고 혼자서 그걸 안으로 나르기 시작했다. 그런데 상자를 들어 올렸을 때, 갑자기 등이 찢어질 듯 아프며 무릎이 꺾였다. 그녀는 시멘트 계단에 넘어져 일어나지 못했다. 그녀가 소리쳤다. "여보, 나 좀 살려줘!" 파리 두 마리가 놀라서 두부에서 날아올라 소리를 내며 빙빙 돌았다.

수건을 어깨에 걸치고 있던 난이 뛰어나가 보니 아내가 옆으로 쓰러져 있었다. 그녀는 허리에 손을 대고 얼굴을 일그러뜨리고 있었다. "무슨 일이야?" 그가 그녀 위로 몸을 굽히고 헐떡거리며 말했다. "왜 손수레를 안 쓴 거야?"

"아, 허리를 다쳤어."

"움직일 수 있어?"

"아니. 허리에서 툭 하는 소리가 났어." 그녀의 속눈썹이 눈물에 젖어 빛났다.

난이 일으켜주려고 하자, 그녀는 고통스러운 소리를 냈다. 난은 흠칫 놀랐다. 그는 그녀를 거기에 놔두고 주차장으로 차를 가지러 갔다. 그녀가 진짜로 허리를 다쳤는지 확신할 수 없었지만, 부분적으로 마비가 된 것 같았다. 바로 병원에 데리고 가야 했다. 그는 니얀에게 슈보한테 좀 도와달라고 연락하라고 했다. 그녀의 남편이 도와줄 수 없다면, 아침에는 식당을 닫으라고 했다.

핑핑은 귀넷 병원 응급실에 있는 작은 병실로 급히 들어갔다. 홀쭉한 남자 간호사는 허리가 부러지지는 않았을 거라고 말했다. "디스크가 빠져서 그런 건지도 몰라요."

키가 크고 무뚝뚝한 얼굴의 남자가 들어와서 자신을 그리츠 박사라고 소개했다. 그는 간호사가 이미 붕대로 감아놓은 핑핑의 팔꿈치 상처를 보더니 그녀의 허리를 이곳저곳 누르기 시작했다. "여기가 아픕니까?" 그가 부드러운 소리로 계속 물었다.

다친 곳은 그녀의 허리 바로 위의 등뼈였다. 그러나 눈으로 보면 비정상적인 건 없는 것 같았다. 의사가 난에게 말했다. "뼈가 다쳤는지 엑스레이를 찍어봐야겠어요."

"그럼요. 필요한 건 뭐든 해주세요."

엑스레이를 찍어보니 모든 게 정상이었다. 그러자 의사는 근육이나 인대가 손상됐는지 MRI를 찍어보자고 했다. 창백한 손으로 이동식 침대를 밀고 가는 남자 간호사와 같이, 난은 핑핑을 밀고 긴 복도를 지나 검사실로 갔다. 침침한 방에서 여자 기사와 난은 핑핑이 좁은 탁자 위에 눕는 걸 도와줬다. 그녀를 견고한 MRI 스캐너의 튜브 속으로 밀어 넣기 전에 여자가 핑핑에게 말했다. "너무 힘들면 다리를 들어 신호를 하세요." 핑핑이 고개를 끄덕였다. 그녀의 머리가 튜브 속으로 사라졌다. 기사가 등의 아래 부분을 사진으로 찍기 시작했다.

기계는 낡은 세탁기처럼 덜커덩거리는 소리를 냈다. 핑핑은 잠을 자는 것처럼 가만히 누워 있었다. 난은 그녀가 아프지나 않은지 걱정했지만, 편안하게 있는 걸로 보아 그런 것 같지는 않았다.

MRI 필름 결과는 디스크 하나가 튀어나와 두 개의 척추골 사이의 인대를 압박하고 있다는 것이었다. 의사는 디스크가 파손된 것 같지는 않다며 응급상황은 아니라고 했다. 몇 주 동안 누워 있으면 된다고 했다. 그는 이부프로펜*과 스테로이드를 처방해주며 고통이 가라앉을 때까지 너무 많이 움직이지 말라고 했다. 조금씩 걸어도 되지만 심한 일은 해서는 안 된다고 했다. 그리츠 박사는 노크로스 병원의 레빈 박사를 소개해주며 핑핑에게 말했다. "나는 정형외과 의사입니다. 요통 전문의가 당신을 위해 더 많은 걸 해줄 수 있을 겁니다."

그들이 가입한 표준 이하의 의료 보험에서 병원비의 대부분을 내줬음에도 불구하고, 난은 첫 진료비를 보고 깜짝 놀랐다. 다 합해 3백 달러가 넘었다. 난과 핑핑은 이것이 시작에 불과하다는 걸 알고 불안해졌다. 더 좋은 의료 보험에 들었더라면 싶었다. 난은 이틀 후, 아내를 데리고 레빈 박사한테 가서 80달러를 내고 진찰을 받았다. 이제부터 그녀는 일주일에 두 번씩 진찰을 받기로 했다. 의사는 두 달이 지나도 고통이 계속되면, 허리 아픈 것이 완전히 나을 수 있도록 수술을 심각하게 고려해봐야 한다고 했다. 의사의 전문적인 소견에도 불구하고, 난과 핑핑은 그녀가 수술을 꼭 받아야 할 필요가 있다고는 생각하지 않았다. 수술로 척추가 잘못되어 하반신 마비가 되는 건 아닌지 두려웠던 것이다.

그러한 두려움 말고도, 그들은 병원비로 얼마를 써야 하는지 전혀 알 수 없었다. 요즘 들어 식당에서 돈이 남는 게 없어 큰 걱정이었다. 대부분의 수입은 니얀과 슈보의 인건비로 들어갔다. 게다가 레빈 박사에 따르면, 핑핑은 물리치료사나 지압사의 도움을 받아야 할지도 몰랐다. 치료가 얼마나 오래 걸

*소염제.

릴지 아무도 알 수 없었다. 날마다 난은 뜨거운 물병을 수건으로 싸서 펑펑의 등에 대줬다. 또한 빠진 디스크가 원래의 자리로 돌아가기를 바라며 부드럽게 허리를 마사지해줬다. 그녀는 그가 다친 부위를 만질 때마다 고통스러워했다. 그러나 마사지가 끝날 때마다 약간 좋아진 것 같다고 말했다. 그래서 그녀는 그가 하루에 두 번씩 마사지를 하도록 놔뒀다. 그녀는 쉽게 우울해지고 혼자서 짜증을 냈다. 그녀는 자신이 귀찮은 존재라는 말을 자주 했다.

"말도 안 되는 소리 그만해." 난이 말했다.

그는 펑펑이 정상으로 돌아오지 못하면 어쩌나 싶었다. 낫더라도 신경통이 생기면 어쩌나 싶었다. 의사는 펑펑이 일을 너무 오래 해서 허리 근육에 무리가 가 디스크가 빠진 게 틀림없다고 말했다. 그것은 우 부부가 전처럼 식당을 계속 운영하기가 어렵다는 말이기도 했다. 요즘 들어, 난은 완전한 의료보험에 가입해주는 풀타임 직장을 알아보고 있었다. 그런 일을 찾으면 식당을 처분하는 게 좋을 것 같았다. 그는 아내에게 자신의 생각을 얘기했고, 그녀도 금귀를 처분하는 것에 동의했다. 그녀는 식당을 팔아야 한다는 것이 너무 서글퍼 울었다. 그러나 두 사람은 그럴 수밖에 없다는 걸 알고 있었다.

22

　난은 슈보와 니얀에게 식당을 처분해야 되겠다고 말했다. 그들은 값만 맞으면 자기들이 사겠다고 했다. 난은 자신이 풀타임 일을 찾으면, 원래의 가격과 같은 2만 5천 달러에 팔겠다고 했다. 그는 자신이 몇천 달러 더 받고 팔 수 있다는 걸 알았지만, 두 사람은 친구였다. 우 부부는 금궤를 그들에게 넘겨주고 싶었다.

　그렇게 정리가 되자, 난은 신문에 난 광고를 보며 직장을 찾아보기 시작했다. 사람을 구하는 곳은 많았으나 의료 보험에 가입해주는 곳은 거의 없었다. 이틀 동안, 그는 세 곳의 식당과 네 곳의 상점, 사무실 두 곳 등 아홉 곳을 찾아가 서류를 작성해 제출하고, 연락할 테니 기다리라는 말을 들었다. 근무 시간은 모두 낮이었다. 딱 한 군데서만 의료 보험을 들어주겠다고 했다. 그러나 보험 가입은 가게에서 3개월을 근무하고 난 뒤라야 가능하다고 했다. 어느 곳도 그를 써주지 않을 게

424

분명했다. 좌절감이 들었다. 그에게 필요한 건 완전한 의료 보험에 당장 가입해주는 직장이었다.

마침내 그는 뷰퍼드 하이웨이에 있는 선플라워 인에 찾아 갔다. 제임스 리라는 한국인 남자가 주인인 모텔이었다. 〈세계일보〉에 나온 광고에 따르면, 프런트 데스크에서 일할 사람이 필요하다고 했다. 리 씨는 그를 바로 채용하겠다고 했다. 난이 영어를 잘하기 때문일지도 몰랐다. 리 씨가 둥근 입술을 핥으며 말했다. "그런데 현재는 근무 시간이 야간밖에 없어요."

"괜찮습니다." 난이 대답했다. "좋은 의료 보험에만 가입해주시면 여기에서 일하겠습니다. 아이가 있어 우리 가족한테는 의료 보험이 없으면 안 되거든요."

"가입해주겠지만, 당신도 한 달에 3백 달러 정도를 내야 할 거예요. 사실, 우리가 들어주겠다고 해도, 몇몇 직원들은 보험에 가입하지 않아요. 너무 비싸니까요."

"이해합니다. 그러나 저는 그런 조건으로 가입하겠습니다."

그래서 난은 다음 날 저녁부터 프런트 데스크에서 근무하기 시작했다. 근무시간은 밤 11시에서 아침 7시까지였다. 중년의 한국인 요리사인 지니아가 손님들에게 제공하는 아침 식사를 준비하러 6시에 올 때까지 그는 모텔에 혼자 있었다. 자정이 지나면 로비는 조용했다. 그래서 그는 책을 읽으며 생각을 할 수 있었다. 그는 아직도 집에만 들어박혀 있는 펑펑을 자주 생각했다. 최근 들어, 그녀는 몸이 아프고 약해졌음에도 불구하고 그가 없을 때면 요리를 했다. 그녀는 자신이 만든 죽을 몇 숟갈 떠먹는 걸 제외하고는 아무것도 먹지 못했다. 그녀는 다리가 너무 차가워서 레그 워머를 늘 착용하고 있어야 했다. 난은 그녀에게 잘 쉬고 좀 더 먹으라고 했다. 정상적으로 먹지 않으면 죽을지도 모른다고 했다. 그는 그녀 없이 사는 건 상상할 수 없었다. 그녀는 그의 삶의 필수적인 부분이었다. 그녀는 말없이 고통을 견디고 무조건적으로 가족을 위해 자신을 희생해왔다. 그녀의 삶에 대해 생각하면 할수록, 그는 더욱더 후회스러웠다. 속죄를 하고 그녀를 헌신적으로 아끼고 사랑하는 일이 너무 늦은 게 아니었으면 싶었다. 그는 그녀가 회복하게 해달라고 신에게 빌기까지 했다.

23

물리치료사의 지시대로, 매일 가볍게 운동을 하면서 핑핑의 상태가 호전되기 시작했다. 허리가 전보다 좋아지고 덜 고통스러웠다. 모든 증상이 다소 완화되었다. 식욕과 혈색도 돌아왔다. 난과 타오타오는 그녀의 상태가 호전되자 안심했다.

"몸이 좋아지면 식당에서 일하고 싶어." 어느 날 오후 핑핑이 난에게 말했다. 그녀는 성급하게 식당을 팔아버린 걸 후회하고 있었다. 그러나 그녀도 자기가 나을 수 없을지 모른다고 생각했었으니 어쩔 수 없는 노릇이었다. 이틀 전, 그녀는 난이 반대하는 데도 불구하고 니얀에게 전화를 했다. 니얀은 핑핑이 나아서 금귀에서 일해주면 대환영이라고 했다.

"좋아." 난이 그녀에게 말했다. "내가 슈보한테 얘기해볼게. 그들도 당신의 도움이 필요할지 몰라. 하지만 적어도 몇 주는 더 쉬어야 해. 나는 식당하고는 끝난 사람이야. 나는 모텔에서 하는 일이 좋아. 게다가 우리한테는 의료 보험이 있어야 하고."

일주일이 지났을 때, 난은 슈보한테 가서 핑핑의 의중을 전했다. 그런데 놀랍게도 슈보는 핑핑을 금궤에서 일하게 할 의도였다면 돈을 덜 받고 식당을 넘겼어야 했다며, 난에게 식당 일은 간섭하지 말라고 했다. 난이 화가 나서 소리를 질렀다. "참으로 추잡하군요. 나는 당신이 친구라서 돈을 내려 받았어요. 그런데 내가 도와달라고 하니까, 이런 대접입니까. 당신은 도대체 어떤 사람이요?"

"사업은 사업이요." 슈보가 콧방귀를 뀌며 말했다. 그러나 그는 난의 눈을 똑바로 쳐다보지 못했다.

"나는 당신이 그런 사업가라고는 생각도 못했네요." 난이 슈보가 최근에 설치한 가라오케 기계를 탁 치며 말했다.

"우리는 지금 미국에 살고 있어요. 이런 일에 대해서는 냉정해져야죠." 슈보는 손가락으로 탁자를 두드리며 귀찮다는 듯 말했다. 그의 뒤에서는 목수가 바를 설치하느라 바빴다.

니얀이 난에게 말했다. "지금은 자리가 없어요. 도움이 필요하면 핑핑에게 알려줄게요." 그녀는 무의식적으로 혀로 윗입술을 핥았다. 그녀 너머에 있는 음료수 기계에 '무료'라는 글귀가 붙어 있었다.

"그래요, 당신들이 파티에 가야 하면, 핑핑이 대신하도록 해드리죠." 난이 빈정거리며 말했다.

"잠깐만." 슈보가 참견을 했다. "내가 지난 몇 년간 당신들을 위해 땜빵을 해주지 않았던가요?"

"그래서 어쨌다는 거요? 그렇게 해서 당신이 이 일을 배우게 된 거요. 그 과정이었단 말이오."

"당신은 공격적인 성향이 있군요. 공격적인 성향이 당신의 아킬레스건이오." 그가 이렇게 말하고 볼을 오므려 볼 살이 곤두서게 만들었다.

"내가 사람들한테 너무 잘 속아서 그런 것뿐이오. 당신처럼 좋은 친구한테는 적이 어디 있겠소?"

"정말로 지금은 일손이 필요치 않아서 그래요. 당신이 터무니없는 말을 하는 거예요."

"적어도 나는 본분을 잃진 않았소. 내가 어떻게 출발했는지 잊지 않았다는 말이오. 좋아요, 엄청 고맙소." 난은 너무 역겨워서 슈보와 더 이상 얘기할 수 없었다. 그는 몸을 돌려 금궈에서 걸어 나왔다.

"성미하고는." 슈보가 손가락 마디를 꺾으며 아내에게 말했다.

"내가 핑핑에게 여기에서 일하게 해주겠다고 약속했거든."

"그래서 어쨌다는 거야? 우리 생각이 바뀐 거지. 이제는 우리가 주인이니 우리 식대로 해야 해. 핑핑이 여기에서 일하면 난이 코를 들이밀고 우리 일에 간섭할 거야." 그는 이렇게 말하고 영어를 덧붙였다. "용이 너무 많으면 가뭄이 드는 법이지."

"그건 제대로 된 영어로 하면 '요리사가 너무 많으면 수프를 망친다'라고 해야 해요."

"내 말이 무슨 뜻인지 당신도 알잖아."

"그래도 핑핑과 난은 우리 친구들이잖아요."

"우정은 무조건적인 게 아니야."

니얀은 한숨을 쉬며 그가 옳다고 생각하고 더 이상 말하지 않았다. 여기서는 스스로를 챙겨야 했다. 우정이란 크게 보면 상호적인 이익에 기반한 것이었다. 개인적인 이익만이 사람들을 묶어줄 수 있었다.

24

난은 모텔에서 일하기 시작한 후로 시작 노트를 갖고 다녔다. 그것은 고대 중국 시인들의 전통적인 관습이었다. 그는 푸른 나선형 바인딩 공책의 첫 장에 프로스트의 시인 〈휘파람새〉의 일부를 적어놓았다.

그 새는 멈추고 다른 새들처럼 노래를 않겠지만
노래하면서 노래하지 않는 법을 알고 있다.
말이나 다름없는 소리로 그가 던지는 질문은
사그러든 것을 어떻게 받아들이냐 하는 것이다.

그는 저녁이면 종종, 시와 글쓰기에 대한 자신의 생각과 소견을 적기 전에 이 시를 읽었다. 그는 시작 노트를 진즉 쓰지 않은 것이 후회스러웠다. 그것은 그가 생각을 정리하는 걸 도와주고 시의 재료를 제공했을 것이었다. 그는 프런트 데스크에 혼자 앉아 있으면서 평화로움을 느꼈다. 드디어 이렇게 앉아서 생각하고 글을 쓰는 데 전념할 수 있게 된 것이었다. 삶이란 얼마나 신비롭고 기적적인 것인가! 핑핑이 다친 것마저 그의 삶을 변화하게 만들고 그에게 도움이 되었다. 그는 어떤 초자연적인 힘이 자신을 판에 박힌 일상에서 빠져나오게 한 건 아닌지 궁금했다. 핑핑이 고통을 같이 나누는 동료이자 아내인 건 그에게는 너무너무 행운이었다.

그는 매일 그녀에게 회복하는 데 집중하고 전지^{剪紙} 공예*품 만드는 일을 너무 열심히 하지 말라고 했다. 그녀는 재닛의 가게에 갖다줄 전지 공예품 만드는 일을 열심히 즐기며 하고 있었다. 그것을 팔아 얻는 이득은 두 사람이 반반씩 나눠 갖는다고 했다. 핑핑은 여러 가지 무늬를 연구하고 가위질과 기술을 향상시키고 싶어 했다. 그녀는 언젠가 자기 어머니에게 그걸 보여주며, 노인네가 큰딸이 자기보다 기술이 낫다는 걸 인정하는 모습을 상상해보았다. 난은 핑핑의 계획을 절대적으로 지지하고 그녀에게 다양한 색상의 종이와 크고 작은 가위들을 사다줬다. 그러나 그는 그걸 직업이 아니라 취미로만 하라고 했다. 그건 스트레스를 받지 말고 잘 쉬고, 너무 오래 앉아 있어서 허리를 다시 다치는 일이 없도록 하라는 말이었다. 그는 그녀에게 금귀에는 가지 말라고 했다. 그들이 그녀를 보면 싫어할 거라고 했다. 슈와 니얀은 식당을 재정비해서

---

*종이를 여러 모양으로 접어 가위로 잘라내어 복잡하고 정교한 모양을 만들어내는 공예.

요즘은 4인조 합창단을 포함한 중국인 손님들이 자정까지 가라오케 노래를 한다고 했다.

난과 핑핑은 병이 낫고 나면 뭘 할지에 대해 얘기했다. 이상적으로만 생각하면 그녀는 도서관학 학위를 이수해 사서로 일하고 싶었다. 그러나 그것은 실현 가능한 게 아니었다. 영어로 글을 못 쓰는 데다 학비도 비싸서 가족을 두고 대학에 갈 수는 없었다. 타오타오는 적어도 이후 몇 년간은 그녀의 도움을 필요로 할 터였다. 그리고 집을 떠나면 그녀는 불안해질 것이었다. 타협안으로 그녀는 비버 힐 플라자에 옷가게를 열면 어떨까 싶었다. 중국이나 다른 아시아권 국가에서 옷을 수입해 상당한 이익을 남기고 팔면 어떨까 싶었다. 그들은 매사추세츠에서 이런 사업을 하며 잘나가는 사람들을 알고 있었다. 그래서 난은 비버 힐 플라자의 사장을 만나러 갔다. 사장은 그들에게 재닛의 가게 옆에 있는 점포를 임대해주겠다고 했다. 반 년 넘게 비어 있던 곳이었다. 그들은 두세 달 안에 가게를 열기로 했다.

마침내 식당에서 해방된 난은 어찌 된 일인지 음식을 경계하며 의도적으로 식욕을 억제했다. 요즘에는 하루에 한 끼씩만 먹었다. 보통 저녁만 먹었다. 일을 할 때 배가 고프면, 커피에 우유와 설탕을 듬뿍 넣어 마셨다. 낮에 배가 고프면, 바나나나 오렌지 하나만 먹었다. 그는 먹는 걸 억제하는 것이 몸과 마음에 활력을 줄 것처럼 그렇게 했다. 그는 얼마나 오래 그렇게 할 수 있을지 알지 못했지만, 전과 다른 삶을 살기 위해서 자신의 의지력을 철저히 단련하고 싶었다.

어느 날 아침, 난이 모텔에서 나가려고 할 때, 리 씨가 그를 사무실로 부르더니, 작고 친절해 보이는 눈을 가늘게 뜨고 말했다. "여기 매니저 해볼 생각 없어요? 그러면 월급을 많이 올려줄게요."

난은 생각해보지도 않고 바로 대답했다. "아뇨, 저는 제 아들을 오후에 학교에서 데려올 수 있게 야간 근무를 하고 싶습니다. 아이가 방과 후 활동을 해서요." 사실이었다. 타오타오는 처음으로 체스 클럽에 가입해 활동하고 있었다. 그러나 수년간에 걸쳐 클럽 활동을 하지 않았던 아이는 진짜 스포츠는 잘하지 못했다. 난이 직업을 바꾸기 전에는 아이가 학교가 끝나면 바로 버스를 타고 집으로 돌아와야 했었다. 이제는 난이 오후 늦게 아들을 태우러 갈 수 있었다. 난은 목요일 오후에는 봉사 활동을 하라고 아들을 로런스빌에 있는 적십자 사무실까지 데려다줬다. 아버지와 아들은 종종 어느 대학에 갈지에 대해 얘기했다. 벌써 고등학교 1학년이고 어머니보다 머리 반쯤 키가 큰 아이는 북동부에 있는 대학에 가고 싶어 했다. 부분적인 이유는 그가 아직도 보스턴 레드 삭스 팬이기 때문이었다. 요즘 들어 아이는 대학에서 사회학을 공부할까 생각 중이었다. 난은 타오타오가 다른 인문학이나 사회과학으로 마음이 바뀔 거라는 걸 알고 만류하지 않고, 대학에 가면 적어도 1년에 두 차례는 어머니를 보러 와야 한다고만 말했다. 그는 아들이 리비아를 다시 만나려 할지 모르고, 리비아가 아직도 마약을 하고 있을지 몰라 걱정이 됐지만, 아무 말도 하지 않았다. 그는 아이들이 아직도 이메일로 연락을 하고 있다고 생각했다. 조만간, 그는 북동부에 있는 대학에 가는 걸 만류할 생각이었다. 핑핑은 아들을 집과 더 가까운 곳에 있게 하고 싶어 했다.

급료의 3분의 1이 의료 보험료로 들어가기 때문에 난이 그 제안을 냉큼 받아들일 줄 알았던 리 씨는 난의 설명을 듣고 감동을 받았다. "당신은 좋은 아버지네요. 이해합니다."

어느 면에서, 난은 그 제안을 받고 슬펐다. 그것은 7년 전, 맨해튼에 있는 딩스 덤플링스 사장이었던 하워드가 그에게 했던 제안을 떠올리게 만들었다. 하워드도 그를 매니저로 삼고 싶어 했었다. 난은 자신의 삶이 한 바퀴 돌아 원점으로 돌아온 것 같은 느낌을 받았다. 그러나 그는 더 이상 똑같은 사람이 아니었다. 그는 몸부림과 실수, 그리고 자신과 같은 평범한 이민자들이 거쳐야 하는 필수적인 적응의 과정을 거치며 강해져 있었다. 게다가 그의 가정은 비교적 안정적이었다. 그는 자신이 전보다 더 좋은 사람이 되었고, 더 현명하고 더 능력 있으며, 자신이 원하는 바를 추구할 결의를 가진 사람이라고 말할 수도 있었다.

그는 한밤중에 프런트 데스크에 앉아 자신의 삶에 대해, 특히 미국에서 보낸 12년 반에 대해 생각해보았다. 전에는 분명치 않았던 많은 것들이 이제는 분명해졌다. 아메리칸 드림이라는 개념이 10년 동안이나 그를 혼란스럽게 했다. 그러나 이제 그는 그러한 꿈이 실현할 수 있는 게 아니라 추구할 수만 있는 것이라는 걸 알았다. 에머슨의 "별에 수레를 매라"는 격언의 진정한 의미는 바로 이것임에 틀림없었다. 자유로운 사람이 되기 위해서는 자신의 길을 가야 했다. 외로움과 고독을 견뎌야 했다. 성공에 대한 환상을 포기하고 이민자이면서 남의 나라 알파벳을 배우는 자신의 왜소함을 받아들여야 했다. 아니, 그 이상이었다. 그는 아무것도 이루지 못하고 삶을 허비하고 다른 사람들의 눈에 조롱거리가 되는 위험을 감수해야 했다. 궁극적으로 그는 돈을 버는 것이 아니라 실패할 각오를 하고 시를 쓰는 데 전념할 정도로 용감해져야 했다.

금요일은 크리스마스이브였다. 그는 인생에서 처음으로 핑핑을 위한 시 한 편을 썼다. 힘도 안 들이고 자연스럽게 흘러나온 시였다. 시작 노트에 적힌 단어들을 보며, 그는 감동하고 전율하며 눈이 조금 흐릿해졌다.

뒤늦은 사랑

나는 당신의 손을 떠나
유연한 실에 매달려 떠도는 연처럼
수없는 세월을 떠돌았네.
날개가 부러지고 빗물에 젖고,
바람에 부서지는 일이 얼마나 많았던가.

그래도 나는 머릿속에 가물거리는 빛을
활활 타는 시행으로 바꿔줄
얼굴을 찾으려고 구름 속을 헤집고 다녔네.
끓어오르는 가슴으로 대기를 헤집고 다니며
아름다운 아지랑이를 찾아다녔네.

그러나 이제 나는 당신의 발아래에 있네.
가슴에는 아무 열정도 없고
날개는 부러지고
회한의 말을 하려는 듯
무슨 말인지 모를 말을 하면서.

내가 하고 싶은 말은 이것이네.
"여보, 내가 왔어."

  그는 다시 한 번 시를 읽고 울었다. 눈물이 손가락을 적셨다. 그러한 유려함과 감정이 실린 시를 쓴 적이 지금까지 한 번도 없었다. 그는 시를 여러 번 수정했다. 행을 다시 배열하고 여기저기 단어를 바꿨다. 그는 열심히 시를 만졌다.
  4시가 지나자, 결국 잠이 들었다. 그는 카운터에 있는 고무 패드에 머리를 대고 졸았다. 《콜린스 코빌드 사전》이 그의 팔꿈치 옆에 있었다. 그리고 그 위에 린다 듀잇의 시집이 놓여 있었다. 이제 그는 영영사전만을 사용했다. 단어의 의미를 더 정확하게 이해하고 언어를 더 빨리 배우기 위해서였다.

"메리 크리스마스!"

"메리 크리스마스!"

난은 부엌으로 통하는 복도에서 즐겁게 인사를 하는 소리에 잠에서 깼다. 천장이 경사진 로비에서 상큼한 커피와 머핀 냄새가 풍겼다. 그는 회색 파카를 입은 리 씨가 교대하러 들어오자 눈을 비비며 웃었다. 난은 공휴일에 근무를 해야 했지만 진심으로 행복했다. "메리 크리스마스!" 그는 주인에게 인사했다.

리 씨는 자기도 인사를 하면서 당황한 표정을 지었다. "나는 당신이 밤에 근무를 해서 화가 났을 거라고 생각했어요." 그가 미심쩍은 듯이 말했다.

"아뇨, 매일 밤 근무해도 괜찮습니다." 난은 얼굴은 피곤해 보여도 환하게 웃었다.

난이 차가 있는 곳으로 가는데, 베트남전 참전 용사인 지미가 모텔 벽에 등을 대고 앉아 있었다. 그는 지나가는 사람들에게 종종 담배를 구걸하는 노숙자였다. 그가 일어나서 히죽이 웃으며, 반지도 없고 새끼손가락도 없는 거무튀튀한 손을 난을 향해 내밀었다. "메리 크리스마스. 잔돈 좀 있어요?"

"메리 크리스마스!" 난도 큰 소리로 응수했다. 그는 엉덩이 주머니에 손을 넣어 1달러짜리 지폐 넉 장과 동전 몇 개를 꺼내 지미에게 건넸다. 호주머니에 든 돈의 전부였다.

지미가 말했다. "당신이 내게 멋진 크리스마스를 선사하는군요. 고마워요."

"커피하고 도넛이나 사서 드세요."

"그럴게요."

난은 밴을 향해 가는 자신의 뒷모습을 지미가 쳐다보는 걸 느낄 수 있었다. 하늘은 흐리고 바람은 쌀쌀했다. 눈이 올 것 같았다. 그는 머리를 들어 낮게 깔린 구름을 바라보았다. 눈이 오면 크리스마스가 더 실감날 것 같았다. 눈이 오면 핑핑과 타오타오는 뒤뜰에서 또 눈사람을 만들지 몰랐다. 난은 머리가 띵하고 졸렸다. 그러나 사기는 충만했다. 그는 주차장을 빠져나와 라디오를 켰다. 흥겨운 캐럴송이 흘러나오고 있었다. 그는 집에 가는 길에 졸지 말아야겠다고 생각했다.

에필로그

난우의 시작 노트 발췌

1998년 1월 3일

지난번에 북 누크 중고서점에서 다브니 스톡웰이라는 시인
의 《특별한 시간》을 샀다. 읽어보니 놀라운 시집이다. 신선
하고 우아하고 심오하며, 신비로운 시행으로 가득하다. 그
러나 이 시인에 대한 정보를 찾을 길이 없다. 아직 살아 있다
면 칠십 대일 거다. 반스 앤드 노블도 그렇고 보더스에도 그
의 시집이 없다. 그걸 보니 참 슬프다. 시인의 명성이라는 게
얼마나 덧없는 것인지 보여주는 것 같아서다. 〈감사의 말〉에
서 스톡웰은 대부분의 시들을 처음 발표했던 잡지들을 열거
해놓았다. 시집이 1969년에 출판되었을 당시, 시인은 유명
하지 않았을지라도 잘 알려진 사람이었을 게 분명하다. 시가
아무리 좋아도, 시가 살아남는 것은 우연에 달린 것 같다. 따
라서 성공을 기대해서는 안 될 일이다. 결국 실패만이 있게
될지 모른다.

1998년 1월 30일

서정시의 청자, 즉 '당신'이 시적인 목소리를 만드는 데 중요하다는 걸 알게 되었다. 그것은 어법의 수준과 말의 크기와 음색을 결정하는 걸 도와주는 소리판과 같은 기능을 한다. 전반적으로 말해, 누가 누구에게 말하는지 독자가 분명하게 알 수 있도록 시의 청자를 밝혀주는 게 더 효과적이다.

1998년 3월 9일

좋은 소식. 《노란 잎》에서 두 편의 시 〈석류〉와 〈수오리〉를 게재하겠다는 연락이 왔다. 다른 세 편은 반송돼 왔지만, 처음으로 잡지에서 받아준 것이니 이것이 길조였으면 싶다. 편집자는 쉼표를 없애라는 경미한 수준의 수정만을 요구했다. 다른 네 편의 시를 약간 수정하여 《스틸 워터 리뷰》에 보냈다.

1998년 4월 7일

오랫동안 어떤 영어로 글을 써야 하는지 결정할 수가 없었다. 나는 내 시 중 일부가 중국을 배경으로 하기 때문에 미국 영어를 사용하는 걸 피하려고 해왔다. 그런데 요즘 들어, 미국식 숙어에 의존해야 할 필요를 느낀다. 《새국제성경》*에서 사용되는 것과 같은 중립적인 영어에 얽매이지 않아야 할 것 같다. 나의 주제가 궁극적으로 미국적인 것이 될 테니, 미국식

*1978년 미국 뉴욕성서공회에서 출판한 성경.

숙어로 얘기하는 것에 대비를 해야 할 것 같다. 나는 과거에 살지 말고 현재와 미래에 초점을 맞춰야 한다.

1998년 5월 4일

오늘 《애로우스》에서 답장이 왔다. 게일 업처치라는 편집자는 나한테 시는 쓰지 않는 게 좋겠다고 했다. 그녀는 이렇게 말했다. "나는 당신의 용기에 감탄을 금치 못하겠군요. 미안하지만 시간 낭비라는 말씀을 드려야 할 것 같습니다. 영어는 당신에게 너무 어렵습니다. 궁극적으로 당신이 영어로 산문을 쓸 수 있을지는 모르지만, 시를 쓰는 건 불가능합니다. 그러니 당신의 시간을 더 이상 허비하지 마십시오. 당신이 할 수 있는 걸 하십시오. 예를 들어, 문화혁명에 대한 회고록 같은 걸 쓰십시오. 그런 거라면 상품성이 있을 게 분명합니다. 혹은 개인적인 에세이를 쓰십시오. 간단히 말해, 당신은 너무 서투르게 언어를 구사합니다. 그건 나와 같은 원어민에게는 거의 모욕적입니다."

회고록이라니, 무슨 염병할 소리람! 그건 유치한 양식이다. 나는 내 글로 다른 사람을 모욕하는 걸 마다하지 않는다. 시인은 사람들에게 충격을 주게 돼 있다. 게일 업처치는 내가 지는 싸움을 하고 있다는 걸 모르는 것처럼 말했다. 그녀는 내가 더 이상 잃을 것이 없는 패배자로서 나 자신을 이미 받아들였다는 걸 알지 못했다. 시를 쓰는 건 존재하는 것이다.

1998년 6월 13일

중국 시에는 뮤즈詩神에 대한 개념이 없다. 결과적으로 시는 인간적인 영역에서만 유래할 수 있는 것이다. 중국 시와 영시 사이의 근본적인 차이를 나타내는 흥미로운 현상이다. 어쩌면 이것이 중국 시가 더 세속적이고 세상의 일들에 더 묶여 있는 이유를 설명해줄 수 있을 것 같다. 내가 뮤즈의 존재를 믿어야 할까? 모르겠다. 그러나 나는 그러한 믿음이 시인에게 힘을 실어줄 수 있다는 건 안다. 그렇다 해도 우리가 어떻게 어떤 작품은 신의 도움으로 된 거고, 어떤 작품은 그렇지 않은지 확신할 수 있을까? 확신한다고 해도, 그 확신이 환상에 불과한 것일 수도 있지 않을까? 달리 말해, 우리가 어떻게 우리 자신의 상상을 믿을 수 있을까? 어쩌면 인간의 영역 안에 머무는 것이 더 좋은 방법일지 모른다.

1998년 7월 6일

두보는 "글은 천 년의 문제다/ 나는 득실을 안다"고 했다. 그는 자신의 시들 중 일부는 천 년은 갈 거라고 아주 확신했던 것처럼 보인다. 그는 가장 위대한 중국 시인은 아닐지 몰라도 위대한 시인이다. 그러나 그의 자신감은 과대망상증에 근접하는 것처럼 보인다. 시의 생명은 대부분 시인의 통제권 밖에 있는 많은 요인들에 달려 있다. 그와 대조적으로, 호라티우스는 자신의 작품이 백 년만 가면 좋겠다고 생각했다. 자신의 유한성을 인식하는 이러한 태도가 더 인간적이다.

1998년 7월 20일

지난밤에 딕과 통화했다. 그는 아이오와에 싫증이 났다고 했
다. 1년에 한 학기만 가르칠 수 있도록 대학과 협상을 해보려
한다고 했다. 그는 뉴욕이, 특히 뉴욕의 밤이 그립다고 했다.
그는 자비 출판을 하는 것에 대해 반대한다. 전문적인 시인들
이 우습게 본다는 이유에서다. 전업 시인들? 엿이나 먹으라
지. 윌리엄 블레이크는 《순수의 노래》와 《경험의 노래》를 자
비로 출판했다. A. E. 하우스먼도 《슈롭셔의 젊은이》를 자비
로 출판했다. 나는 책으로 묶기에 충분한 시들이 있으면 자비
출판도 마다하지 않을 것이다.

1998년 8월 22일

다섯 편의 시가 《시》로부터 퇴짜를 맞았다. 그런데 편집자는
"모든 시에 재능이 번득인다"는 고무적인 말을 써 보냈다. 그
는 내가 젊은 여자라고 생각하는 것 같다. 그 시들을 고치고
있다. 조만간 다른 곳에 보낼 작정이다.

1998년 9월 6일

미국에서는 너무 많은 사람들이 스스로를 시인이라 칭한다.
너무 많은 사람들이 스스로를 예술가라 칭한다. 여기에서는
사기꾼조차 사기 예술가다. 나는 시가 예술이라고 생각하지
않는다. 내게 그것은 목공이나 석공과 크게 다를 바 없는 단
순한 기술이다. 그것은 감정적인 균형을 잡아주고 나를 인간

으로서 더 잘 기능하게 만들어주는 일종의 작업일 뿐이다. 그래서 나는 오직 써야 하기 때문에 쓴다.

1998년 9월 27일
게일 업처치가 다시 편지를 보내왔다. 그녀는 아직도 내 시에 발전이 보이지 않는다고 했다. 그녀는 모국어로 글을 쓰지 않는 시인은 음악성과 힘을 결여하게 된다는, 예이츠가 어떤 편지에서 했다는 말을 인용했다. 나는 예이츠의 몇몇 시들을 좋아하기 때문에 그 인용을 보고 낙담했다. 벽돌로 얼굴을 얻어맞은 것 같은 기분이 들었다. 그러나 다시 생각해보니, 예이츠의 말은 그가 살았던 시대에만 맞는 말이 아니었을까 싶다. 요즘은 텔레비전이나 라디오가 어디에나 있어서, 원어민들이 영어를 구사하는 걸 매일 들을 수 있다. 그러니 작가가 다른 나라 말로 글을 쓰는 것이 덜 어려울 수 있다.

반면, 게일 업처치는 심각한 질문을 제기했다. 그녀는 이렇게 말했다. "내가 당신에게 산문을 쓰라고 하는 이유는 산문의 주된 기능이 이야기를 하는 것이기 때문입니다. 그러나 시인들에게는 다른 종류의 야심이 있습니다. 그것은 그들이 사용하는 언어 속으로 들어가는 것입니다. 당신은 당신의 작품이 우리 언어의 일부가 되는 걸 상상할 수 있습니까?"

나는 외국인 혐오가 배인 그 질문에 답할 수가 없다. 그 질문은 영어의 생명력이 모든 종류의 이국적인 에너지를 동화시키는 능력에서 부분적으로 연유하고 있다는 사실을 무시하고 있다. 지금부터 나는 내 작품을 《애로우스》에 보내지 않을 작정이다. 늘 초를 치며 산통을 깨는 게일 업처치라는 여자를 피하려는 것이다. 그녀는 심지어 "당신이 '오렌지'에 운을 맞추는 법을 배울 때까지는 시를 쓰지 말기 바랍니다"라는 말까지 했다.

1998년 10월 2일

오늘은 NPR*에서 린다 듀잇이 2주 전에 죽었다는 소식을 들었다. 그 소식을 듣고도 나는 슬프지 않았다. 부분적인 이유는 그녀의 시가 내게 더 귀중하게 되었기 때문이다. 나는 그녀의 《시 선집》을 이미 갖고 있었지만, 보더스 서점에 가서 그녀의 시집 두 권을 샀다. 어떤 의미에서는 그녀의 죽음이 그녀를 성스럽게 만들어서 좋다. 이제 그녀는 내게 그녀의 작품에 구현된 순수한 영혼으로서만 존재한다. 내가 그녀를 만났더라면, 나는 에드워드 니어리에게 그랬던 것처럼 실망했을지도 모른다. 린다 듀잇의 시들이 내게 그녀에 대한 이미지를 갖게 하고 그것이 내 마음속에 고스란히 남아 있는 게 더 좋다. 시인의 작품은 늘 시인보다 좋아야 한다. 그것이 글을 쓰는 이유다. 자신보다 더 좋은 걸 만들기 위해서 쓰는 것이다.

*미국 공영 라디오방송.

1998년 10월 30일

오늘 아침, 다섯 편의 시를 《케넌 리뷰》에 보냈다.

요즘 들어 나는 오든의 시 몇 줄을 날마다 암기하려고 노력한다. 애석하게도 내 기억력이 10년 전처럼 좋지 않다. 어제 외운 것이 오늘은 거의 기억나지 않는다. 어쩌면 내 창작력이 전성기를 지났고 내가 너무 늦게 시작한 건지도 모른다. 그러나 나한테는 시도하는 것만이 있을 뿐이다. 이 모텔에서 오랫동안 일할 수 있으면 좋을 것 같다.

난우의 시

계시

그는 30년 동안 어머니의 미소만 보다가
갑자기 추한 모습을 보았다.

그는 어머니가 불러준 자장가들을 떠올리다가
갑자기 무시무시한 목소리를 들었다.

갑자기 어머니의 비밀 조리실에 있는
인간의 살과 피를 보았다.

처음으로 그는 분노의 눈물을 맛보고
어머니가 부르는 자신의 별명이 싫어졌다.

그는 곧 먼 곳으로 떠나
숨어서 살았다.

계약

오래전에 나와 계약을 하겠다고 했다.
그래서 부자가 된 것도 같았고 용기도 났다.
그에 대한 보답으로 나는 충성을 맹세하고
봉사하고 찬미하려 했다.
나는 무엇을 사랑하고 무엇을 미워할지가
분명한 정상적인 아이였다.

내가 크자 나한테 계약서가 주어졌다.
그 안에는 나라 전체의 지도가 있었다.
돈이나 재산에 대한 언급은 없었지만
그것은 나에게 행복한 미래를 보장했다.
나는 부러운 사람이 없었다.
그 외의 어떤 것도 나를 성공하게 만들 수 없었다.

나는 내 계약서를 다른 나라로 갖고 가
국제은행에 가서 보여줬다.
사람들이 몸을 움츠리고 수군거렸다.
몸집이 큰 남자가 트림을 하며 말했다.
"이보세요, 이건 아무 의미도 없어요."
눈물을 참으며 나는 중얼거렸다. "고맙습니다."

고국

너는 한 봉지의 고국 흙을 가방에 담았다.
그리고 친구에게 말했다.
"몇 년 후에 사자처럼 돌아올게.
내가 고향이라고 부를 수 있는 다른 곳은 없어
어디를 가든 우리나라를 지니고 다닐 거야.
우리 아이들이 우리말을 하고
우리 역사를 기억하고 우리 관습을 따르도록 할 거야.
두고 봐, 여전히 충성심으로 가득한 사람이
다른 나라의 선물과 지식을 잔뜩 갖고
돌아오는 걸 보게 될 테니."

너는 돌아갈 수 없을 것이다.
보라, 네 뒤로 문이 닫혀버렸다.
사람들이 너무 많은 나라한테는
다른 사람들처럼 너도 버릴 수 있는 존재다.
너는 수없는 밤을 당황하고 향수에 젖어
뒤척이다가 소리 없는 울음을 울 것이다.
그래, 충성심은 한쪽만이 일방적으로
충성하게 돼 있다면 계략이다.

너는 난민들 사이에 끼어 여권을 바꾸는 것 말고는
선택의 여지가 없을 것이다.

결국 너는
네 아이들을 키우는 곳이 네 나라이고
네 집을 짓는 곳이 네 조국이라는 걸 알게 될 것이다.

안쓰러움

나는 권력과 성공을 숭배하는 사람들이 안쓰럽다.
그들은 약할 때는 국경을 닫고
강할 때는 확장한다.
그들은 애꾸눈의 통치자가 그들을
무섭게 흐르는 강가로 데려가게 놔두고,
물속에는 징검돌들이 다른 쪽 기슭까지
똑바른 길을 이루고 있다는 말을 듣는다.

나는 너무 세속적인 지혜만을 가진 사람들이 안쓰럽다.
그들은 젊은이의 죽음은 침착하게 받아들이지만
노인들이 죽으면, 자기들도 죽은 자를 따라갈 것처럼
가슴을 치고 하늘을 향해 울부짖으며
까무러칠 것이다.
그들은 삶을 순환적인 것으로 생각한다,
그래서 위기가 닥칠 때 그들의 해결 방식은 기다림이다,
운명의 수레바퀴가 돌아가는 걸 기다리는 것이다.
그들은 이런 말을 하기를 좋아 한다. "역사가
스스로 알아서 해결할 거야."

나는 안정과 통일만을 추구하는 사람들이 안쓰럽다.

그들은 음식과 음료가 주어지는

지하실에 사는 데 만족한다.

그들의 폐는 신선한 공기에 익숙하지 않고

그들의 눈은 햇빛을 받으면 침침해진다.

그들은 최악의 삶이

때맞은 죽음보다 좋다고 생각한다.

그들의 천국은 연회석이다.

그들의 구원은 권력자에게 달려 있다.

봄

늦은 오후, 한 무리의 새들이 지저귀며,
잊혔지만 아직도 만에서 떠돌고 있는,
희망으로 넘치는 배를 흔들어댄다.
그대의 가슴이 먼 여행을 떠나고 싶은
생각으로 가득하다면, 지금이 떠날 시간이다.
그대는 별만을 동반자로 삼아
혼자 떠나야 한다.

땅거미가 지기 시작할 무렵,
요원하지만 가능할 것 같은 추수를 암시하며
황금빛 구름이 일어난다.
어쩌면 그대의 영혼은
결코 이행되지 않을 약속을 불러오는 멜로디에,
혹은 생각 속에서만 꽃피는 사랑에,
혹은 짓다 말고 버려진 집에
갑자기 붙잡힐지도 모른다……

노래를 하고 싶으면
분명히 노래를 하라.

변화

당신은 오지 않았고, 나는 혼자서
비에 젖은 잠자리들이 당신의 집, 격자 울타리 밑의 포도에
달라붙는 모습을 보면서,
셔터를 내린 탁아소에서 들려오는
플루트 소리를 들으면서 거기에 있었지.

나는 빗속에 홀로 서서
바람을 향해 노래를 부르며,
흐릿한 저녁을 아직도 가르고 있는 날개가
내 노래를 실어가게 했지.
나는 나무들과 풀들이 죽어가는
산허리에 내 말들이 떨어지는 걸 보았지.

이따금
당신의 집, 작은 문이 "가버려!"라고
말하는 것처럼 흔들렸어.

그 후 나는 내가 사랑에 버림받고
모든 것에 질려

노래를 그만둘 것이라고 생각했지.
그러나 말들이 자꾸 줄을 지어 다가왔어,
내 귀에 들리는 내 목소리는
다른 울림이었어.

잉꼬

나는 사랑의 우리에 갇힌
  한 마리 새가 되고 싶었어.
당신은 나를 참새라고 부르면서도
  독수리나 비둘기를 더 좋아했지.

당신은 당신의 아늑한 처마에서 나를 쫓아내
  내가 날도록 만들었어.
나는 무섭다며, 구해달라며 울었어.
  그러나 당신은 "가엾은 것"이라는 말만 했어.

나는 바람과 씨름하면서
  대양과 대륙을 건넜어.
향수에 젖은 내 가슴은 종종
  나의 강하고 넓은 날개가 후회스러워.

나는 참새의 가락을 잃었고
  당신의 집을 찾을 수 없어.
당신은 몇번이고 나를
  구름 속에서 태어난 새로 생각했을 게 틀림없어.

석류

한 차례 비가 더 오면 터질 것이다.
자신들의 볼을 가렸던 작은 나뭇잎 사이로
이를 드러내고 씩

웃을 것이다. 나는
석류의 사진을 찍을 것이다.
보여주고 싶은 유일한 사람인 당신을 위해.

다른 사람들처럼
당신도 그 과일을 간절히 원했지.
그런데 당신은

심홍색 꽃이 벌레와 바람에
상처받는 걸 못 본 체했어.
그중 일부가

그렇게 탐스럽고 자랑스럽게 부풀 것이라고는
상상도 하지 못하고서.
당신에게 말해줄 수 있는 건, 그 맛이 시큼하다는 거야.

1987년 1월의 작별

"모두 타세요!" 열차 승무원이 소리쳤다.
아버지는 나의 세 살배기 아들을 안고
내가 다른 대륙으로 떠나는 걸 지켜보았다.

"안녕, 타오타오." 나는 손을 흔들며 말했지만,
아이는 못마땅한 얼굴로 나를 바라보며
가만히 있었다.

눈물이 아이의 볼을 타고 흘러내렸다.
아이를 데리고 갈 수 있으면 얼마나 좋을까 싶었다!
열차가 소리를 내며 떠나려 했다.

"안녕 싫어." 아이가 마침내 말했다.
"안녕 싫어, 엄마."
나는 억지 웃음을 지으며

고통스럽게 계단을 올랐다.
시골역의 플랫폼이 멀어지기 시작하고
흐려지다가 평원 속으로 사라졌다.

그때부터 아이의 눈물은 내 눈물과 섞여
이따금 나의 악몽을 적셨다,
아이가 89년에 나한테 오긴 했지만.

나는 아들이 파크뷰 고등학교를
졸업할 때까지는 다시는 아이에게
작별 인사를 하지 않을 것이다.

당나귀

어머니, 그날 오후 거리에서 쓰러진
당나귀를 기억하세요?
뒤집어진 수레바퀴는 아직도 돌고 있고

홍합과 대합이 사방에 흩어져 있었잖아요.
당나귀는 입에서는 피를 흘리고
땀으로 뒤범벅되어 숨을 헉헉거리며 도랑에 쓰러져 있었죠.

늙은 애꾸눈 마부는 당나귀를 발로 차며
소리를 질렀죠. "일어나, 이 짐승아!"
당나귀는 "노력하고 있어요"라고 말하듯, 기다란 한쪽 귀만 씰
룩이고 있었죠.

장담하건대, 당나귀는 일어나기에는 너무 피곤했던 거예요.
아픈 척하는 말과 달리,
시치미를 떼기에는 너무 힘이 없었던 거예요.

어머니, 제 눈에는 수북이 쌓여 있던 조개들과
그 위에 서서 채찍을 휘두르던 마부의 모습이 아직도 선해요.

나의 비둘기

밤새도록 나는 비둘기들이 구구거리며
눈보라가 올 거라고 말하는 소리를 듣는다.
한때는 지독히 하얬던 깃털은
희끄무레하고 너덜너덜해졌다. 그러나 그들이 날 때면,
내가 11년 전에 그들에게 묶어놓은 호각들이
아직도 쇳소리를 낸다.

그들은 추위에 약간 몸을 떤다.
짧은 부리는 옥 같던 반투명함을 잃어버리고
전보다 더 약해져 있다.

이제 누가 그들에게 모이를 줄까?
누구의 처마 밑이 그들의 집이 될까?
그들은 아직도 벌레를 찾아 사시나무 숲으로 갈까?
고양이들은 아직도 그들을 공격하고 어린 새끼들을 훔칠까?

이따금 그들이 "난, 난, 우리를 데려가줘요"라고
소리치는 것 같다.
그들은 나의 아침을 시퍼렇게,

얼어붙는 황혼보다 더 시퍼렇게 만든다.

하루종일 나는
그들의 날개가 드리운 그림자가
잔디밭, 아스팔트,
식당 벽, 부엌 마루, 냄비 위로
지나가는 걸 본다……

마멋

마멋이 우리 뜰에 들어오면
우리 집에서는 모든 소리가 정지된다.
나는 부엌에 있는 가족들에게
갈색 털에 통통하고 작은
손님이 왔으니
조용히 하라고 한다.
조그만 소리라도 나면, 녀석은
넓적한 엉덩이를 흔들며 달아날 것이다.

마멋은 뒷발로 서서
곰 같은 얼굴 밑으로 앞발을 맞잡고
자신의 그림자가 자기를 따라오진 않았는지
확인하려는 듯 좌우를 살핀다.
곧 그는 한가롭게 잔디 위를 돌아다니며
클로버와 자주개자리도 먹어보고
벌레나 달팽이도 잡아먹는다.
마멋은 자기 사촌인 다람쥐처럼 뛰지 않는다.

마멋이 오는 건 언제나 환영이라고

그에게 어떻게 말하면 좋을까?
겸손한 그는 우리가 자기 이름으로
하루를 경축한다는 걸 전혀 모른다.
나는 그가 조용히 식사를 즐기도록
혹은 그가 종종 자기 집에서 하는 것처럼
일광욕을 하도록
창문에서 얼굴을 뗀다.

그가 올 때마다
나의 겨울은 녹색 얼굴로 움츠린다.

수오리

아, 어떤 인간 새끼가 낚싯줄과 낚시를 호수에 던진 거야?
물고기 대신 내가 잡혀
혀가 베이고 날개가 난도질당했잖아.
다른 오리들은 모두 내가 끝났다고 생각하고
이 물가에서 죽도록 내버려뒀다.
나는 그들이 내 자리를 두고
숲 속에서 날카롭게 카, 켁, 꽥 소리를 지르며
싸우고 있다는 걸 안다.

아, 신神도 혼자 죽는다.
가슴이 쓰리고
걷잡을 수 없는 졸음이 밀려와도
나는 불평하거나 울지 않을 것이다.
나는 지렁이처럼 말없이
나무처럼 둔하게 있어야 한다.
다시 일어나 헤엄을 칠 수 잇다면,
카, 켁. 꽥 소리를 지르며
무리를 거느릴 수 있다면 얼마나 좋으랴.

아, 어떻게 우의 식구들에게

고마움을 표현할 수 있을까?

그들은 낚싯줄과 낚시를 자르고 빼줬다.

그들은 내 상처에 달라붙은 구더기를 제거해주고

나한테 약까지 먹여주고 호수에 놓아줬다.

이제 나는 무리에 다시 합류해

새로운 대장한테 도전할 작정이다.

무엇보다 그들은 내가 아직도 건재하다는 걸 알아야 한다.

카, 켁, 꽥.

백일몽을 꾸는 남편 난

나는 달력에 아무것도 표시돼 있지 않은
게으른 난이 되는 걸 상상해본다.
만약 내가 극성팬이 되어 경기장에 가고

하는 일이라고는 은행에서 현금을 인출하는 것밖에 없는
그런 사람이라 해도 나를 비난하지 말기를.
나는 게으른 난이 되는 걸 상상해본다.

과학자, 예술가, 정치가들은 그들이 할 수 있는 걸 하지만,
나한테는 감사해야 하는 많은 재산이 있다.
내가 그런 사람이라 해도 나를 비난하지 말기를.

그대가 앞뒤로 공격할 계획이라면
늘 문제가 생길 것이다.
나는 게으른 난이 되는 걸 상상해본다.

나는 아침에는 햄이 들어간 오믈렛을 먹을 것이다.
날씨가 좋으면 강둑을 거닐 것이다.
내가 그런 사람이라 해도 나를 꼬집지 말기를!

시간은 모든 걸 한곳에 압축시킬 것이다.

어째서 돈과 권력과 명성과 지위를 바라는가?

나는 게으른 난이 되는 걸 상상해본다.

내가 그런 사람이라 해도 나를 죽이지 말기를!

아버지의 블루스

다시 나는 모든 도로에
'막다른 길'이라고 쓰인 출발점에 돌아와 있다.
나는 아직 태어나지 않은 내 딸이
내게 출구를 보여줄 것이라고 생각했다.

다시 나는 한때 집이 있었던
텅 빈 뜰이 보이는 출발점에 돌아와 있다.
내 아이는 내가 스스로를 놓아버린 상상이었다.
부모로서 이기적인 생각을 하지 않았더라면 좋았을 텐데.

다시 나는 묻을 수 없는
작은 관을 들고 출발점에 돌아와 있다.
내 아이는 폐가 생기기 전에 죽었다.
그들이 아이를 어디에 버렸는지 알 수만 있다면 얼마나 좋으
랴.

다시 나는 혼자 새로 시작해야 하는
출발점에 돌아와 있다.
내 딸의 맥박이 반짝반짝 뛰던 모습을 잊고 싶다,
내가 내 영혼 안에서 이정표를 찾을 수 있도록.

어머니의 블루스

지난 밤, 나는 다시 아이와 함께 있었다.
아이가 내 옆을 파고들며 말했다.
"엄마 침대는 너무 좋아요.
밖은 춥고
너무 무서워요."

나는 아이의 부드러운 머리를 어루만지며 말했다.
"아가야, 그러지 않아도 된다."

아이가 내게 말했다.
"엄마 침대에 오줌 안 쌀게요."
내가 말했다.
"바보 같은 소리 하네. 넌 소변을 가릴 정도로 크지 않잖니."

잠에서 깨어보니, 작은 누비이불과 요가 아직도 들어 있는
아이의 작은 관이 내 뺨에 닿아 있었다.
아, 다시 한 번 아이가 내 배 속에 있으면 얼마나 좋으랴.

나는 오늘 아침 다시 아이를 보았다.
아이는 베란다에서 아장아장 걷고 있었다.

이따금 아이는 유리문을 들여다보며
무슨 말인가를 재잘거렸다.

숙제

그는 연필로 땅을 그리고 있다.
"저는 나라를 만드는 거예요."

금세 거기에 색깔이 칠해진다.
빙하 아래쪽에 푸른 만이 편자처럼 펼쳐진다.
아래쪽으로 강우림이 푸르게 펼쳐진
구불구불한 산들이 보인다.
그는 더 아래쪽에
알루미늄, 은, 동, 티타늄, 철,
금, 우라늄, 텅스텐, 아연 광산을 배치한다.
여러 갈래로 갈라지는 강 옆에 있는
두 개의 유전이
푼푼 산맥이라 불리는 뾰쪽한 연산을 사이에 두고
갈라져 있다.
남쪽에는 평원이
광활하고 비옥한 땅 속으로 뻗어 있다.
그는 그 땅에 크레용으로
오렌지, 감자, 사과, 딸기, 밀, 브로콜리, 버찌, 서양호박,
닭고기, 소고기, 양고기, 치즈 농장을 그린다.

(그는 해산물을 싫어해서
양어장은 그려 넣지 않는다.)

그는 같은 지도 위에 차트를 그린다.
풍경을 가로지르는 철로,
고속도로, 송유관, 운하가
서로 얽힌다.
바닷길은 대양을 향해
구부러진다.
공항에는
얽혀 있는 항공로가 보인다.
그는 다섯 개의 표준 시간대를 정한다.

아이에게 나라는
미사일이나 함대 표시가 없는 곳이다.
그는 비자를 발행하고 비밀 명령을 내리고
새총처럼 핵폭탄을 발사하는 힘을 갖고
나라를 운영하는 방법을
알지 못한다.

그녀의 꿈

그녀의 꿈은 책임감에서 벗어나
막내로 태어나고
부모한테 귀여움을 받고
오빠들과 언니들이 비위를 맞추는 삶을 살다가
나중에는 돈과 사업과 집안일과 공공기관에만
신경을 쓰는 부드러운 성격의 남자와
결혼하는 것이었다.

그러나 맏이로 태어난 그녀는
동생들을 돌보고
오리와 거위가 먹을 풀을 베고
산에 가서 나무를 하고
몇 킬로미터 떨어진 마을의 가게까지 심부름을 다녀와야 했
다.
그녀는 환자들 때문에 어머니가 늦으면
저녁밥을 해놓아야 했다.

그녀는 같은 세대의 많은 여자들처럼,
유년 시절의 행복했던 기억을

떠올릴 수 없다. 그러나 그녀는 누군가가
"사랑해"라고 말하면 당황하지 않도록,
자식들에게 따뜻한 가정을
마련해주기로 결심했다.

지위

그들은 내가 지난 5월 우편으로 부친
사진 얘기를 하고 있다.
사진 속의 나는 허리띠에 휴대전화를 차고
병원 건물 앞에 주차된
나의 녹슨 쉐보레 자동차에 기대고 있다.
그들은 편지에서 나의 두 동생이
이제 월급을 많이 받는 상하이의 직장에 다니고 있다고 말한다.
하나는 외국 은행의 고문이고
다른 하나는 축구팀의 매니저란다.
"그들도 너처럼 전화가 있지만
아직 차는 사지 못했단다."

나한테 전화가 있는 건
내가 병원 수위이기 때문에……
화장실 청소가 필요할 때 호출을 받기 위해서라는 걸 내 부모는
잊고 있다.

훈계

너의 모든 고통은 상상의 것이고
너의 모든 상실은 언급할 가치가 없다,
네가 전에 보았던 것들을 염두에 둔다면 그렇다.
봄이면 옥수수 껍질과 나뭇잎을 먹는 농부들,
급료를 올려 받으려고 상급자를 대접하는 노동자들,
이주하기를 거부하는 마을 사람들을 에워싼 경찰들,
첫 아이를 낳은 후 불임 수술을 받는 여자들,
가축 우리에 신혼집을 차리는 신혼 부부들,
뉘우치지 않으면 체포되어
썩은 음식을 먹어야 하는 신자들.
그들과 비교하면 너의 모든 불행은 상상에 지나지 않는다.

비록 네 자신의 목소리와 제대로 된 귀를 찾아야 하긴 하지만
이곳 미국에서는 말하고 소리칠 수 있다.
정직한 빵을 위해 시간을 팔 수 있고,
부유하고 강해지는 걸 꿈꾸며
남은 밥을 먹을 수도 있고,
관중이 없으면 아이들을 향해서라도
읽어버린 것들을 넋 놓고 슬퍼할 수 있고,

돈을 빌리는 법을 익히고
빚의 그늘 속에 살아가는 것에 익숙해질 수도 있다.
그러나 너를 슬프게 하는 것이 무엇이든
그것은 다른 사람들에게도, 아일랜드,
아프리카, 이탈리아,
스칸디나비아, 서인도제도의 사람들에게도 일어났던 일이었
다.
너의 어려움은 평범한 것이다,
많은 사람들이 목숨을 걸고라도 잡으려 하는 행운이다.

이민자의 꿈

그녀도 미국에서 시간을 판다.
그녀의 꿈은 2에이커의 땅에
수영장이 딸린 집을 갖는 것으로 변했다.
그녀는 전에는 프리마돈나나 영화배우,
혹은 물고기와 대나무를 주로 그리는
화가가 되는 게 꿈이었다.
그러나 그녀는 예술학교를 그만두고
자아를 넓히려고 이곳에 왔다.
적어도 이것이 그녀가 계획했던 것이었다.

그는 그녀가 내심으로는
어머니이자 아내이며,
햄버거와 감자튀김을 좋아하는 여자라는 걸 알지 못했다.
사실, 돈은 대부분의 삶을 평등하게 만들 수 있다.
그는 다시 스무 살이 되거나
머뭇거리는 발걸음이나 운율로
꿈을 미봉하는 걸 그만뒀으면 싶다.

천국

—덕에게

모든 종교는 병도 없고 늙지도 않고
고통이나 죽음도 없는 특이한 천국을 약속한다.
정토종淨土宗에서는 천국이 서쪽 어딘가에 있다며,
선을 행하고 아미타의 이름을 매일 낭송하고
살생을 하지 않으면 갈 수 있다고 한다.
그곳에 가면 둥근 천장이 있는 곳에서
자궁을 통해서가 아니라 연꽃 속에서
다시 태어날 거라고 한다.
그렇게 태어나면 지구로 환생하는 걸 막을 수 있다고 한다.
정토에 들어가면,
지독한 더위와 추위도 없고
아름다운 옷이 주어지고
맛있고 따뜻한 음식이 늘 준비되어 있다고 한다.
분노, 탐욕, 질투,
무지, 게으름, 싸움도 없다고 한다.
그곳은 눈부신 진기한 보석들로 가득하고
탑은 마노로 궁궐은 다이아몬드로 되어 있다고 한다.
다양한 보석이 박힌 거대한 나무에서는
꽃이 피고 늘 신선한 열매가 열린다고 한다.

거대한 연꽃 향기가 천지에 진동한다고 한다.
일곱 가지 보석이 박힌 수영장에는 수영하는 사람에 맞게
깊이와 온도를 조절하는
순수한 물이 있다고 한다.
수영장 바닥에는 옥이 깔려 있다고 한다.
금은보화의 그물로 차양을 친 하늘에서
밤낮으로 꽃들이 내려온다고 한다.
부처와 보살들과 같이 사는 것은 말할 것도 없고
대기에는 천상의 음악과 향기가 떠돈다고 한다.

육신을 가진 사람이라 근심걱정으로 가득한 내가
어찌 그처럼 놀라운 것들에 경탄하지 않을 수 있으랴.
그처럼 화려한 곳에 들어갈 자격을 얻기 위해
내 삶의 방식을 바꿀 생각을 어찌 하지 않을 수 있으랴.

그러나 여행에 지치고 먼지의 그물에 얽힌 나는
전지전능한 분께 이렇게 기도할 것이다.
제가 죽으면 이 세상의 나무가 되게 하소서,
매년 여름, 꽃이 피고 열매를 맺는 나무가 되게 하소서.

찬사

그래, 칭찬이라—그런 사람을 생각해보자.

고통 속에 있음에도 아직도 행복을

자신의 타고난 권리로 생각하는 사람,

장갑을 어디 뒀는지 헛되이 찾다가

손이 없는 사람들을 기억하는 사람,

자기 자신을 쳐다보면서도 다른 사람들의 신들한테

인상을 찌푸리지 않는 사람,

시합에 졌지만, 자기를 방금 이긴 사람에게

인사할 준비가 되어 있는 사람,

번잡한 거리에서도, 먼 언덕에 있는 새들의

노랫소리를 듣는 사람,

많은 사람들과 섞일 수 있어도

그들의 소란스러움에 당황하지 않는 사람,

나라를 사랑하지만 그것이 아내와 자식들에 대한

사랑을 압도하지 못하게 하는 사람,

재앙과 승리를 똑같이 받아들이고

어느 쪽도 가까이 하지 않는 사람,

리무진을 운송 수단으로 생각하고

궁전을 거주지 이상으로 생각하지 않는 사람,

고관과 같이 커피를 마시면서도
신선한 공기를 마시러 문밖으로
나가는 걸 머뭇거리지 않는 사람.

논쟁

너는 네 스스로의 어리석음 때문에
길을 잘못 들어
콘래드와 나보코프의
발자취를 따르려고 작정했다.
너는 그들이 유럽인들이라는 걸 잊었다.
너의 누런 얼굴과 미약한 재능을 생각해봐라.
그것들이 네가 대기만성하게 해줄 것 같지는 않다.
어째서 너는 너에게 자연스럽게 들리지도 않는
영어로 시를 쓸 수 있다고 생각하는 거냐?

영문 모를 말들의 조류에 맞서
시간의 강에 바위처럼 서 있는
우리의 유구한 말들에 대한 경멸감에서
알파벳을 끼적이며
너는 우리를 배반했다.
너는 증오감에 쓸려
기분 전환을 헌신으로 착각했다.

설령 네가 운이 좋아서 언젠가

코가 큰 귀신들이 살고 있는 사원에 자리를 잡는다고 해도

너는 정말로 그들이

너를 네 시詩의 가치만으로 받아들일 거라고 생각하느냐?

경고하건대, 한때 SOB*였던 몇몇 놈들은

너를 영리한 차이나맨**이라고 부를 것이다.

                              *

제발 긴장을 좀 풀어라.

인종과 충성에 관한 헛소리는 그만 해라.

충성은 양방향 도로다.

어째서 국가가 개인을 배반하는 것에 대해선 얘기하지 않느냐?

어째서 서로 다른 모든 지방어들을 통치 기계로 묶은

우리의 모국어를 두들겨서 쇠사슬에 묶은

사람들에 대해선 비난하지 않느냐?

그래, 우리의 말은 한때는 강물 같았다.

그러나 그것은

복종만 하고 즐거움만 주는 애완동물처럼

우리를 반쯤만 살아 있게 하고 가두는

*개자식(Son of a bitch)의 약자.
**중국인을 지칭하는 경멸적인 의미의 말.

인위적인 연못으로 쪼그라들었다.

그래서 나는 영어라는 소금물 속을 나 자신의 속도로

기어 다니는 게 낫다.

사원에 사는 위대한 영혼들 얘기를 하는데,

내가 왜 그들이 나를 받아들이고 말고를 굳이 신경 써야 하냐?

새벽의 빛은 차별을 두지 않는다.

나무나, 나비나, 시내는

(인간에게 오염된 개와 달리)

피부색을 보지 않는다.

이 언어로 글을 쓰는 것은 혼자 있는 것이고,

외로움이 고독으로 성숙해가는

경계에 사는 것이다.

다른 나라

너는 언어의 화환으로
집을 지을 수 있는
국경이 없는 나라로 가야 한다.
거기에는 바람과 비에도 변하지 않는
넓은 잎사귀들이 낯익은 얼굴들에 그늘을 드리운다.
아침도 없고 저녁도 없고
즐거움이나 고통의 소리도 없으며,
모든 협곡은 고요함의 빛에 흠뻑 젖어 있다.

너는 말없이 그곳으로 가야 한다.
네가 아직도 소중히 여기는 것들은 뒤에 두고 가라.
그곳에 들어가면
네 앞에 꽃길이 열릴 것이다.

옮긴이의 말

디아스포라 작가의 고뇌가 묻어나는
자전적인 서사시

하 진은 미국에서 활동하고 있는 중국계 작가이다. 그는 1956
년 랴오닝 성에서 태어나 이십 대 후반까지 중국에서 살다
가 1985년, 브랜다이스 대학교에서 영문학 대학원 과정을 이
수하기 위해 미국으로 건너갔다. 박사 학위를 마치고 귀국하
여 번역가가 되거나 대학에서 강의하는 것이 그의 꿈이었다.
그래서 접시도 닦고 경비도 서면서 열심히 공부했다. 그런데
1989년에 톈안먼 사건이 벌어졌다. 중국 공산당 정부는 톈안
먼 광장에서 평화적인 민주화 시위를 벌이는 학생들을 무차
별적으로 학살했다. 당시, 브랜다이스 대학교에서 "현대 영
미시의 보편화 문제-중국과의 관련성을 중심으로"라는 제목
의 박사 학위 논문을 끝마친 상태였던 그는 중국 정부의 폭력
을 보고 "그런 정부를 위해 더 이상 봉사할 수 없다"고 생각했
다. 그는 미국에 눌러앉기로 결심했다. 중국의 비극적인 근대
사가 그를 디아스포라의 삶으로 내몬 것이었다. 본명이 진쉐

페이金雪飛였던 그는 이후로 하 진Ha Jin이라는 필명을 사용하는 작가가 되었다. 그는 자신의 이름이 외국인들에게 발음하기 힘든 이름이라는 점을 감안하여 하 진이라는 필명을 사용하기 시작했다(우리처럼 성을 먼저 쓰는 중국어 발음을 따르자면 진하金哈가 된다. 그가 좋아하고 대학원을 다녔던 하얼빈의 '하'를 이름으로 차용했다는 게 흥미롭다).

중국에 돌아가지 않고 미국에 살기로 결정했지만, 그가 마주한 현실은 녹록치 않았다. 그가 받은 학위로는 미국 대학에 자리를 잡기 힘들었다. 학위논문의 주제가 중국에 돌아가 자리를 잡을 경우를 대비해 의도적으로 중국과 관련 있는 것을 택한 것이어서, 그걸 갖고 미국 대학에서 자리를 잡는 건 쉬운 일이 아니었다. 그래서 선택한 것이 창작이었다. 원어민도 아닌 사람이, 그것도 미국에 오기 전까지 영어를 제대로 구사할 줄도 몰랐던 사람이, 영어로 글을 쓴다는 것은 엄청난 모험이었다. 무모하기까지 했다. 그러나 그는 승승장구했다. 언어에 대한 천재적인 감각과 놀라운 장인정신 때문이었다. 서른 번 이상의 교정을 거치며 작품이 하나씩 만들어졌다. 그리고 발표하는 작품마다 호평을 받기 시작했다. 그 결과로 전미도서상, 플래너리 오코너상, PEN/헤밍웨이상, 2회에 걸친 PEN/포크너상, 오 헨리상, 아시아계 미국문학상 등을 휩쓸었음은 물론이고 2회에 걸친 퓰리처상 후보 및 데이턴 평화문학상 후보에도 올랐다. 미국의 유명작가들도 평생에 걸쳐 이렇게 많은 상을 받기 힘들다는 점을 감안하면, 짧은 기간에 이뤄진 그의 문학적 성취가 어느 정도의 것인지 가늠할 수 있다. 그것만이 아니라 그는 에머리 대학교 영문과 교수를 거쳐 현재는 보스턴 대학교 영문과 교수로 재직 중이다.

지금까지 발표한 소설 중에서 하 진이 미국으로 건너가 작가가 되기까지의 자전적인 경험이 녹아있는 것은 2007년에 발표된 《자유로운 삶A Free Life》이 유일하다. 그가 2007년 이전에 발표한 《침묵 사이에서Between Silences》, 《그림자를 대하며Facing Shadows》, 《난파Wreckage》등과 같은 시집들, 《사전Ocean of Words》, 《신랑The Bridegroom》, 《붉은 깃발 아래에서Under the Red Flag》, 《기다림Waiting》, 《광인The Crazed》, 《전쟁 쓰레기War Trash》등과 같은 소설들은 모두가 중국을 배경으로 한 것들이다. 즉, 그가 미국으로 건너오기 전에 체험하고 목격했거나 들었던 것들이 문학의 소재였다. 예외가 거의 없었다. 이런 의미에서 《자유로운 삶》은 디아스포라 작가인 그에게 하나의 전환점에 해당하는 소설이다. 작품의 소재를 중국이 아닌 미국에서 취하고 있기 때문이다. 이는 그가 이전과 달리 미국에서의 삶에 눈을 돌렸다는 말이다. 드디어 그가 미국에 대해 쓰기 시작했다.

당연한 얘기지만, 그는 자신의 경험에서 많은 것을 취하고 있다. 그렇다고 이 소설의 주인공인 난 우를 하 진과 전면적으로 동일시하자는 게 아니다. 그럴 수도 없고 그래서도 안 될 것이다. 그러나 난이 이민자로서 겪고 느끼는 고통과 고뇌와 몸부림은 이민 초기에 하 진이 거쳐야 했던 것들과 무관하지 않다. 물론 작가가 한국어판 서문에서 밝히고 있는 것처럼, 그가 난이라면 "운이 더 좋은 난"이었다. 그럼에도 불구하고 그는 난이 겪어야 했던 고통과 고뇌와 몸부림을 똑같이 겪었던 사람이었다. 그가 이 소설을 "이 책 속의 삶을 살았던 리샤와 웬에게" 바친 것도 그런 이유에서였다. 이 번역서에서는 "이 책 속의 삶을 살았던"이라고 의역했지만, 직역하면 "이 책을 살았던"lived this book이라고 해야 맞다. 그가 이러한 표현을 사용한 것은 이 책에 나오는 핑핑과 타오타오처럼 힘겨운 이민 생활을 감내해야 했던 그의 아내 리샤와 아들 웬에 대한 미안함과 고마움 때문이었을 것이다.

하 진은 복잡하고 현학적인 것보다는 단순하고 간결한 문장을 선호한다. 그래서 그의 소설은 누군가가 옆자리에 앉아서 얘기를 해주는 것처럼 쉽게 읽힌다. 때로는 전혀 힘을 안 들이고 쓴 것 같은 인상마저 준다. 그러나 우리는 그것이 "격렬한 노동"의 결과라는 사실을 유념해야 한다. 서른 차례에 걸쳐 교정을 하고 나서야 편집자나 출판사에게 원고를 넘기는데, 그것이 어찌 "격렬한 노동"이 아니랴.

그는 이민자들의 삶을 미화하지 않고, 있는 그대로 묘사한다. 그들의 삶을 바라보는 그의 눈은 따뜻하다. 그들이 겪는 것들이 이민 1세대인 그가 겪었던 것들과 대동소이하기 때문일 것이다. 이 소설에서 특히 중요한 것은 이민 1세대인 난우가 거의 불가능한 상황에서도 창작을 향한 열정을 포기하지 않는다는 것이고, 그것이 궁극적으로 창작을 향한 작가의 열정과 무관하지 않다는 것이다. 이런 의미에서 《자유로운 삶》은 하 진이 쓴 "젊은 예술가의 초상"이라고 할 수 있다. 조이스가 《젊은 예술가의 초상》에서 그랬듯이, 하 진도 소설을 매개로 디아스포라 작가로서의 미학적, 국가적 입장을 피력할 필요를 느꼈던 건지도 모른다. 이런 연유에서, 그에 대한 이후의 논의는 《자유로운 삶》을 비껴가기 힘들 것이다. 디아스포라 작가인 하 진이 거쳐야 했던 인종적, 국가적, 언어적, 문화적 정체성의 문제가 이 한 권의 소설에 총망라되어 있기 때문이다.

지금까지 나는 하 진의 소설을 여러 권 번역했다. 《기다림》과 《난징 애가Nanjing Requiem》, 그리고 몇 권의 시집들을 제외하고는 거의 다 번역했다. 내가 1999년부터 번역하기 시작해 지금까지 계속해오고 있는 J. M. 쿳시의 소설 다음으로 많은 시간을 할애한 게 하 진의 소설이다. 쿳시를 향한 경외에 가까운 존경심이 그의 소설을 붙들고 있게 한 것처럼, 하 진에 대한 존경심이 있었기에 가능한 일이었다. 나는 서른 살이 다 되어 낯선 나라로 건너갔다가 예기치 않은 역사의 격랑에 휩쓸려 그곳에 주저앉게 되고, 그 나라의 언어로 품격 있는 글을 써온 그를 존경한다. 그는 "글을 쓰는 것은 고통"이며 중국어로 썼으면 훨씬 더 편안하게 잘 썼을 거라고 말하면서도, 어쩌면 그럴 수 있을까 싶을 정도로 매번 좋은 작품을 들고 나온다. 출판사나 편집자한테 원고를 넘기기 전에 서른 번에 걸쳐 교정을 하는 장인정신이 있기에 가능한 일이다. 이런 그를 존경하지 않을 도리가 없다. 내게는 그렇다. 그는 내게 작가의 귀감이다.

그는 늦은 나이에 낯선 나라에서 낯선 언어로 글을 쓰기 시작해서 조지프 콘래드와 블라디미르 나보코프가 걸었던 고통스러운 길을 묵묵히 가고 있다. 이민 1세대에서 작가가 나오는 것은 결코 쉬운 일이 아니다. 현실적으로 생존해야 한다는 절박함 탓도 있지만, 언어의 장벽을 극복하지 못하는 탓도 있다. 다른 이유도 물론 있겠지만, 콘래드와 나보코프가 위대한 것은 바로 이러한 이유에서다. 1980년대 중반에 중국을 떠난 이후로 단 한 번도 고국 땅을 밟아보지 못하고 디아스포라의 삶을 살면서, 남의 나라 언어로 힘겹게 작품 활동을 하며 치열하게 살아가는 하 진은 그래서 경이로운 존재다.

그런데 그는 영어로 작품 활동을 하면서, 중국에 있었더라면 건드리지 못했을 금기를 건드렸다. 티베트, 한국 전쟁, 문화혁명, 텐안먼 사건처럼 금기시되는 것들을 소설에서 다룬 것이다. 그리고 그 대가는 혹독했다. 그는 1985년에 떠난 후로 단 한 번도 중국에 돌아가지 못했다. 중국정부가 비자를 발급해주지 않아서였다. 그가 내게 보낸 이메일을 인용하면, 그는 "수없이 뉴욕 주재 중국영사관에 비자를 신청했지만 거절당했다." "지난 28년 동안 만나지 못했던 어머니가 4개월 전에 돌아가셨어도" 중국에 갈 수 있는 길이 없었다. 그가 자신의 조국을 가리켜 "너무 비열하고 잔인한 나라"라고 한 것은 당연한 일이었다. 소설 속의 난이 그러했던 것처럼, 그가 선택한 자유에 대해 치러야 하는 대가는 너무 컸다.

"이 책 속의 삶을 살았던" 두 사람(리샤, 웬) 중 한 명이 위독한 병에 걸린 상황에서도, 나의 거듭되는 질문에 성실하게 답변해준 작가에게 고마우면서도 미안한 마음을 전한다. 나는 최근 그가 보낸 이메일을 통해 병명을 전해 듣고 깜짝 놀랐다. 내 아버지를 이 세상에 부재하게 만든 위험한 병이었기 때문이다. 나는 지금도 가을걷이가 끝난 후의 고춧대처럼 앙상해진 내 아버지의 마지막 모습을 생각하면 숨을 쉬기 힘들다. 하 진과 그의 가족에게는 그러한 슬픔과 애도의 과정이 필요 없기를 빌 따름이다.

번역을 하면서 매번, 번역이란 혼자 하는 것이 아니라 결국에는 편집자와 함께 하는 것임을 깨닫는다. 격조 높은 시공사 편집부로부터 정말로 많은 도움을 받았다. 그럼에도 미진한 부분이 아직 많겠지만, 나는 하 진의 소설이 갖고 있는 폭과 깊이가 나의 불완전한 번역을 뛰어넘는 힘을 갖고 있다고 생각하며 위안을 삼는다.

2014년 산수유가 피는 봄에
왕은철

자유로운 삶 2

2014년 4월 15일 초판 1쇄 인쇄
2014년 4월 23일 초판 1쇄 발행

지은이 | 하 진
옮긴이 | 왕은철
발행인 | 이원주
책임편집 | 정은미
책임마케팅 | 조용호

발행처 (주)시공사
출판등록 1989년 5월 10일(제3-248호)

주소 | 서울특별시 서초구 사임당로 82(우편번호 137-879)
전화 | 편집(02)2046-2851 · 마케팅(02)2046-2800
팩스 | 편집(02)585-1755 · 마케팅(02)588-0835
홈페이지 www.sigongsa.com

ISBN 978-89-527-7102-5 04840
      978-89-527-7100-1 (set)